OEUVRES

DE

F.-B. HOFFMAN.

TOME X.

IMPRIMERIE DE LEFEBVRE,
rue de Lille ; n. 11.

ŒUVRES

DE

F.-B. HOFFMAN.

CRITIQUE.

TOME VII.

Seconde Édition.

A PARIS,

CHEZ LEFEBVRE, IMPRIMEUR-LIBRAIRE,

RUE DE LILLE, Nº 11.

M. DCCC. XXXI.

BEAUX-ARTS.

ESSAI

SUR LA NATURE, LE BUT ET LES MOYENS

DE L'IMITATION DANS LES BEAUX-ARTS ;

Par M. QUATREMÈRE DE QUINCY.

CE livre est depuis long-temps entre mes mains, et il devrait y rester long-temps encore pour que je fusse en état d'en rendre compte avec tout le soin qu'il mérite, avec les détails qu'il comporte et la clarté qu'un pareil sujet réclame. Je ne fais aucune difficulté de l'avouer, la lecture de cet ouvrage a été pour moi un véritable travail, une étude toute nouvelle. Pour le comprendre, pour me pénétrer de l'esprit et des intentions de l'auteur, il m'a fallu faire une suite d'efforts dont la plupart sont restés impuissans. Jamais livre, même parmi ceux qui traitent des hautes sciences, ne m'a forcé à une attention plus soutenue ; jamais livre ne m'a fait mieux sentir mon inaptitude à tracer une bonne analyse ; jamais livre n'aurait plus humilié mon

amour-propre, si j'avais des prétentions à une
rare intelligence, à une grande perspicacité. J'ai
cependant lu un grand nombre de traités sur les
beaux-arts, mais ni les poétiques anciennes ou
modernes, ni *les Beaux-Arts réduits à un seul
principe* par l'abbé Batteux, ni l'*Essai sur le beau*
par le père André, ni les *Salons* de Diderot, ni
son *Essai sur la peinture*, ni une foule d'autres
livres qui considèrent les arts séparément ou col-
lectivement, ne m'ont été d'aucun secours pour
bien comprendre les vues de M. Quatremère ni
pour deviner le but qu'il se propose. Diderot surtout qui parle souvent de l'*idéal* ne m'a jamais dit
ce qu'il entend par ce mot, et quoiqu'il nous rappelle sans cesse à l'*imitation* de la nature, il n'explique nulle part quels sont la nature, le but et
les moyens de l'imitation, comme M. Quatremère
vient de le faire très-complètement sans doute aux
yeux des hommes instruits, mais très-incomplète-
ment pour moi qui n'ai pu comprendre qu'un
petit nombre de ses raisonnemens, et saisir un
petit nombre des conséquences qu'il en a déduites.

S'il s'agissait d'un écrivain obscur ou médiocre,
je n'oserais m'énoncer avec autant de franchise
que je viens de le faire. Les lecteurs de journaux
sont malins, et dans les réticences d'un journaliste, ils supposent toujours de la malignité, parce
qu'ils l'aiment et ils la cherchent. Ils ne verraient
donc dans l'aveu de mon insuffisance qu'une fausse
modestie, servant de prétexte au reproche d'obs-

curité que je n'oserais adresser ouvertement à l'auteur de cet ouvrage ; mais les talens et les vastes connaissances de M. Quatremère sont trop universellement connus pour laisser la plus petite place à cette interprétation, et il sera toujours plus naturel de croire que je n'ai pas su entendre une chose claire, que de supposer au savant auteur le tort d'avoir écrit avec obscurité sur une matière qu'il connaît si bien, et qu'il a déjà discutée avec tant de succès depuis un grand nombre d'années. Pour effacer jusqu'à l'ombre du doute, s'il en reste encore dans l'esprit du lecteur, je vais faire un autre aveu qui fera sentir à M. Quatremère en quelles malheureuses mains son ouvrage est tombé. Quoique l'auteur traite de *l'imitation* dans les beaux-arts en général, ce sont les arts du dessin qui occupent la plus grande place dans son livre, et précisément je ne crois pas qu'il existe en ce monde un homme plus ignorant que moi sur tout ce qui tient à la peinture. La composition est la seule partie de l'art sur laquelle je me rencontre quelquefois avec les amateurs éclairés, et je ne juge des personnages d'un tableau d'histoire que comme je le ferais des personnages dramatiques dans une situation théâtrale. Or, Diderot m'apprend qu'on ne fera jamais un bon tableau d'après une scène de théâtre, et cet oracle de l'amateur philosophe fait évanouir la seule et faible connaissance que je croyais avoir de la peinture. Voilà donc mon incompétence bien constatée, et ma tâche devrait finir ici ; mais un de mes amis insiste et me fait ce raisonnement spécieux pour me forcer à reprendre la plume.

On n'a jamais prétendu, me dit-il, qu'un journaliste doive ou puisse posséder toutes les connaissances, et cependant il doit parler de tout ce qui s'imprime : il vous est arrivé plus d'une fois à vous-même d'écrire sur des choses que vous n'entendiez guère, et quelquefois sur celles que vous n'entendiez pas du tout. Vous avez parlé médecine, et cependant vous ne sauriez pas même formuler un purgatif, cela n'a pas empêché des médecins de vous adresser leurs ouvrages ; vous avez été pulvérisé trois fois par M. Gall, et vous êtes encore vivant ; vous avez fait du latin, et, par un bonheur dont vous devez rendre grâce à Dieu, vous avez quelquefois rencontré des auteurs encore moins latinistes que vous ; allons donc! ne faites pas la petite bouche, et critiquez M. Quatremère, soit que vous l'entendiez, soit que vous ne l'entendiez pas ; transcrivez quelques lignes de la préface, citez deux ou trois sommaires, et vous appellerez cela faire une analyse ; dites que l'ouvrage est profond, sans l'avoir sondé ; assurez qu'il renferme des paradoxes, sans désigner les propositions que vous qualifiez ainsi ; relevez une faute de langage comme, par exemple, le mot *fixer* que l'auteur donne quelquefois pour synonyme de *regarder*, et tout cela passera pour de la critique littéraire. Écrivez donc hardiment, et n'oubliez pas que, si le public est pour les auteurs quand ils se moquent des journalistes, il est toujours pour les journalistes quand ils se moquent des auteurs.

Ce discours, où il y a plus de vérité que d'élégance, avait un peu relevé mon courage, et j'adoptais le procédé commode de m'en tenir à la préface et aux sommaires, comme le font ceux qui ont le talent de parler pertinemment des livres qu'ils n'ont point lus. Mais je ne tardai pas à m'apercevoir que M. Quatremère ne me laissait point cette ressource. Le dernier alinéa de son *préambule* qui tient lieu de préface, m'enlève le subterfuge de louer l'auteur sur sa réputation et son livre sur parole, indépendamment des passages qui sont trop au-dessus de mon intelligence ; on me comprendra mieux quand j'aurai transcrit cet alinéa : « Je prévois aussi une objection, dit l'auteur. On pourra demander à quoi une semblable théorie est bonne, et si elle peut servir à faire produire de meilleurs ouvrages. A cela voici quelle pourrait être ma réponse : je pense que les beaux ouvrages des arts ont plutôt donné naissance aux théories que les théories aux beaux ouvrages. Mais il y a de belles théories qui sont en leur genre de beaux ouvrages, et auxquelles bien des personnes prennent plaisir. Ainsi, on ne doit pas plus demander à quoi sert une poétique que demander à quoi sert un morceau de poésie. »

Ce passage m'a glacé. Je ne pouvais comprendre que l'on prît plaisir à étudier une théorie qui n'apprendrait rien, qui ne serait utile à rien. Jamais auteur n'annoncera un ouvrage sous ce titre : *Traité d'architecture qui sera inutile aux archi-tectes*, ou sous cet autre : *Théorie de la peinture qui n'apprendra rien aux peintres*. Il me paraissait déraisonnable de dire *qu'on ne doit pas plus de-mander à quoi sert une poétique que de demander à quoi sert un morceau de poésie* : le morceau de poésie sert à me toucher, à m'émouvoir, à me charmer, si cette poésie est excellente ; mais une poétique n'étant qu'un recueil de préceptes, elle ne sert à rien si elle n'apprend rien. Un grand poëte a dit :

Aut prodesse volunt aut delectare poetæ :

Ce vers d'Horace s'applique non-seulement aux poètes, mais à tous les écrivains en quelque genre que ce soit. Tous doivent au lecteur de l'amuse-ment ou de l'instruction : or, M. Quatremère n'a pas prétendu amuser en traitant de la métaphy-sique des beaux-arts, il ne me restait donc à le louer que sur l'utilité de l'ouvrage, et l'on conçoit dans quel embarras il me jette en éludant la ques-tion d'utilité, et en n'osant pas même dire à quoi son livre sera bon. J'étais cependant bien décidé à lui payer un large tribut d'éloges sans l'avoir trop bien compris, car son talent et son érudition sont tellement reconnus, qu'il suffit de savoir qu'il a écrit pour être assuré qu'il a écrit de bonnes choses. Mais sur quoi reposeraient mes éloges quand on m'apprend que le livre ne sera pas utile,

et quand je sens qu'il n'a pas été composé pour
mon plaisir?

Serai-je plus heureux en copiant quelques sommaires, et feront-ils soupçonner l'intention de
l'auteur? Quand j'aurai dit que le paragraphe V
traite *de la réalité des séparations placées par la
nature entre les arts de la poésie, comme entre
ceux du dessin*, le lecteur ne me demandera-t-il
pas ce que signifient des *séparations placées?* Et
des séparations ne sont-elles pas elles-mêmes des
places vides ou des intervalles? Quand j'ajouterai
que la première preuve de cette proposition est
*tirée de la diversité des facultés de l'âme et de la
diversité des qualités des objets imitables;* quand
je dirai que la seconde preuve est *tirée du principe
de l'unité de l'âme et de l'unité de son action, d'où
résulte le principe d'unité imitative, et dès lors des
séparations établies entre tous les arts*, si l'on
devine la pensée de l'auteur sur de tels énoncés,
je serai bien honteux, moi qui l'ai fort mal comprise après avoir lu tous les développemens qui
les expliquent. Le paragraphe XI porte ce titre :
« Qu'il faut reconnaître dans chaque art quelque
chose de *fictif* quant à la vérité, et quelque chose
d'incomplet quant à la ressemblance. » Le XIIᵉ
paragraphe dit : « Que ce qu'il y a de *fictif* et d'incomplet dans chaque art, est précisément ce qui
le constitue art, et devient le ressort même du
plaisir de l'imitation. » Le paragraphe XIII enfin
nous apprend « comment et avec quoi chaque art

corrige ce qu'il y a de *fictif* en lui, et compense ce qu'il a *d'incomplet.* » N'est-ce pas là de la métaphysique toute pure, et n'ai-je pas eu raison de dire qu'il ne me restait pas la ressource de donner une idée de l'ouvrage en transcrivant les sommaires ?

On ne manquera pas de m'objecter qu'un titre a toujours besoin de développemens et d'explications pour devenir intelligible, et que l'analyse de ces développemens est précisément ce que le lecteur demande au journaliste. La réponse à cette objection me conduit naturellement à des considérations sur la manière dont l'auteur a exprimé ses idées et tâché de les faire passer dans l'esprit du lecteur.

M. Quatremère me paraît avoir partagé avec plusieurs bons esprits le tort de trop compter sur l'intelligence et l'attention de ses lecteurs. Depuis plus de vingt ans il médite l'ouvrage qu'il vient de publier. Il s'est tellement familiarisé avec ce sujet ardu et cette métaphysique subtile, il s'est tellement habitué aux nouvelles acceptions qu'il donne aux termes usuels, et il voit si distinctement toutes les parties de son édifice se correspondre et s'appuyer mutuellement, qu'il croit être suffisamment clair pour ses lecteurs quand il l'est trop pour lui-même. Peut-être s'est-il reproché de la redondance et de la prolixité dans des paragraphes où cependant il n'accorde à l'ignorant que des notions insuffisantes ; et j'appelle ignorant tout homme pour qui cette matière est absolument nouvelle, quelque esprit qu'il puisse avoir d'ailleurs. Ouvrez le livre au hasard ; et après vous être rendu compte du sujet traité dans le chapitre, lisez un alinéa, celui-ci, par exemple, où l'auteur veut prouver que la ressemblance entre l'imitation et l'objet imité ne peut être que partielle ; puis, dites-moi ce que signifient ces lignes ? « La seule division du domaine de l'imitation de la nature, entre les différens arts, est déjà une démonstration de l'impossibilité, pour chacun d'eux, d'obtenir l'identité ou la réalité de ressemblance, qui n'appartient qu'à la répétition. » Pour ne pas multiplier les citations, courons à la fin du volume et à la page 386, où il est question de la composition symbolique, nous y verrons que « le symbole, en tant que signe conventionnel, n'a pas toujours besoin, dans l'apparence qui lui est attribuée, de ce qui constitue l'imitation effective de la réalité ; bien plus, c'est que souvent il se contredirait lui-même, s'il en ambitionnait par trop la ressemblance. Associé aux figures allégoriques dont il renforce et explique la signification, il impose aussi au caractère de ses figures l'obligation d'une manière d'être abstraite ou généralisée, c'est-à-dire, comme on l'a déjà définie, opposée au caractère de cette imitation particularisée, qui vise à faire croire à la réalité de l'individu. » Imaginez maintenant des centaines de phrases de ce genre qui se rattachent à d'autres centaines, placées à différentes distances, puis, dites-moi si le livre de M. Quatremère offre une lecture facile ?

De toutes les sciences la métaphysique est celle qui a le plus besoin de phrases courtes et de repos fréquens ; elle est antipathique avec les périodes. Les mots qui expriment des objets physiques peuvent impunément s'accumuler, parce que tous ces mots présentent des images, des formes qui les classent distinctement dans notre mémoire, mais les abstractions n'ayant ni formes ni figures, elles se confondent nécessairement quand on en offre plusieurs sous un même point de vue, et quand on les entasse dans une même phrase.

Une autre cause d'obscurité est le fréquent usage des renvois, et l'obligation imposée au lecteur de feuilleter tout un livre pour comprendre une page. Encore excuserais-je les renvois *en arrière*, car ils rappellent mon attention sur des objets que je connais déjà, et dont je dois me souvenir ; mais les renvois *en avant* me paraissent insupportables. Si, par exemple, je n'en suis encore qu'au chapitre III, je m'impatiente lorsque l'auteur me dit : voyez le chapitre VIII, le chapitre X ou le chapitre XII ; il faut donc que je fasse des sauts continuels, ou qu'en rencontrant une difficulté, je me dise sans cesse : je saurai le mot de l'énigme quand j'aurai lu cinquante pages. Mais dans ces nouvelles pages, je trouverai de nouveaux renvois qui augmenteront ma perplexité, et je finirai par abandonner l'énigme à quelque Œdipe plus heureux ou plus patient. Ce que je dis de moi est vrai pour tous les hommes qui lisent, et je ne suis ni le moins

constant ni le moins courageux des lecteurs. Mais
les érudits, les penseurs et les raisonneurs se créent
en imagination un public tel qu'il n'en existe pas :
ils supposent que nous attachons à leurs écrits
l'importance qu'ils y mettent eux-mêmes, et que
nous consentirons bénévolement à faire un travail
de la lecture comme ils en ont fait un de la composition, et que nous voudrons bien prendre une
part de la peine que l'ouvrage leur a coûté.

Ce qui m'a le plus désespéré dans l'examen de
ce livre, c'est d'avoir reconnu que, si une foule de
passages m'embarrassaient par la complication ou
la profondeur des idées qu'ils renfermaient, d'autres passages devenaient inintelligibles pour moi,
par leur simplicité même. Dès la troisième page je
suis arrêté par cette proposition présentée en forme
d'axiome : « *Imiter dans les beaux-arts c'est pro-*
duire la ressemblance d'une chose, mais dans une
autre chose qui en est l'image. » Si je m'attache
au sens littéral, cette pensée me paraît si naïve
qu'elle ne vaut pas la peine d'être écrite. L'homme
le moins intelligent sait très-bien que la ressemblance n'est point l'identité physique, que le portrait d'un homme n'est pas cet homme même, et
l'on n'a jamais présenté un arbre pour la peinture
de cet arbre. Il est donc impossible qu'un homme
d'un esprit remarquable n'ait voulu exprimer
qu'une vérité aussi niaise, et j'ai dû supposer
qu'une surface si unie et si plane cachait quelque
finesse ou quelque profondeur métaphysique. Je

n'ai pu les découvrir ni les deviner, et j'ai ressenti la même impuissance à la lecture de plusieurs autres passages dont la simplicité apparente couvrait sans doute des vérités très-importantes et des pensées très-spirituelles.

Pour me débarrasser entièrement de ce qu'il y a de plus désagréable dans ma tâche, je vais dire un mot de l'ordre que M. Quatremère a suivi dans la classification des matières, et il m'a paru que cet ordre avait été quelquefois interverti. L'ouvrage se divise en trois parties, divisées elles-mêmes en plusieurs chapitres que l'auteur nomme *paragraphes*. La première partie traite de la nature de l'imitation, la seconde du but de l'imitation, la troisième des moyens. J'ai dû penser que la première partie ne devait être qu'une longue définition de la nature de l'imitation dans les beaux-arts, et que tous les conseils ou préceptes devaient appartenir à la troisième partie, qui traite *des moyens*. Cependant le paragraphe IX de la première partie signale les erreurs des artistes qui détruisent la vérité imitative de chaque art en voulant la compléter ou l'accroître : la première de ces erreurs consiste à chercher au-delà des limites d'un art des moyens de ressemblance dans les procédés d'un autre art. La seconde erreur, qui est indiquée dans le paragraphe X, consiste à chercher la vérité en deçà des limites de chaque art, par un système de copie servile qui substitue en quelque sorte l'identité à la ressemblance. Si je ne me trompe, voilà de véritables

préceptes, quoiqu'ils aient la formule négative ;
car dire à un artiste : Vous êtes dans l'erreur si
vous faites telle chose, n'est-ce pas la lui interdire
et lui recommander de faire la chose opposée ? et je
demande si ces conseils ne doivent pas plutôt appartenir à la partie du livre qui traite des moyens
d'imitation, qu'à celle qui se borne à expliquer la
nature de l'imitation. Je ne fais cependant cette
observation qu'avec une grande défiance, sentant
très-bien que mon ignorance sur tant d'autres parties de cet ouvrage a pu s'étendre jusqu'à celle-ci.

Quelque sincères que soient mes aveux, il ne
faut point en abuser. L'ouvrage de M. Quatremère
n'a pas été complètement inintelligible pour moi :
j'espère prouver que j'ai fort bien entendu plusieurs parties de cette théorie très-vaste et très-
compliquée, et comme ces parties m'ont paru excellentes, je suis bien forcé de supposer que les
autres auraient produit la même impression sur
moi si les sujets qu'elles traitent n'étaient pas
placés au-delà des limites de mes connaissances et
de ma pénétration. Celles que j'ai cru comprendre,
et où j'ai pu admirer, avec connaissance de cause,
le talent et la logique de M. Quatremère, sont
celles où il est question des usurpations d'un art
sur un autre, du style descriptif, du genre nommé
romantique, des conventions théoriques ou pratiques, et de *l'idéal* dans les arts. Il paraîtra singulier que je compte *l'idéal* parmi les parties de
ce livre qui ont été accessibles à mon intelligence,

quand je n'ai pu en comprendre tant d'autres qui
sont en apparence beaucoup moins difficiles ; mais
il y a long-temps que j'ai été éclairé sur ce sujet
par M. Quatremère lui-même, qui a publié plusieurs Mémoires où, moins métaphysicien et conséquemment plus clair, il a fait descendre cette
doctrine abstraite jusqu'au point d'où ma faible
vue a pu la contempler sous toutes les faces.

Le paragraphe VIII porte ce titre : *De la nature
et de l'esprit des réunions qui ont lieu entre plusieurs arts concourant à un ouvrage commun.*
On voit tout de suite que si ce chapitre peut être
utile pour les occasions où l'architecture, la peinture et la sculpture concourent à l'embellissement
d'un même édifice, il s'adresse plus spécialement
encore aux ouvrages dans lesquels l'art dramatique, la poésie, la musique et la déclamation doivent se concerter pour atteindre un même but. On
sent en effet que la peinture et la sculpture ne
sont jamais aussi intimement unies que le sont des
paroles et la *musique* qui les expriment ; on peut
toujours considérer séparément un bas-relief et
un tableau qui servent d'ornement à une galerie ;
mais il serait difficile d'apprécier la musique d'un
air ou d'un duo, abstraction faite des personnages
qui les récitent et des paroles par lesquelles ces
personnages expriment leurs pensées et leurs sentimens. Cette partie du livre de M. Quatremère mérite
donc d'être méditée surtout par les auteurs, les
compositeurs et les acteurs des théâtres lyriques.

Quelque mérite que puisse avoir séparément la poésie, la musique et la déclamation musicale ou le chant, il est certain que l'œuvre lyrique ne sera point parfaite s'il n'y a point unité d'impression dans l'effet auquel ces trois arts auront concouru. Un spectacle dans lequel on déclamerait les plus beaux vers, suivis des plus beaux morceaux de musique, et terminé par la danse la plus enchanteresse, ne formerait jamais une œuvre lyrique, quels que fussent le plaisir que procurerait et le succès qu'obtiendrait un pareil assemblage. Il en serait de même si tous ces morceaux incohérens étaient entremêlés de la manière la plus avantageuse pour obtenir des contrastes et de la variété, parce que l'incohérence suffirait pour détruire l'unité d'impression, et conséquemment le caractère qui constitue *un ouvrage.*

· « Il est à remarquer, dit M. Quatremère, que » dans ces associations, chaque art, sans perdre » son caractère individuel, qui le sépare d'un » autre, perd néanmoins une partie de sa valeur » spéciale et de son effet. Subordonné à une » combinaison dans laquelle il n'entre que pour . » sa part, *il est tenu d'obéir à la loi d'une har-* » *monie qui ne se rapporte pas uniquement à* » *son intérêt*, et ce régulateur général ne lui per- » met ni de faire tout ce qu'il peut, ni d'être tout » ce qu'il voudrait. » Cette pensée, aussi juste qu'elle est bien exprimée, sera contestée cependant par tous les musiciens qui ne sont que mu-

siciens, et les chanteurs qui ne sont que chanteurs.
Les premiers vous diront qu'on n'écoute un opéra
que pour la musique, sans égard pour le mérite
du poëme, pour le sens des paroles, pour le caractère des personnages et de la situation. Un
poëme, ajouteront-ils, ne doit être pour le compositeur que ce que la toile est pour le peintre,
c'est-à-dire un corps inerte destiné ou condamné
à recevoir toutes les couleurs dont on veut le couvrir. Ainsi, le musicien doit toujours se montrer
en première ligne, et employer toutes ses ressources sans s'inquiéter si toutes ces richesses,
prodiguées sans discernement, augmentent ou diminuent l'intérêt du poëme, et loin de se subor-
donner à une combinaison dans laquelle il n'en-
trerait que pour sa part, il doit s'emparer de
toute l'attention de l'auditeur, et, malgré M. Quatremère, il lui est toujours permis de faire tout ce
qu'il peut et d'être tout ce qu'il veut. Si l'on pense
que j'aie exagéré les prétentions de ces compositeurs, écoutez leur musique, et dites-moi si vous
y trouvez autre chose que de la musique ?

Mais si ces messieurs insultent au poëme qu'ils
doivent faire valoir, et aux paroles qu'ils doivent
exprimer, les chanteurs leur rendent bientôt les
outrages qu'ils ont faits au poète, et, comme la
prétention est toujours en raison inverse du mérite, le chanteur prétend bien à son tour s'élever
au-dessus du compositeur, et soumettre ses chants
à la mutilation que ce dernier a fait subir au poëme.

Dans cette anarchie, l'auteur des paroles se lasse
de faire des concessions dont il ne résulte aucun
bien, et voulant que son ouvrage soit au moins
compté pour quelque chose, il s'occupe presque
uniquement de sa fable et de ses personnages, il
sème à tort et à travers les airs, les duos, les en-
sembles, et dans cet ouvrage où chacun des collaborateurs a voulu briller séparément, on chercherait en vain cette unité sans laquelle il n'y a
point de chef-d'œuvre, quels que soient les talens
qui ont contribué à sa composition.

« Il n'est pas vrai, dit encore M. Quatremère,
» que chaque art gagne ce qu'on croit, à se met-
» tre en société, ni qu'il acquière la portion de
» ressemblance imitative qui lui manque. Loin de
» cela, il est contraint d'y perdre plus ou moins
» de la valeur qui lui est propre. Mais cette perte
» qui a réellement lieu dans la valeur de chaque
» art *sociétaire,* est compensée à l'égard du spec-
» tateur ou de l'auditeur par une autre sorte de
» valeur, celle qui résulte du plaisir que donne
» l'ensemble, ou le mérite de l'harmonie générale. »

Cette réflexion est aussi incontestable que la
première, mais l'observation me semble incomplète. Voyons d'abord ce qu'elle a de juste. Oh!
certainement chacun des arts sociétaires doit se
priver d'une partie de ses moyens propres pour
augmenter la valeur du résultat de leur association ;
le poète dit au musicien : Je veux bien renoncer à
toute prétention à la poésie pour vous donner des

vers désunis, morcelés, comme ils conviennent à la musique, et faire parler quatre ou cinq personnages à la fois, ce qui n'est pas fort raisonnable, mais c'est sous la condition que votre musique expressive remplira les vides de ma trame, développera des pensées que j'ai emprisonnées dans de petites phrases pour faire place aux vôtres, et couvrira de chairs le squelette que je n'ai osé présenter dans toute sa difformité, que parce que je comptais sur un Prométhée pour lui donner la vie et en faire un corps agréable. Le chanteur raisonnable dit au compositeur : Je veux bien imposer un frein à mon imagination, et me priver des applaudissemens que la flexibilité de mon gosier est toujours sûre d'obtenir ; mais, en revanche, il faut que votre chant soit assez élégant, assez expressif, assez agréable pour charmer les auditeurs sans addition d'ornemens. Le compositeur, s'il a quelques notions de l'art dramatique, ne manquera pas de souscrire à ces conditions, et fera les concessions nécessaires. Il en résultera que l'ouvrage ne paraîtra pas composé dans l'intention de faire briller isolément un poète, un musicien ou un chanteur, mais pour produire un tout bien coordonné qui fera briller également le poète et le musicien et le chanteur, sans qu'on puisse se rendre compte de la portion de plaisir que l'on doit à chacun. Mais combien nous sommes loin d'un pareil accord ! Souvent le poète ne donne au musicien que des tragédies ou des comédies où la musique n'a rien à dire ; le musicien ne regarde les paroles que comme des *porte-notes* qui attendent un *sol* ou un *la* pour devenir une pensée ; et le chanteur, le plus fou des trois, vient broder sur la broderie même.

J'ai dit que la pensée de M. Quatremère me paraît incomplète ; et, en effet, la perte qu'éprouve chacun des arts sociétaires pour concourir à une œuvre commune, n'obtient pas seulement sa compensation à l'égard du spectateur ou de l'auditeur, par la perfection de l'ensemble, mais cette perte n'est qu'apparente ; et il se fait un échange de valeurs qui indemnise chacun des artistes des sacrifices qu'il a faits au succès de la communauté. Supposons que le poète ait imaginé une situation très-attachante et qu'il y ait placé un morceau lyrique où le musicien peut déployer tout ce qu'il a d'énergie et de sensibilité ; si le compositeur a l'esprit de n'être que simple, touchant et vrai, le morceau peut devenir un chef-d'œuvre ; la situation appartient alors au musicien comme au poète, et le poète peut à juste titre revendiquer une partie de la gloire du musicien : ce n'est donc pas une perte mais, si j'ose employer une expression familière, c'est un échange de valeurs en monnaie différente.

Les concessions que la poésie doit faire à la musique nous conduisent naturellement à ces questions qui se renouvellent tous les jours : pourquoi le génie des grands musiciens refuse-t-il de s'allier à celui de nos grands poètes ? pourquoi les

2.

paroles des morceaux de chant sont-elles en général au-dessous du médiocre, et fort inférieures
au talent que les auteurs déploient dans le dialogue
ou dans le récitatif? en définitive, pourquoi les
plus mauvais vers et la meilleure musique se ren-
contrent-ils si souvent ensemble? M. Quatremère
répond que les chefs-d'œuvre de la poésie ne peuvent pas devenir encore ceux de la musique, *parce
qu'ils sont déjà des chefs-d'œuvre complets dans
leur genre, et parce qu'ils ont déjà toute la plénitude de vertu imitative, c'est-à-dire tout ce qu'il
faut pour que rien ne paraisse manquer à l'i-
mage pour qu'on ne puisse pas y croire un sup-
plément possible.* A cette explication métaphysique
dont je ne conteste pas la justesse, qu'il me soit
permis d'en ajouter une qui, moins brillante et
moins profonde, sera plus facile à saisir. Les vers
que le public appelle bons ou mauvais ne sont
pas les bons et les mauvais pour les musiciens, et
dans l'état où se trouve la musique aujourd'hui,
les meilleurs vers sont ceux qui conviennent le
mieux au chant. Or, notre musique ne demande
pas de la *poésie*, mais de la *versification* sur laquelle le musicien se charge de répandre de la
poésie.

Mais pourquoi cette versification conviendrait-
elle moins au musicien si elle était excellente?
C'est parce que la versification excellente serait de
la poésie, et les principes de la poésie sont en
contradiction avec la nature de notre musique. En

voici la preuve : La musique procède lentement,
et demande de fréquens repos ; plus le vers offre
de césures, plus il est musical ; un vers de six, et
même de cinq syllabes, est encore trop long s'il
n'est pas coupé par une césure ; et les vers dont le
sens reste suspendu jusqu'au quatrième, au cinquième ou au sixième, seraient des vers *inchan-
tables*, qu'on me passe l'expression. La poésie, au
contraire, comme l'art oratoire, se plaît à procé-
der par périodes, ou au moins par phrases d'une
certaine longueur ; elle a horreur du style haché et
morcelé. Des vers qui finiraient avec le sens de la
phrase, ou qui tomberaient deux à deux comme
les devises des confiseurs, seraient d'une mono-
tonie ridicule, et cependant ils servent parfaitement le musicien, parce que les repos d'harmonie
demandent des repos dans le sens des paroles.
Assemblez tous les compositeurs de quelque école
qu'ils soient, et lisez-leur ces vers de Racine :

Si pourtant ce respect, si cette obéissance
Paraît digne à vos yeux d'une autre récompense,
Si d'une mère en pleurs vous plaignez les ennuis,
J'ose vous dire ici qu'en l'état où je suis
Peut-être assez d'honneurs environnaient ma vie
Pour ne pas désirer qu'elle me fût ravie,
Ni qu'en me l'arrachant un sévère destin
Si près de ma naissance en eût marqué la fin.

Tous les musiciens, sans exception, vous diront
que ces beaux vers ne seraient pas même bons
pour du récitatif, et qu'à plus forte raison il serait

impossible d'en faire un air, parce qu'il faudrait courir la poste pour attraper un point final, qui ne se trouverait qu'au dernier mot.

J'ai dit aussi que les vers destinés au chant devaient être coupés par de fréquentes césures, tandis que la poésie n'exige qu'une césure pour le plus long de nos vers. Ce second vers de *la Henriade* :

Et par droit—de conquête—et par droit—de naissance,

serait excellent pour la musique ; mais la lecture d'un morceau de poésie, n'eût-il que vingt vers, serait insupportable, si le poète y procédait toujours par ce rhythme de trois.

Le rhythme que je viens de nommer est encore ce qui établit une énorme différence entre le vers poétique et le vers musical. Nos plus beaux vers, que nous nommons lyriques, tels que ceux des poésies sacrées de Racine et de Rousseau, ne sont nullement favorables au chant, non-seulement *parce qu'ils ont déjà toute la plénitude de vertu imitative*, comme le dirait M. Quatremère, mais encore parce qu'ils n'ont point de *rhythme* dans le sens des musiciens. C'est ce que les gens de lettres, en général, ne veulent pas concevoir, parce que, trompés par le sens du mot grec, ils confondent le rhythme avec la mesure : opinion bien étrange ! car il en résulterait que tous les morceaux de musique, à quatre temps, par exemple, auraient tous le même rhythme, et cependant cent morceaux de la même mesure peuvent offrir cent rhythmes, différens. Mais cette doctrine du rhythme, appliquée aux vers d'opéras, est encore si peu connue en France, que l'ouvrage de Framery et les deux gros volumes de M. Scoppa, n'ont pas encore pu la faire comprendre. Je me résume donc, et je dis qu'on ne doit pas exiger de véritable poésie des poètes qui travaillent pour la musique, puisque les procédés de la musique sont inconciliables avec les lois de la poésie.

Je me suis beaucoup étendu sur ce chapitre de l'association de plusieurs arts pour concourir à un but commun. Le goût général qui entraîne les Français aux théâtres lyriques m'a fait espérer qu'on me pardonnerait de m'arrêter quelque temps sur un sujet dont la connaissance peut être utile à nos plaisirs, et qui d'ailleurs est à la portée de tout le monde. Je serai beaucoup plus laconique sur les autres points que je me propose d'examiner.

La partie de ce livre qui m'a paru la plus claire, la plus remplie d'observations fines, judicieuses et nouvelles pour la plupart des lecteurs, est celle qui s'étend du paragraphe IX au XIVᵉ inclusivement. Les gens de lettres, les auteurs dramatiques en particulier, les compositeurs et les comédiens ne peuvent trop les méditer. Le IXᵉ traite des moyens erronés par lesquels on détruit la vérité imitative de chaque art, en voulant la compléter ou l'accroître, et l'erreur consiste également à chercher en deçà et au delà des limites de son art,

un surcroît de ressemblance imitative. Les paragraphes suivans ne sont que le développement et
la confirmation de celui-ci. J'ai choisi cette partie
du livre, parce que l'erreur que M. Quatremère
signale dans ces chapitres nous menace de devenir
une loi littéraire qui légitimera le mauvais goût,
substituera l'imitation mécanique et matérielle à
l'imitation poétique, présentera l'abus du style
descriptif et le genre dit *romantique* comme de
nouvelles conceptions du génie dans le plus éclairé
des siècles, et fera descendre Apollon de son piédestal pour y placer le monstre du mélodrame.

Dans la seconde moitié du dix-huitième siècle,
les poètes, et même les prosateurs, s'éprirent tout
à coup d'une belle passion pour le style descriptif;
et ce goût, qui tend à devenir exclusif, n'a fait
que s'accroître jusqu'aujourd'hui, où je le crois
parvenu à son apogée. L'art de décrire est sans
doute un talent précieux; mais on a confondu les
descriptions qui appartiennent à la peinture avec
celles qui conviennent aux œuvres littéraires. Cette
distinction, qui est d'une importance majeure, a
été parfaitement saisie par M. Quatremère, que
je vais laisser parler :

« Lessing a parfaitement démontré, dans son
» *Laocoon*, que le poète se trompe lorsqu'il croit
» pouvoir représenter les objets corporels par le
» détail nécessairement successif de leurs parties,
» puisque ce détail-là même et cette succession des
» idées du discours sont précisément ce qui s'op-

» ose à ce que les parties, ainsi découpées et dé-
» composées, produisent l'image d'un tout pour
» l'esprit, c'est-à-dire l'ensemble de la chose qu'il
» voudrait se figurer. »

Il résulte de là, selon M. Quatremère et selon
la raison, que ce qui, dans la nature, doit sa valeur à *l'ensemble*, doit échapper aux traits partiels
et incohérens de la poésie, lorsqu'elle s'attache au
matériel de l'objet. Cette réflexion nous fait sentir
le ridicule de ces tirades de vers et de ces pages
descriptives où l'auteur, se transformant en peintre
décorateur, et le prosateur en poète naturaliste,
anatomise en quelque sorte les arbres, les plantes
et les insectes, compte les rides formées par le
zéphire sur la surface d'un lac, décompose, comme
avec un prisme, les rayons du soleil ou de la lune,
et pousse la fidélité descriptive jusqu'à faire le
portrait d'un caillou.

Mais la poésie n'a-t-elle donc jamais rien à
décrire ? Oh ! sans doute elle doit souvent décrire, elle doit souvent peindre à l'esprit du lecteur, mais non pas de manière à faire croire qu'elle
a voulu peindre aux yeux. C'est ce que M. Quatremère exprime très-bien par les lignes suivantes :
« Le genre descriptif appartenant à la poésie est
celui qui embrasse les rapports moraux, les détails
de sentiment, les effets qui ont prise sur l'âme, à
l'aide d'analogies et de transpositions, et au moyen
de ces comparaisons qui, nous ramenant au principe élémentaire de l'imitation, nous font voir une

chose dans une autre. Et tel fut en cette matière le goût général de toute l'antiquité. »

Je quitte un moment mon auteur pour placer ici une observation qui confirme ses principes. Lorsque je rendis compte des romans de sir Walter Scott, je reconnus tout le talent dont cet écrivain a fait preuve sous le rapport de l'invention, des situations, des caractères et du puissant intérêt qui s'attache à tous ses ouvrages ; mais je lui reprochai l'excessive abondance et le luxe de ses descriptions, fort agréables, je l'avoue, mais presque toujours parasites, et qui encombrent ses récits. Un homme d'esprit, possédé du démon romantique, trouva ma critique injuste, et voulut me prouver que les grands poètes de l'antiquité abondaient en descriptions dont les détails sont souvent fort étrangers au sujet auquel ils sont associés. Il me cita pour exemple ces beaux vers du quatrième livre de l'Enéide :

Nox erat, et placidum, carpebant fessa soporem
Corpora per terras, etc.

Remarquez, ajoutait-il, que le poète ne se contente pas de dire *fessa corpora,* qui, avec le *per terras,* comprend tout ce qui a vie sur la terre : il énumère encore *pecudes, pietæque volucres, quæque lacus latè liquidos, quæque aspera durmis rura tenent.* N'est-ce pas là une description à la Walter Scott ? Pas tout-à-fait, lui répondis-je : tous les détails de la description de Virgile ont un rapport direct avec la malheureuse Didon, et plus l'énumération est longue, plus le malheur de cette reine paraît affreux, car cette peinture de la Nuit vient après que Didon a résolu de se donner la mort, *decrevitque mori ;* ainsi, en disant : tout dormait sur la terre, tout goûtait un doux repos, *placidum soporem,* et les troupeaux, et les oiseaux, et les poissons des lacs, et les animaux qui se cachent sous les buissons, Didon seule veillait pour souffrir, il m'attendrit sur le sort d'une infortunée, qui, seule dans la nature, est privée du repos que tout le reste partage. S'il s'était contenté de dire : Il faisait nuit, et Didon ne dormait pas, il aurait ressemblé à l'Hippolyte de Pradon, qui dit à sa maîtresse :

Depuis que je vous vois j'abandonne la chasse.

Lorsque je fis cette réponse, je ne connaissais point encore le livre de M. Quatremère, et je fus agréablement surpris d'y voir que l'auteur paraissait avoir prévu l'objection qui m'avait été faite, et y répondait par cette phrase :

« Si Virgile nous peint la nuit, c'est par son effet général sur les créatures. Il n'a pas la vaine prétention de rivaliser avec le travail du paysagiste. Tantôt il fait dormir l'homme, les animaux, les vents, les flots de la mer ; tantôt il place le voyageur au milieu de la forêt sombre, prêt à s'égarer à la lueur douteuse du flambeau des nuits. » Répétons donc ici que toutes les descriptions qui

influent sur la situation du personnage, qui em-
brassent les rapports moraux, les détails de sentiment, et les effets qui ont prise sur l'âme, sont
des descriptions poétiques, et que celles où l'auteur ne décrit que pour décrire, et descend jusqu'aux détails minutieux et puérils, sont des descriptions romantiques, dont M. Quatremère nous
donne ce plaisant échantillon :

« Ici la nuit aura des ailes de gaze noire ; elle
tapissera le ciel de crêpes funèbres, et les étoiles
en seront les clous dorés. Ailleurs, on fera voltiger
de petits nuages comme de légers flocons de laine,
fuyant sur le disque argentin de la lune, et le miroir du lac voisin réfléchira sa pâle figure, etc. »
Plaçons une pareille description dans le quatrième
livre de *l'Énéide*, et nous verrons si les ailes de
gaze noire, si les clous dorés et les petits flocons
de laine, rendront les malheurs de Didon plus
poétiques et plus touchans. Bien loin de là, de
pareils tableaux feraient évanouir l'intérêt, et nous
dirions avec M. Quatremère : « Est-ce le peintre
qui a cru se traduire en récit, ou le poète a-t-il
imaginé se faire peintre en second ? »

Si c'est une grande erreur que de vouloir sortir
des limites de son art, ce n'en est pas une moindre
de rester en deçà. Tel est le tort des gens de lettres
et des artistes qui, par un amour mal entendu pour
la vérité, veulent substituer le calque à l'imitation,
et copier servilement la nature. Ce mot *nature* a
fait faire autant de sottises aux écrivains et aux

artistes qu'il en a fait dire à certains philosophes.
Le talent consiste à imiter la nature, et non pas
à la copier ; il faut que l'art ne cesse jamais d'être
art, qu'il use de tous ses priviléges, et qu'il fasse
toujours sentir l'invention dans l'imitation même
la plus fidèle. Plaçons donc sur la même ligne de
réprobation l'auteur dramatique impatient de tout
frein, ennemi de toutes règles, qui, confondant
tous les genres, mêle les détails de la vie commune et les conceptions les plus triviales aux actes
les plus héroïques et aux sentimens les plus exa-
gérés; le musicien qui, incapable de peindre les
caractères et les passions par la justesse de la déclamation et le pathétique des accens, s'attache
aux petites circonstances, fait papilloter son chant
et son orchestre, et s'applique à jouer sur le mot,
sans s'occuper de la phrase ni de la pensée ; le comédien qui, sous prétexte de déclamer avec plus
de naturel, méprise la mesure, et fait tous ses efforts pour transformer les vers en prose, ce à quoi il
réussit très-souvent, lors même qu'il ne le cherche
pas ; le décorateur, enfin, qui, prenant les spectateurs pour des enfans, leur montre la lanterne
magique, et les distrait, par l'imitation de quelques effets naturels, de l'action et de la pièce pour
laquelle ils sont venus au spectacle. Tous vous diront qu'ils ont pris la nature pour guide, tous
veulent être vrais, sans penser que si la vérité
toute nue est le premier mérite dans les beaux-arts,
une scène de la halle ou de la rue Saint-Honoré

est cent fois plus vraie que toutes les scènes de Molière et même que celles de Shakespeare.

Il y a cinquante ans, à peu près, qu'une nouvelle école dramatique s'éleva au milieu de la capitale, sous le professorat des Diderot, des Grimm, des Beaumarchais, des Mercier et des Sedaine. Le premier acte de ces sectaires fut de faire brûler sous leur grand escalier la poétique d'Aristote, l'Art poétique d'Horace, et celui de Boileau. Marmontel eut la velléité, mais n'eut pas le courage de s'agréger aux novateurs ; il pouvait cependant présenter comme des titres à l'admission, sa froide et mince estime pour l'auteur du Lutrin, et son enthousiasme pour celui de la Pharsale ; mais son goût naturel le préserva du triste honneur d'être l'écho de Sedaine et de Mercier. La devise des nouveaux docteurs en art dramatique, était *nature et vérité* ; leur règle était le mépris de toute règle, et leur but était de faire constater la prééminence du drame sur la tragédie, et même sur la comédie, comme beaucoup plus vrai, plus naturel que l'une et l'autre. Je ne reproduirai pas ici les principes de cette école, principes qui, semés sur nos théâtres, y ont germé par intervalles, mais qui ont trouvé sur les boulevards le sol le plus favorable, et y ont produit de si beaux fruits, qui malheureusement ne peuvent pas se garder. Cette discussion m'éloignerait trop de M. Quatremère, mais j'en distrairai ce qui peut s'appliquer à l'imitation servile de la nature.

A l'époque dont je viens de parler, on voulut donner à la représentation théâtrale toute la vérité matérielle dont elle était susceptible ; sur les brochures des pièces que l'on jouait alors, on lisait en lettres italiques : *Ici des domestiques entrent et traversent le théâtre en portant des malles. — Ici un valet vient éteindre les bougies. — Ici un valet vient épousseter les meubles. — Ici..., etc..., etc...* Plusieurs beaux esprits firent un grand éloge de cette amélioration ; mais un plaisant eut l'impertinence de s'en moquer dans une lettre qu'il adressait aux comédiens, et dont je vais extraire quelques passages que je cite de mémoire : Messieurs, disait-il, vos malles portées, vos bougies éteintes et vos meubles époussetés sont un grand pas vers la perfection, et placent notre siècle au-dessus de tous ceux qui l'ont précédé. Mais vous êtes encore loin du but, et j'espère que vous ferez les plus nobles efforts pour l'atteindre ; avec autant d'amour pour la nature, et autant de respect pour la vérité, n'êtes-vous pas choqués de l'invraisemblance qui détruit toute illusion dans la représentation des plus beaux ouvrages ? Considérons, par exemple, les comédies dont l'action se passe dans une rue ou sur une place, est-il vraisemblable, est-il possible, que dans une rue ou sur une place de Paris, en plein jour et pendant plusieurs heures, il ne passe que les cinq ou six personnages qui prennent part à l'action du drame ? faites donc pour ces rues et ces places ce que des auteurs de génie ont fait pour les appartemens : que, dans tout le cours de la pièce, on voie aller et venir des passans dans la rue ; il serait également raisonnable de faire rouler des carrosses et des charrettes, car, dieu merci! il n'en manque pas à Paris ; cependant si ce complément de vérité vous paraît embarrassant, je n'insiste plus sur ce point, mais au moins que je voie des portefaix avec leurs charges, des enfans qui jouent, des chiens qui se battent, que j'entende crier du mouron pour les petits oiseaux, de la salade et de la raie tout en vie. Que l'on voie aussi de temps en temps des hommes se placer au coin de la rue ou dans l'angle d'une porte cochère, et.... Vous allez vous récrier, messieurs ; mais la nature avant tout, avant tout la vérité, et certes, ce que je voulais désigner est parfaitement dans la nature.... etc....

Cette plaisanterie, bonne ou mauvaise, ne paraîtra pas un argument bien solide aux yeux des amateurs de la nature physique ; mais, si l'on veut y réfléchir sans prévention, on reconnaîtra que tous les efforts tentés jusqu'aujourd'hui pour se rapprocher de la vérité mécanique et matérielle, ressemblent parfaitement à l'invention des bougies éteintes, des meubles époussetés, et à toutes les choses que le plaisant anonyme conseillait aux comédiens de faire paraître sur le théâtre. Dans l'un et l'autre cas, on détruit l'art, on accorde tout aux yeux et rien à l'esprit, et, comme je l'ai déjà dit plus haut, on substitue le calque à l'imitation.

Cette dernière phrase me conduit naturellement
à la théorie de *l'idéal* qui occupe une grande place
dans le livre de M. Quatremère, et qui, par cette
raison, n'en obtiendra qu'une très-petite dans cet
article.

Diderot a beaucoup parlé de l'idéal; consultez
à cet égard les deux préambules au *Salon* de 1767,
qu'il adresse à son ami Grimm. L'amateur philosophe dit à un artiste : « Si vous aviez choisi pour
modèle la plus belle femme que vous connussiez,
et que vous eussiez rendu avec le plus grand scrupule tous les charmes de son visage, croiriez-vous
avoir représenté la beauté? Si vous me répondez
que oui, le dernier de vos élèves vous démentira,
et vous dira que vous n'avez fait qu'un portrait. Il
n'y a et il ne peut y avoir ni un animal entier
subsistant, ni aucune partie de l'animal subsistant
que l'on puisse prendre pour modèle premier. »
Ensuite Diderot cite le célèbre Garrick qui, voulant expliquer ce que c'est que l'idéal dans l'art du
comédien, dit au chevalier de Chastelux : « Quelque sensible que la nature ait pu vous former, si
vous ne jouez que d'après vous-même ou d'après
la nature subsistante, la plus parfaite que vous con-
naissiez, vous ne serez que médiocre. — Et pourquoi cela? — C'est qu'il y a pour vous, pour moi,
pour le spectateur, tel *homme idéal* possible qui,
dans la position donnée, serait bien autrement af-
fecté que vous. Voilà l'être imaginaire que vous
devez prendre pour modèle. » Dans les *Pensées*

détachées sur la Peinture, Diderot se demande
où est le modèle de l'imitation, et il répond :
« Dans l'âme, dans l'esprit, dans l'imagination
plus ou moins vive, dans le cœur plus ou moins
chaud de l'auteur. Il ne faut donc pas confondre
un *modèle intérieur* avec un modèle extérieur. »
Dans tout ce que ce philosophe a écrit sur la peinture, les passages que je viens de citer sont les seuls
où il indique assez clairement ce qu'il entend par
l'idéal ; mais, quoiqu'il répète souvent ce mot,
il n'explique jamais cette théorie ; il ne fait pas
connaître la nature de l'idéal, il ne s'occupe pas
des moyens de le produire, et il ne fait que nommer
le *modèle intérieur*, expression belle et juste, mais
qui a grandement besoin de développemens.

   M. Quatremère embrasse la théorie de l'idéal
dans toute son étendue. Il fait voir que ce mot,
appliqué aux beaux-arts, est loin d'être le synonyme des adjectifs *chimérique* et *imaginaire* ; qu'il
est formé du verbe grec *eïdô*, je vois, parce qu'en
effet il indique l'image que l'artiste se forme dans
la pensée, et qu'il *voit* avec les yeux de l'esprit.
Il passe ensuite à ces théorèmes qu'il développe
avec beaucoup d'art : « Que l'imitation idéale procède d'une étude généralisée de la nature ; que les
ouvrages de l'art, si inférieurs à ceux de la nature,
quand on se borne à l'imitation servile, peut les
surpasser quand on a recours au modèle idéal de
l'imitation ; que le caractère de l'idéal est démontré
et rendu sensible dans les ouvrages de l'art antique ;

que la théorie de l'idéal, telle que l'auteur la présente, est d'accord avec les notions que les anciens
en ont données ; que l'idéal, dans la théorie, ne
doit être expliqué qu'à l'intelligence, et ne peut
l'être que par l'analyse rationnelle. »

Ces phrases que j'ai transcrites presque littéralement, et qui sont les sommaires d'autant de chapitres, ne suffiront pas sans doute pour faire concevoir ce que c'est que l'idéal ; je souhaite que ce
qui va suivre répande quelque clarté sur ce sujet
éminemment intellectuel.

Si j'ai bien compris l'auteur métaphysicien, il
a voulu dire que l'imitation servile d'un objet existant dans la nature ne peut point produire ce que
l'on entend par l'idéal, et que pour l'obtenir il
faut que l'artiste se forme mentalement de l'objet
qu'il veut imiter une image sur laquelle il réunisse
toutes les perfections des objets du même genre ;
cette opération de l'esprit, en se créant un modèle intérieur, imite ce que la nature aurait fait elle-
même, si elle s'était autant occupée des individus
que des espèces, et si elle avait départi à chaque individu les qualités qu'elle a disséminées sur l'espèce
entière. Ce modèle intérieur ne ressemble donc,
en totalité, à aucun individu existant, et c'est ce
que Plaute, cité par M. Quatremère, a fort bien
exprimé par une espèce d'énigme, quand il a dit
que le poète cherche ce qui n'est nulle part, et que
cependant il le trouve : *Quad nusquam est gen-
tium, reperit tamen.* Ainsi le poète ou l'artiste ca-

3.

pable de concevoir le modèle idéal, présentera le
type de l'espèce, et non pas le portrait d'un individu;
il vous montrera *l'homme* et non pas *un homme;*
ainsi *l'Avare* de Molière n'est point le portrait
de tel avare, mais la peinture de l'avarice; ainsi
Oreste, Cléopâtre (de Corneille), *Phèdre* et *Mahomet*, ne sont que la vengeance, l'ambition, l'a-
mour et le fanatisme, représentés sous une forme
humaine, et par une réunion de traits qui n'ont
jamais été rassemblés par la nature sur aucun individu existant; et voilà ce que Plaute avait dans la
pensée quand il a dit: « Le poète cherche ce qui
n'existe nulle part, et cependant il le trouve. »

Ce que je viens d'écrire dans ce dernier alinéa
est un triste résumé d'une centaine de pages. J'ai
sans doute embrouillé la matière que je voulais
éclaircir; mais je me berce encore de l'espoir que,
malgré toutes mes méprises, j'ai fait deviner une
partie des intentions de l'auteur, et, pour faire
connaître le reste, je renvoie le lecteur au livre
même. Tout ce que j'ai pu, tout ce que j'ai cru y
comprendre m'a paru excellent, et j'en dirais autant de l'ouvrage entier, si l'auteur s'était rendu
plus souvent accessible à une intelligence pares-
seuse et à une perspicacité médiocre.

RECHERCHES.

SUR L'ANALOGIE DE LA MUSIQUE AVEC LES ARTS QUI
ONT POUR OBJET L'IMITATION DU LANGAGE, POUR
SERVIR D'INTRODUCTION A L'ÉTUDE DES PRINCIPES
NATURELS DE CET ART ;

Par G.-A. VILLOTEAU, Membre de plusieurs Sociétés savantes, etc.

IL est des ouvrages qui nous inspirent une grande
estime pour leurs auteurs, lors même que nous
n'admettons pas tous les principes qu'ils y établissent : tel est celui de M. Villoteau sur l'analogie
de la musique avec le langage.

N'étant point musicien, je ne parlerai point ici
au nom de mes collaborateurs, auxquels je ne veux
pas qu'on attribue les erreurs dans lesquelles je
puis tomber ; je dirai donc franchement, *meo periculo*, tout ce que je pense de cet ouvrage, sur les
principes duquel je puis me méprendre, mais où
je suis sûr au moins d'avoir trouvé d'excellentes
vues, des réflexions sages et profondes, et une
très-vaste érudition. Si l'auteur s'était exclusivement appliqué à la partie technique de l'art musical, je me garderais bien d'examiner son livre, et

je n'aurais pas la ridicule prétention de vouloir apprécier ; mais l'application de la musique au langage est de nature à être jugée par tout le monde, soit dans ses préceptes, soit dans sa pratique. D'ailleurs, M. Villoteau parle autant aux littérateurs qu'aux musiciens, et il prouve que les écrits en tout genre des auteurs anciens et modernes lui sont aussi bien connus que les compositions musicales de nos maîtres.

Cet ouvrage se divise en quatre parties, dont la première traite de l'*Art musical considéré dans ses rapports les plus directs et les plus naturels avec le langage et les mœurs* ; la seconde, *de la Musique considérée sous le rapport de l'art, depuis la première époque de sa dépravation, chez les Grecs, jusqu'au temps où elle nous est parvenue* ; la troisième, *de l'état moderne de la Musique en Europe, et des moyens qui peuvent le plus contribuer à sa perfection* ; et la quatrième est une confirmation de la troisième, comme la seconde est le complément et la preuve de la première.

Je crois devoir, avant tout, avertir mes lecteurs qu'il ne trouveront point dans ce livre un traité d'harmonie, ni des leçons de composition ; qu'il n'a point été fait dans l'intention d'établir la prééminence d'une école sur les autres. Ce n'est point un écrit polémique, dans le genre de ceux qui ont été publiés pour ou contre Rameau, Gluck, Piccini ; pour ou contre la musique française, italienne ou allemande : l'auteur s'y occupe principalement de la partie poétique ou déclamatoire de cet art, dont il suit pas à pas les destinées, les usages, les effets et les révolutions, depuis les temps mythologiques jusqu'à l'époque où nous lui avons donné une autre direction et d'autres principes. La partie technique de l'art ne paraît dans cet ouvrage que relativement à Guy d'Arezzo, qui, selon l'auteur, a corrompu le système musical des Grecs, pour lui en substituer un contraire à la nature, faux dans ses principes, et funeste à l'art dans ses conséquences. Le livre entier pourrait même se diviser en deux parties, dont la première comprendrait la musique des anciens, et la seconde traiterait de la dépravation de cette même musique, depuis Guy d'Arezzo jusqu'à nous.

Le résultat de cet ouvrage est donc de nous démontrer que la musique des anciens était infiniment préférable à la nôtre; et si M. Villoteau n'a pas poussé les preuves de son opinion jusqu'à la démonstration absolue, il faut avouer que ses immenses recherches, ses raisonnemens pleins de logique, et ses nombreuses citations, doivent au moins faire entrer le doute dans l'âme des plus intrépides partisans des modernes et des plus audacieux détracteurs de l'antiquité. On se tromperait néanmoins si, d'après cet énoncé, l'on pensait que l'auteur ait eu le secret dessein de déprécier la musique moderne; il avoue, au contraire, que dans la *pratique* de cet art, et dans les recherches d'harmonie, nous avons fait de véritables progrès; mais il démontre fort bien que ces progrès, même dans l'harmonie et la pratique, ont puissamment contribué à corrompre et à détruire la pureté originelle, la noblesse et le véritable empire de la musique qui, de science politique, morale et utile au bonheur de la société, n'est devenu qu'un art de pur agrément. Il n'est chez les Grecs et les Latins, philosophe, historien, orateur ou poète que M. Villoteau n'ait consulté; il n'est chez les modernes aucun auteur dont il n'ait examiné les opinions sur la musique.

Ces recherches donnent lieu à une foule de citations, dont on ne suspectera pas l'exactitude quand on apprendra qu'il transcrit presque toujours le texte des auteurs; dont il rapporte et discute, quand il en est besoin, les diverses traductions et interprétations. Sous ce rapport, on peut considérer son ouvrage comme l'encyclopédie de tout ce qui a été dit sur la partie didactique de la musique. On est peut-être encore plus étonné que satisfait de la vaste érudition de l'auteur; et je ne puis dissimuler qu'elle va quelquefois jusqu'au luxe et à la profusion. Par exemple, n'est-il pas fâcheux pour M. Villoteau de se rencontrer avec Mathanasius dans les nombreuses citations qu'il emploie pour nous prouver que le nombre *trois* était un nombre de prédilection, et en quelque sorte sacré chez les anciens? A cet égard même le livre de M. Villoteau l'emporte sur le *Chef-d'Œuvre d'un inconnu*; ce qui ferait croire que tout auteur a d'abord le secret désir de montrer ce qu'il sait avant de chercher à prouver quelque chose. Je suis loin de lui reprocher les longs passages, en vers ou en prose, grecs ou latins, qu'il rapporte fidèlement et fréquemment : ils étaient pour la plupart nécessaires à l'établissement et à la preuve de son système ; mais les phrases en caractères arabes, les mots écrits en nubien, en syriaque ou en chinois, étaient-ils bien utiles, ou plutôt ne sont-ils pas un peu trop ambitieux? Mon observation décèle peut-être aussi mon ignorance absolue des langues orientales ; mais je n'ai nullement le projet de la dissimuler. Ce n'est point cette ignorance qui me fait blâmer l'abus de l'érudition, c'est la certitude où je suis que la plupart des musiciens n'en savent pas plus que moi là-dessus ; qu'il en est même un assez petit nombre qui sache le grec et le latin ; et que quand on a le projet de les instruire, on ferait tout aussi bien de leur parler français. Quoi qu'il en soit, l'excès d'érudition ne peut être placé que parmi les *beaux défauts;* et les auteurs qui l'évitent prennent plus souvent conseil de leur indigence que de leur modération. Je suis moi-même dans ce cas ; et si la langue arabe m'était connue, j'aurais peut-être trouvé bon qu'on parlât arabe aux musiciens français.

L'impossibilité où je suis d'embrasser tout le plan de l'auteur, m'oblige à examiner en détail quelques-unes de ses considérations. En voulant démontrer la supériorité de la musique ancienne

sur la nôtre, M. Villoteau s'applique à détruire
deux préjugés, dont le dernier est la cause la plus
puissante de la décadence de cet art. Le premier
de ces préjugés est que la musique n'était que dans
son enfance chez les Grecs, et qu'elle n'y a fait
que de faibles progrès. L'auteur appelle en témoi-
gnage tous les écrivains de l'antiquité, pour nous
prouver que dans les premiers temps la musique a
été intimement unie au langage ; que la langue *in-*
articulée a été long-temps le seul moyen qu'eussent
les hommes pour se communiquer leurs idées et
leurs sentimens ; que l'invention de la langue articulée, des mots et de l'écriture, a fait peu à peu
négliger la langue des sons et des accens ; que
néanmoins ce premier langage de la nature s'est
conservé dans les solennités, dans l'expression des
sentimens vifs et des passions ; que les anciennes
langues sont celles qui ont le plus d'analogie avec
cette musique naturelle ; que les premières tradi-
tions ont été *orales* et *musicales;* que les lois,
les discours, les récits des faits mémorables, ont
d'abord été exprimés en chant ; que les Égyptiens
ont transmis cet usage aux Grecs ; que chez ce dernier peuple la musique n'a dégénéré que quand
elle a été réduite en art séparé du langage, et que
même alors elle fondait sa puissance sur le charme
de sa mélodie, sur son rhythme, et sur la parfaite
expression de la poésie, qui était toujours unie à
la musique. C'est dans l'ouvrage même qu'il faut
chercher les preuves de cette assertion.

Avant que M. Villoteau publiât ses savantes recherches, je ne pouvais me persuader qu'un peuple
qui a porté les arts et les lettres à un si haut
point de perfection, fût resté ignorant ou barbare
dans celui de tous les arts qui a le plus de charmes, et que ce peuple aimait avec passion. Ce
n'est pas que j'aie jamais ajouté foi aux exagérations
des historiens, et aux prodiges opérés par le seul
pouvoir de la musique; mais les Grecs, dont le
goût était si délicat, n'ont pu se contenter d'une
musique grossière, quand ils avaient une langue
si parfaite et si musicale; et des hommes qui ont
connu le beau et le bon dans tous les genres, n'ont
pu être musiciens pendant des siècles, sans devenir de très-bons musiciens. J'étais donc très-dis-
posé à me laisser persuader par les raisonnemens
de M. Villoteau; et il les accompagne de preuves
si nombreuses et si claires, que si l'on peut douter
encore en le lisant, on ne peut plus du moins lui
rien contester.

L'autre préjugé, si funeste aux progrès de la
musique, et que l'auteur croit généralement répandu, consiste dans cette opinion : *Que la musique n'est que l'art de combiner des sons d'une
manière agréable à l'oreille; qu'elle n'a aucun
rapport avec le langage, et qu'elle n'exprime rien.*

M. Villoteau combat fortement cette prévention,
et son érudition prête une grande force à sa logique pour défendre les prérogatives de son art.
Je crois cependant que ce préjugé n'est pas aussi

général qu'il le pense. Il est très-vrai que la musique par elle-même a un grand charme, qu'elle peut produire de grands effets sans le secours de la poésie; mais personne, je crois, ne soutiendra qu'elle a moins de puissance quand elle est unie à de beaux vers, et qu'elle ne prête pas plus de sentiment, plus de grâce et plus de force à leur expression. Quelques musiciens auront pu accuser la musique d'impuissance, pour déguiser ou excuser leur propre faiblesse; mais ceux-là même seront les premiers à blâmer toute musique dramatique, où la prosodie et l'expression auront été négligées.

Cet ouvrage, dont je n'ai pu donner qu'une idée très-imparfaite, n'est point exclusivement destiné aux musiciens; il est intelligible et instructif pour ceux mêmes qui ignorent absolument la musique. Cet art ne s'y présente que dans ses rapports avec la poésie, les lettres et le langage. La partie didactique y est traitée d'une manière si claire et si naturelle, que le lecteur y oublie, en quelque sorte, la science, pour n'y voir que des raisonnemens appréciables par tous les esprits. Le style, toujours simple et d'une extrême clarté, a plus d'élégance qu'on ne s'attend à en trouver dans un ouvrage didactique, et l'on est étonné d'avoir fait un cours de littérature ancienne et moderne dans un livre dont la musique est le principal objet. Cette érudition, comme je l'ai observé, est un peu trop libéralement répandue; mais c'est un reproche que la critique a rarement l'occasion de faire dans ce temps où la plupart des auteurs ne se donnent pas la peine de lire, et veulent cependant être lus.

Après avoir parlé de la musique des Grecs, et démontré qu'elle faisait partie nécessaire de l'éducation ; après avoir prouvé qu'elle était intimement liée aux institutions politiques et religieuses, au langage, à la poésie et à l'art oratoire, M. Villoteau examine le système musical de Guy d'Arezzo, qui, selon lui, n'a fait que corrompre celui des Grecs, et a influé malheureusement sur le système que nous adoptons aujourd'hui. Les erreurs de Guy d'Arezzo proviennent, dit-il, de ce qu'il n'a jamais bien compris le système musical des Grecs, ni les lois sur lesquelles il était établi ; et de ce qu'il n'a pas découvert le principe sur lequel il était fondé, c'est-à-dire, celui de la *progression triple*, qui est le même que celui de la génération harmonique, produite par la résonnance naturelle des corps sonores, considérée en sens inverse. De cette partie, clairement et savamment traitée par l'auteur, il résulte que notre gamme diatonique ne correspond point aux deux tétracordes conjoints des Grecs ; qu'elle est vicieuse en ce qu'elle renferme trois tons pleins consécutifs de *fa* à *si*, ce qui ne se rencontre jamais dans une série naturelle de sons diatoniques ; que le limma et l'apotome des Grecs sont faussement représentés par notre demi-ton mineur et majeur ; que six tons pleins excèdent la longueur de l'octave naturelle, et l'excèdent bien plus encore, si l'on suppose que les deux demi-tons diatoniques de la gamme sont deux demi-tons majeurs : il résulte enfin qu'en prenant l'*ut* de notre gamme pour point de départ d'une génération harmonique de sept sons, c'est-à-dire, de sept douzièmes ascendantes, et en comparant le terme de cette progression avec celui de la progression triple, on n'obtient pas naturellement la série ut, ré, mi, fa, sol, la, si, ut, mais celle-ci : ut, ré, mi, fa dièze, sol, la, si, ut. L'auteur fait la même démonstration pour la progression de douzièmes descendantes, et cette double expérience décèle le vice de notre gamme, dont les intervalles ne se retrouvent pas dans le même ordre après la progression, tandis que dans l'eptacorde grec cette même progression n'altère pas ou n'intervertit pas les intervalles.

M. Villoteau n'attaque pas seulement le principe de notre gamme, mais il blâme même le choix des syllabes dont Guy d'Arezzo s'est servi pour solfier. Ces syllabes, prises de l'hymne de saint Jean, lui paraissent peu sonores, sourdes pour la plupart, et même anti-musicales : les trois premières, ut, ré, mi, rendent un son maigre sur les trois notes les plus graves de la gamme ; tandis que fa, sol, la, donnent un son plein et grave pour trois notes plus aiguës ; ce défaut cependant serait de peu d'importance, si elles n'en avaient pas un plus essentiel : c'est celui de n'indiquer par la manière dont on les prononce, ni leur place, ni leur intervalle. Les Grecs, au contraire, avaient choisi, pour sol-

fier, les quatre syllabes ta, tè, to, té, qui, af-
fectées de l'accent grave ou aigu, indiquaient par
la seule prononciation l'étendue de l'intervalle qui
les séparait; tandis que les notes ut, ré, mi, séparées par deux tons pleins, ne diffèrent en rien,
pour la prononciation, de mi, fa, et de si, ut, qui
ne sont séparés que par un demi-ton diatonique.

On sent bien que je n'ai pu renfermer cette discussion dans quelques lignes, d'une manière satisfaisante, ni même fort intelligible : c'est donc dans
l'ouvrage qu'il faut chercher la solution des nombreuses difficultés que présente le cadre trop resserré d'un article. Je puis cependant affirmer que
M. Villoteau a été aussi clair dans ses démonstrations que je le suis peu dans l'analyse. Il termine
son examen du système musical des modernes,
par cette réflexion : « Un jour on aura peine à
» concevoir que l'usage que nous avons con-
» tracté de notre gamme *en deux modes diffé-*
» *rens,* nous l'ait rendue assez familière pour qu'elle
» nous paraisse tout aussi juste, tout aussi natu-
» relle et aussi facile à entonner que l'eptacorde
» des anciens; mais alors on ne voudra jamais se
» persuader qu'il se soit trouvé parmi nous des
» personnes assez mal prévenues par leur oreille,
» et assez mal servies par leur raison, pour regar-
» der cette gamme de Guy d'Arezzo comme la série
» des sons la plus naturelle. »

En parlant de notre musique moderne, M. Villoteau lui reproche surtout les laborieuses recher-

ches d'harmonie de quelques compositeurs, et les frivoles ornemens que les chanteurs introduisent dans la mélodie, défauts qui concourent à détruire de plus en plus l'analogie de la musique avec le langage et *l'expression* sans laquelle la musique n'est plus, comme le pensent plusieurs personnes, que *l'art de combiner des sons d'une manière agréable à l'oreille.* On peut appliquer aux uns ce que disait Corinne à Pindare qui avait fait abus de la mythologie dans une pièce de vers : « Quand » je vous dis de semer avec la main, vous renversez » le sac dès les premiers pas. » On peut également appliquer aux autres cette phrase de J.-J. Rousseau : « En quittant l'accent oral et s'attachant aux » seules institutions harmoniques, la musique de- » vient plus bruyante à l'oreille et moins douce au » cœur : *elle a cessé de parler, bientôt elle ne chan-* » *tera plus.* » C'est au public à juger à quel point cette prophétie de Rousseau s'est vérifiée.

La quatrième partie de cet ouvrage rentre dans le cercle des deux premières, et en est en quelque sorte la confirmation ; l'auteur y rapporte toutes les opinions qui nous ont été transmises sur l'origine de la musique, et les témoignages des monumens et de l'histoire sur la haute antiquité de cet art. Toute cette partie est aussi agréable qu'instructive, et M. Villoteau y est autre chose que musicien ; enfin le résumé de ce livre peut s'exprimer en ce peu de mots : Que la musique des anciens était très-supérieure à la nôtre par sa nature, son ins-

titution, ses usages et ses effets; et que la seule
manière de la perfectionner chez nous, serait d'en
rectifier le principe altéré par Guy d'Arezzo, de rétablir l'analogie de la musique avec le langage, et de
s'attacher à l'expression du discours, des passions
et des sentimens, plutôt qu'aux calculs harmoniques, et au luxe puéril qui dénature la mélodie.

Telles sont les opinions de M. Villoteau. Mon
ignorance en cette matière m'empêche de leur assigner une valeur positive : c'est aux savans à les
apprécier, en supposant toutefois qu'ils seront
exempts de préjugé et de prévention ; car dans ce
cas l'ignorance serait peut-être préférable à la
science même. Je ne me permettrai que deux observations qui n'ont pas la musique pour objet
immédiat. La première porte sur le mot *naturé*
que M. Villoteau emploie souvent pour nous indiquer le meilleur guide à suivre dans tous les arts
d'imitation. J'ai si souvent entendu parler de la
nature, et dans des sens si opposés, qu'en vérité
je ne sais plus ce que ce mot signifie ; il est devenu
tellement vague que chacun se l'attribue et lui
donne une acception *ad libitum*. D'abord, savons-
nous bien ce que c'est que la nature? Devons-nous
dans les arts suivre la nature même, ou l'idée que
nous nous en faisons? La musique de la nature con-
vient-elle bien à l'homme de la société, ou plutôt
la société n'est-elle pas sa véritable nature? Les
dissonnances sont dans la nature comme les con-
sonnances ; c'est là nature qui a donné un cri au

hibou comme un ramage au rossignol. Les chants
que les compagnons de Cook ont entendu dans les
archipels de la mer du Sud, étaient les chants de
la nature ; et la nature sans doute avait donné un
commencement d'harmonie aux sauvages qui firent
entendre à M. de Lapérouse des *duos chantés à
la tierce*, au 57ᵉ degré de latitude nord, dans l'A-
mérique occidentale. Nous attribuerons toujours
à la nature ce qu'une longue habitude nous a rendu
naturel. Je crois donc ce mot trop vague pour être
admis dans un précepte ; et quand vous direz à un
musicien : Suivez la nature, il croira vous obéir en
suivant ses habitudes, ses erreurs et ses préjugés.

Ma seconde observation a pour objet une note
détaillée où M. Villoteau prétend que la langue
française a de grands avantages, pour la musique,
sur les langues fortement accentuées. Je suis fâché
d'être d'un avis tout-à-fait opposé au sien. Dans
notre poésie, les syllabes *se comptent et ne se
pèsent pas*. La voyelle la plus brève, comme l'*e*
muet, y a sa valeur métrique, comme l'accent cir-
conflexe qui produit le son le plus prolongé. Chez
nous, la quantité des brèves et des longues n'est
pas fixée dans la versification, et tel vers contient
huit syllabes brèves, tandis que le vers corres-
pondant n'en a que quatre ; notre prosodie enfin
et notre *quantité* ne sont d'aucune utilité à notre
poésie. Chez les Grecs, au contraire, et chez les
Latins, la place de la longue et de la brève est fixée :
le musicien, qui a chanté le premier vers d'un

morceau lyrique, est sûr de rencontrer les mêmes
valeurs dans le même ordre jusqu'à la fin du morceau ; et dans les vers hexamètres même, dont les
quatre premiers pieds sont à volonté spondées ou
dactyles, si le musicien ne trouve pas la même
quantité de syllabes, il retrouve au moins les mêmes
valeurs et les mêmes repos, puisque le dactyle
équivaut aux spondées, comme une noire et deux
croches équivalent à deux noires.

PRINCIPE ACOUSTIQUE

NOUVEAU ET UNIVERSEL DE LA THÉORIE MUSICALE,

OU MUSIQUE EXPLIQUÉE;

Par A.-J. Morel, ancien chef de brigade de l'École Polytechnique,
professeur de mathématiques à l'École d'Artillerie de la Garde
royale.

La musique étant un art de pur agrément, on
a disserté, disputé sur ses effets et sur les moyens
d'en produire d'agréables, mais on a vainement
jusqu'ici recherché la cause première des sensations
qu'elle nous fait éprouver ; recherche purement
spéculative, et qui, malgré M. Morel, n'influera
pas beaucoup, je pense, sur la perfection de la

4.

théorie musicale. Des savans, des écrivains distingués n'ont assigné aux effets de la musique que des causes morales : un naturaliste qui est en même temps musicien, a pensé que *la musique n'agit sur nous que par réminiscence :* et, en effet, il nous serait impossible de juger si une phrase musicale est touchante, plaintive, gaie ou noble, sans comparer la sensation qu'elle cause à des sensations éprouvées précédemment. Un autre savant, Euler, avait dit depuis long-temps que *le plaisir causé par la musique est entièrement métaphysique :* proposition qui est vraie en grande partie, si elle ne l'est pas totalement.

J'énonce ici une opinion absolument contraire à celle de M. Morel, qui assigne à cette espèce de sensation une cause physique, ou plutôt physiologique ; mais cette opposition qui existe entre nos idées n'est pas entière, car en admettant avec lui que l'effet primordial est dû à la confirmation de l'organe auditif, je prétends en outre que la musique, réduite en art, produit une multitude d'effets de convention que la nature n'a point déterminés.

Eh! comment pourrait-on douter de l'influence de l'imagination sur les sensations diverses et souvent contradictoires que produit la musique? Si ces effets étaient invariablement déterminés par l'étendue, et le nombre des vibrations du tympan intérieur de l'oreille, comme M. Morel l'assure ; si les oscillations de cette membrane étaient tellement géométriques que l'on pût les soumettre à un calcul rigoureux, et en faire dériver les règles musicales, il est certain que tous les peuples de la terre, et tous les individus d'un même peuple éprouveraient les mêmes impressions, puisqu'ils ont tous l'appareil auditif également conformé ; et, sans aller chez les Chinois ou chez les sauvages de la mer du Sud, nous voyons tous les jours que la même musique cause des émotions très-différentes aux différens auditeurs. On me dira que *l'éducation de l'oreille* produit ces différences ; je répondrai qu'elle ne les produit pas toutes, et que quand même cela serait, il faudrait convenir que l'intelligence et le jugement y sont pour beaucoup, ce qui détruirait le pur matérialisme de la sensation. Il m'est bien démontré que si tous nos compositeurs s'étaient accordés à n'exprimer tel sentiment que dans tel ton de l'échelle musicale, nous éprouverions ce sentiment chaque fois que ce ton se ferait entendre. De même, si un instrument quelconque était exclusivement employé à telle ou telle expression, le son de cet instrument suffirait seul pour éveiller en nous l'idée de cette expression, indépendamment de la phrase musicale. Un son qui se répète long-temps à intervalles égaux et pressés ne signifie rien par lui même ; mais sous le nom de *Tocsin*, cet effet devient sinistre, et dans la révolution il nous paraissait terrible, parce qu'il avait été le précurseur des atrocités. Le *ranz des vaches*, qui fait pleurer les Suisses éloignés de leur patrie, ne produit point cet effet sur les autres

peuples : preuve que les sensations produites par
la musique ne sont pas mathématiquement déter-
minées par les oscillations d'une membrane. Cette
membrane est sans doute nécessaire à la perception du son, elle contribue même à le rendre agréable ou désagréable, selon les modifications qu'elle
éprouve par la percussion du corps sonore ; mais
les sentimens qui en résultent pour nous sont les
effets des conventions de la réminiscence, de l'habitude, et nous causent, comme dit Euler, un
plaisir purement métaphysique. Aurait - on tant
disputé sur la musique si la nature avait réglé géo-
métriquement les sensations que telle succession
de notes doit produire ?

　Quoi qu'il en soit, le livre que j'annonce est
l'ouvrage d'un homme d'esprit, qui a beaucoup
d'instruction, qui croit avoir fait une découverte,
et qui l'a faite réellement, si je ne me suis trompé
dans ce que je viens de dire. Je lui sais gré surtout
d'avoir écarté la géométrie et l'algèbre de ses démonstrations, modestie très-remarquable dans un
professeur de mathématiques. Voulant être entendu
de tout le monde, et ne s'occupant que de la
musique pratique, il a laissé de côté les équations,
les logarithmes, et il néglige fort sagement les différences qui existent rigoureusement dans les intervalles des diverses octaves. Ainsi, par exemple,
après avoir parlé du ton d'*ut*, il ajoute que dans
tous les autres tons *on se retrouve dans un cas absolument analogue*, et que les intervalles y sont

les mêmes ; ce qui n'est pas vrai pour le géomètre, mais très-vrai pour le musicien.

Avant d'expliquer comment toutes les sensations produites par la musique dérivent des oscillations du *tympan secondaire* et de ses vibrations totales ou partielles, l'auteur nous présente un petit traité de l'anatomie de l'oreille, et il se jette dans des discussions physiologiques très-propres à faire admirer les connaissances variées de M. Morel, mais qui ne sont pas toutes utiles à son sujet. Que signifie, par exemple, cette longue digression sur le *liquide de Cotunni?* Que le labyrinthe contienne de l'eau ou de l'air, puisque la perception des sons se fait dans l'une ou l'autre supposition, cela devait être absolument indifférent à un professeur d'acoustique. M. Morel ne veut pas que le labyrinthe contienne de l'eau, quoique tous les physiologistes l'admettent d'après Cotunni, qui lui a donné son nom. Chladni, dans son *Traité d'Acoustique*, reconnaît la présence de ce liquide ; Scarpa, qui ne l'a point observé lui-même, n'en conteste point l'existence ; il s'en sert même pour expliquer le phénomène de l'audition. Dans son *Précis élémentaire de Physiologie*, M. Magendie considère la présence de *l'eau de Cotunni* comme un fait qui n'a plus besoin de preuve ; dans la septième édition des *Élémens de Physiologie* de M. Richerand, ouvrage écrit en savant, en philosophe et en homme de lettres, on trouve la *lymphe de Cotunni*, avec une explication de son usage.

Tous conviennent que les filets déliés du nerf auditif sont plongés dans ce liquide ; et s'il m'était permis d'avoir une opinion sur ces matières, je dirais que cette pulpe, ou cette lymphe préserve la mollesse et la ténuité des filets nerveux contre les trop vives impressions du son, comme les eaux de l'*amnios* protégent le *fœtus* contre les chocs extérieurs. Malgré tous ces raisonnemens, l'existence de ce liquide devient problématique, si, comme le dit M. Morel, M. le professeur Chaussier assure que le labyrinthe contient une bulle d'air et non pas une bulle d'eau. Le nom de M. Chaussier est d'un grand poids ; mais à quoi bon lui faire faire une querelle par les autres anatomistes, quand il n'est question que d'une théorie musicale ? Au reste, qu'il y ait de l'eau ou de l'air, on n'a jamais contesté le rôle que joue la membrane secondaire dans la perception du son, et l'on n'a pu regarder le premier tympan comme la cause de l'audition, puisque sa déchirure et même son absence totale ne produisent pas la surdité. La découverte de M. Morel se borne donc à la correspondance qui existe, selon lui, entre les vibrations du corps sonore et les oscillations du tympan secondaire, et ici même ces démonstrations sont purement rationnelles, puisqu'il n'a pu ni observer, ni mesurer ces oscillations.

Il est très-possible que je n'aie pas bien compris le système de M. Morel, et que je n'aie pas les connaissances nécessaires pour l'apprécier ; je

ne lui en conteste la justesse que par la répugnance que je me sens à n'assigner qu'une cause
matérielle et géométrique aux effets si variés et si
variables que la musique produit sur nous. J'ai vu
constamment que tel morceau touchait fort peu
telle partie du public, tandis qu'il charmait l'autre
partie. Parmi les musiciens même il y a des opinions contradictoires sur tel chant et telle harmonie ; on ne peut cependant pas alléguer ici *l'é-
ducation de l'oreille*, puisque tous l'ont également
exercée : les Allemands et les Italiens n'éprouvent
certainement pas les mêmes sensations dans les
mêmes circonstances, et cependant M. Morel
avoue que tous les hommes ont l'oreille également
conformée. Plus j'y pense, plus je me persuade
que l'on confond souvent l'effet produit par les
paroles avec les impressions causées par la musique ; en Italie même, où les paroles comptent
pour peu, les *anima mia*, les *mio bene*, les *mio
cuor*, donnent aux notes attachées à ces mots une
valeur idéale qu'elles n'auraient pas dans une symphonie. Quand des paroles expliquent le sens d'une
phrase musicale, le vulgaire s'imagine que les notes
seules auraient dit la même chose. Cependant,
prenez un homme qui ne connaisse pas l'opéra
d'Œdipe à Colone ; chantez-lui les notes seulement des quatre premières mesures de l'air d'Œ-
dipe, et vous verrez s'il devine que cela signifie :

Elle m'a prodigué sa tendresse et ses soins.

Un jour j'entendais un prétendu connaisseur s'extasier sur un air de femme, et s'écrier : *Ah ! voilà bien comme s'exprime une mère !* Vous vous trompez, lui dis-je, cet air avait été fait pour une autre pièce et sur d'autres paroles, et c'était *une tante* qui le chantait ; il est étonnant que vous ne vous en soyiez pas aperçu.

Grétry avait trop d'esprit pour croire que la musique exprime des idées sans le secours des paroles ; il aimait à raconter l'anecdote suivante : il avait eu une discussion avec un savant qui regardait la musique comme *une langue*, et qui la croyait propre à tout exprimer par elle-même. Un jour ce savant écrivit à Grétry pour l'inviter à dîner, ajoutant qu'il le traiterait sans façon en ne lui donnant que le potage, le bœuf, un poulet et une salade. « Vous me croyez donc bien peu musicien, lui répondit Grétry, puisque vous vous servez *de mots* pour m'écrire ! Vous deviez me donner la carte du dîner avec *des notes*, et ces notes m'auraient sans doute appris que je trouverais chez vous le poulet et la salade. »

Je sais bien que tout ceci est étranger au système de M. Morel : dans son exposition des effets produits par le corps sonore sur la seconde membrane de l'oreille, il ne considère que les sons, et il en déduit des règles de composition musicale indépendamment des paroles. Mais comme nous entendons continuellement tel genre d'accords et telles successions de sons employés à l'expression dé tels sentimens , notre imagination applique malgré nous les sensations produites par la musique instrumentale aux sentimens analogues que nous a fait éprouver la musique vocale ; et nous faisons mentalement des paroles à tort et à travers pour toutes les phrases de chant où il n'y a point de paroles. A cet effet , nous disons : voilà le vent qui siffle ; à cet autre , voilà les flots qui s'agitent ; plus loin , c'est une femme qui pleure , et souvent le musicien n'a pensé ni aux flots, ni à la femme , mais à des *ut* et à des *la*. Le son de la trompette nous donne l'idée de la guerre : c'est parce qu'il est très-éclatant, me dira-t-on ; mais en ce cas, pourquoi le son du tambour, le plus sourd de tous , réveille-t-il la même idée ? Nous n'éprouvons donc que des sensations de convention et de réminiscence , et je conclus avec d'Alembert et Euler, qu'il ne faut pas chercher dans *la physique*, et moins encore dans la géométrie , la cause du plaisir que la musique nous procure. M. Morel va dire que mon oreille a reçu une bien mauvaise éducation ; mais si jusqu'à présent j'ai dit bien des sottises , je vais ajouter une phrase qu'il sera forcé de trouver raisonnable , car c'est lui qui l'a écrite : *La musique*, dit-il, *n'est pas en soi un art d'imitation* ; pourquoi donc nous donner des règles de poésie lyrique ? pourquoi vouloir nous apprendre à faire des opéras ? Toute musique est donc également bonne ou également mauvaise pour telle ou telle phrase, puisqu'elle n'imite pas ? Il dit ailleurs que l'exactitude rigoureuse est nuisible au plaisir; pourquoi donc faire dépendre le plaisir des oscillations géométriques d'une membrane? Il dit encore que *le beau* en musique est indépendant de toute influence morale; il est donc purement physique: pourquoi donc l'attacher à des idées, à des sensations, à des sentimens? Il parle enfin de *l'inutilité des découvertes faites en physique*, et de *l'incompétence des mathématiques pour l'assignation des préceptes de l'art musical;* pourquoi donc faire dépendre ces préceptes des vibrations très-physiques d'une membrane et des formes mathématiques des oscillations?

Supposons donc que le système est faux, et j'en ai peur; il est toujours agréable de disputer avec un écrivain qui réunit l'esprit à l'instruction, et un style agréable à une fort bonne logique. Quoi qu'il en soit, je vais m'occuper des préceptes de M. Morel sur la poésie lyrique, sur la musique dramatique et sur notre opéra, sans parler de l'anatomie de l'oreille, de l'*ouverture vestibulaire*, des *membranes tympaniques*, de *l'étrier*, du *marteau*, du *labyrinthe*, ni du *liquide de Cotunni*.

Je répète ici sommairement que l'auteur attribue les sensations produites par la percussion du corps sonore, aux vibrations ou oscillations de la membrane secondaire de notre oreille; selon lui, la forme plus ou moins parfaite de ces oscillations nous cause plus ou moins de plaisir, indépendamment de toute idée métaphysique. C'est de ce principe matériel qu'il part pour prescrire de nouvelles règles de mélodie, d'harmonie, de prosodie et de poésie lyrique. J'ai opposé déjà quelques raison-nemens à ce matérialisme de la perception musi-cale ; examinons maintenant les préceptes ou les opinions de M. Morel sur les moyens de perfec-tionner nos opéras.

Il faut encore avertir le lecteur des nouvelles acceptions que l'auteur donne à quelques termes techniques : par *modulation* il n'entend pas un changement de *tonique*, mais l'art de former la mélodie ; il ne compose pas des *périodes* avec des phrases ou des membres de phrase, mais il veut que la *phrase* soit composée de périodes ; il ne voit dans le rhythme que *l'individualité du son*, et il écrit *ritme* pour indiquer le nouveau sens qu'il lui donne ; tout cela est indifférent quand le lecteur est prévenu.

Ou je n'ai aucune idée des vers lyriques et de la composition d'un opéra, ou M. Morel s'est com-plètement trompé, quoiqu'il soit musicien et poète, et qu'il ait voyagé en Italie. Il prétend que les gens de lettres *ne reconnaissent point de beautés musi-cales sans le secours des beautés poétiques.* C'est une erreur grossière : les hommes d'esprit de tous les pays distinguent la musique instrumentale de la musique lyrique ou scénique : la première leur fait quelquefois dire : *Sonate, que me veux-tu ?* parce qu'ils veulent toujours attacher une idée à une sen-sation ; mais ils ne demandent alors que du plaisir, tandis qu'ils exigent de la musique une expression juste et raisonnable chaque fois qu'elle se charge d'exprimer des idées et des sentimens, chaque fois, en un mot, qu'elle s'unit à des paroles. *La multitude,* dit M. Morel, *veut tout comprendre, ne veut pas perdre une parole, et se trouve au supplice quand le chanteur ne prononce pas nettement; tandis qu'un véritable amateur ne pense aucunement au sens des paroles....* Et plus bas: *Presque tous les habitués de nos théâtres lyriques sont dans le cas de cette portion que j'ai nommé multitude.* Certes, voilà une prétention bien étrange! Quoi! cette sotte multitude veut entendre ce qu'on lui chante! elle croit que les paroles sont faites pour être prononcées; elle veut même les comprendre; elle vous dira bêtement que si l'on n'entend pas les paroles ou si on les estropie, il vaut mieux qu'il n'y en ait pas du tout! Elle est bien plus ridicule encore que ne le dit M. Morel, car en voyant un tableau, elle veut en comprendre le sujet, elle va jusqu'à exiger d'un orateur que son discours soit intelligible, et d'un architecte qui construise des maisons habitables. En vérité, nous sommes bien badauds! Vive le véritable amateur! voilà un homme raisonnable; il veut qu'on écrive en vers, et il permet de les estropier; il veut des paroles, et *il ne pense aucunement au sens des paroles.* Mais l'ironie me lasse, et je crois que M. Morel se moque de nous. A la vérité, il ne se prononce pas d'une manière tranchante; il a même l'indulgence de permettre

à un compositeur *d'adapter sa musique aux facultés de son auditoire ;* mais cet auditoire est une
multitude. *Nous avons,* dit-il, *l'esprit plus exercé
que l'oreille,* ce qui signifie sans doute que nous
n'avons pas assez d'oreilles ; et l'épithète *véritable*
donnée à l'amateur, fait bien voir que, selon M. Morel, l'homme de goût est celui qui aime les bons
vers estropiés et les paroles mal prononcées, pourvu
que *il canto sia grazioso, divino, stupendo.*

Il faut avouer que l'on calomnie étrangement
les Italiens quand on leur suppose le goût ridicule
d'aimer la musique au détriment de la scène, de
la poésie et du sens commun. La preuve qu'ils aiment les bons opéras et les bons vers, c'est qu'ils
préfèrent ceux de Métastase, préférence qui serait
absurde, *s'ils ne pensaient aucunement au sens
des paroles.* Donnez-leur une pièce intéressante et
bien écrite, et vous verrez s'ils la sifflent pour cette
seule raison ; qu'un chanteur prononce bien en
chantant bien, et vous verrez s'il n'est pas plus applaudi que celui qui prononce mal. Il est très-vrai
qu'aux théâtres lyriques, ils veulent de la musique
avant tout ; ils applaudissent le bon chanteur mauvais comédien, et les mauvaises paroles bien chan-
tées ; mais, certes, ils applaudiraient bien davantage
si toutes les qualités se trouvaient réunies. Et moi
aussi j'ai été en Italie ; j'ai vu réussir sur le vaste
théâtre de Saint-Charles, des opéras très-médiocres
dont la musique était bonne, et des chanteurs *qui
ne pensaient aucunement au sens des paroles ;* mais

sur un autre théâtre de la même capitale, j'ai vu
la *Céleste Coltellini*, excellente actrice et faible
cantatrice, et le bouffe *Casacielo* qui ne savait pas
chanter, exciter les transports les plus vifs : la première, par l'esprit, la finesse et la grâce de son jeu;
le second, par son admirable vérité; et des amateurs
dont l'oreille italienne avait reçu une fort bonne
éducation, disaient du bouffe qu'il était *stupendo*;
et, jouant sur le prénom de la chanteuse *qui pro-
nonçait*, ils s'écriaient, avec l'emphase des amateurs : *E davvero celeste Coltellini!*

Selon M. Morel notre langue n'est pas musicale; et cependant en faisant un choix de mots
sonores, il pense que les paroles françaises peuvent
être aussi chantables que celles de tout autre idiome;
mais pour les rendre telles, il faudrait, dit-il, en
bannir l'*e* muet, voyelle sourde, qui a dans le
chant le son de *eu*, et qui est anti-musicale. Il y a
ici plus d'une erreur : d'abord il est impossible de
se priver entièrement de l'*e* muet, puisqu'il entre
dans les articles, pronoms et particules *je, te, le,
de, ne, que*, et d'autres qui sont les liens nécessaires du discours. En second lieu, des vers qui
se termineraient tous par la rime masculine, seraient fatigans pour l'oreille, qui veut alternativement des sons faibles et des sons forts, analogues
au *temps faible* et au *temps fort* de la mesure musicale. Mais voici la véritable raison :

Non-seulement les Italiens ont un *e* muet dans
leur langue, mais ils ont encore l'*a* muet, l'*i* muet

et l'*o* muet. Règle générale : en italien, toute voyelle qui n'est pas marquée de l'accent grave, est fugitive, faible, et presque muette. Dans *àmo*, j'aime, l'*a* se prononce fortement, et l'on fait à peine sentir l'*o*; au contraire, dans *amò*, il aima, l'*a* est très-faible et l'*ò* se prononce avec force ; cela est si vrai, que jamais un compositeur ne fera reposer une note de l'harmonie sur l'*a*, l'*e*, l'*i*, ni l'*o*, qui n'ont point l'accent grave ; dans *félice*, la bonne note sera sur l'*i*; dans *bella*, sur *bel*; dans *amore*, sur *mor*; dans *mano*, sur *man*; dans *francese*, sur *fran*; enfin, sur l'avant-dernier *e*, et jamais sur le dernier, qui ne compte pas plus en musique que l'*e* muet du mot *française*. Veut-on une preuve plus décisive · prenez tous les opéras italiens, à commencer par ceux de Métastase, vous n'y trouverez jamais un air, un duo, un morceau de chant quelconque qui finisse par un *a*, un *e*, un *i* ou un *o* qui n'ait pas l'accent ; tous, au contraire, se terminent par une voyelle accentuée ou par une consonne. Pourquoi cette règle constante, qui n'a pas une seule exception ? C'est que toute voyelle non-accentuée est muette, et comme tout morceau de musique finit par une note de l'harmonie, cette note harmonique n'aurait pu se reposer sur la dernière syllabe des mots tels que *piangère, felice, amico, amante*, ou tout autre qui ne se termine pas par un son plein. Il y a plus : non seulement ces voyelles muettes ne se placent pas à la fin des airs, en italien, mais elles gêneraient le musicien à la fin d'une phrase ; il est clair, en effet, que toute phrase musicale devant avoir une terminaison, quand la phrase des paroles se termine elle ne peut finir que par une note harmonique, et cette dernière ne se place jamais que sur une voyelle accentuée. Exemple :

Più non sembra ardito e fiero
Quel leon che, prigioniero,
A soffrir la sua catena
Lungamente s'avvezzò.

(*Première terminaison.*)

Mà se un giorno lacci spezza,
Si ricorda la fierezza,
Ed al primo suo ruggito
Vede il volto impallidito
Di colui che l'insultò.

(*Dernière terminaison.*)

Maintenant invitez un Italien à déclamer ces vers, vous verrez que son accent se portera sur l'*e* de *fiero* et de *prigioniero*, et non pas sur l'*o*; sur l'*e* de *catena*, et non pas sur l'*a*, mais qu'il prononcera fortement l'*ò* d'*avvezzò;* il en sera de même pour la seconde strophe. Interrogez ensuite un musicien de la même nation, il vous dira que la note d'harmonie reposera sur la dernière voyelle dans *avvezzò* et dans *insultò*, mais sur l'avant-dernière dans *fiero, catena, fierezza* et *ruggito.*

On croit vulgairement en France que la langue italienne est éminemment musicale, parce que

presque tous les mots finissent par une voyelle,
et cependant les deux tiers et même les trois quarts
de ces voyelles finales, ne peuvent pas plus supporter une note d'harmonie que l'*e* muet des Français. Si **M.** Morel trouve dans tout Métastase ou
dans tout autre poète lyrique un seul morceau
destiné au chant qui finisse par une voyelle non
accentuée, je me déclare vaincu dans cette discussion ; mais s'il n'en trouve pas un seul, il sera
forcé de convenir qu'il y a dans la langue italienne
une foule d'*a*, d'*e*, d'*i* et d'*o* assez muets pour ne
pouvoir supporter la bonne note du chant. Ce
qui induit les Français en erreur, c'est qu'en général ils prononcent toutes les voyelles *pleines* en
italien : ils disent *ămŏ* pour *āmŏ*, *dŏnnā* pour
dŏnnă et *ămĭcŏ* pour *ămĭcŏ* ; ainsi il n'est pas
étonnant qu'ils trouvent toutes ces voyelles sonores. Il est cependant bien certain qu'en italien
les vers qui finissent par un *temps faible* (comme
par *amante*, *amico*) font l'effet de nos rimes féminines, tandis que ceux qui se terminent par les
syllabes accentuées ou par une consonne (comme
par *bellà*, *tollerár*, *partì* ou *soffrir*) répondent à
nos rimes masculines. Les premiers mots se nomment *piani*, les seconds *tronchi* : c'est par leur
mélange que la poésie lyrique est agréable ; mais
si nous ne faisions que des vers masculins, ils seraient aussi fatigans que des vers italiens qui finiraient tous par des mots *tronchi*.

Ce n'est donc pas l'*e* muet qui rend notre lan-

5.

gue peu propre à la musique, puisque ce même
e, en italien, lorsqu'il n'est pas accentué, ne supporte pas mieux une note de l'harmonie. Ce ne
sont pas non plus nos rimes féminines qui oppo-
sent un obstacle au chant, puisque les Italiens
mêmes, par le mélange des vers *piani* et *tronchi*,
imitent parfaitement nos deux espèces de rime. Le
véritable vice de notre langue réside dans les syllabes nasales : un musicien de Rome ou de Naples aimerait mieux trouver trente *e* muets dans un
morceau que deux ou trois *in*, *en*, *an*, *ien*, *ian*
ou *ion* : voilà les sons réellement désagréables, et
d'autant plus défavorables au musicien, qu'il est
souvent obligé d'y placer les notes harmoniques ;
tandis que l'*e* muet, sourd, fugitif et quelquefois
négligé, ne devient défectueux que dans la musique mal faite. Un autre vice de notre poésie lyrique est le défaut de rhythme. Les plus mauvais
poëmes des Italiens ont des vers rhythmés, et ces
vers, même les plus courts, ont toujours une ou
deux césures revenant périodiquement dans tout
le cours du morceau. Il résulte de cet arrangement
symétrique que le rhythme musical correspond
toujours au rhythme poétique ; la bonne note
rencontre toujours la bonne syllabe, et tous les
repos, comme tous les mouvemens, y sont iso-
chrones. Quelques poëtes français ont imité cet
heureux artifice ; mais les morceaux de ce genre
sont trop rares chez nous pour que nous puissions
nous en prévaloir.

Si M. Morel s'était contenté de donner des préceptes, on pouvait l'approuver ou le contredire, et tout finissait là ; mais malheureusement il y a voulu joindre l'exemple, et il s'est donné la peine de composer des vers qu'il trouve éminemment chantables, pour nous apprendre à les bien faire. Hélas! il m'en coûte de le dire : ces vers ne sont bons ni pour un poète, ni pour un musicien.

1° D'abord ils n'ont point de rhythme, ce qui est blâmable dans un réformateur ; le repos du premier vers est sur la quatrième syllabe (par une amante), et le repos du second vers est sur la troisième syllabe (qu'un mortel), de sorte que la *réponse* de la phrase musicale ne répondrait pas à la *demande*. En outre, la seconde strophe commence par le rhythme de 4 et 4, tandis que la première, comme je l'ai dit, commence par 4 et 3. La même phrase de musique ne pourrait donc aller sur les deux sans altération, ce qui n'arrive jamais en italien ;

2° M. Morel, qui a horreur de l'*e* muet parce qu'il a le son de *eu*, emploie les mots *joyeux* et *heureux* où le son *eu* est bien autrement fort et plus prolongé que dans l'*e* muet ;

3° Des vers s'y terminent par les nasales *ens* et *in*, syllabes anti-mélodieuses, par cela même qu'elles ne sont pas muettes ; l'auteur y place même en rime les mots *perdu* et *répondu*, et un savant qui a voyagé en Italie devrait savoir que

notre malheureux U nous est reproché comme un
crime par tous les amateurs du chant;

4° Enfin on y trouve des vers ennemis de la
mélodie ; comme

> Alors qu'au gré de mes désirs.....
>
> . . . .
>
> En vain rompt-elle un nœud si beau, etc.

Tout cela n'empêche pas que M. Morel ne soit
un homme de beaucoup de mérite, et son livre
peut être médité avec fruit sous bien des rapports.
Je puis d'ailleurs avoir mal compris son système,
et je suis tout prêt à me rétracter si les amateurs
et les musiciens l'adoptent. La seule chose sur laquelle je ne transige pas, est la partie de l'ouvrage qui concerne les vers lyriques. J'ai eu assez
de relations avec d'excellens musiciens de toutes
les écoles pour connaître la *facture* qui leur convient, les syllabes qui les gênent, et celles qui
leur sont favorables.

FRAGMENS SUR LA MUSIQUE,

EXTRAITS DES MÉLANGES DE LITTÉRATURE, PHILOSOPHIE, POLITIQUE, HISTOIRE ET MORALE ;

Par le chambellan comte D'ESCHERNY.

UNE note jointe à ce titre, nous apprend que les Mélanges dont on a extrait ces *Fragmens sur la musique*, sont eux-mêmes extraits d'un ouvrage sur le *Moi humain*, que l'auteur a commencé il y a plus de vingt-cinq ans : ainsi l'article où je rends compte de ces *Fragmens* est l'extrait d'un troisième extrait ; et s'il en est de cette opération en littérature comme des extraits en chimie, si ce n'est qu'un rapprochement de principes, une rectification de substances, une concentration d'esprit, mon extrait doit être excellent.

Fiez-vous donc aux journaux, disent les gens du monde, et vous jugerez tout de travers : les gens du monde ont souvent raison, et les journeaux souvent tort. L'un d'eux, par exemple (le Journal de Paris), m'a donné une bien fausse idée de ces Fragmens sur la Musique ; au compte qu'il en a rendu, je me suis représenté l'auteur de cette brochure comme l'un de ces enthousiastes ama-

teurs par ton de la musique ultramontaine, l'ai-
mant ou croyant l'aimer avec tous ses défauts, et
renonçant à l'exercice de leur esprit et de leur raison
pour se livrer sans distraction au plaisir des oreilles;
plaisir qui est d'autant plus grand, que l'organe
qui le reçoit a plus d'étendue. Je faisais, je l'avoue,
une grande injure à M. le comte d'Escherny;
voilà ce que c'est que de voir par les yeux d'un autre;
on est presque toujours trompé : ainsi je conseille
à mes lecteurs de ne point s'en rapporter à ce que
je vais dire, et de juger par eux-mêmes ces *Fragmens*, où ils trouveront de l'esprit, de l'originalité,
de la bizarrerie, et souvent beaucoup de raison.

Je serais fort embarrassé d'exprimer une opinion
déterminée sur le mérite de cette brochure; la
première partie m'y semble si différente de la seconde, que je ne sais comment des idées aussi opposées ont pu se réunir dans le même cerveau.
Bien loin de regarder l'auteur comme un amateur
aveugle et enthousiaste, je lui ai reconnu d'abord
un goût si pur et si raisonnable, que j'allais inscrire son nom avec ceux de l'abbé Arnaud, du
P. Martini, de l'abbé Conti, de D. Eximeno, de
Benedetto Marcello, et d'autres qui ont donné
sur la musique *dramatique* des préceptes si vrais
et si sensés. Je fis bien de ne pas céder à ce beau
mouvement; car en continuant à lire, je vis la
scène changer entièrement; des idées étranges succédèrent à celles qui m'avaient paru si justes; un
enthousiasme bizarre pour une *singulière espèce*

d'artistes, se manifesta d'une manière si prononcée, que j'allais inscrire le nom de l'auteur sur une autre liste, lorsque je me rappelai les excellentes vérités contenues dans la première partie de l'ouvrage, et je restai dans ce doute qui est, dit-on, le commencement, et peut-être la fin de toute sagesse.

Suivons pas à pas M. d'Escherny dans les différentes routes qu'il parcourt. Tout le monde convient que le premier progrès vers le *beau*, est le dégoût pour ce qui est mauvais. Ainsi, en rappelant ici tout ce que l'auteur n'aime pas en musique, nous devinerons ce qu'il aime, ou du moins ce qu'il doit aimer.

Dès les premières pages il attaque nos éternels récitatifs, et certes je lui en sais bon gré, car il y a bien quarante ans qu'ils m'ennuient; et si j'ai quelquefois fait semblant de les aimer, c'est que, comme tant d'autres, je voulais avoir l'air de m'entendre à la musique. « Tous ces récitatifs, dit M. d'Es-» cherny, qui ne sont ni parlés ni chantés, *et j'y* » *comprends le récitatif des opéras italiens*, je le » demande aux oreilles sensibles et à tous les gens » de goût, y a-t-il quelque chose au monde de » plus ennuyeux, de plus insupportable ? » Si tous ceux qui pensent, à cet égard, comme M. le comte d'Escherny, s'avisaient de répondre tous à la fois, nous entendrions un beau chorus. On doit remarquer ici que l'auteur n'excepte pas les récitatifs italiens : cela prouve de l'impartialité; mais il me semble qu'il aurait dû dire : *à fortiori.*

Son opinion sur la langue française est également remarquable ; il déclare que malgré tous les défauts qu'on lui reproche, *elle est encore la plus belle et la plus parfaite des langues modernes.* « Quant à nos opéras français et italiens, dit-il plus » bas, je ne crois pas qu'il y ait de la témérité à » prononcer que leur constitution est entièrement » vicieuse ; et que le genre en est radicalement » mauvais. Je pourrais me borner, pour le prou-» ver, à un seul fait : c'est qu'ils ennuient également » les amateurs de l'intérêt dramatique et de la vraie » déclamation; car on n'y trouve ni l'un ni l'autre.» L'arrêt est un peu sévère ; mais j'ai si peur de le trouver juste, que, selon l'expression de Sedaine, je vais *m'appliquer à n'y point réfléchir.*

Voici maintenant une sortie contre le grand Opéra. Je vais me contenter de transcrire sans paraphraser, et ce sera déjà un assez grand crime que de répéter un pareil blasphème : « Quant à la » musique, ce n'est pas au grand Opéra qu'il faut » la chercher, à moins qu'on n'entende par mu-» sique le bruit, le fracas, les cris, les éclats de » voix, les chants âpres, mordans ou glapissans. » Cette dernière ligne m'a tellement effrayé, que je n'ose transcrire le reste du paragraphe : mes lecteurs devinent ce qu'il peut contenir, car ce début promet beaucoup.

M. le comte d'Escherny n'est pas, à beaucoup près, aussi rigoureux envers *l'Opéra-Comique français :* Celui-ci, dit-il, « suit une bien meilleure

» route ; *on y chante incomparablement mieux*
» qu'au grand Opéra, et l'usage de la parole y réu-
» nit à la bonne musique l'intérêt dramatique. »
Je n'ai garde d'approuver ou de blâmer l'opinion
de l'auteur ; si la mienne perce, ce ne sera pas
ma faute ; je fais ce que je peux pour la retenir :
les théâtres sont des puissances qu'il est dangereux
d'offenser ; mais je puis au moins faire observer
qu'il n'y a pas dans les passages précités de partialité ultramontaine. La justice de M. le comte
d'Escherny se fait surtout remarquer, lorsqu'il dit :
« Je citerai Garat, à qui j'ai entendu exécuter,
» *avec une égale perfection*, des scènes italiennes,
» des récitatifs obligés, suivis de leurs airs *adagio*
» ou *largo*. »

Opposons à cette manière d'envisager nos théâtres lyriques, l'opinion de l'auteur sur les opéras
italiens : « Maintenant, s'écrie-t-il, que dirons-
» nous de l'*opera seria* d'Italie? Tout le monde
» sait qu'on n'y trompe l'*ennui de cinq mortelles*
» *heures*, qu'en le transformant en lieu de rendez-
» vous, et d'assemblées divisées entre toutes les
» loges, où, au lieu d'écouter, on joue, on boit,
» on mange et l'on fait la conversation : on ne
» pose les cartes que pour venir au-devant de la
» loge entendre un récitatif accompagné de deux
» ou trois airs ou duos, supérieurement chantés,
» *mais non joués*, par un excellent *soprano et* une
» *prima donna*. Ces morceaux délicieux appar-
» tiennent à un concert bien plus qu'à une tra-

» gédie lyrique , d'autant plus que les grands chan-
» teurs *ne sont nullement acteurs*, et croiraient
» même déroger et *s'assimiler à des histrions*,
» d'en avoir la pensée (sono academico, disent
» ces messieurs). » Ce paragraphe nous offre beaucoup de choses dignes d'attention : 1° Les cinq
mortelles heures d'ennui que l'on doit au charme
de l'opéra sérieux italien ; 2° que les morceaux y
sont chantés, mais non joués ; 3° que les chanteurs
se croiraient déshonorés s'ils avaient l'esprit de comprendre et de bien dire les beaux vers d'Apostolo
Zeno ou de Métastase. Certainement ici la France
a l'avantage : d'abord, nous ennuyons moins
long-temps ; en second lieu, quand nos chanteurs
jouent mal, ce n'est point par orgueil, mais tout
bonnement parce qu'ils n'en savent pas davantage ; et enfin, nous ne connaissons pas de virtuose
assez impertinent pour traiter d'histrions les hommes qui ont le talent d'exprimer et de nous faire
sentir les nombreuses beautés des Racine et des
Molière.

« L'opéra bouffe, ajoute M. d'Escherny, l'o-
» péra bouffe, qui a tous les défauts de l'opéra
» sérieux, à la longueur près, est encore bien plus
» insupportable, parce que le jeu des acteurs n'y
» a ni l'élégance, ni le naturel, ni la noblesse,
» ni la franche gaieté des acteurs de l'opéra comi-
» que français ; qu'il est guindé, ou quelquefois
» même ridicule ; et qu'enfin ces acteurs ne font
» entendre que de misérables pièces, auxquelles on

» ne conçoit pas que des hommes tels que Piccini,
» Cimarosa, Sacchini, Paësiello, Paër, aient voulu
» associer leur savante harmonie, et leur sédui-
» sante mélodie. »

Ce que je viens de transcrire est bien suffisant,
je pense, pour prouver que l'auteur n'est point
un amateur aveugle, exclusif, qui veut faire l'éloge
de l'Italie aux dépens de la France ; et il est bien
complètement absous du reproche injuste qu'on
a lui fait *de choisir la capitale de la France pour y
dénigrer les Français.* Il critique chez nous ce qu'il
croit y apercevoir de répréhensible, et l'on voit
qu'il ne ménage pas l'amour-propre des Italiens.
D'ailleurs, que répondre à un écrivain qui s'exprime ainsi : « Il n'entre dans mes jugemens ni
» partialité, ni prévention ; je m'abandonne aux
» impressions que je reçois ; je les décris : permis à
» chacun d'en avoir de différentes, et même d'op-
» posées ? »

Je vais user amplement de cette permission qu'il
me donne. Autant je lui ai trouvé de goût, d'esprit et de raison, quand il a signalé les vices des
scènes lyriques italienne et française, autant il me
paraît s'être trompé sur les moyens de corriger ces
défauts. Il y a même une contradiction un peu
forte entre la première et la dernière partie de son
ouvrage. Là, il faisait remarquer que les airs et
duos, en Italie, sont chantés et non joués, que
les chanteurs auraient même honte d'y être acteurs ;
il a fait l'éloge de la grâce, de l'élégance, du na-

turel des acteurs de l'Opéra-Comique français; il se
plaint des misérables pièces que nous donne l'O-
péra-Bouffe : tout cela ne fait-il pas croire que
M. le comte d'Escherny voudrait trouver à l'Opéra
même de l'esprit, de la raison, ou tout au moins
du bon sens? Comment donc concilier ce désir
si juste avec son amour pour le chant *travaillé*,
pour les airs intercalés dans des scènes qui n'ont
pas été faites pour les recevoir, et sur-tout avec
son goût passionné pour les *sopranes?* Il propose de faire un recueil des airs et duos les plus
agréables que l'on trouve dans Métastase, avec la
musique des plus grands maîtres de chapelle ; de
les destiner à l'usage des concerts, et de les impri-
mer à la suite des scènes françaises avec lesquelles
ils auraient de l'analogie ; et l'on jouirait alors,
dit-il, *des deux manières d'imiter la nature et
l'accent des passions par la musique et par la déclamation.* Quelque bons, en eux-mêmes, que fussent ces morceaux, ils composeraient, je pense,
un tout fort mauvais. Ces espèces de *pasticci* me
rappellent ce dîner où l'on avait réuni dans une
seule jatte tous les plats qui auraient dû être servis
séparément : l'on ne trouva plus qu'un salmigondis désagréable dans l'union de tant de mets
qui, goûtés successivement, devaient être délicieux. Je n'étendrai pas davantage ma pensée ;
mais elle se réduit à cette question : La musique
dramatique doit-elle ressembler à celle de concert?
Si elle doit être la même, M. le comte d'Escherny

doit trouver fort bon qu'en Italie les acteurs chantent et *ne jouent pas*, et fort mauvais que nos
chanteurs d'opéra comique s'avisent d'avoir de
l'élégance, du naturel et de la déclamation. Si, au
contraire, la musique dramatique doit se modeler
sur le caractère du drame, des personnages, du
sujet, du site, et sur le sentiment, l'esprit, la pensée, exprimés dans les paroles, alors je conseille
à M. le comte d'Escherny de s'en tenir aux excellentes réflexions qu'il a faites dans la première
partie de son ouvrage. À l'égard du *chant travaillé*, je divise encore mon opinion : s'il n'y a
point de musique dramatique, chantez comme il
vous plaira, pourvu que mon oreille soit satis-
faite; s'il existe une musique dramatique, c'est
au compositeur à savoir à quel point il doit orner
son chant : tout style (et alors la musique en est
un) est imparfait dès qu'il faut y ajouter.

Quant aux eunuques ou *sopranes*, la chaleur,
l'enthousiasme, la passion même avec lesquels
M. d'Escherny en parle, ne sont point concevab-
bles. Il va jusqu'à maudire Ganganelli pour avoir
défendu ces mutilations : il accuse de sottise ceux
qui ont loué cette bonne œuvre du pontife, et peu
s'en faut qu'il n'excommunie ce pape pour avoir
empêché une mère de spéculer d'une manière aussi
cruelle sur le malheur de son enfant, et de dire
avec une joie révoltante : *Ho fatto la fortuna al
mio ragazzo*. M. d'Escherny avoue qu'il est affreux de mutiler des hommes pour en faire les

gardiens des femmes dans un *harem*; mais que répondrait-il si un bon musulman lui disait : Quoi ! vous approuvez une barbarie souvent inutile, pour vous procurer, ou plutôt pour augmenter un vain plaisir, et vous la trouvez criminelle quand il s'agit de l'amour, qui est la passion la plus impérieuse, la plus nécessaire, et de la jalousie, toujours inséparable de l'amour excessif? Mais M. d'Escherny n'entend pas raison sur cet article ; il appelle barbares ceux qui veulent empêcher cette barbarie ; il ne parle qu'avec transport de la voix de *soprane, voix par excellence,* dit-il ; *qu'on n'entendra plus que dans le ciel, si on la supprime sur la terre.*

Je ne puis que plaindre ceux qui se sont fait un besoin de cet étrange plaisir, et cependant je vais leur donner un conseil fort raisonnable : si cette mutilation n'est point criminelle, si elle ne fait pas le malheur de ceux qui la subissent, si enfin les amateurs des *sopranes* ne peuvent exister sans cette noble jouissance, eh bien ! qu'ils fassent un pareil sacrifice, et qu'ils chantent eux-mêmes ; on leur permettra ensuite de faire l'éloge de la méthode.

DICTIONNAIRE HISTORIQUE

DES MUSICIENS, ARTISTES ET AMATEURS, MORTS OU VIVANS,

Qui se sont illustrés en une partie quelconque de la Musique et des
arts qui y sont relatifs, tels que compositeurs, écrivains didactiques,
théoriciens, poètes, auteurs lyriques, chanteurs, instrumentistes,
facteurs, graveurs, imprimeurs de musique, etc.; avec des rensei-
gnemens sur les théâtres, Conservatoires et autres établissemens dont
cet art est l'objet; précédé d'un sommaire de l'histoire de la Musique;

Par Al. CHORON et F. FAYOLLE.

GRÂCE à M. Choron, nous avons de nouveaux
régimens de grands hommes. Il n'est plus simplement question de se faire connaître, d'acquérir de
la réputation, d'avoir même de la célébrité, mais
le titre de cet ouvrage nous prouve que l'on peut
s'ILLUSTRER dans une partie quelconque d'un art
relatif à la musique; ainsi nous avons non-seulement d'illustres compositeurs, acteurs ou chanteurs, mais d'illustres graveurs, d'illustres imprimeurs; et par l'*et cœtera*, l'auteur veut dire sans
doute que nous avons aussi d'illustres faiseurs de
cordes de boyaux; et d'illustres garçons qui rangent la musique sur les pupitres. Dans ce Dictionnaire, les vivans même prennent un avant-goût de
l'immortalité; et parmi les anciens, tous sont appelés et tous sont élus. M. Choron est venu pour

juger les vivans et les morts ; il a sonné la trompette, et douze mille musiciens, secouant la poussière du tombeau, se remontrent à la lumière, et
viennent nous demander si leur musique fait du
bruit dans le monde.

Jusqu'à présent mes connaissances ont été très-
bornées sur la biographie musicale, et quand je
voulais faire le savant, je citais à tort et à travers,
les Durante, Leo, Vinci, Porpora, Scarlati, Piccini, Sacchini, Cimarosa, tous noms moulés par
l'harmonie ; mais je viens d'acquérir une érudition
immense, et j'annonce avec orgueil que la mélodie
a répandu ses plus douces faveurs sur MM. Runge,
Ruppe, Rust, Ryst, Schwickhardt, Schwach-
hofer, Staudinger, Woczitza, Schwaegrichen,
Schwartzkopf, Malachian-Siebennar, Zolliskofer,
Obadiah-Shuttelworth et Gunther-Schwencken-
becher.

Deux réflexions m'affligent cependant quand je
songe à la gloire des douze mille grands hommes :
d'abord, je les trouve un peu nombreux ; mais,
malgré la perfectibilité de la mnémonique, je crains
que la postérité n'oublie une demi-douzaine de
ces noms illustres ; et il serait bien fâcheux que,
dans trois ou quatre siècles, on n'en citât plus que
onze mille neuf cent quatre-vingt-quatorze.

D'ailleurs, un grand nombre de ces musiciens
fameux portent le même nom. Cette homonymie,
toujours désagréable pour les glorieux, est bien
plus défavorable encore aux réputations musicales.

En littérature, il reste toujours quelque chose des auteurs médiocres : on cite de temps en temps une phrase d'un vieux chroniqueur, la réflexion d'un philosophe obscur, une villanelle de Passerat, un quatrain de Cotin, un joli madrigal de Pradon ; mais la plus belle musique ancienne repose en silence dans le fond d'une bibliothèque, où quelques érudits seulement la consultent, la pillent, et ne la chantent pas. Or, quand on ne porte à la postérité qu'un nom sans titre, il est bien dur de le partager avec des gens qui ne doivent leur célébrité qu'à cette seule ressemblance. N'importe! le nom surnage et l'orgueil est satisfait. Ainsi, nos derniers neveux sauront qu'il a existé trois Gluck, quatre Otto, quatre Berger, quatre Porta, cinq Ritter, cinq Richter, cinq Hasse, cinq Arnold, six Krause, six Wolf, six Koch, sept Faber, sept Mayer, sept Pfeiffer, sept Agricola, huit Martin, neuf Beck, dix Benda, onze Muller, douze Fischer, quinze Bach, et qu'il n'y a qu'un Grétry.

On a reproché à M. Choron de prodiguer la louange ; le reproche est fondé ; mais il fallait ajouter, ce me semble, qu'il y a, dans son Dictionnaire, de nombreux correctifs à la banalité des éloges. Ami des individus, M. Choron est presque toujours ennemi des genres et des espèces ; poli jusqu'à l'adulation envers les particuliers, il lance sur les corporations des traits dignes d'un journaliste. A l'article MARTIN, par exemple, on trouve une anecdote satirico-historique ; et il est ici question de M. Martin , artiste du théâtre de l'Opéra-Comique : « La fréquentation des meilleurs chanteurs , ce qu'il avait acquis de connaissances en musique , et son goût naturel, achevèrent de développer son talent : il voulut entrer à l'Opéra comme chanteur ; mais les maîtres de musique de ce théâtre jugèrent qu'*il n'avait pas assez de creux.* Il faut avouer, continue M. Choron , qu'un théâtre est bien à plaindre lorsque sa constitution l'oblige à repousser des talens tels que celui de M. Martin. Quels motifs alléguer pour justifier de semblables absurdités ? sera-ce les moyens qu'exige l'étendue de la salle? Mais celles d'Italie sont plus que doublés de celle de l'Académie Royale , et les chanteurs italiens qui chantent toujours à leur aise , s'y font entendre. Il vaut mieux le déclarer ouvertement, *c'est le détestable système d'exécution, le mauvais goût , l'habitude des cris , des hurlemens et du bacchanal instrumental , régnant de tout temps à ce théâtre, qui obligent à en éloigner les chanteurs pour y introniser des aboyeurs et des chantres de lutrin.* »

Ce n'est pas là , je crois , de la flagornerie ; cependant cherchez les articles nominaux des *aboyeurs* et des *chantres de lutrin,* vous verrez que , hors de la corporation , et considérés comme particuliers , ils reçoivent une énorme dose d'éloges , et M. Choron leur prodigue l'encens comme s'il avait à sa disposition toutes les plantes thurifères de l'Arabie.

Ce n'est pas seulement relativement à l'Opéra que M. Choron établit une si grande différence entre *le corps et les membres*, le Conservatoire de Musique reçoit aussi des apostrophes vigoureuses, tandis que tous les artistes de cet établissement sont loués avec une aménité tout-à-fait libérale. Voici un trait anecdotique de l'article MARTINI :

« En l'an VI, le directoire le nomma l'un des cinq inspecteurs de l'enseignement au Conservatoire de Musique, place qui le mit à même d'encourager les jeunes élèves. Mais son talent, ni celui de MM. Grétry et Monsigny *n'étant plus à l'ordre du jour,* il fut réformé avec M. Monsigny. M. Grétry avait déjà donné sa démission. » Ainsi les Grétry, les Monsigny, les Martini, *n'avaient pas assez de creux,* et pour se consoler sans doute, ils ont prié M. Martin de chanter leur mauvaise musique. On voit par ces deux anecdotes que, semblable au Philinte du Glorieux, M. Choron fait beaucoup de salutations, et sait tirer l'épée quand il le faut.

M. Choron a une telle antipathie pour tout ce qui est collectif, que les corps de doctrine musicale, les traités d'harmonie, ouvrages didactiques et réunions de principes, sont vivement critiqués dans son Dictionnaire. Le P. Mersenne, dit-il, a publié une *Harmonie universelle* en un énorme volume in-folio, où il traite de toutes les parties théoriques et pratiques de l'art, selon les idées que l'on avait en France de son temps, et où il donne une très-mince idée de sa propre instruction.

Le traité du P. Martini, intitulé *Saggio funda-mentale pratico di contra-punto*, est pris en grande partie dans les Œuvres de Constantin Porta, et de Patescrina. L'harmonie de Rameau, surchargée de dissonances, convient peu au style dramatique ; sa facture est fort incorrecte ; il est, en ce point, très-inférieur à Lalande, à Campra, à Bernier et à Clérambault. Quant à son traité de la basse fondamentale, qui est exposé *avec beaucoup d'obscurité, et une profusion fatigante de démonstrations géométriques*, voici une petite anecdote qui égaiera un peu cette matière sérieuse : « M. de Boisgelon, ami de Rameau, le mena un soir d'été auprès d'un marais où une multitude de grenouilles coassaient. Rameau n'y put tenir et voulut s'en aller ; mais M. de Boisgelon le retint un moment et lui dit : Mon ami, ce chant de grenouilles est dans la nature aussi bien que votre basse fondamentale. »

Fiez-vous donc aux réputations ! Ce Rameau qui a si laborieusement écrit sur son art (du moins on le croit), s'est constamment servi de la plume du P. Castel ; et le fameux Tartini, *qui ne savait pas même l'arithmétique*, n'a fait que prêter son nom au père Colombo, et cependant l'Europe a retenti des profonds calculs de Tartini et de Rameau. L'abbé Roussier, ardent prôneur de la basse fondamentale, a bien écrit lui-même ; mais il ne savait pas la musique, il était également étranger à la physique et à la géométrie ; et, sachant à peine les quatre règles de l'arithmétique , il a entassé des calculs puérils pour soutenir des systèmes absurdes. De tout ce qu'avance M. Choron , et qu'il développe dans différens articles , on peut conclure que la partie didactique de la musique n'a été traitée jusqu'à présent que par des musiciens qui ne savaient pas l'A B C , et par des gens de lettres qui ne connaissaient pas la gamme. Ne nous étonnons donc plus si l'on dispute tant sur cet art , et s'il y a si peu d'accord entre les maîtres d'harmonie.

Ce Dictionnaire contient un grand nombre d'historiettes amusantes, plaisantes et même gaillardes. J'indiquerai seulement celle de mademoiselle Maupin, actrice de l'Opéra , qui se battait comme le chevalier d'Eon , et qui enlevait les filles des couvens : celle de Piccini , avec un colonel russe , qui aimait la musique à fracas ; la guerre entre le plain-chant et la musique , décrite comiquement à l'article Sébastiani ; l'aventure extraordinaire et tragique dont Stradella fut la victime : on ne trouve nulle part un exemple de vengeance plus atroce et plus longuement méditée ; l'anecdote plus que bouffonne rapportée à l'article Sonetti ; et une notice extrêmement agréable sur le célèbre Viotti et sur son excessive sensibilité.

En général, cet ouvrage, utile pour les amateurs de la littérature musicale , est en même temps curieux pour les gens du monde. Je ne garantis le peu que j'en ai extrait que sur la foi de M. Choron : tout journal doit tribut au malin : je n'ai fait que

répéter ce qu'a dit l'auteur ; et quand il a publié
toutes ces petites anecdotes satiriques., il n'avait
pas sans doute l'intention qu'elles restassent se-
crètes. Je finirai par cette observation : Chaque
article présente la liste des œuvres musicales du
compositeur ; ces listes sont ordinairement si longues, et les œuvres de musique sont si volumineux,
que si l'on entassait dans une vaste plaine , près
de Paris , toutes les partitions , parties séparées ,
grandes et petites feuilles dont on trouve les titres
dans ce Dictionnaire, on verrait s'élever une montagne près de laquelle le mont Valérien s'humi-
lierait, comme les maisons de l'Estrapade près du
dôme de Sainte-Geneviève.

GRÉTRY EN FAMILLE,

OU ANECDOTES LITTÉRAIRES ET MUSICALES RELATIVES A CE CÉLÈBRE COMPOSITEUR ;

Rédigées et publiées par A. GRÉTRY neveu, membre associé du
Muséum de Francfort, de l'Athénée de Vaucluse, de la Société
d'Emulation de Liége, etc.

LE nom de Grétry fait presque tout le mérite
de cette brochure. Des anecdotes peu intéressan-
tes, des mots peu saillans , cent cinquante pages

entières copiées dans l'ouvrage du compositeur,
tout cela n'a pas coûté beaucoup d'efforts à l'associé du Muséum de Francfort, de l'Athénée de
Vaucluse, de la Société de Liége, et des *et cœ-*
tera, qui promettaient quelques particularités plus
neuves et plus piquantes sur l'artiste que nous regrettons, et que personne ne fera oublier. Les
Essais de Grétry sur la Musique sont connus de
tout le monde : ce n'était pas la peine d'en copier
une partie pour la vendre deux fois aux lecteurs,
et pour en diminuer le mérite en la détachant du
tout qui était indivisible. Les anecdotes n'ont de
prix qu'autant qu'elles caractérisent un personnage célèbre, et qu'elles offrent de l'originalité ou
de l'intérêt. Grétry n'était pas un diseur de bons
mots; dans la conversation, il lui échappait souvent des phrases pleines de sens et de justesse,
des traits fins et même malins, d'autant plus agréables qu'ils contrastaient avec son air simple et sa
figure de bonhomme ; mais la plupart de ces mots,
séparés des circonstances qui les avaient inspirés,
ne donnent qu'une idée fort incomplète de l'esprit de ce compositeur, qui cependant eut tant
d'esprit : quelques-uns même nuiraient plutôt à
sa réputation, si un mort était responsable des
tristes spéculations d'un héritier. M. Grétry neveu,
par respect pour le beau nom qu'il porte, aurait
dû confier la gloire de son oncle aux charmans ouvrages qu'il nous laisse, et dont le moindre vaut
mieux que toutes les anecdotes recueillies avec si

peu ou plutôt avec tant de soins. La pompe funè-
bre de Grétry était une véritable apothéose : on
avait fait un dieu du moderne Amphion, et M. son
neveu a la maladresse de nous apprendre que Grétry n'était qu'un homme. Laissons donc là ces
anecdotes, et parlons de l'admirable talent dont
il nous a laissé de si précieux gages.

Le croirait-on? Ce talent, qui, pendant tant
d'années, avait brillé avec tant d'éclat et de bonheur, fut oublié, méconnu, presque méprisé;
Une révolution violente s'était opérée dans l'empire de la musique, à l'époque même où une révolution bien plus déplorable mettait la France
en deuil et menaçait l'Europe. Des musiciens, fiers
de posséder toutes les richesses de l'harmonie et
d'en avoir exagéré la puissance, introduisirent
un système qui des écoles passa bientôt sur nos
théâtres lyriques. Les chants mélodieux, la déclamation vraie, l'esprit de la scène, disparurent de
nos drames; l'harmonie avec tout son cortége,
les modulations recherchées et fréquentes, toute
l'artillerie de l'orchestre leur succédèrent. Le danger était d'autant plus grand, que les novateurs
avaient plus de mérite. Plus sages d'abord et plus
sobres d'effets, ils craignirent, dans les commen-
cemens, d'effrayer le goût et les oreilles. Leurs
succès les rendirent plus audacieux; ils franchirent
toutes les bornes, et leurs imitateurs poussèrent
l'exagération jusqu'à la folie. Dès-lors les compositions musicales furent partagées en deux classes:

on distingua la grande et la petite musique. On comprenait dans la grande tout ce qui était vigoureux et terrible ; on nomma petite musique celle qui n'avait que du chant, de la grâce, de l'esprit et de la vérité. Ce public, qui ne se trompe jamais, ce public qui jadis avait dédaigné *Athalie* et sifflé *le Misanthrope*, se déclara pour la grosse musique. La touchante mélodie de M. Monsigny, le chant si vrai, si varié de Grétry, ne furent plus pour les oreilles blasées que le son d'une serinette. Bientôt les ouvrages qui nous charmèrent depuis notre enfance, furent ignominieusement chassés du répertoire ; les noms de Monsigny et de Grétry furent rayés de la liste des musiciens ; les colosses d'Encelade et de Briarée remplacèrent les statues de Vénus et d'Apollon, et les nouveaux Titans chassèrent de l'Olympe musical les dieux qui avaient régné avec tant de douceur. La révolution se fit de fond en comble : au lieu d'être un art gracieux, la musique devint une science assourdissante ; les pièces qui avaient fait nos délices furent méprisées ; *Zémire et Azor* ne parut plus qu'un conte de bonne femme propre à endormir les enfans ; et de tous les chefs-d'œuvre de Grétry, la seule *Fausse Magie* osait se faire entendre à longs intervalles, au milieu du bouleversement et du fracas universel.

Il arriva ce que les nouveaux Tyrtées auraient dû prévoir. La continuité des effets en affaiblit la puissance ; l'habitude des grandes émotions nous y rend insensible. Quand la musique savamment bruyante eut épuisé les ressources de l'airain et des doubles cordes, quand elle eut atteint le plus haut période des calculs algébriques, elle cessa d'étonner ; et dès qu'elle n'étonna plus, son prestige s'évanouit.

Les comédiens commencèrent à s'apercevoir que les calculs de leur caissier ne s'accordaient pas avec ceux des harmonistes. Ils se souvinrent de cette petite musique qui avait produit de grandes recettes, et ils songèrent à étayer les murs de leur théâtre ébranlé par les vigoureux assauts des instrumens à vent. Ils montèrent sur leur donjon, et, armés du télescope, ils cherchèrent dans le ciel musical cet astre bienfaisant qui avait été éclipsé par d'effrayans météores ; ils virent qu'il brillait encore d'un assez doux éclat, et ils se replacèrent sous son influence : Grétry reparut.

Les peuples qui vivent près des grandes cataractes ne parlent ni plus haut ni plus fort que ceux qui habitent les vallées silencieuses. L'habitude du bruit fait qu'il saisissent les moindres nuances de la parole, malgré le fracas des torrens : de même le public, aguerri contre les bordées de la science, entendit très-bien une voix juste et agréable, malgré les mugissemens des torrens harmoniques.

On crut voir Grétry pour la première fois : on fut étonné de trouver tant de fraîcheur à cette musique qu'on avait reléguée parmi les antiquailles ; on sentit le prix de cette déclamation toujours

juste, toujours spirituelle et toujours chantante ;
on apprécia cette fécondité qui sait toujours trouver de nouvelles couleurs pour de nouveaux sujets; on admira ce génie qui ne se répète jamais,
ni dans les moyens qu'il emploie, ni dans les effets
qu'il produit ; on reconnut que, s'il n'avait pas la
haute science, il avait au suprême degré la science
de plaire, qui est quelque chose dans les arts d'a-
grémens. Son orchestre, accusé de pauvreté, parut riche en intentions dramatiques et en chants
heureux; on avoua qu'il ne manquait pas même
de vigueur, puisqu'il avait produit les émotions
les plus vives avec les moyens les plus simples, et
même en se privant des instrumens les plus reten-
tissans; on ne douta plus que Grétry n'eût résolu
le problême qui consiste à déclamer avec le plus de
vérité, sans cesser d'être mélodieux, ou à chanter
le plus agréablement possible sans blesser la déclamation.

Tout le répertoire de Grétry se déroula de nouveau sur le théâtre lyrique, et la contre-révolution
fut achevée. Ce changement opéré dans l'opinion
publique, força les détracteurs de Grétry à changer de langage : il était curieux de les entendre
chanter les louanges de celui qu'ils avaient couvert de mépris. Leur exagération les faisait reconnaître : c'était une véritable expiation; mais dans
quelques-uns la physionomie n'était pas en harmonie avec le ton des éloges ; le dépit et la contrainte faisaient un singulier contraste avec la pompe
des paroles; et, cette fois surtout, on crut voir

le Diable que Dieu force à louer les Saints. Les
écoliers dont je parle jouèrent très-bien leur rôle
aux funérailles du maître : ils s'arrangèrent pour
être affligés, ils modulèrent le cantique, et montèrent leur enthousiasme sur toutes les clefs de la
musique. Ils firent un dieu de ce *pauvre musicien;*
et je ne suis pas surpris de cette apothéose : ils
aimaient mieux voir Grétry dans le ciel que sur
la terre.

Tous les gens de lettres savent qu'il existe des
incorrections et même de grosses fautes dans les
ouvrages de nos meilleurs auteurs. Dans Molière
et dans Regnard, on trouve de temps en temps
une faute de langue, une césure boîteuse, un vers
rocailleux, un enjambement désagréable ; et Racine, le plus parfait de nos poètes, n'en est pas
tout-à-fait exempt ; cependant, ces taches n'obs-
curcissent pas l'éclat dont brillent nos chefs-
d'œuvre, et ne diminuent point notre admiration
pour ces grands écrivains. Pourquoi donc les puristes en musique se sont-ils tant récriés sur les
fautes d'harmonie qu'ils ont si bien cherchées dans
les partitions de Grétry, et pourquoi ces fautes
leur ont-ils fermé les yeux sur les beautés admirables qui les rachètent avec usure ? Je crois avoir
trouvé la raison de cette différence.

Quand un jeune homme se consacre à la poésie,
on lui présente d'abord les préceptes dans toute
leur sévérité. Les règles générales sont inflexibles :
le vers doit toujours être harmonieux, élégant,

correct et pur ; la césure doit être franche, et la rime belle. Mais quand il s'agit d'appliquer ces principes aux différens genres, les règles obéissent aux convenances et les préceptes fléchissent. Dans la comédie, par exemple, on fera sentir au jeune homme que les vers doivent prendre la tournure et le coloris des personnages introduits sur la scène, et que l'élégance, la correction, la pureté continues seraient presque aussi ridicules dans les discours de Mascarille que le langage du peuple dans la bouche d'un homme de la cour. L'étudiant sait enfin que dans les ouvrages où le poète parle, les vers sont très-différens de ceux qu'un poète prête aux personnages de comédie, quoique ce soient toujours des vers alexandrins.

Dans les écoles de musique, au contraire, on n'apprend que la musique : et le jeune homme qui a fait de bonnes *fugues* vient juger le duo de Pierrot et de Colombine avec les principes du maître de chapelle. Fier de connaître le *contrepoint*, il demande un poëme avec une noble confiance, et il ne doute pas que la science des modulations et des renversemens d'harmonie ne lui suffise pour connaître les caractères, les passions, la déclamation, la versification, la prosodie, et tout ce qui constitue une œuvre dramatique. Mais, dit-on, il existe uue école de déclamation dans le Conservatoire même, c'est-à-dire que les élèves peuvent apprendre les deux arts séparément, mais il leur manque un troisième art, c'est celui de

réunir, de fondre ensemble les deux autres ; art
sans lequel on sera toujours médiocre au théâtre ;
art qui a immortalisé Grétry, et qui donne à ses
vieilles pièces la fraîcheur de la jeunesse, tandis
que des compositions plus *savantes* et plus modernes sont tombées si profondément dans le gouffre
de l'oubli, qu'aucune révolution ne peut les en
tirer.

ESSAIS

SUR L'ART DU COMÉDIEN CHANTEUR;

Par M. F. Boisquet, de la Société des Sciences et des Arts de Nantes.

L'auteur a pris pour épigraphe, *Rien n'est
beau que le vrai;* mais il éprouvera que tout ce qui
est beau n'est pas toujours bon. Si Gil Blas n'a
pu faire pardonner une petite vérité, préparée par
toutes les précautions oratoires, adoucie par tous
les ménagemens de la politesse, vérité qu'on lui
demandait, qu'on lui commandait même, M. Boisquet, qui n'a pas Le Sage pour interprète, qui
néglige les précautions et les ménagemens, a-t-il
pu croire que l'on écouterait avec bienveillance
des vérités que les artistes ne lui demandaient pas,

et qu'il leur débite avec une franchise et une profusion vraiment scandaleuses?

Son ouvrage a déjà été fort maltraité dans je ne
sais quel journal ; et ce qu'il y a de plus fâcheux
dans ces critiques, c'est qu'elles sont aussi fon-
dées sur la vérité. J'espère donc que M. Boisquet,
loin de se courroucer contre le journaliste, ne l'en
estimera que mieux, et le remerciera même, puisqu'il adopte cette maxime :

Rien n'est beau que le vrai, le vrai seul est aimable.

Ce n'est pas pour rien que je lui rappelle son épigraphe : j'ai aussi des vérités à dire ; mais il s'en
trouvera beaucoup qui seront agréables à l'auteur,
et celles-là du moins me seront pardonnées.

Avant d'entrer en matière, il est très-important
de faire observer que cet ouvrage n'est point un
essai sur l'art du chanteur, mais sur l'art du *chanteur comédien*. Bien des personnes n'y verront
aucune différence ; d'autres n'y en voudront point
voir : aujourd'hui la musique dramatique est tellement devenue *musique*, la plupart de nos chanteurs sont tellement chanteurs et si peu comédiens,
nos compositeurs s'habituent si bien à faire des
morceaux dans des scènes, sans faire des *morceaux de scène*, et le public applaudit si bonnement la musique de concert dans les comédies,
que l'expression de *comédien chanteur* paraît être
un pléonasme, puisque tout chanteur se croit
comédien.

Je ne renouvellerai pas ici les longues discussions qui se sont élevées sur la musique proprement dite et la musique dramatique. Un gros volume ne renfermerait pas tout ce que l'on a écrit sur ce grave sujet; je réduirai la question à son dernier terme, et je dirai : Molière devait-il être poète épique dans ses comédies? dans chacun des rôles devait-il montrer l'auteur ou seulement le personnage? son Orgon, son Tartufe, devaient-ils parler comme Molière, ou comme Tartufe et Orgon? Je vois déjà mon lecteur sourire dédaigneusement et me répondre que ces questions sont trop niaises. Eh bien! celles que l'on fait sur la musique ne le sont pas moins. S'il y a deux sortes de poésie, il y a nécessairement deux sortes de musique; si, dans une comédie, le poète ne doit pas se substituer à ses personnages, certainement le compositeur ne doit pas montrer le musicien partout où il faut faire voir un caractère; et le chanteur, sous peine d'être ridicule, ne peut métamorphoser une comédie spirituelle en un concert insipide. Si ce ridicule prévaut, et j'en ai peur, il faudra que les spectateurs laissent leur esprit et leur bon sens à la porte des théâtres, et n'y entrent qu'avec leurs oreilles. Mais il y a encore un trop grand nombre de Français qui n'ont pas assez d'oreilles pour faire le sacrifice de leur esprit : ils veulent qu'Agamemnon ne chante pas comme Pierrot, parce qu'il ne parlerait pas de même; ils distinguent la musique dramatique de la *musique de notes;* ils font

une grande différence entre le chanteur de concert
et le chanteur comédien, et c'est à ces amateurs
à petites oreilles que M. Boisquet adresse son
ouvrage.

Selon M. Boisquet, il faut que le chanteur comédien voyage pour connaître les mœurs, les traits
caractéristiques, les singularités des différentes nations. Il faut qu'il étudie les hommes d'après leur
position géographique, ou plutôt climatérique, car
il prend le soin de nous indiquer les effets que
produit la différence de température sur les habitans qu'elle rend lourds ou légers, stupides ou
spirituels, vifs ou lents, emportés ou flegmatiques.
Quand le chanteur aura bien apprécié l'espèce
humaine avec un thermomètre, il examinera les
hommes d'après le caractère national ; car enfin il
ne faut pas qu'il chante un rôle espagnol comme
celui d'un petit-maître français, et l'auteur se donne
la peine de présenter à ses élèves les traits distinc-
tifs des différens peuples du monde jusqu'aux Tar-
tares et aux Chinois. Ce n'est pas le tout que de
bien connaître les nations quelque nombreuses
qu'elles soient, le chanteur comédien les étudiera
de nouveau sous le rapport politique ; et M. Boisquet veut bien l'aider dans ces recherches en lui
montrant le républicain, le sujet d'une monarchie,
celui qui obéit à un gouvernement aristocratique,
et celui enfin qui est soumis au despotisme. Ces
méditations seraient fort importantes et fort longues
pour tous les autres hommes, mais elles ne sont

qu'un jeu pour un chanteur comédien, et ne forment que le commencement de ses graves études.
Il faudra qu'il connaisse les peuples anciens comme
les modernes; surtout les Grecs et les Romains;
qu'il s'occupe de la chevalerie qui joue un si grand
rôle sur nos théâtres, et qu'il ne dédaigne pas la
magie parce que ce chanteur philosophe peut être
obligé de remplir le rôle d'un magicien ou d'un
sorcier; et il faut qu'il apprenne à parler raisonnablement aux farfadets et aux lutins.

Je prie mes lecteurs de prendre patience; nous
sommes encore loin d'avoir passé en revue les
qualités exigibles dans un chanteur comédien : nous
venons de le voir géographe, philosophe et publi-
ciste ; maintenant il va considérer les hommes
d'après la place qu'ils occupent dans l'échelle sociale ; et M. Boisquet leur ouvre encore la porte
de cette nouvelle science, en leur apprenant ce que
sont, en général, les militaires, les marins, les
financiers, les hommes de robe, les marchands,
les gens d'affaires, les gentilshommes, les bourgeois, les artisans et les valets; de là il passe au
caractère moral et individuel, et il dit de très-belles
choses sur chaque vice, chaque vertu, chaque ridicule, sur toutes les qualités bonnes ou mauvaises ; et quand cette longue série de préceptes est
épuisée, on les reprend tous, pour appliquer
chacun d'eux aux femmes de tous les pays, de tous
les rangs, de tous les caractères.

Je n'ai pas besoin de dire qu'avant *tout cela*,

le chanteur a dû apprendre la musique, qui est le fondement de son art; mais j'ajoute qu'après *tout cela*, il étudiera la littérature dramatique, la versification, la déclamation, la pantomime, etc. etc. Or maintenant je prie M. Boisquet de vouloir bien me dire quel âge aura son chanteur quand il sera digne de jouer les *Colins* à l'Opéra-Comique, et quand de longs travaux l'auront fait recevoir à *quart de part* dans la société.

Ne nous étonnons plus si des critiques, moins patiens que moi, n'ont pu continuer la lecture d'un ouvrage où l'on étalait ce fatras d'érudition à propos d'un chanteur. Vainement l'auteur répondra qu'il a dû traiter son art dans toute son étendue, le considérer sous toutes les faces, examiner ses *tenans et aboutissans* : je lui ferai observer qu'en tirant une conséquence rigoureuse de ce principe, un écrivain ne pourrait jamais s'arrêter, et ne saurait où finir. Tout se tient dans la nature et dans les connaissances humaines; il n'est pas une science qui n'étende quelques-unes de ses branches sur le territoire des autres sciences, et qui ne s'y rattache par quelques points; et si l'on voulait en suivre les dernières ramifications, en traitant d'un art quelconque, on écrirait une encyclopédie. Je conseille à M. Boisquet de supprimer les quatre-vingts belles pages où il a voulu faire de son chanteur un Platon, un Pythagore, un Strabon, un Montesquieu et un La Bruyère. Un homme qui réunirait de si nombreuses et de si brillantes qualités, ne s'aviserait guère de venir chanter sur un théâtre ; et quand il aurait cette manie, il ferait ses débuts à l'âge où tout chanteur doit songer à la retraite. Nous avons assez d'amoureux d'un âge mûr : M. Boisquet veut-il en faire des patriarches? Ce qu'il y a de plaisant, c'est qu'il ne parle pas des chanteuses ; les laissera-t-il dans l'ignorance, ou faudra-t-il qu'une *ingénuité* fasse aussi son tour du monde, et son cours d'anthropo-logie, pour connaître toutes les variétés de l'espèce humaine? M. Boisquet ne résout pas cette question.

Je me suis beaucoup étendu sur ce défaut, parce qu'il est très-commun aujourd'hui, et qu'il se remarque surtout chez les écrivains qui courent pour la première fois les chances de l'impression. Ils craignent toujours de ne pas montrer assez d'esprit et de savoir, et ils paraissent croire que s'ils se renfermaient strictement dans les bornes de leur sujet, on leur supposerait une ignorance complète sur toute autre matière. M. Boisquet a déjà éprouvé combien cette intempérance d'érudition était dangereuse. Ses critiques ne se sont point contentés de relever ses fautes bien réelles; il lui en ont reproché qu'il n'avait point faites; et s'il a péché par excès, il faut avouer aussi qu'il a été puni avec une rigueur excessive.

Il est cependant bien certain que cet ouvrage mérite d'être accueilli favorablement par tous les amateurs de la scène lyrique, et d'être médité par tous les artistes qui veulent réunir l'art du comédien à celui du chanteur. L'auteur y attaque, avec une logique vigoureuse, les nombreux abus qui règnent depuis trop long-temps sur la scène, et qui commencent à devenir intolérables.; il donne les préceptes les plus sages et les plus clairs, en les appuyant de raisonnemens auxquels l'orgueil et l'ignorance peuvent seuls résister; toutes ses observations sont justes, souvent fines et quelquefois neuves, sans cesser d'être évidentes; il sent et désigne parfaitement le genre de musique ou l'espèce de chant qui convient à chaque ouvrage dramatique; il enseigne les moyens d'y approcher de la perfection; et, sans nommer personne, il signale les vices de l'enseignement, les défauts de nos chanteurs, et le ridicule de ces mélomanes ignorans qui prolongent le règne du mauvais goût en applaudissant avec fureur à des sottises mélodieuses.

J'ai fait la part de la critique; j'ai reproché assez longuement, et peut-être un peu durement, à M. Boisquet d'avoir donné à son comédien chanteur une importance presque ridicule, et d'avoir exigé dans un artiste de ce genre, des qualités et des connaissances qui, loin d'en faire un chanteur agréable, lui feraient prendre en pitié les ports de voix, les sons filés, les roulades et les fredons. Je n'ai plus que des éloges à donner à l'auteur, et j'espère qu'ils seront confirmés par tous les lecteurs capables d'apprécier son travail.

Je ne blâmerai point le ton de dignité et quelquefois d'enthousiasme qui règne dans la préface de ces Essais. Il faut qu'un artiste estime son art un peu au-dessus de sa valeur réelle, et qu'il attende une grande gloire des succès qu'il espère y obtenir; sans cette heureuse illusion il ne produirait jamais un chef-d'œuvre. Il a choisi un art plutôt qu'un autre parce qu'il l'a plus estimé; il y attache une haute importance puisqu'il lui consacre ses études, ses travaux, sa vie entière; et ensuite il l'estime encore davantage par cela même qu'il lui a consacré ses études et sa vie. Son enthousiasme a donc une double cause, et les gens du monde ont grand tort de le tourner en ridicule, puisque c'est à l'enthousiasme, à cet orgueil, et même à ces prétentions exagérées que nous devons les grandes actions, les beaux ouvrages, et tout ce qui distingue les peuples civilisés des nations barbares. Il ne faut pas conclure de ceci que l'on puisse raisonnablement nous montrer un Pythagore et un Platon dans l'homme qui chante un rondeau : l'amour de l'art ne doit pas aller jusque-là ; mais il n'y a pas grand mal à ce qu'un bon musicien se croie l'égal des Corneille et des Racine, puisque cette présomption lui fait faire de meilleure musique; ses prétentions ne rappetissent pas les grands hommes dans les autres genres, et au bout d'un siècle il aura sa véritable place, si l'on se souvient de lui.

M. Boisquet répond d'abord aux raisonneurs qui ont prétendu que la musique pouvait avoir une influence funeste sur les mœurs et sur la litté-

raturé; il pense, au contraire, que la musique
ne fait que suivre les progrès et la décadence de
la morale et des lettres. On pourrait ajouter beaucoup de preuves à celles dont il étaie cette assertion. Le mauvais goût en littérature doit en effet
produire le mauvais goût en musique dramatique,
puisque ces deux arts s'unissent intimement; et il
serait bien étonnant que le même auditeur se
trompât grossièrement sur la moitié de ce tout,
tandis qu'il jugerait toujours sainement l'autre
moitié. Au reste, l'expérience n'a que trop confirmé l'opinion de M. Boisquet. La musique horrible a été contemporaine des horribles pièces *révolutionnaires;* et quand une fausse réaction s'est
opérée au théâtre, on a vu applaudir d'un côté
les pièces sentimentales et les comédies pleureuses,
tandis qu'une musique fade sans douceur, ou brillante sans énergie, s'est fait entendre sur la scène
lyrique. Nous vivons dans cette seconde période
où l'on a cru corriger un excès par l'excès opposé,
et où l'on est devenu nul dans la crainte d'être
trop fort. « La majesté, la dignité, les grands effets
de la nature, dit l'auteur, toutes les passions éner-
giques sont exprimées par un tapage et des cris
épouvantables : le naïf, l'élégant, le comique, le
naturel et la gaieté folâtre, sont rendus par des
sons mous et traînés. » Il s'élève ensuite contre la
fausse science, et il prétend avec grande raison que
les accords recherchés et les efforts d'harmonie
prouvent l'absence du génie et l'ignorance des vé-

ritables ressources de l'art. « Le musicien , dit-il, doit faire une étude particulière de l'analogie de son art avec les différentes parties de l'art drama- tique ; il doit éviter toute enflure , toute préten- tion, chercher à saisir et à peindre le naturel ; car *c'est là qu'est la véritable science*, et non dans le fatras qu'on retient de ses études , et qu'on obtient par des calculs bizarres , ou par un régiment de musiciens. » C'est à la musique de l'un de ces com- positeurs algébristes que l'on peut appliquer ce mot d'Apelles : *Tu la fais riche parce que tu ne peux la faire belle.*

Dans un discours préliminaire, l'auteur examine pourquoi , chez nous, la musique n'obtient plus ces effets presque magiques qu'elle produisait sur les peuples de la Grèce ; et il ne croit pas impos- sible de lui rendre cette puissance qu'elle a perdue, surtout depuis que Guy d'Arezzo a altéré la gamme naturelle , sous prétexte de la perfectionner.

Le livre premier traite de la voix : M. Boisquet a cru devoir décrire très-rapidement tous les or- ganes qui la produisent , et cette petite digression physiologique lui a valu des railleries assez pi- quantes que je crois fort injustes. Non-seulement il était permis à l'auteur qui s'occupe du son , de faire connaître l'instrument naturel qui le produit, mais même il ne pouvait s'en dispenser, comme je vais en fournir la preuve. M. Boisquet conseille aux élèves de commencer à travailler beaucoup le bas de la voix : « Le larynx, dit-il, par sa confor-

mation, se raccourcit en s'élargissant, et s'allonge
en s'étrécissant. L'épiglotte, par son martellement,
fait la légèreté, la pureté de la voix : plus vous travaillerez l'épiglotte, plus elle deviendra libre et
légère ; plus vous travaillerez le bas de la voix, plus
le larynx s'assouplira : par conséquent, plus il aura
de facilité à s'étendre. Si, au contraire, on travaille
la voix dans le haut, avant que le larynx soit as-
soupli, la tension roidit les muscles, l'épiglotte ne
fait plus ses fonctions, la voix se porte dans la tête,
la justesse se perd, et le bas de la voix s'affaiblit. »
Ce précepte, fondé sur la physique, a été encore
confirmé par l'expérience : rien de plus commun
que ces virtuoses de quinze à seize ans, qui étonnent le vulgaire des auditeurs par des sons aigus,
hors du diapason raisonnable, et qui, après avoir
passé pour des phénomènes, perdent tout-à-coup
un mérite qu'ils devaient à la jeunesse et à des efforts dangereux, puis rentrent dans la foule obscure
des chanteurs sans voix, sans goût et sans talent.
Cet exposé suffit pour faire voir que M. Boisquet
n'a pas eu tort d'appuyer sa démonstration sur la
physique, puisque la conformation et l'étendue de
nos organes doivent toujours être la règle et la limite de nos efforts.

L'auteur blâme la méthode généralement adoptée
de faire chanter la gamme en renforçant les sons
à mesure qu'ils s'élèvent. Il trouve assez bizarre
que l'on donne plus de force aux sons à mesure
qu'ils sont plus aigus. « Pour sentir combien cette

méthode est vicieuse, dit-il, montez un instrument
avec de grosses cordes pour l'aigu, et de menues
et grêles pour le grave, vous sentirez bientôt une
disparate à laquelle vous ne pourrez vous habituer. »
Comme ce chapitre est entièrement consacré à la
partie technique de l'art, je ne me permettrai pas
la moindre discussion, et je me contenterai de dire
que le professeur y traite successivement du mécanisme de l'organe, de l'intonation, du travail de
la voix, de la mesure et des mouvemens, des défauts du solfége, des causes qui altèrent la voix et
la font perdre (cet article surtout est important),
du souffle, de la respiration, de la prononciation,
de la manière de lier les notes, des ports de voix,
des agrémens, etc... et il arrive à cette conclusion,
bien étrange dans le moment actuel, qu'*un chant
simple est le plus propre à peindre les passions.*
Or, que diront les beaux chanteurs qui appliquent
toujours les mêmes passages et les mêmes broderies à toutes les passions, à toutes les situations, à
tous les caractères? que diront les virtuoses qui
veulent peindre les passions avec un flux de notes,
qui trouvent de l'âme dans un trille, du pathétique
dans une note en haut, et du sentiment dans une
roulade?

Le second livre renferme toutes les choses que
j'ai blâmées plus haut, et il tient si peu à l'ouvrage,
qu'il peut être entièrement supprimé sans que le
lecteur aperçoive une lacune. Des journalistes y
ont relevé des fautes de langage, des propositions

hasardées, des définitions vicieuses; mais pourquoi m'attacherai-je à des détails, quand le fond même ne doit plus subsister? pourquoi conseillerai-je à l'auteur de corriger un chapitre que vraisemblablement il supprimera dans son entier?

Le troisième livre a pour titre la *Pantomime*. Il a été aussi l'objet de plusieurs critiques plus ou moins justes; mais il me semble qu'on n'a pas considéré le mot pantomime dans toute son étendue. Le vulgaire n'entend guère par là que le mouvement des bras et des jambes, la démarche, le maintien et l'habitude du corps : c'est réduire l'expression à son matériel; mais la pantomime comprend tout ce qui se fait sentir sans le secours de la parole: ainsi le mouvement des yeux, le sourire, les diverses expressions de physionomie, et tout ce qui constitue le jeu muet, sont du ressort de la pantomime. Or, tout cela doit être réglé d'après le caractère du personnage, d'après la situation et le genre d'ouvrage dramatique; l'auteur n'a donc pas eu tort d'indiquer différentes pantomimes selon la différence des caractères, des situations et des ouvrages. A la vérité, ce qu'il dit de la tragédie, de la comédie, du drame, etc....., n'est pas assez étendu et assez précis pour être fort utile; mais si ses préceptes sont insuffisans, ils ont au moins le mérite d'être justes, et il est toujours beau d'indiquer la bonne route au voyageur, quand on ne l'y accompagnerait qu'un instant.

Les différentes sections de ce chapitre portent

des titres qui peuvent prêter à la plaisanterie ; par
exemple, on lit avec un peu d'étonnement les deux
annonces suivantes : *Moyen de paraître beau ;
moyen de se rendre joli ;* il n'y a cependant rien là
de ridicule, puisque toute représentation théâtrale
est une suite de prestiges : nous savons que les
Vénus et les Adonis de la scène sont souvent très-
fanés à la ville ; ils ont donc trouvé le secret de se
rendre beaux ou jolis, puisqu'ils ont fait illusion ;
mais si M. Boisquet a cru s'attirer l'attention des
acteurs en les appelant à la fontaine de beauté ou
à celle de Jouvence, il ne connaît pas bien le
peuple des coulisses. La plupart de ces messieurs
et de ces dames lui répondront : Nous n'avons pas
besoin de vos conseils, la nature a tout fait pour
nous ; et l'actrice qui, *par le réglement*, a le droit
de jouer les plus jeunes rôles, parce qu'elle est la
plus ancienne, trouvera fort mauvais qu'on lui
enseigne le moyen de paraître jeune et jolie, tandis
qu'elle en a la possession et l'habitude depuis trente
ou quarante ans.

La nécessité de renfermer beaucoup de choses
en un petit volume, a rendu souvent le style de
l'auteur concis jusqu'au laconisme ; mais la plupart
de ses observations sont aussi fines que justes,
telles que celles-ci : « C'est l'incohérence qu'il y a
entre le caractère et les prétentions qui forme le
ridicule. » Et ailleurs : « La comédie est un portrait, non le portrait d'un seul homme, mais celui
d'une espèce d'hommes répandue dans la société. »

En effet, ce n'est point un menteur, un hypocrite, un joueur, que Corneille, Molière et Regnard ont voulu montrer à la scène, mais le mensonge, l'hypocrisie et la passion du jeu. Les grands écrivains ont toujours peint le caractère générique; mais les auteurs médiocres s'attachent au caractère individuel. Les ouvrages des premiers appartiennent à tous les temps et à tous les peuples; ceux des autres passent en un moment, comme ces caricatures qui tirent tout leur prix d'une circonstance passagère.

Une autre vérité qui paraît inconnue au vulgaire des comédiens, et que M. Boisquet énonce peut-être un peu faiblement, c'est que les expressions théâtrales doivent varier, non-seulement selon le rang et le caractère du personnage, mais même selon l'espèce de drame et de comédie dans laquelle ce personnage est placé. Une comédie très-gaie peut offrir une situation semblable à celle d'un drame et même d'une tragédie; mais tout y change de couleur : le sentiment, l'amour, la haine, la douleur, la joie, quoique exprimés par les mêmes paroles et par un même caractère, y prennent cependant la teinte générale de l'ouvrage, et doivent produire sur le public des sensations fort différentes. Rien n'est plus commun cependant que de voir des comédiens, et surtout des chanteurs, employer les mêmes gestes, les mêmes accens, la même expression, la même affectation de sensibilité, les mêmes tournures de chant dans tous les ouvrages et pour tous les caractères. Les compositeurs font quelquefois la même faute ; et s'attachant au sens littéral des paroles, ils rembruniront leur orchestre, ou le mettront en fureur pour la colère de Crispin comme pour celle d'Achille, et ils *chromatiseront* la douleur de Perrette comme les pleurs d'Iphigénie.

Tout chanteur qui ne connaît point l'art dramatique, qui ne sait pas associer l'art du chant à un caractère, à une scène, à une situation, loin de mériter ces applaudissemens inextinguibles qu'on lui prodigue, devrait être chassé de la maison de Thalie, et renvoyé au concert où l'on chante pour chanter, et où le public est convenu de s'ennuyer décemment. Voilà tout ce que M. Boisquet a voulu prouver, et il est même plus exigeant que moi ; car, à la sévérité de ses principes, je pressens qu'il exigerait du goût, de la raison et de la prosodie jusque dans un concert : ce qui fera dire aux trois quarts des chanteurs que M. Boisquet n'a pas le sens commun de vouloir du bon sens partout.

Dans son quatrième livre, il enseigne à joindre tous les élémens du chant aux principes de l'art dramatique. Son chapitre sur *le mouvement des passions* est absolument neuf, et quoique sa nouveauté lui donne l'air du paradoxe, il mérite d'être médité. On sera moins pressé de le tourner en ridicule quand on saura qu'un grand artiste a déjà reconnu tout l'empire du mouvement physique sur le moral de l'auditeur. Grétry va jusqu'à dire

qu'un mouvement prolongé peut accélérer le pouls,
et même donner la fièvre. Or, M. Boisquet croit
avoir remarqué que chaque passion, chaque caractère a son mouvement, et que son imitation
parfaite est l'une des premières qualités du comédien chanteur.

Il examine ensuite les différens morceaux de musique qui constituent un opéra, tels que le récitatif simple ou mesuré, l'air, le duo, les différentes
espèces d'airs, tragiques, comiques ou mixtes, et
il donne des préceptes sur la manière de les rendre,
en forçant la scène et la musique à se faire des
concessions mutuelles. Jamais, dit-il, un chanteur ne doit se permettre d'altérer l'œuvre musicale pour faire briller sa voix. « Quoi ! ajoute-t-il,
un compositeur aura mis tout son génie à peindre
la passion, et tout son travail se trouvera ren-
versé, et un bel air ne sera plus qu'un canevas !
Le chanteur qui a passé quelques années à polir
des tours de gosier, les veut mettre partout, il
veut faire des concertos, il veut du *goût*. Le mouvement, la mélodie, la bonne déclamation, toutes
ces belles peintures des passions sont sacrifiées à
des fadaises ; le spectateur a la bonhomie d'applaudir à ces misères. Je l'ai dit, et je le répète :
si c'est là difficulté qu'il applaudit, il est mille fois
plus difficile de chanter purement et simplement,
de suivre le mouvement et la mélodie, que de
faire toutes ces bigarrures : elles sont la ressource
de ceux qui n'ont ni génie ni talent. Un grand

chanteur est celui qui a la voix juste et pure, qui sait saisir les caractères et rendre les effets des passions par la pantomime, la voix et les mouvemens. » Ces principes, ce me semble, sont incontestables, et cependant, si on les suivait à la rigueur, il y a plus d'un Orphée moderne qu'on enverrait chanter des sérénades ou accompagner l'orgue de Barbarie.

L'opéra comique n'éprouve pas moins la juste censure de l'auteur que le grand opéra ; car, quoique M. Boisquet ait la sage discrétion de ne nommer personne, ses billets, sans adresses, n'en vont pas moins à leur destination ; et plus d'un musicien croira voir son nom dans les lignes suivantes : « Si l'opéra comique est réellement destiné à peindre le comique, le ridicule, la folie des caractères, en supposant que les sons filés, les liaisons continuelles, les ports de voix lugubres et langoureux conviennent au grand opéra, pourquoi nous amène-t-on ce cortége à l'Opéra-Comique ? Qu'est devenu le comique, la verve, la légèreté, l'élégance, la naïveté, le ridicule ? Je ne puis les voir dans ce fatras de sons filés, et dans ces roulades lourdes et continuelles. Croit-on que le Français ne veuille plus rire depuis qu'il est échappé aux malheurs de la révolution ?

L'auteur fait sentir qu'un chanteur n'est pas excusable d'alléguer la mode pour justifier des sottises : « Le fond de l'art, dit-il, est indépendant de la mode ; et la mode, pour un grand chan-

teur, ne peut changer que quelques finales et
quelques liaisons. Molière sera toujours le premier de son art, malgré quelques plaisanteries qui
sont trop crues pour notre siècle, et quelques expressions qui ont vieilli ; de même Grétry et Monsigny seront toujours des musiciens exquis, malgré
quelques finales qui ne sont plus de mode. »

Le chapitre des *agrémens* est court et bon. Selon
M. Boisquet, « les agrémens sont les ennemis de
la mélodie, de l'harmonie et du mouvement, parties
constitutives de la musique. Tous ceux qui en abu-
sent tombent dans la médiocrité. Leur talent, leurs
belles voix les eussent portés au premier rang : ces
beaux dons ne servent plus qu'à les classer parmi les
chanteurs à la mode : ils n'ont qu'une vogue passagère : et, la voix perdue, ils ne font plus l'admiration que de quelques femmelettes, ou de quelques
personnes sans esprit et sans connaissances qui font
consister ce bel art dans des sons mous et traînés,
et dans quelques tournures de convention. »

Ces préceptes paraîtront bien gothiques dans un
temps où les agrémens et les broderies sont le fond
de la langue musicale, et où l'art des compositeurs
n'est plus qu'un métier aux yeux des chanteurs à
la mode. Et n'ont-ils pas raison, depuis que celui
qui chante est l'*artiste*, celui qui compose est un
artisan ?

Je recommande surtout à ces jeunes artistes qui
n'ont pas encore assez de rôles pour se croire des
grands hommes, de lire avec attention le chapitre

8.

qui commence par cette phrase : *Comment les talens peuvent se perdre.* L'auteur y fait observer que la plupart des chanteurs dont les débuts ont été brillans, tombent, deux ou trois ans après, sous les sifflets du parterre, et végètent ensuite dans cette médiocrité qu'on ne peut pas appeler *aurea mediocritas;* et M. Boisquet explique les causes de cette transition, qui ne devrait pas être comprise dans les transitions d'harmonie.

Les pages qui concernent les maîtres de chant ne méritent pas moins l'attention du lecteur. En voici un trait dont tous les habitués du théâtre reconnaîtront la justesse : « C'est un usage en France que, pour jouir d'une grande réputation, il faut se dire élève d'un maître renommé. On va à Paris, on y apprend quelques tours de gosier d'un maître en réputation; dès-lors, on oublie son premier maître, on n'en parle plus, on ne lui doit rien : on se targue du second, qui a tout l'honneur de la réussite, et qui fait un grand talent dans six semaines, sans s'en douter. » Ne pourrais-je pas ajouter que ce grand maître de chant, qui est presque toujours un petit maître, puisqu'il a la vogue, ne peut jamais accorder que quelques instans fugitifs à ses élèves? Il est trop homme du monde pour passer une heure sur le banc de l'école : ce n'est donc point l'art qu'il enseigne, mais seulement quelques *notes de goût,* quelques broderies; et comme il enseigne les mêmes traits à tous les chanteurs et à toutes les chanteuses, il arrive

que, pendant dix ou douze ans, nous entendons
sans cesse les mêmes ports de voix, les mêmes passages, les mêmes agrémens, dans la bouche de la
princesse comme dans celle de la soubrette, dans
les nobles discours du héros comme dans les
tendres soupirs du grossier paysan. Et voilà comment la musique et l'art du chant ont fait d'immenses progrès sur nos théâtres.

M. Boisquet termine sa poétique par un excellent
précepte, qui aura le sort de tous ceux qu'il a
donnés, c'est-à-dire qu'on ne le suivra pas. Il dit
affirmativement que le *fini* ne doit s'étudier que
quand les autres études sont faites, et quand l'on
commence à être maître de son talent. Ce principe
est évident ; en effet, un élève en peinture n'en-
treprend pas un tableau d'histoire avant d'avoir
fait bien long-temps des pieds, des yeux et des
oreilles ; on ne met pas la poétique d'Aristote entre
les mains de l'écolier qui décline *musa*, *la muse;*
mais, dans le chant, c'est tout autre chose : le
bambin artiste commence par vouloir être un Cres-
centini ou un Garat, et quand il croit égaler ces
grands virtuoses, il daigne ensuite faire des gammes,
et il tâche d'aller en mesure ; quelquefois même
les applaudissemens du bon public lui persuadent
qu'il n'a besoin ni de mesure ni de justesse ; et c'est
ce docteur impromptu qui refait la musique de
Grétry en la chargeant d'ornemens que ce compositeur n'a pas eu l'esprit d'imaginer.

On a beaucoup critiqué le style de M. Boisquet;

et je pourrais, comme un autre, y trouver des locutions vicieuses, des termes impropres, des tournures pénibles, et même quelques expressions d'un goût peu châtié : mais est-ce dans un ouvrage didactique que l'on doit chercher de l'élégance, de la pureté et une correction rigoureuse? M. Boisquet paraît posséder parfaitement son art; il donne des préceptes fondés sur le goût, le bon sens et la vérité. Si cela est suffisant pour ses élèves, cela doit également suffire à la critique. Je crois donc que son livre sera fort utile aux jeunes gens qui auront assez de discernement pour en apprécier le mérite; je crois encore que M. Boisquet est un excellent maître de chant dramatique, expressif et raisonnable; mais je crois aussi que son ouvrage sera fort méprisé par les chanteurs à la mode.

LETTRES

SUR LES ARTS IMITATEURS EN GÉNÉRAL,

ET SUR LA DANSE EN PARTICULIER;

Par J.-G. NOVERRE, ancien maître de ballets en chef de l'Académie royale de Musique, ci-devant chevalier de l'Ordre du Christ.

Nous avouons franchement notre ignorance sur l'art que M. Noverre a porté à un si haut point de

perfection : ce n'est pas que plusieurs de nos confrères ne pussent, en pareil cas, faire de très-beaux
discours ; mais ici notre insuffisance est trop complète ; et quelque dur que soit cet aveu, la vérité
l'emporte, nous le laissons échapper. Si M. Noverre s'était renfermé dans les limites de son art,
quelque vaste qu'en soit le cercle, nous aurions
gardé un profond silence sur la poétique qu'il en
donne, et nous nous en serions tenu à sa grande
et longue réputation qui, après tout, vaut bien
l'éloge des journaux.

Mais M. Noverre parle des *arts imitateurs* ; il
fouille dans les archives obscures de l'antiquité ; il
fait à la danse un cortége de tous les arts enchan-
teurs ; il empiète même assez largement sur le domaine des sciences ; alors il rentre dans le nôtre,
et il appelle l'éloge et la critique de ceux même
qui sont assez malheureux pour oser dire : *la danse
n'est pas ce que j'aime.*

M. Noverre commence par les pyramides d'É-
gypte : on ne pouvait guère remonter plus haut.
Il passe rapidement en revue le siècle de Périclès,
celui d'Alexandre et de ses successeurs, et ne se
repose qu'à celui d'Auguste, qui apparemment
est le premier qui lui ait donné quelques notions
certaines sur la danse pantomime des anciens. Il
faut qu'il ne nous soit rien resté de clair et de précis sur cet art chez les Égyptiens et les Grecs, puisque M. Noverre ne nous en donne aucun détail.
Le premier de ces deux peuples était vraisembla-

blement sévère et mélancolique ; ses cariatides et
ses momies ont encore l'air de s'ennuyer ; et il
semble qu'il n'ait entassé de si énormes masses de
pierres que pour tuer le temps. Nous savons cependant que les Égyptiens avaient une espèce de
danse : c'était probablement le menuet. On nous
dit que dans les convois funèbres, les parens et les
amis qui n'héritaient pas témoignaient d'abord la
plus sombre tristesse, couvraient de fange et de
poussière leurs cheveux et leurs habits ; mais quand
les juges des enfers avaient rendu un arrêt favorable au défunt, on secouait la poussière et la
fange, on buvait à la santé du mort, et l'on célé-
brait par des *danses* le bonheur futur de la nouvelle momie. Une pareille danse devait avoir un
caractère original, et nous regrettons que M. Noverre n'ait pas cru devoir en parler.

Il nous reste sur le théâtre des Grecs une difficulté que M. Noverre aurait pu seul éclaircir, et il
est également fâcheux qu'il ait gardé le silence sur
cet article. Il y avait deux espèces de chœurs dans
les tragédies grecques ; le premier était véritablement acteur ; il prenait une part immédiate à l'action ; il dialoguait avec les personnages, et s'exprimait en grands vers dont il récitait un ou deux,
et quelquefois seulement une moitié. L'autre chœur
ne chantait que dans les entr'actes, ou plutôt chaque
fois que l'action était interrompue ; il s'exprimait
en strophes et anti-strophes composées de vers
lyriques et rhythmiques, et il était placé dans l'or-

chestre., mot dont l'étymologie nous indique que
ce lieu n'était pas destiné à la symphonie, mais à la
danse. On ajoute que ce chœur exécutait aussi dans
l'orchestre une danse pantomime *dont les figures*
représentaient les mouvemens des corps célestes.
Ici nous avouons que nous avons grande envie de
nous moquer de l'antiquité. En effet, comment
les Athéniens, qui avaient un sentiment si délicat,
un goût si vif pour le plaisir, un amour pour la
variété, au moins égal à celui des Parisiens; comment, disons-nous, ont-ils pu se plaire à voir,
pendant des siècles entiers, la même espèce de
danse dans toutes les représentations théâtrales ?
Notre respect pour tout ce qui vient des Grecs
nous a fait réfléchir sur cette contradiction apparente, et nous risquons une conjecture à ce sujet.
Les Grecs voulaient que le peuple fût instruit, et
il était fort doux de pouvoir s'instruire en s'amu-
sant; or, à cette époque les tables astronomiques,
les calendriers, étaient bien moins communs qu'ils
ne le sont devenus depuis que l'imprimerie les a
multipliés : et ne peut-on pas dire que ces danses,
qui retraçaient les mouvemens des corps célestes,
étaient des almanachs vivans qui montraient au
peuple la position des planètes relativement à l'horizon et aux constellations fixes, à chaque jour de
représentation théâtrale ? Chaque planète ayant
l'attribut d'une divinité, chaque groupe de fixes
ayant une dénomination mythologique, le peuple
ne pouvait s'y méprendre. M. Noverre, qui paraît

avoir des notions exactes sur tous les genres d'instruction, aurait bien dû consacrer quelques lignes à cette singularité historique.

L'auteur des Lettres sur les Arts imitateurs s'arrête un moment au siècle d'Auguste ; mais il fallait que les grands pantomimes fussent bien rares alors, puisqu'il ne nous entretient que de Pylade, Hilas et Batyle. Il nous fait une description fort comique du costume théâtral des pantomimes romains, et il aurait pu ajouter que ce costume était le même chez les Grecs. D'énormes têtes de bois qui enveloppaient la tête naturelle, des perruques de toutes les couleurs, même de rouges, des masques hideux à bouche béante, des espèces de porte-voix fixés à cette bouche, des vêtemens matelassés pour grossir l'acteur, des cothurnes assez élevés pour servir d'échasses, tel était l'accoutrement des héros de la scène. M. Noverre termine sa description par la réflexion suivante : « *Je vous avoue franchement que les spectacles des anciens n'offrent à ma raison qu'une anamorphose ambiguë, et que je n'y comprends rien.* » M. Noverre est très-sage de n'y rien comprendre ; un demi-savant aurait décidé, tranché dans le vif ; un homme véritablement instruit ne dit pas légèrement que les Grecs et les Romains n'avaient pas le sens commun. L'expression d'anamorphose prouve cependant que M. Noverre y devinait au moins quelque chose : ce mot signifie un tableau qui représente différentes figures à raison des différentes distances où se place

le spectateur. Voilà, je crois, le mot de l'énigme.
Nos plus vastes salles ne contiennent guère que de
trois à quatre mille personnes ; chez les anciens,
où le spectacle était gratuit, les salles devaient recevoir tout un peuple, ou au moins une grande
portion du peuple : on parle de cinquante et même
de soixante mille hommes contenus dans tel théâtre ;
les amphithéâtres en avaient le double, les naumachies et les cirques étaient plus vastes encore. Chez
un tel peuple, on était habitué à voir tout en grand ;
les acteurs étaient à une grande distance des spectateurs ; il fallait donc grandir les figures. Comme
tout était en proportion, un héros, avec ses échasses
ne choquait pas plus qu'une statue de 18 pieds
ne blesse les yeux dans l'église de Saint-Pierre de
Rome ; et quant au masque, il ne nuisait guère,
puisqu'aussi bien on n'aurait pu apercevoir de si
loin les mouvemens de la physionomie. Qui nous
a dit d'ailleurs que les anciens, si adroits en mécanique, n'ont pas trouvé le secret de donner au
masque une sorte de mobilité, et au petit porte-
voix un son moins désagréable qu'on ne le pense ?
Quoi qu'il en soit, quand les Zeuxis, les Phidias,
les Démosthène, les Périclès, les Virgile, les Cicéron et les Horace, prenaient un vif plaisir à une
représentation, nous devons supposer qu'elle n'é-
tait pas très-ridicule. M. Noverre a la modestie de
dire qu'il n'y comprend rien ; combien il y a de
danseurs qui auraient voulu absolument y comprendre quelque chose !

A notre tour nous ne comprenons rien à ce que dit M. Noverre sur les successeurs d'Alexandre : il prétend que leurs cruautés firent fuir les beaux-arts qui restèrent long-temps sans asile ; et de là il se hâte d'arriver aux Romains. Nous sommes fâchés que les règnes des Ptolomées n'aient pas mérité l'attention de l'auteur. Non-seulement ces princes aimèrent les arts, mais de magnifiques ruines attestent encore qu'ils les ont protégés. Et la fameuse bibliothèque d'Alexandrie, a qui la devait-on ? Non-seulement ils ont égalé les plus beaux siècles, mais leur luxe et leur magnificence n'ont peut-être été égalés par personne. La pompe de Ptolomée-Philadelphe, dont Athénée donne une description qui tient de la féerie, surpasse en richesses et en magnificence ce qu'on a lu dans toutes les histoires.

Nous sommes également fâchés de n'être point de l'avis de l'auteur, lorsqu'il pense que les anciens n'avaient point de danse proprement dite ; il se fonde sur ce qu'on ne nous parle jamais des pieds et des jambes de leurs pantomimes, et il est persuadé que par le mot saltation, les anciens n'entendaient que le geste. Malgré toutes les autorités dont il s'appuie pour prouver l'identité du geste et de la saltation, nous persistons à croire que l'antiquité avait des danses réelles : les fresques, les bas-reliefs qui nous restent en font foi ; et il est très-vraisemblable que dans les pièces dites *satiriques*, on formait de véritables danses à l'imitation

de celles des faunes, des satyres et des sylvains.
Quand Virgile dit :

Saltantes Satyros imitabitur Alphesibœus ,

il n'a sûrement pas voulu parler des gestes des satyres : ces hommes, à pied de bouc, avaient de
grands moyens pour la saltation, et la saltation
seule pouvait imiter les mouvemens de ces personnages fabuleux; enfin nous observerons que de
nos jours encore, les bonnes gens disent : *Sauter
comme un cabri.*

A dater de la page 135 du premier volume, jusqu'à la fin du second, il est spécialement question
dans l'ouvrage de la danse moderne, et les arts
imitateurs n'y paraissent plus que comme des accessoires à l'art qui a reçu tant d'éclat de M. Noverre, et qui en échange lui a donné tant de réputation.

Le vulgaire ne voit dans la danse que des gestes,
des pas et des sauts, et il pense que l'agilité, la
force et la grâce y sont les seules qualités requises. La danse pantomime n'est à ses yeux qu'un
drame muet où ces mêmes qualités sont mises en
action. Oh! comme le vulgaire voit en petit! Nous
aurons encore ici l'humiliation d'avouer combien
nous étions loin de connaître tout ce qu'il faut
pour constituer un maître de ballets. M. Noverre
nous prouve que cet art approfondi suppose la
réunion de toutes les connaissances humaines :
« *Un maître de ballets*, dit-il, *doit tout voir, tout*

» *examiner*, *puisque tout ce qui existe dans l'u-*
» *nivers peut lui servir de modèle.* » Plus cette assertion paraît extraordinaire, plus il est curieux
de se convaincre de sa justesse. Suivons donc l'auteur dans l'énumération des études que doit avoir
faites le maître de ballets.

Il nous prouve d'abord qu'il doit connaître la
danse, et nous le croyons sans hésiter.

Il doit savoir la mythologie, l'histoire, la poésie,
l'éloquence, la musique, le dessin, la géométrie,
l'art du machiniste ; observer les positions de tous
les artisans dans leurs différens travaux, la multitude des oisifs et des petits-maîtres, les embarras
des rues, les promenades publiques, les travaux de
la campagne, la chasse, la pêche, les moissons,
les vendanges, un camp, les évolutions militaires,
les attaques et les défense des places, les chefs-
d'œuvre des Racine, des Corneille, etc.;... enfin,
pour répéter les expressions de l'auteur, *tout ce qui
existe dans l'univers.*

Nous avons déjà observé que l'astronomie était
connue des danseurs grecs ; mais si M. Noverre
n'a pas fait entrer cette science dans les études du
maître de ballets, il démontre avec beaucoup de
sagacité que l'anatomie lui est nécessaire. Cette
proposition étonne un peu ; mais en l'examinant,
le doute s'évanouit : et pour ôter au lecteur le
soupçon que nous ayons voulu faire une mauvaise
plaisanterie, nous nous hâtons d'arriver à la démonstration.

Tous les mouvemens du corps dépendent de la conformation des membres qui les exécutent : cette *majeure* est incontestable. L'anatomie nous instruit de la conformation des membres du corps humain : cette *mineure* est sans réplique. Donc l'anatomie nous apprend à régler les mouvemens du corps, donc l'anatomie est absolument nécessaire au maître de ballets : ces deux conséquences sont évidentes. Ce syllogisme est le résumé d'un chapitre où l'auteur nous parle des cavités *coti-loïdes* et *glenoïdes*, de l'apophyse *odontoïde*, du *radius* et du *cubitus*, du *tibia* et de l'*astragal*, des muscles *abducteurs* et *adducteurs*, des mouvemens de *pronation* et de *supination* : « et si ces » notions ne paraissent pas suffisantes, on peut, » dit-il, consulter le squelette avec Winslow, » supputer les forces musculaires avec Borelli, et » étudier la mécanique animale dans l'ouvrage du » célèbre Barthès ou dans ceux des physiologistes » qui ont traité ce sujet à fond.

Il est fort extraordinaire qu'avec tant d'instruction, M. Noverre n'en ait jamais abusé, comme font la plupart des savans : en effet, les mots didactiques précités sont à peu près les seuls qu'il emploie dans un chapitre qui lui donnait un si beau prétexte d'étaler une vaste érudition. Un autre n'aurait pas manqué de parler des aponévroses qui enveloppent les muscles, et se terminent par des tendons qui sont le moyen terme entre le levier et le corps qu'on fait mouvoir ; des viscères,

parmi lesquels la rate peut être un obstacle à la
danse, comme elle l'est souvent à la course ; et des
intestins, qui doivent recevoir de rudes oscillations
dans l'exécution des entrechats. Il nous aurait décrit
les carpes, métacarpes, tarses, métatarses, les phalanges et les sésamoïdes ; car les pieds et les mains
sont les mobiles de la danse et de la pantomime ;
et il nous aurait expliqué comment le *sterno-thyro-*
cleido-mastoïdien retient la tête dans une position
verticale par deux espèces de câbles qui s'attachent
au *sternum* et à l'apophyse mastoïde, et l'empêchent de tourner *sens-devant-derrière*, comme
celle des oiseaux.

C'est dans l'ouvrage même qu'il faut voir ce
qu'était la danse en France avant M. Noverre, les
efforts qu'il a faits pour la porter à sa perfection,
les succès brillans et mérités qu'il a obtenus, et le
génie qu'il a fallu pour en faire un second art dramatique, peut-être plus attrayant que le premier,
peut-être trop attrayant.

Le style de M. Noverre est toujours facile, souvent fleuri ; et si quelquefois il paraît s'élever un
peu trop, c'est par un enthousiasme bien pardonnable à un artiste qui a une si grande idée de son
art. Cet ouvrage suppose une immense lecture ;
tous les littérateurs anciens et modernes y sont
cités, jusqu'à Massillon et Bourdaloue, voire
même saint Augustin.

Ce qui distingue particulièrement le style de
l'auteur, c'est une extrême politesse ; il critique

quelquefois les choses, jamais il n'offense les personnes : il paie à tous les danseurs actuels un tribut d'éloges, tout au moins proportionné au mérite de chacun d'eux ; et quand il s'élève contre un abus, voici comment il le fait : « Malheureusement » la pirouette n'est pas restée le partage du seul » Vestris ; elle est devenue le *tempe* habituel de » trente danseurs, et, qu'on me passe l'expression, » le pain quotidien du public... Si, dans un grand » ballet, tous les sujets y sont employés, et que » chacun en particulier fasse 6 pirouettes, 30 mul- » tipliés par six donnent le produit de 180 pi- » rouettes, qui, en les supposant composées de 6 » tours chacune, donnent un résultat de 1080 tours. » Ne pourrait-on pas dire que la danse de l'Opéra » semble avoir adopté, sans le savoir, le système » de Descartes, et qu'elle se perd dans les tour- » billons ? »

Le second volume offre les plans de plusieurs ballets de l'auteur : il ne nous appartient pas de juger ces enfans de M. Noverre ; leur fortune est faite depuis long-temps, et ils auraient dû en donner une brillante à leur père. Il paraît cependant que M. Noverre a eu souvent à se plaindre de ses contemporains ; car dès les premières pages il déplore le sort des grands hommes, et les persécutions qu'ils ont éprouvées. Il cite à cet égard Homère, Périclès, Thémistocle et Socrate. L'estime et la tranquillité dont M. Noverre jouit à plus de quatre-vingts ans, et le succès mérité de l'ouvrage que nous annonçons, nous font espérer que l'auteur ne grossira pas la liste des grands hommes qui sont morts dans l'infortune.

QUELQUES RÉFLEXIONS

SUR L'ART THÉATRAL, SUR LES CAUSES DE SA DÉCADENCE,
ET SUR LES MOYENS A EMPLOYER POUR RAPPELER LA
SCÈNE FRANÇAISE A SON ANCIENNE SPLENDEUR;

Par Al. RICORD fils, de Marseille.

M. RICORD ne s'occupe que de l'art théâtral, que le vulgaire confond avec l'*art dramatique*, deux choses aussi différentes que le comédien l'est de l'auteur.

M. Ricord remonte jusqu'à l'institution du théâtre chez les Grecs, pour examiner les différens états où se sont trouvés les comédiens. Les Grecs les honoraient, les Romains les méprisaient, et les traitaient comme des esclaves. L'auteur explique la cause de cette différence; mais il devait ajouter, ce me semble, que chez les Athéniens, le théâtre était en quelque sorte une institution religieuse, que le gouvernement seul en faisait les frais, et que la profession de comédien était alors plutôt une charge qu'un métier; tandis qu'à Rome les comédiens se louaient au premier ambitieux qui voulait amuser le peuple pour obtenir des suffrages aux élections. Ce trafic de talens les avilissait aux yeux des Romains, et *Cicéron plaidant pour Roscius, plaint un si honnête homme d'exercer un métier si peu honorable.*

L'auteur, après avoir rapporté plusieurs faits historiques et bien narrés, arrive à la renaissance des lettres, à l'épuration du théâtre en France, et à l'institution de la *Comédie française*, qui ne date que de l'année 1680, où Louis XIV réunit les deux théâtres qui existaient à Paris.

« Paris fut donc, ajoute-t-il, le berceau de la comédie moderne, comme Athènes avait été celui de la comédie ancienne. Les compagnons de Molière étaient des citoyens recommandables, appartenant à des familles honnêtes et estimées. Les mœurs et les usages de Paris ont bien plus de rapport avec ceux d'Athènes qu'avec ceux de Rome ; le caractère français se rapproche de celui des Grecs, et cependant les comédiens n'ont jamais été considérés en France : la religion les frappait d'anathème, et ils n'étaient admis chez les grands que comme des bouffons qui devaient être honorés de servir à leurs amusemens ; si depuis quelques années le préjugé religieux paraît endormi, l'usage maintient encore l'espèce d'humiliation que l'on a attachée à cette profession, etc. »

Ici l'auteur me paraît un peu sévère, car il généralise un peu trop la cause de cette injustice envers des hommes qui professent un art agréable et cher à la nation. « Ce préjugé contre les acteurs, dit-il, prend sa source dans l'inconduite de *la plupart* d'entre eux, et particulièrement dans celle des actrices. Mais combien l'homme qui, au milieu de ces *exemples de perversité*, et témoin de cette *réunion de vices*, conserve des mœurs pures, tient une conduite estimable....., doit inspirer de l'intérêt ! »

Certainement, ce *la plupart*, ces *exemples de perversité*, cette *réunion de vices*, sont des expressions exagérées ; et l'auteur, qui semble s'intéresser aux comédiens, plaide pour eux d'une étrange manière : quelque utile que soit son plan pour la prospérité du théâtre, je doute qu'il soit accepté avec reconnaissance. Il ne sera pas mieux écouté quand il leur dira : « L'amour-propre excessif que la plupart des comédiens manifestent ; » encore ce *la plupart !* « l'importance qu'ils se donnent à eux-mêmes plutôt qu'à leur art, peuvent encore être des causes de ce préjugé, ou du moins elles ont servi à le maintenir. »

M. Ricord s'alarme trop sur ce préjugé ; il n'existe plus que chez les gens qui conservent tous les autres. Aucun homme raisonnable ne méprisera un comédien pour cela seul qu'il est comédien, mais seulement pour de mauvaises mœurs, pour des vices que l'auteur attribue trop libéralement à *la plupart* d'entre eux.

Après avoir cherché à détruire un *préjugé*

(qu'il fortifie cependant par la manière dont il le combat), M. Ricord démontre fort bien que, depuis Molière, l'art théâtral s'est beaucoup perfectionné, tandis que l'art dramatique a dégénéré sensiblement. C'est dans l'ouvrage même qu'il faut lire cette discussion ; je l'affaiblirais trop en la morcelant. La fin du règne de Louis XV et les années qui ont précédé la révolution, sont l'époque où les ouvrages dramatiques marquaient la plus grande corruption du goût, tandis que l'art théâtral arrivait au plus haut point de perfection ; mais, depuis 1789, cette différence a cessé, et *les deux arts ont éprouvé la même décadence.* Telles sont les conclusions sévères de l'auteur ; je n'entreprendrai pas de les réfuter, quoiqu'elles ne me paraissent pas entièrement justes ; en m'étendant sur ce point, je ferais la même faute qu'il a faite ; je reviens donc à l'art théâtral que M. Ricord ne devait pas perdre de vue, puisqu'il est le seul sujet annoncé dans son titre. L'art dramatique, sa décadence, les causes de corruption dans le goût des auteurs et des spectateurs, demandent une discussion plus approfondie, et ne peuvent être traités incidemment. D'ailleurs, il ne serait pas difficile de prouver que cette décadence est fort exagérée par les déclamateurs : sans doute elle a été déplorable pendant les orages de la révolution, mais il faudrait être aveugle pour ne pas apercevoir les efforts souvent heureux que l'on fait pour rentrer dans la bonne route.

M. Ricord s'afflige avec beaucoup plus de raison sur l'état futur de nos théâtres relativement aux acteurs. Il fait bien sentir que la comédie et la tragédie ne se jouant guère que dans la capitale, que les théâtres des départemens étant abandonnés aux fureurs du mélodrame et aux niaiseries de Brunet, il est impossible que des élèves s'y forment comme autrefois ; « et avec le petit nombre d'artistes distingués qui soutiennent encore la scène française, s'éteindront l'ancienne tradition des rôles qui composent le fonds du répertoire, et les modèles sur lesquels pourraient se former de nouveaux acteurs. »

Tout ceci est incontestable, et le danger est imminent ; l'auteur fortifié encore son opinion, qui est la mienne, par la considération suivante : La différence du prix d'entrée à la Comédie française et aux petits spectacles entraîne à ces derniers la masse des curieux, et de cette seule cause il résulte deux fâcheux effets : d'abord le goût public se corrompt de plus en plus ; et, en second lieu, les acteurs qui, pour plaire à cette multitude, contractent une diction et une manière de jouer pompeusement ridicule, ou trivialement tragique, deviennent pour jamais indignes d'aspirer au Théâtre Français.

Pour remédier au mal qui existe, pour prévenir celui qui menace le plus beau théâtre de l'Europe, M. Ricord propose un moyen aussi simple qu'ingénieux : il demande que, dans quelques-unes des

principales villes du royaume, et à Paris surtout,
le gouvernement établisse des théâtres subsidiaires,
où des jeunes gens s'exercent à l'art théâtral, en
ne jouant que les pièces les plus estimées du répertoire ; qu'on ne soit admis à ces écoles que par
ordre du ministre de l'intérieur ; que l'élève ait au
moins quinze ans, et au plus vingt-cinq ; que leurs
moindres appointemens soient de 1000 fr., et les
plus forts de 2000 ; que tous les costumes soient
fournis par l'administration ; que deux professeurs
d'un talent reconnu soient attachés à chaque théâtre,
mais qu'ils ne jouent pas eux-mêmes la comédie ;
que les auteurs aient la faculté de faire jouer leurs
pièces à ces théâtres d'épreuve, sans pour cela être
exclus de la scène française ; que la modicité du
prix des places y soit un appât pour le public qui,
n'ayant plus ce motif d'économie pour préférer le
mauvais genre, indemniserait le gouvernement des
avances faites pour l'établissement de ces écoles
publiques ; et que la Comédie française ait toujours le droit d'appeler à elle les sujets qui se seraient distingués dans ces théâtres secondaires.

L'auteur développe parfaitement ce projet dont
l'utilité est évidente, et il en motive tous les points
avec autant de sagacité que de logique. Tout y est
très-bien proportionné : on veut de petits théâtres,
on les aura ; on demande des prix modérés, ils
seront aussi modiques qu'aux farces du boulevard ;
la différence consiste en ce qu'au lieu de pièces
déplorablement ridicules, on ne verra que d'ex-

cellens ouvrages, et qu'au lieu d'acteurs élevés sur les tréteaux, on aura de véritables *artistes*, puisque leur talent sera le fruit d'une étude active et d'une instruction régularisée.

DISCOURS SUR CETTE QUESTION :

« QUELS SONT LES MOYENS DE FAIRE CONCOURIR LES THÉA-TRES A LA PERFECTION DU GOUT ET A L'AMÉLIORATION DES MŒURS? »

Ouvrage couronné par la Société des Sciences, Belles-Lettres et Arts de Bordeaux, le 27 août 1812;

Par A. DELPLA.

LE petit livre de M. Delpla repose tout entier sur un principe littéraire, présenté comme un axiome, et placé au frontispice en manière d'épigraphe. Le voici : « Quand il est dangereux de peindre les » hommes tels qu'ils sont; il faut les représenter » tels qu'ils devraient être. » L'adverbe *quand* n'est ici qu'une précaution oratoire; car, selon M. Delpla, il sera dangereux de peindre les hommes tels qu'ils sont, tant qu'ils auront des vices, ce qui durera vraisemblablement jusqu'au jugement dernier; ainsi l'axiome de M. Delpla se réduit à ceci : Il faut toujours peindre les hommes tels qu'ils devraient être.

Si l'auteur avait généralisé ce principe, il en découlerait les conséquences les plus plaisantes. L'historien aurait une tâche bien facile ; il suffirait de peindre le premier roi d'une dynastie, le présenter *tel qu'il devrait être*, le nommer Parfait, et dire ensuite Parfait II, Parfait III, sans se donner la peine de décrire les autres règnes qui seraient tous *tels qu'ils devraient être*. De pareils monarques auraient des sujets dignes d'eux : ministres, magistrats, gens de finance, peuples, tous les hommes enfin seraient vertueux et sages. Il faut supposer aussi que les gens de lettres auraient tous du génie, du talent et du goût ; mais de cette perfection même il résulterait un inconvénient, car on n'oserait plus dire qu'une société littéraire a couronné le discours de M. Delpla.

Si nous nous contentons d'appliquer le prétendu axiome à la seule littérature, nous conviendrons de gré ou de force qu'Homère est le dernier des poètes ; car non-seulement il a peint les hommes tels qu'ils étaient de son temps, mais il a peint les dieux tels qu'étaient les hommes. Par une conséquence rigoureuse, *Gil Blas* et *Clarisse* seraient les plus mauvais des romans, et au théâtre enfin on ne citerait plus Molière que comme l'a fait M. Delpla, c'est-à-dire pour montrer aux jeunes auteurs l'exemple des défauts qu'ils doivent constamment éviter.

Les faiseurs d'*utopies* sont les rivaux du Créateur ; ils imaginent un monde qu'ils construisent et modifient à leur gré. Leur cerveau enfante un peuple tout entier auquel ils donnent un caractère systématique ; ils font de belles lois pour ce beau peuple qui ne manque jamais de les recevoir et de leur obéir ; et comme dans ces sublimes rêveries tout se fait au nom de la vertu, des mœurs et du bonheur public, les petits esprits, en lisant un pareil ouvrage, ne manquent pas de s'écrier : Certes, voilà un grand penseur ! car les petits esprits rêvent toujours la perfection.

L'histoire nous apprend que même des hommes d'Etat se sont passionnés pour de pareilles chimères, et ont fait de dures expériences sur le pauvre genre humain ; ils ont jugé le temps où ils vivaient avec les idées d'un autre temps ; ils ont appliqué à des maladies nouvelles les remèdes qui convenaient à d'anciennes maladies. Ils ont compté pour rien tout ce qui s'était fait sans leur participation. Possédés de la manie de régénérer, reconstituer et réparer, ils ont voulu faire faire aux hommes et aux choses, dans un moment et dans un sens contraire, ce qu'ils n'avaient fait que lentement et pendant une longue suite d'années ; ils ont voulu.... Mais hâtons-nous d'abandonner ces hautes considérations, et descendons humblement jusqu'au discours de M. Delpla.

Il a la modeste prétention de réformer notre théâtre : il n'exige de nous que de légers sacrifices ; car il ne s'agit que de renoncer à Corneille, Racine, Voltaire, Molière, Regnard, et à tous les mauvais écrivains qui ont eu la sottise de les prendre pour modèle. Ce n'est point le défaut de talent qu'il leur reproche; mais leurs ouvrages ne tendent qu'à détruire les mœurs, la décence publique et toutes les vertus sociales. D'après ce principe, les pièces que nous avons la faiblesse de regarder comme des chefs-d'œuvre, sont précisément les plus mauvaises : aussi M. Delpla dirige-t-il spécialement ses attaques contre Phèdre, Iphigénie, Œdipe, Tartufe, le Misantrope, le Joueur, etc... Les solitaires de Port-Royal n'ont pas été plus sévères ; Rousseau n'a pas accumulé plus de raisonnemenscontre les spectacles, que l'auteur du Discours couronné à Bordeaux.

Mais MM. de Port-Royal étaient conséquens à leurs principes en donnant le titre d'*empoisonneurs* aux auteurs de comédies ; et Rousseau, dialecticien subtil, nous a fait voir par sa conduite et ses ouvrages que s'il avait eu la fantaisie de se réfuter lui-même, il l'aurait fait avec le même talent, et certainement avec plus de succès.

M. Delpla ne va pas si loin que ces fiers ennemis de Thalie et de Melpomène ; il ne détruit pas les théâtres, il veut seulement les régénérer. Aux crimes de la tragédie, aux vices et aux ridicules comiques, il substitue la vertu, la bienfaisance, l'humanité, la sensibilité, et vraisemblablement la perfectibilité. Les ouvrages de théâtre seront des homélies en action, des sermons, des exhortations, des catéchismes, et je suis sûr que les spectateurs y courront en foule pourvu qu'on les paie pour y aller. Nous nous plaignons sans cesse que les grands acteurs sont rares ; écoutez M. Delpla, ils vont se multiplier à l'infini, car il n'exige d'eux que des qualités fort communes : il suffira qu'ils aient *un physique avantageux, une constitution robuste, une voix sonore et flexible, beaucoup d'intelligence, une sensibilité exquise, et de plus la connaissance préliminaire de la littérature française, connaissance indispensable*, dit-il ; *ils seront officiers du gouvernement*, et l'on sent bien que les acteurs auront les mœurs des anachorètes, que les actrices seront au moins des vestales ; car M. Delpla est très-sévère sur cet article, et lui consacre un long paragraphe. Ces moyens sont si simples, il est si aisé à une débutante de quatorze ans qui se destine aux ingénuités de connaître toute la littérature française ; il est si facile à une troupe de comédiens de posséder les qualités et les talens qu'il exige ; il est si peu gênant pour des hommes et des femmes qui passent leur vie à exprimer les passions, d'observer les vœux de pauvreté, de chasteté et d'obéissance, que M. Delpla n'aura aucune réforme à faire ; qu'il prenne les comédiens tels qu'ils sont, et ses désirs seront accomplis.

Sur les pièces, au contraire, la réforme sera complète ; rien de ce qui passe pour bon dans notre théâtre ne peut y rester. L'auteur est révolté de voir dans nos tragédies le crime heureux et la vertu malheureuse ; ce que nous faisons faire aux

hommes sur notre théâtre, les Grecs, dit-il, le faisaient faire à leurs dieux; puis il s'écrie doulou-
reusement : *Voilà comme nous imitons!* Plus loin
il dit encore qu'il vaudrait mieux imiter les Grecs
que de présenter au public des Phèdre, des Iphigénie, des OEdipe, des Sémiramis, où une aveugle
fatalité règle tout d'une manière bizarre et invraisemblable. J'admire la logique et l'érudition du
réformateur. A qui les devons-nous ces Phèdre,
ces Iphigénie, si ce n'est aux Grecs? Ce dogme,
ce ressort de la fatalité n'est-il pas renouvelé des
Grecs? L'OEdipe roi, le Philoctète, l'Hippolyte,
toutes les tragédies grecques ont-elles un autre
mobile que la fatalité? Mais quoiqu'on ne puisse
rien apprendre à un orateur couronné, je me permettrai de faire à M. Delpla une observation qu'il
comprendra, s'il veut, dans sa réforme.

Il paraît singulier que les Athéniens, créateurs
de l'art dramatique, et peuple essentiellement dé-
magogue, n'aient pas eu dans leur théâtre une seule
pièce républicaine. Ces fiers ennemis des rois n'ont
que des rois dans leurs tragédies; mais ces rois y
sont toujours *criminels* ou *malheureux* : criminels,
pour empêcher le peuple de vouloir des rois ; malheureux, pour ôter aux ambitieux le désir d'aspirer
au trône. C'est sous ce rapport, ce me semble,
que l'on peut envisager le théâtre des Grecs comme
une institution politique, et cette conjecture prend
un grand degré de vraisemblance quand on considère que toutes les tragédies grecques qui sont

parvenues jusqu'à nous, ont la même couleur, le même ressort, et offrent la même moralité.

Cette obligation où se trouvaient les poètes les forçait à employer le ressort de la fatalité. Comment, en effet, auraient-ils pu rassembler tous les malheurs sur la tête d'un homme innocent et même vertueux, s'ils n'avaient pas fait agir cette puissance à laquelle personne ne résiste, celle des dieux, celle de la nécessité? Deux avantages résultaient de ce ressort tragique : l'intérêt dramatique était augmenté ; car si la vertu nous plaît, même lorsqu'elle est heureuse, elle nous intéresse bien davantage quand nous la voyons aux prises avec l'infortune : la politique y gagnait à son tour; car le peuple qui fréquentait les théâtres, et y entrait gratuitement, y apprenait sans cesse à se soumettre à la nécessité, et à supporter une infortune passagère, quand il voyait que le faste, l'opulence et le rang suprême ne préservaient pas les grands de la terre des calamités les plus affreuses.

Passons maintenant aux *crimes* et aux *vices* qui affligent M. Delpha, et qu'il voudrait bannir des compositions dramatiques. J'aurai le courage de lui dire, au risque de n'en être pas écouté, que l'écrivain moraliste enseigne la pratique des vertus par des préceptes positifs, et l'auteur dramatique par des préceptes négatifs; que l'un montre la route qu'il faut suivre, et l'autre celle qu'il faut éviter. Si le second fait haïr le vice autant que le premier fait aimer la vertu, n'ont-ils pas atteint le même but?

La moralité n'est-elle pas la même ? Voyons maintenant si la punition constante du crime et du vice,
ur nos théâtres, offrirait une meilleure moralité.

Je suppose qu'on vienne nous annoncer un de
ces crimes atroces dont le récit révolte et fait frémir : dans le premier mouvement de notre indignation nous voudrions voir le scélérat en proie à
toutes les tortures ; mais si quelques jours après,
nous le rencontrons conduit à l'échafaud ; si nous
voyons sa pâleur, son abattement, ses angoisses,
la pitié succède promptement à notre colère, nous
croyons le coupable assez puni, et nous le ferions
échapper si nous en avions le pouvoir. Maintenant
supposons, au contraire, que ce monstre ait pu
tromper ou braver la justice, qu'il vive dans l'opulence, qu'il jouisse de tous les biens dans lesquels
les hommes ont placé le bonheur, qu'il paraisse à
nos yeux avec un faste insultant, notre indignation
ne sera-t-elle pas à son comble ? Si ces réflexions
sont justes, il est faux de dire que la punition du
crime le fait haïr davantage, et la morale n'y ga-
gnerait rien quand nous transformerions le théâtre
en un tribunal criminel, et quand nous chargerions
le bourreau de faire les dénoûmens.

Il en est de même de la comédie : le vice y est
toujours livré à la haine, au mépris ou au ridicule,
et je défie M. Delpla de me citer une seule pièce
estimée dont la moralité soit qu'il y a de l'avantage
à être avare, méchant, imposteur ou fripon. Je
me suis étendu sur ce point, parce que bien des

spectateurs, trop bonnes gens, partagent les scru-
pules de M. Delpla ; ils sont indignés, disent-ils,
de voir un homme vicieux sur la scène. Eh! n'est-
ce rien, messieurs, que de vous indigner contre le
vice? L'auteur ne vous donne-t-il pas une bonne
leçon de morale en vous faisant haïr ou mépriser
tout ce qui la blesse?

Je n'ai plus qu'un seul coup à porter à M. Delpla, mais il est terrible, et j'aurais voulu le lui épar-
gner par égard pour la Garonne qui a couronné
son Discours, et dont j'aime les rives enchante-
resses. Mais il faut que justice se fasse. J'apprends
donc à mes lecteurs que M. Delpla est partisan du
drame, M. Delpla aime à pleurer : la pitié, selon
lui, *est plus qu'agréable, elle est délicieuse;* mais
la gaieté continue le fatigue, le rebute, lui paraît
indécente. C'est donc pour faire triompher le
drame, qu'il cherche querelle à Molière et à Racine;
et Dieu sait quels beaux raisonnemens il entasse
pour faire triompher son genre favori! Cependant,
par un caprice inconcevable, il condamne le mélodrame, et il le proscrit sans ménagement; c'est
dommage! Le réformateur du Théâtre Français,
l'homme que Molière révolte, et que Racine afflige,
était bien digne d'aimer la tragédie des boulevards.
Au reste, M. Delpla a fort bien fait de vouloir régénérer, et non détruire les théâtres : car les Bor-
delais, qui sont si fiers de leur belle salle, n'auraient pas couronné un homme qui aurait parlé
de l'abattre.

ANTIQUITÉS ROMAINES,

ou

TABLEAU DES MŒURS, USAGES ET INSTITUTIONS DES ROMAINS;

Par Alexandre–Adam L. L. D., recteur de la grande école d'Edimbourg ; traduit de l'anglais sur la septième édition, avec des notes du traducteur français, et quelques–unes du traducteur allemand.

QUAND nous avons fait d'assez bonnes études, quand nous lisons couramment, non pas les auteurs classiques, mais ceux parmi les classiques dont il a plu à nos professeurs de nous faire part; quand nous avons la tête meublée de quelques vers de Virgile, d'Horace et d'Ovide, de quelques périodes de Cicéron, de quelques discours de Tite-Live ou de Quinte-Curce, de quelques phrases de Salluste, de quelques traits de Tacite, nous croyons savoir le latin; mais cet amas de belles choses dont nous avons plus surchargé qu'orné notre mémoire, ne nous apprend, si j'ose m'exprimer ainsi, que la langue littéraire des Romains, sans nous faire connaître la langue usuelle. Dans les ouvrages même dont je viens de nommer les auteurs, nous sommes arrêtés par des expressions, des tournures, des ellipses, des sous-entendus qui ont besoin de commentaires, et dont nous ne pénétrons pas le sens, parce que nous ignorons les usages auxquels ils sont relatifs. Tel écolier qui est sorti vainqueur de tous les concours et qui entend fort bien les odes d'Horace, trouve dans les satires et les épîtres du même poète, une foule d'expressions qui lui paraissent étranges, parce qu'elles tiennent à des conventions qui lui sont inconnues. Qui le croirait? les Lettres même de Cicéron, genre d'écrits où cet orateur a parlé la langue la plus simple et la plus claire, nous offrent un grand nombre de passages dont nous n'aurons jamais une intelligence parfaite, si nous n'avons pas une connaissance suffisante des diverses magistratures des Romains, de leur législation, de leur ordre judiciaire. Les historiens ne nous embarrasseront pas moins quand ils parleront de la composition des armées, des différens grades militaires, de la stratégie, des différentes armes et des machines de guerre, si nous n'avons acquis sur tout cela des notions convenables. Mais plus nous descendrons dans les détails communs et ordinaires de la vie humaine, plus nous serons étonnés de notre ignorance, lors même que nous passons pour de fort bons latinistes.

Voilà un jeune homme dont les études ont été parfaites : non-seulement il sait, il entend bien les classiques; il a retenu leurs plus beaux passages, sa mémoire n'a besoin que d'être interrogée; au premier mot elle ouvre ses trésors : il en sort un exorde véhément, une touchante péroraison, des odes, des chants de poëme ; il vous en fait sentir les beautés, il s'engage dans des questions philologiques dont il résout toutes les difficultés d'une manière satisfaisante ; il connaît Rome beaucoup mieux que Paris, du moins vous en êtes persuadé; mais parlez-lui des usages des Romains, de leurs maisons, de leurs meubles, de leurs vêtemens, de leurs repas, de leurs jeux, de leurs spectacles, de leur manière de voyager, de leur police, de leurs procédures, de la division du temps, du calendrier, des monnaies, des poids et mesures, de l'agriculture, des jardins, des mariages, des funérailles, etc., etc., vous le verrez plus embarrassé que s'il était question des usages des Kirguis, des Tungouses et des Kamtchakdales. Nous savons très-bien quelle est l'origine des consuls, quel était le pouvoir du dictateur, pourquoi les décemvirs ont été institués, et comment ils ont disparu ; nous avons des notions sur les préteurs, les questeurs, les édiles, etc..... Tout cela est fort noble, et nous nous y sommes appliqués. Mais les Romains qui se chauffaient comme nous, avaient-ils des cheminées, connaissaient-ils les carreaux de vître, avaient-ils des mouchoirs de poche, avaient-ils toujours besoin de mettre le pied sur une borne pour monter à cheval, faute d'étriers ? Dans leurs repas se servaient-ils de couteaux et de fourchettes, ou leur présentait-on, comme on fait à la Chine, des viandes découpées en petits morceaux ? A toutes ces questions

nous retombons dans l'incertitude. Il n'y a pas un
écolier qui, interrogé sur le costume des Romains,
ne vous cite la toge, la tunique, la prétexte, et
même quelquefois la *ceinture gabine;* mais demandez-lui en quoi différaient les manteaux nommés
pallium, paliolum, paludamentum, tarentina, pal-
la, amiculum, penula, himation, tribonium, sagum
et gausapa; quelle est, parmi les tuniques, la
forme de la regilla; de la mendicula, de la ralla,
de la spissa, du supparum, du subminium, du cu-
matile, du plumatile, du cerinum ou du melinum;
parmi les coiffures, la différence de la calantica,
de la mitra, du flammeum, du caliendrum, de la
calyptra; dans les bracelets, celle du psellion, du
clydone, du brachionisteo, de l'armilla, du sma-
lium et du dextrocherium; dans les chaussures,
comment distinguer le knemis du calceus, du pero,
du mulleus, du phæcasium; la caliga, de la crepida,
de la baxea, de la gallica; le sandalium du cam-
pagus, du compes, de l'ochrea et du soccus? Les
Romains avaient-ils des chemises? s'ils n'en avaient
point, que dois-je entendre par indusium, inte-
rula, subucula, mots qui signifient tunique inté-
rieure? Tous les Romains qu'on nous représente
ont la tête nue : alors que faisaient-ils du pileus,
du cucullus, du bardo-cucullus, de l'apex, du ga-
lerus, du petasus et de la causia? Le petit savant se
taira, ou ne fera que des réponses obscures.

Tous ces mots dont je viens d'effrayer le lecteur
ne forment pas la dixième partie de ceux que j'ai

recueillis de différens ouvrages, et M. Adam lui-même, dont j'annonce le livre, n'en cite qu'un petit nombre; cependant ils signifient quelque chose, et l'ignorance où nous sommes sur leur usage, leur forme et leur différence, prouve que nous sommes loin de connaître la langue usuelle et familière des Romains, avec toutes les variations que le temps lui a fait subir.

Pour avoir une solution sur quelques-unes de ces difficultés, car n'espérons jamais l'obtenir sur toutes, nous devons donc lire non-seulement les classiques, mais tous les Latins, et même les Grecs qui ont écrit l'Histoire romaine, les nombreux in-folio des innombrables commentateurs, les écrits des Saumaise, des Montfaucon, des Gesner et autres qui ont consacré leur vie à l'étude de l'antiquité. Quel travail! Plus d'un lecteur va répondre : Que d'ennui!

Félicitons-nous donc de ce que la nature a fait naître des hommes assez éclairés, assez patiens, assez constans pour user leur vie dans de fastidieuses recherches, y découvrir quelques vérités enfouies sous les décombres de l'Empire romain, et nous instruire sans nous donner la peine d'étudier, avantage inappréciable pour le temps où nous vivons et pour les hommes que je vois autour de moi.

Rendons grâce surtout au recteur de la grande école d'Edimbourg, M. Adam, qui a su renfermer dans deux seuls volumes in-8°, tout ce qu'une immense lecture et un travail opiniâtre lui ont fait recueillir sur les antiquités romaines. Nous avions, à la vérité, les in-folio de Montfaucon, ce bénédictin que l'on a critiqué aussi peu libéralement qu'on l'a pillé largement. Le mérite et la vaste érudition de M. Adam ne doivent pas nous rendre injustes envers son devancier; venir après est un grand avantage ; on profite des travaux du prédécesseur, on corrige ses fautes, et l'on s'approprie ainsi ce que l'on a trouvé sans peine. J'ai lu Montfaucon, tout volumineux qu'il est, je l'ai lu tout entier, non pas avec patience, mais avec plaisir, et si, dans un très-grand nombre d'observations, M. Adam ne m'a rien appris, c'est que je me souvenais encore du bénédictin. L'ouvrage de Montfaucon offre une particularité remarquable en ce qu'il est double, français et latin, et la version placée sous le texte, en forme de notes, donne la facilité de suivre l'auteur dans les deux langues. Ce double emploi ne serait pas un mérite si les deux textes étaient parfaitement conformes ; mais l'auteur, destinant la partie française aux gens du monde, n'y fait que les citations nécessaires, et d'une manière laconique, tandis que le latin présente des passages considérables des auteurs auxquels il emprunte ses remarques. Plusieurs de ces citations sont fort étendues, telles que le spectacle d'une naumachie donnée par l'empereur Claude, morceau extrait de Suétone; la description du Laurentin, maison de campagne de Pline le jeune ; des phrases, des vers, des pages entières des meilleurs écrivains; et, pour en finir sur Montfaucon, je suis obligé de convenir que, sur plusieurs points d'antiquité, son livre est plus étendu, plus complet que l'ouvrage de M. Adam, particulièrement sur l'architecture, sur les théâtres, les jeux, l'intérieur des maisons romaines, les thermes, les costumes, et plusieurs autres objets. J'aime à croire qu'en revanche M. Adam est plus exact, plus scrupuleux dans l'admission des faits, plus sévère dans sa critique. Ayant pris la résolution, d'ailleurs, de se renfermer dans deux volumes, il a dû négliger bien des détails, et tout sacrifier à la concision. Ne soyons donc pas étonnés si les citations dont son livre fourmille n'offrent jamais qu'un petit nombre de mots, et le plus souvent des chiffres indiquant le chapitre et la page, ou la page et le vers, sans un seul mot du texte qui lui sert d'autorité.

Voici deux exemples, pris au hasard, de la manière dont M. Adam cite ses auteurs : « Les gladiateurs dispensés de combattre déposaient leurs armes dans le temple d'Hercule.» (HORAT., *Ep. I*, I. — OVID., *Trist. IV*, 8, 24.) Plus loin : « On appela les spectacles dramatiques LUDI SCENICI, parce que, dans l'origine, on les représentait sous un ombrage (*skia*) que l'on formait avec des feuilles et des branches d'arbres.» (OVID., *de Art. am. I*, 105. — SERV., *in Virg.* — AEn. I, 164.) On conçoit qu'il se trouve une longue série de

chiffres partout où M. Adam cite un grand nombre
d'auteurs. C'est avec ce soin et cette exactitude
qu'il parcourt tous les points d'antiquités romaines
depuis la fondation de la ville jusqu'au dernier
chapitre, où il fixe les limites de l'Empire.

Les parties de l'ouvrage où M. Adam traite de la
composition et des attributions du sénat, des chevaliers, des *gentes et familiæ*, des esclaves, des droits
du citoyen romain, du droit du *Latium*, du droit
de l'Italie, des municipes, des colonies et des préfec-
tures, des *comitia curiata* ou *centuriata*, des diverses magistratures ordinaires ou extraordinaires ;
de la monarchie, des lois romaines dont il en cite un
très-grand nombre, avec l'année de leur promul-
gation ; les noms de ceux qui les ont proposées,
et leurs principales dispositions ; les longs détails
enfin sur les procédures judiciaires, sont remplis
de recherches aussi curieuses qu'instructives ; les
procédures surtout offrent une instruction toute
neuve pour la plupart des lecteurs : on y trouvera
du latin qui n'est pas familier même aux latinistes,
et que pourtant il faut connaître, même pour
entendre parfaitement Cicéron. Quoiqu'on ait fait
de bonnes études, on peut, sans rougir, hésiter
sur des phrases semblables à celle-ci : *Si calvitur
pedemve struit, manum endo jacito; si insiet qui
in jus vocatum vindicit, mittito. Si luci furtum
faxit, sim aliquis endo ipso furto cepsi addic-
tor*, etc..... On peut avouer aussi que l'on n'a pas
vu dans le verbe *quiritare* le sens de cette phrase :

Quirites, vostram fidem imploro. Ces expressions et un grand nombre d'autres sont clairement expliquées par l'auteur, ainsi que toutes les formules employées dans les procédures civiles ou criminelles. Les mots suivans : Vocatio in jus, postulatio actionis, legulcius, vadimonium, vindiciæ, assertor, condictiones, licitator, consensualis, syngraphæ, mancipium, vindicia festucaria, comperendinatio, et une foule d'autres, doivent être compris non-seulement par les hommes qui suivent le barreau, mais par tous ceux qui se consacrent à l'étude de la latinité ; car ces termes se rencontrent souvent chez les historiens ; et les auteurs d'ouvrages purement littéraires, les poètes même y font souvent allusion. Je suis persuadé qu'Horace a pensé aux *vindiciæ* judiciaires, quand il a dit :

Meo Deus intersit nisi dignus vindice *nodus Inciderit.*

Si nous lisons dans Pline le jeune cette phrase : *Quoties judico, quantum quis plurimum postulat* AQUÆ DO, pour la comprendre, il faut savoir que le temps se mesurait au moyen d'une clepsydre ou horloge d'eau, et qu'un avocat devait proportionner la longueur de son discours au temps que le vase employait à se vider. Quelquefois il demandait *plures clepsydras*, et il les obtenait ; par ces mots, *j'accorde autant d'eau qu'on en demande,* Pline veut dire, je laisse parler aussi long-temps qu'on le veut. Sans cette explication, bien des gens croiraient que les avocats romains avaient l'habitude du verre d'eau, comme nos auteurs dramatiques quand ils font une lecture dans nos salons.

J'ai indiqué très-sommairement ce qui est contenu dans le premier volume, qui me semble le plus neuf et le plus curieux. Dans le second, après une mythologie très-incomplète, on trouve un traité plus approfondi du culte et des cérémonies religieuses. Ce qui concerne les jeux et les spectacles me paraît insuffisant, et ne donne qu'une idée bien vague du théâtre des Romains. L'auteur s'est beaucoup plus étendu sur les gladiateurs. Les sections où il traite de l'art militaire, de la levée des troupes, de l'ordre de bataille, de l'attaque et de la défense des places, des triomphes, sont encore plus détaillées et plus satisfaisantes. M. Adam s'occupe ensuite de l'intérieur des maisons, des habillemens, des repas, des bains, des mariages, des funérailles, objets qui ont moins excité ma curiosité, parce que Montfaucon les a traités avec plus d'étendue encore, ou si l'on veut, plus minutieusement. La partie de ce second volume, qui a surtout fixé mon attention, est celle où il est question des poids, des mesures et des monnaies; ce sujet paraît aride, mais on verra, j'espère, qu'il est susceptible d'un grand intérêt; car à propos d'as, de sesterce et d'*unciæ*, M. Adam cite un grand nombre de passages de différens auteurs, passages qui sont autant d'anecdotes, et qui font connaître la richesse et la puissance de ce peuple extraordinaire.

A chaque instant nous rencontrons dans les auteurs latins des énonciations de sommes dont nous ne pouvons apprécier la valeur si nous ne connaissons pas les différentes formules par lesquelles on les exprime. D'ailleurs nous parlons sans cesse de la richesse des Crassus, des Lucullus; des exactions d'un Verrès; des profusions d'un Caligula, d'un Vitellius, sans en avoir une notion précise, et sans nous faire une idée bien nette des immenses richesses qui étaient accumulées dans la ville de Rome. Quelques détails sur cet objet donneront, je l'espère, le désir d'en puiser de plus amples dans l'ouvrage de l'auteur même.

On sait que les mots *as* et *libra* sont synonymes; la *livre* était en même temps le principe des poids et celui des monnaies; et toutes les sommes au-dessous ou au-dessus de l'*as* étaient des fractions ou des multiples de cette valeur primitive; les mesures même de capacité croissaient ou décroissaient dans la même progression, et les différens vases depuis l'*amphora* jusqu'au *cyathus*, suivaient les divisions de l'as ou de la livre.

On sait aussi que la livre romaine se divisait en douze onces; que sa douzième partie se nommait *uncia*; que deux onces s'exprimaient par le mot *sextans* ou sixième, trois onces par *quadrans* ou quart, quatre onces par *triens* ou tiers, cinq par *quincunx*, six par *semis* ou moitié de l'as, sept par *septunx*, huit par *bes*, neuf par *dodrans*, dix par *decunx*, et onze par *deunx*. La ressemblance de ces deux derniers mots aurait dû engager M. Adam à expliquer le dernier. Tout le monde sait que *decunx* signifie dix onces, et qu'il est une contraction de *decem unciæ*; mais on ne devine pas aussi facilement que *deunx* est une ellipse de *deest uncia*, et que conséquemment il signifie une livre moins une once. J'ai cru devoir répéter ici cette espèce de tarif; quoiqu'il ne soit nouveau pour personne, parce que j'ai vu des hommes, d'ailleurs instruits, prendre *triens* pour trois, et *quadrans* pour quatre, ignorant que ces mots n'expriment point le nombre d'onces, mais leur rapport avec la livre. Ainsi, malgré l'apparence, *triens* veut dire quatre et *quadrans* trois, puisque le premier est le tiers, et le second le quart de douze.

Les Romains comptaient la monnaie par sesterces, mot qui se rencontre fort souvent dans les auteurs latins, et qui s'écrit en toutes lettres ou par H. S.; mais il faut bien observer s'il est question du *sestertius* ou du *sestertium*; car le premier ne vaut guère que dix-neuf centimes de notre monnaie, tandis que l'autre vaut mille fois davantage (1): ainsi *decem sestertii* n'indiquent que dix sesterces, tandis que *decem sestertia* en valent dix mille. Quand les Romains désignaient la somme

(1). C'est-à-dire, 193 fr. 75 c.

par des mots, l'adverbe numérique mis avant le
mot *nummûm* ou *sestertiûm*, désignait cent mille
de ces valeurs ; ainsi *quadrigies sestertiûm* équivaut à *quadragies centena millia sestertiorum*,
ou à quatre millions de sesterces. Quelquefois l'adverbe seul exprime la somme aussi complètement
que si elle était écrite en toutes lettres : *decies* ou
vigesies représentent *decies* ou *vigesies centena
millia sestertiorum*, c'est-à-dire un ou deux millions de sesterces.

  Souvent, au lieu de mots, on se servait de chiffres
romains ou de lettres ; et quoique la valeur de ces
chiffres nous soit parfaitement connue, la manière
dont ils sont tracés exige une grande attention de
la part du lecteur. Les lettres H. S., qui signifient
sesterces, précèdent toujours les chiffres, et il faut,
de plus, observer s'ils sont ou s'ils ne sont pas
surmontés d'une ligne horizontale, car cette ligne
apporte une énorme différence dans la valeur de
la somme, puisqu'elle la rend cent mille fois plus
considérable ; exemple : H. S. M. C. n'exprime que
mille cent ou onze cents sesterces, tandis que H. S.
M̄. C̄. en représente cent dix millions. La première
somme ne répondrait guère qu'à 213 francs et
l'autre s'élèverait à plus de 21 millions. La négligence
des copistes qui ont souvent omis de tracer cette
ligne supérieure, a donné lieu à des erreurs absurdes ; et plusieurs passages qui ne présentent qu'un
nombre ridicule quand il s'agit d'exprimer une
somme exorbitante, deviennent exacts et clairs si

l'on rétablit cette ligne si importante. Après ces notions préliminaires et indispensables, je passe à plusieurs faits historiques, relatifs aux richesses et aux profusions des Crésus romains.

- Le premier qui s'offre à notre esprit parmi les favoris de la fortune, est le Crassus dont le nom est devenu proverbe, et qui ne considérait un citoyen comme riche que quand il pouvait entretenir à ses frais, une légion entière, sans rien diminuer de sa dépense habituelle. Selon Pline, il possédait des terres pour la valeur de *bis millies*, c'est-à-dire *bis millies centena millia sestertiorum*, somme qui répond à plus de 38 millions de francs; et son argent comptant, son mobilier, ses esclaves représentaient une valeur au moins égale. Ces soixante-seize millions ne nous paraîtraient cependant pas un prodige, puisque, selon nos lois, ils ne produiraient à peu près que quatre millions de revenu; mais n'oublions pas que ces vertueux Romains étaient presque tous usuriers, qu'ils tiraient d'énormes intérêts de leur argent, et que le sévère Caton même, ce censeur des mœurs, ce Romain par excellence, prêtait sur gages, et pour me servir de l'expression vulgaire, prêtait *à la petite semaine*. Quoique Crassus soit plus souvent cité, l'histoire romaine nous offre cependant des phénomènes plus extraordinaires.

Sénèque, et Pallas, cet affranchi si célèbre, possédaient en biens-fonds, selon Tacite, plus de cinquante-huit millions de francs de notre monnaie.

Lentulus, l'augure, en avait plus de soixante-dix-sept, et Claudius Isidorus, après s'être ruiné dans la guerre civile, pût encore léguer par testament plus de quatre mille esclaves, trois mille six cents paires de bœufs, deux cent cinquante-sept mille pièces d'autre bétail, et douze millions de francs en numéraire. Auguste reçut par les testamens de ses amis *quater decies millies,* qui équivalent à sept cent soixante-quinze millions. Caligula dépensa, dans moins d'un an, les cinq cent vingt-trois millions que Tibère avait laissés dans le trésor impérial. Vespasien, à son avènement au trône, voulant évaluer les dépenses annuelles de l'État, reconnu qu'elles s'élevaient à la somme effrayante de sept milliards sept cent cinquante millions.

Ici, le traducteur français a pensé que nous supposerions la somme exagérée, comme l'ont cru plusieurs commentateurs, mais il nous démontre avec beaucoup de clarté qu'elle n'a rien d'invraisemblable; en effet, si l'on considère l'étendue de l'Empire à cette époque, si l'on observe que la Méditerranée tout entière, en y joignant l'Archipel, la Propontide et une partie de la mer Noire, n'était qu'un lac enfermé dans l'Empire romain; si l'on porte les yeux sur une carte depuis les frontières de l'Ecosse jusqu'à celles de la Nubie, et depuis le cap Finistère jusqu'aux bords de l'Euphrate; si l'on ajoute à ces considérations que l'Asie-Mineure, la Syrie, la Palestine, l'Egypte, la Cyrénaïque, les deux Mauritanies, la Macédoine

et la Grèce, étaient beaucoup plus peuplées qu'elles
ne le sont aujourd'hui ; si l'on compare enfin
l'étendue de cet Empire si florissant et si peuplé
à celle de la France ou de l'Angleterre, on reconnaîtra que les sept ou huit milliards énoncés par
Suétone n'excèdent pas, toute proportion gardée,
les revenus de la France, et sont, avec la même
proportion, fort au-dessous des taxes de tout genre
qui pèsent aujourd'hui sur l'Angleterre. Il n'y a
donc, dans l'évaluation faite par M. Adam, ni
exagération, ni erreur ; car si la France, peuplée
comme elle l'est, devenait dix fois plus grande,
elle atteindrait à peine l'étendue de l'Empire romain dans le premier siècle de l'ère chrétienne ;
et certes, alors, les sept milliards en question seraient tout au plus suffisans pour toutes les dépenses
de l'État.

Je n'ignore pas que l'exactitude de tous ces
nombres qui nous effraient dépend de la véritable
valeur du sesterce et de l'*as*, qui est le type primitif.
Plusieurs écrivains l'évaluent différemment, et l'on
sait d'ailleurs que les monnaies romaines ont subi
des altérations dans leur poids, et des variations
dans leur valeur. Mais quand l'énonciation d'une
somme s'accorde avec toutes celles qui sont exprimées par tous les auteurs ; quand elle est proportionnée à l'étendue, à la population de l'Empire,
à la richesse de l'État et des particuliers, à la quantité de l'or qui fut porté dans Rome après la conquête des Gaules, et de celui que l'on tirait alors

des Pyrénées, de la Macédoine, de l'Asie et de l'Afrique, ce serait outrer le scepticisme que de vouloir supposer des erreurs ou des altérations dans le texte de ces auteurs, par la seule raison que ces valeurs sont hors de proportion avec celles auxquelles nous sommes habitués dans une sphère infiniment plus étroite. S'il ne restait aucun monument romain, les incrédules traiteraient de fable la description d'une salle de spectacle qui contenait quarante mille spectateurs, et d'un amphithéâtre où plus de cent mille personnes étaient assises; si nous n'avions pas le pont du Gard, nous ne croirions pas à trois ponts bâtis l'un sur l'autre, et qui unissent deux coteaux situés sur les deux bords d'une rivière. Nos habitudes forment notre jugement; mais commençons par nous faire une idée de Rome comme centre du monde civilisé, comme le gouffre où s'engloutissaient les richesses de tant de nations soumises ou tributaires; représentons-nous ces monumens dont les ruines, après dix-huit siècles, attestent encore la grandeur et la magnificence du peuple qui les a construites, alors nous ne trouverons rien d'invraisemblable dans l'opulence de quelques particuliers et les prodigalités de quelques empereurs. La fortune des Fugger et des Samuel Bernard, dans les temps modernes, est peut-être plus extraordinaire que celle d'un Sénèque, précepteur de Néron, et d'un Pallas, affranchi de Claude.

Si je pouvais, sans sortir de mon sujet, donner

un simple aperçu de la *pompe de Ptolomée-Philadelphe* dont les anciens nous ont laissé une description si imposante, et qui surpasse en magnificence tout ce qu'on a jamais vu chez les hommes,
combien le luxe des Romains ne pâlirait-il pas
devant celui de ce roi d'Égypte dont les États ne
pouvaient se comparer à ceux du peuple-roi ! Ne
nous étonnons donc plus des détails que je viens
d'extraire ni de ceux qui vont suivre.

Les dettes des Romains étaient proportionnées
à leur opulence ; c'est la règle : plus on est riche,
plus on doit ; il n'y a que le pauvre qui puisse
vivre avec ce qu'il a. Milon devait plus de treize millions de francs, et César, quand il partit pour l'Espagne, était tellement criblé de dettes, qu'il dit:
*Bis millies et quingenties sibi deesse, ut nihil ha-
beret;* c'est-à-dire : *Il me manque plus de quarante-
huit millions pour que je n'aie rien.* Au commencement de la guerre civile, il enleva du trésor public plus de vingt-six millions, et il y en versa cent
seize à la fin de la même guerre. Il eut des amis,
mais ils lui coûtaient un peu cher ; Curion fut le sien
pour douze millions de francs, et Lucius Paulus,
un peu plus modeste, n'en exigea que sept. O le
bon temps ! vont dire certaines gens qui se donnent
à si bon marché.

Antoine dissipa du trésor public plus de cent
trente-cinq millions de francs ; Apicius dépensa
douze millions pour sa cuisine, *in culinam,* dit Sénèque ; puis voyant qu'il ne lui restait que deux mil-

lions de bien, il s'empoisonna pour ne plus vivre dans une pareille misère. La fameuse perle que Cléopâtre fit dissoudre dans du vinaigre, était estimée près de deux millions. Clodius, fils du comédien Esope, en avala une qui valait 193,750 francs. Un seul plat de cet Esope coûta plus 19,000 livres. Plus de 80,000 francs furent dépensés dans un souper de Caligula, et sans doute cet empereur était sobre, car un pareil repas coûta plus de 500,000 francs au jeune Héliogabale. On sait que Lucullus avait plusieurs *triclinia* ou salles à manger, quelques écrivains disent trois cents, ce qui me paraît ridicule ; chacune portait le nom d'un dieu ou d'une déesse. Le salon d'Apollon était le plus magnifique ; les frais ordinaires pour un repas s'y élevaient à 38,000 francs de notre monnaie. M. Adam ne rapporte pas l'anecdote du souper donné par Lucullus à Cicéron et à Pompée, mais elle est assez connue. Disons un mot de ce bon Cicéron, si républicain, si patriote, si modeste dans ses Épîtres ; il avait une table de bois de citronnier qui coûtait près de 20,000 livres, et il acheta une petite maison de campagne qui avait appartenu à Crassus, et qui ne valait que 700,000 fr.

J'abandonne cette nomenclature, car j'ai peur d'être appelé *signor Marco Millione*, comme le voyageur Marc Paul qui ne comptait que par millions. J'invite cependant les personnes qui veulent entendre les auteurs latins, à lire avec attention ce chapitre de M. Adam ; les sommes que je viens

11.

de désigner en français y sont exprimées dans toutes les formules employées par les Romains, et l'étude de quelques pages facilitera l'intelligence d'un grand nombre de points obscurs dans la latinité. Je regrette beaucoup que le désir d'être concis ait forcé l'auteur à écourter des anecdotes qui répandraient quelques fleurs sur un sujet un peu sévère.

L'érudition est une fort belle chose; et quoique les ignorans se moquent des érudits, comme les pauvres médisent des riches, nous ne pouvons trop estimer les hommes éclairés et studieux dont l'ingrat et pénible travail fait éclore pour nous des fleurs sans épines, et nous facilite l'intelligence des auteurs anciens qui valaient bien les nôtres, quoiqu'ils n'aient pas eu le bonheur de vivre comme nous dans le siècle des lumières. Il ne faut cependant pas que l'amour de l'érudition devienne une manie, et qu'il nous fasse chercher des finesses ou des mystères dans des phrases communes dont le sens est clair et naturel. Plusieurs de ces savans ne peuvent imaginer qu'un Grec ou un Romain ait eu quelquefois des idées toutes simples et qu'il les ait simplement exprimées; ils veulent toujours voir dans les mots les moins équivoques un sens plus profond ou plus brillant que le sens grammatical, et, pour le trouver, ils se jettent dans des digressions philologiques également réprouvées par la langue et par le goût. S'ils voient dans une phrase latine des tournures qui s'approchent des nôtres, ils aiment mieux supposer un sens caché ou une altération du texte, que d'admettre comme bon latin celui que nous entendons aussi bien qu'eux. Si Horace n'avait pas appelé des vers mal faits *versus malè tornatos*, ils ne pardonneraient pas cette expression à l'écolier qui l'emploirait, et *malè tornatos* leur paraîtrait un plat gallicisme.

M. Adam n'est pas toujours exempt de ce défaut. Parmi une foule d'observations justes, d'aperçus fins et ingénieux, de conjectures vraisemblables et d'explications pleines de sagacité, le désir de trouver quelque chose là où il n'y avait rien, lui a fait adopter quelquefois des étymologies ou des interprétations si étranges, que l'esprit du lecteur les repousse malgré l'autorité de tous les érudits qui veulent les faire recevoir. A la vérité, ce n'est point à M. Adam lui-même que s'adresse directement ce reproche; mais il suffit qu'une explication ait été adoptée par un commentateur célèbre, pour qu'il la présente comme légitime, et souvent il nous offre deux ou trois solutions différentes de la même difficulté, sans indiquer aucune préférence pour l'une ou pour l'autre. Il lui arrive aussi parfois d'établir une relation entre deux objets qui n'ont aucune analogie apparente, sans nous faire connaître les rapports qu'il a cru y découvrir. Quand une phrase latine n'a aucun sens pour nous, parce qu'elle fait allusion à quelque usage qui nous est inconnu, nous applaudissons aux efforts du savant qui parvient à y trouver une signification

quelconque ; et si elle ne nous satisfait pas entièrement, nous nous-abstenons cependant de toute
critique, dans l'impossibilité où nous sommes d'y
substituer quelque chose de mieux : mais quand le
sens est d'une clarté parfaite, quand il est complet,
concordant avec ce qui précède et ce qui suit, et
tout-à-fait raisonnable, faut-il le rejeter et recourir
à un sens bizarre, par la seule raison que le premier est trop simple ? Voici un exemple assez remarquable pour me dispenser d'en citer plusieurs
du même genre :

Dans le sénat romain, les voix se recueillaient
per discessionem. c'est-à-dire qu'au lieu de se lever ou de rester assis, les sénateurs qui approu-
vaient le projet de décret se plaçaient d'un côté
de la salle, et ceux qui le rejetaient passaient de
l'autre côté. M. Adam, qui se sert d'autres expressions, dit qu'on faisait placer de l'autre côté ceux
qui étaient d'un avis *contraire :* ce mot *contraire* a
causé son erreur comme nous allons le voir. La
formule par laquelle le président du sénat ordonnait ce mouvement, était ainsi conçue : *Qui hoc
censetis, illùc transite; qui* alia omnia, *in hanc
partem.* M. Adam ne traduit pas cette phrase, et il
se contente de dire que cette locution, *alia omnia,*
prend son origine dans la superstition ; *omnis
causâ.* Quoi! le mot *omnia* serait une métamorphose, une corruption d'*omina.* Eh! pourquoi
faut-il que j'aille consulter les augures? La phrase
du président n'est-elle pas assez claire? N'est-il

pas évident qu'il a voulu dire : *Vos autem qui censetis alia omnia, transite vel discedite in hanc partem.* Et parce qu'il n'a pas répété le *censetis* et le *transite*, il faudra recourir à la superstition et aux augures, qui n'ont aucun rapport avec la question! C'est, je le répète, le mot *contraire* qui a trompé M. Adam; il n'a pas réfléchi qu'un avis pouvait être différent sans être contraire; que la différence suffisait pour faire approuver par l'un ce que l'autre rejetait; et ne trouvant pas dans *alia omnia* le sens de *contraire*, il a vu *omina* dans *omnia*. Je crois donc très-fermement, malgré l'autorité de *Festus* dont M. Adam cite seulement le nom, que le sens de la phrase en question est celui-ci : « Vous qui pensez ainsi, rangez-vous de ce côté-là; vous qui pensez *toute autre chose*, placez-vous de ce côté-ci. » Voilà comment j'aurais traduit quand j'étais en sixième, parce que je me serais dit : *Vos qui alia omnia, subauditur censetis; et in hanc partem, subauditur transite;* mais j'avoue que, même en rhétorique, je n'aurais pas vu de superstition là dedans.

Dans un ouvrage destiné à l'instruction, comme celui-ci, l'un des plus grands défauts est de tomber en contradiction avec soi-même; et dans plusieurs passages, M. Adam se contredit d'une manière évidente. On sait que les jours se distinguaient chez les Romains, en *dies fasti* et *dies nefasti;* à la page 14 du premier volume, M. Adam nous dit qu'il était défendu au sénat de s'assembler durant les jours malheureux, *diebus nefastis;* à la page 178, il dit que les jours *fasti* étaient ceux dans lesquels le préteur rendait ses jugemens, et les jours *nefasti* ceux pendant lesquels l'adminis-tration de la justice était suspendue : cela est con-forme à la vérité historique. Mais, à la page 283, il cite une loi qui défend *de faire des lois* pendant les jours appelés *fasti*, et vingt-sept pages plus loin, il en cite une autre qui permet de rendre la justice pendant les mêmes jours. Comment con-cilier tout cela? Pouvait-on défendre de faire des lois pendant les jours *fasti*, quand dans les au-tres jours il était interdit au sénat, non-seule-ment de faire des lois, mais même de s'assem-bler? et avait-on besoin de permettre au préteur de rendre la justice pendant ces jours, quand il lui était défendu de la rendre dans les autres? Et ne confondons pas les jours *fasti* avec les jours *festi;* ces derniers étaient des jours de fête, *feriæ*, pendant lesquels il a, selon le temps, été permis ou défendu de s'occuper de la législation ou de la justice, tandis que les *fasti* étaient destinés aux as-semblées du sénat et aux jugemens du préteur; et pendant les *nefasti* tout exercice des lois et des tribunaux était suspendu. Notez, cependant, que M. Adam cite des autorités respectables pour ces assertions contradictoires.

Voici un autre passage qui m'a singulièrement étonné : l'auteur paraît persuadé que les anciens Romains ne connaissaient pas la lettre R, et il dit qu'Appius Claudius passe pour en avoir été l'inventeur. On écrivait, ajoute-t-il, Papisius pour Papirius, Valesius pour Valerius, Auselius pour Aurelius, etc.... Quand le fait serait vrai, Appius serait tout au plus l'introducteur et non pas l'inventeur de la lettre R, puisqu'elle existait depuis long-temps dans le grec d'où le premier latin a été formé. Mais ici M. Adam s'est pressé de conclure du particulier au général, et il a étendu à toute la langue ce qu'il ne faut entendre que de quelques noms propres. En effet, les premiers Romains avaient des rois, et il serait étrange de soutenir que l'on disait *sex* pour *rex*, et *seges* pour *reges*. La ville de Rome elle-même dépose contre M. Adam, car on n'a jamais écrit *Soma* pour *Roma*, ni *Somulus* pour *Romulus*. Plusieurs hellénistes ont pensé que le nom *Roma* venait du mot grec *rômè*, *robur*, force, étymologie qui, vraie ou fausse, démontre au moins qu'ils ont considéré la lettre R comme l'initiale du nom.

C'est à une faute d'impression sans doute qu'il faut attribuer l'erreur suivante : Auguste, dit l'auteur, fit équiper deux flottes qu'il fit stationner, l'une à Ravenne sur la mer Adriatique, et l'autre à *Messine* sur la mer de Toscane. Tout le monde sait que cette seconde flotte était à Misène et non pas à Messine ; Pline l'y a commandée sous Vespasien, et si elle eût été à Messine, on n'aurait pas nommé la mer de Toscane, mais *fretum Siculum*, le détroit de Sicile.

Je ne sais si c'est l'auteur ou le traducteur qui nomme *croissant* l'ornement en forme de demi-lune que les praticiens portaient à leur chaussure. C'était bien un croissant, mais le mot est impropre quand il s'agit des Romains : il fallait imiter nos commentateurs français qui ont francisé le mot latin *lunula*, et ont écrit *lunule*.

Quelquefois M. Adam se fonde sur des preuves extrêmement faibles pour décider un point d'antiquité non-seulement fort douteux, mais même invraisemblable. De ce que des auteurs ont dit que les Romains faisaient usage de la main droite, et quelquefois des deux mains pour se servir à table, il conclut qu'il n'avaient ni couteaux ni fourchettes; et pour seconde preuve, il cite les *manus unctæ* dont parle Horace. Le savant recteur me permettra de ne pas me rendre à cette démonstration. Nous avons couteaux et fourchettes, et cependant nous nous servons à table de notre main droite, et même des deux mains. J'en dis autant des *manus unctæ;* cela nous arrive assez souvent malgré la fourchette, quoique nous soyons moins gloutons que les Romains, et que nous n'ayons pas recours à un dégoûtant artifice pour dîner une seconde fois. Mais quand on ne trouverait aucune preuve de la fourchette romaine, comme Montfaucon en a trouvé de la cuillère à pot; quand les mots *furcina* ou *furcilla* seraient déclarés latin de cuisine, et conséquemment inadmissibles, je ne croirai jamais qu'un peuple qui a poussé aussi loin le luxe et la délicatesse, qui avait des tables de bois de citronnier à pieds d'or, qui couvrait les lits où se plaçaient les convives de tapis ou de manteaux magnifiques, ait plongé vilainement les mains dans les plats et dans les assiettes, en un temps surtout où l'on aimait beaucoup les sauces, et où l'on devenait célèbre pour en avoir inventé une nouvelle. Très-certainement le sybarite Trimalcion n'avait pas les mains pleines de graisse quand il les promenait sur la chevelure des deux beaux adolescens qu'il avait près de lui.

Sur une preuve à peu près semblable, M. Adam prononce, sans employer la forme du doute, que les anciens n'avaient pas de cheminées. Parce que Vitruve et Horace se plaignent de la fumée, parce que Cicéron et Juvénal donnent l'épithète de *fumosæ* aux images des dieux placées dans l'*atrium*, parce que Martial appelle *fumosus* le mois de décembre, faut-il supposer qu'ils n'avaient point de cheminées, quand on sait qu'ils aimaient beaucoup le feu, et qu'ils déposaient largement le bois sur leurs foyers, selon l'expression d'Horace lui-même? Nous avons à Paris d'innombrables cheminées, des bataillons de fumistes, et cependant une cheminée qui ne fume point quand l'appartement est bien clos, est encore une chose rare; décembre est *fumosus* pour nous comme pour les Romains, et si nous placions dans l'âtre nos portraits de famille, les cheminées n'empêcheraient pas qu'ils ne fussent enfumés comme les Lares des

Romains. M. Adam avoue qu'ils avaient trouvé le moyen d'établir des conduits de chaleur dans les divers appartemens; et ils n'auraient pas su conduire la fumée comme la chaleur! D'ailleurs, quand nous n'aurions pas d'autres preuves, un passage de Pline nous démontre qu'ils connaissaient les cheminées : ce naturaliste, en décrivant l'effet des volcans, nous dit que le cône volcanique n'en est point le foyer, mais la cheminée : *In ipso monte non alimentum habet sed viam;* M. Adam conviendra que cheminée est la traduction exacte du mot *viam*, puisqu'elle signifie le *chemin* de la fumée et du feu. Au reste, tout ce détail devient inutile puisque j'ai vu, de mes propres yeux vu, une cheminée à Pompéia que nous devons nommer Pompeii; et certes, le roi de Naples ne l'avait pas fait construire tout exprès pour jouer un tour aux érudits qui refusent l'art de construire des cheminées aux hommes qui ont bâti le Colisée et le Panthéon ; convenons cependant que même actuellement les cheminées sont infiniment moins multipliées à Rome et à Naples, qu'elles ne le sont chez nous, quoiqu'il gèle assez souvent dans la première de ces villes; et, à Rome, on voit encore aujourd'hui des personnes dans l'aisance, et même riches, se chauffer avec le *soaldino* ou le réchaud, comme M. Adam prétend que les Romains le faisaient.

Un ouvrage qui embrasse une si grande quantité d'objets me fournirait le prétexte de multiplier les observations et les critiques; et le nombre des erreurs fût-il plus grand, il n'empêcherait pas de reconnaître dans M. Adam une excellente et vaste érudition, une connaissance profonde des Romains et de leur langue. Mais il faut savoir se borner, et je laisse au lecteur la solution de quelques difficultés qui m'engageraient dans des discussions trop longues. Il me reste d'ailleurs à parler des théâtres, voici un trait qui me servira de transition pour entrer en matière.

A Rome, sous les empereurs, les avocats avaient des applaudisseurs à gages comme les acteurs de nos théâtres; cette canaille les suivait de tribunaux en tribunaux, interrompait sans cesse leurs plaidoyers pour les applaudir, et recevait pour récompense la *sportule* ou un salaire évalué par M. Adam à deux schellings de monnaie anglaise. Cette troupe, la honte du barreau, comme elle l'est aujourd'hui de nos théâtres, avait pour chef quelque misérable, nommé Flavus, Rufus ou Niger, le blond, le roux ou le noir, qui se plaçait au milieu du groupe, prenait le titre de *mesochoros,* mot grec qui signifie *homme au milieu du chœur,* et indiquait par un signal les endroits où il fallait redoubler les applaudissemens. A Rome, on les nommait *laudicœni qui ob cœnam laudant,* gens qui louent pour un souper. Un certain Largius Licinius est l'inventeur de cette belle méthode; nous connaissons tous les Largius de Paris. *Nihil sub sole novum :* en lisant ce paragraphe, je me suis cru

transporté dans une de nos salles de spectacle ; je
reconnaissais le mesochoros avec tous ses manœu-
vres qui applaudissent ou sifflent pour la *sportule*,
pleurent pour un franc, rient pour cinquante centimes, assourdissent les spectateurs, insultent au
public, et ont guéri pour jamais les honnêtes gens
du désir d'applaudir, dans la crainte d'être confondus avec.... Un Italien dirait : *Questa sciurina-
glia di calzacani.*

La partie de cet ouvrage estimable dans laquelle
M. Adam s'occupe des théâtres de Rome, n'est
pas, à beaucoup près, la plus riche en observations nouvelles, et la plus remarquable sous le
rapport de la critique. Montfaucon est bien autrement abondant, infiniment plus instructif, et je
n'aurais jamais imaginé, qu'en fait de théâtres et
de comédies, ce fût chez un bénédictin plutôt que
chez un anglican que je dusse aller chercher des
lumières. M. Adam, qui s'est beaucoup étendu sur
les jeux du Cirque et les gladiateurs de l'amphithéâtre, dit fort peu de chose des jeux scéniques, et sa
description donnerait une idée très-imparfaite des
édifices nommés *théâtres*, si d'autres écrivains ne
les avaient pas fait connaître d'une manière plus
complète.

En véritable érudit, l'auteur présente d'abord
les diverses étymologies des mots *scène*, *histrion*,
et *satyres* ou *satires*, car il confond, je ne sais
pourquoi, ces deux noms que nous écrivons différemment. Si le mot *satyre*, appliqué à une pièce

de théâtre, a quelque analogie avec les Satyres de la fable, comme plusieurs savans l'ont pensé, d'après les décorations de rochers, de forêts et de montagnes que ces pièces offraient aux spectateurs, il n'y a pas d'apparence que ce mot provienne de l'adjectif *saturus*, qui signifie plein, rassasié. Les Latins écrivaient par un *y* l'upsilon des Grecs; mais j'ai de la peine à croire qu'ils aient substitué l'*y* grec à l'*u* de leur propre langue. Il faut donc opter: si les satyres comédiens, et les satyres poèmes, proviennent également de *saturus*, par allusion à *lanx satura*, un plat rempli de fruits, il faut les écrire également satires et non satyres; mais cet *y* grec, que l'auteur nous permet d'admettre ou de rejeter, me fait craindre que son étymologie ne soit pas la véritable. Celle du mot *histrion* me paraît plus naturelle; c'est, selon l'auteur, un mot toscan qui signifiait *ludio*; j'étais en effet très-étonné que les Romains allassent chercher leurs comédiens sur les bords du Danube, *Ister* ou *Hister*, comme l'ont prétendu les savans qui tiraient de ce fleuve, alors barbare, l'origine du mot histrio.

La description d'un théâtre romain ne présente pas seulement de nombreuses lacunes dans le livre de M. Adam, elle y est encore obscurcie par des inexactitudes. Personne, je pense, n'entendrait la phrase suivante : « Les dénominations de *scena*, » *postscenium*, *proscenium* et *orchestra*, dési- » gnaient les parties du théâtre, *pulpitum*, réservées » aux acteurs. » Il y a ici tant d'erreurs que je ne

sais par où commencer : 1° Le postscenium n'avait
rien de commun avec la scène ni avec le théâtre.
2° Loin que le proscenium, la scena et l'orchestra
fissent partie du pulpitum, le pulpitum était lui-
même une partie du proscenium qui, à son tour,
était une partie de la scène. 3° Ce pulpitum n'était
qu'une élévation de quelques pouces, pratiquée
sur le devant de la scène même, et sur laquelle
les acteurs se plaçaient pour réciter leurs rôles.
4° Enfin, M. Adam tombe dans l'erreur vulgaire
en confondant les mots scène et théâtre, et en disant que la première fait partie de l'autre. Voici
une observation que le lecteur doit bien retenir
s'il veut comprendre les descriptions des théâtres
antiques : nous nommons *théâtre*, le lieu où les
acteurs récitent, et nous donnons le nom de *salle*
à la partie de l'édifice réservée au public. Chez les
anciens, c'était le contraire ; ils nommaient exclusivement *théâtre*, la salle où se plaçaient les spectateurs, et *scène*, la partie de l'édifice exclusivement
réservée aux acteurs. Ainsi, quand on dit que les
femmes ne paraissaient pas aux théâtres des anciens, on se sert d'une expression impropre ; il
faut dire seulement qu'elles ne paraissaient pas
sur la scène, et que des hommes y jouaient les
rôles de femmes ; car j'espère démontrer que les
femmes assistaient aux spectacles dramatiques chez
les anciens, comme chez nous, et qu'elles paraissaient conséquemment au théâtre, c'est-à-dire
dans la salle. Si l'opinion contraire est devenue

générale, cette erreur provient de ce que nous avons pris la partie pour le tout ; et de l'exclusion de la scène, nous avons conclu l'exclusion de tout l'édifice. Un Français pourrait dire : Les femmes étaient exclues du théâtre chez les anciens ; il aurait raison, en supposant qu'il entendît par *théâtre* le lieu où se placent les acteurs ; mais s'il employait le mot *théâtre* dans le sens des anciens, il voudrait dire que les femmes n'assistaient point aux spectacles dramatiques, et alors il aurait tort, comme je vais en fournir la preuve.

J'abandonne ici M. Adam, qui n'a pas même élevé cette question, et qui, par conséquent, n'apporte aucune raison pour ou contre. Présentons-la donc dans toute son étendue ; et, sans nous borner aux pièces de théâtre, demandons si les femmes assistaient aux spectacles publics chez les anciens.

La plupart de mes lecteurs vont résoudre la question négativement. Le préjugé est trop général ; il a été fortifié par l'opinion d'un trop grand nombre d'écrivains, pour n'avoir pas jeté de profondes racines ; je doute cependant qu'il résiste aux considérations suivantes.

Commençons par les Grecs. Une loi défendait expressément aux femmes d'assister aux jeux olympiques : il leur était ordonné de se tenir au-delà du fleuve Alphée, et celle qui osait franchir cette limite, était précipitée du haut d'une roche qui s'élevait sur la rive. Ce fait paraît d'abord favorable à l'opinion que je combats, et c'est lui sans doute qui a fait croire à une exclusion générale ; cependant une simple réflexion atténue beaucoup la conséquence qu'on en a tirée. En effet, si tous les spectacles, sans distinction, avaient été interdits aux femmes, on n'eût vraisemblablement pas fait une loi spéciale pour les jeux olympiques. Si, chez nous, les femmes ne pouvaient entrer à aucun théâtre, on ne ferait pas une loi particulière pour leur défendre d'aller à l'Opéra. Mais en négligeant cette présomption, qui n'est fondée que sur le raisonnement, nous trouverons dans l'histoire que les jeux olympiques même n'ont été interdits aux femmes que dans la haute antiquité. Les auteurs ajoutent qu'une femme nommée Callipatera par les uns, et Phénice par les autres, transgressa la loi, se mêla aux jeux, sous des habits d'homme, y remporta le prix, et que les magistrats non-seulement lui pardonnèrent son audace, mais en sa faveur permirent à toutes les femmes d'assister à ces jeux. Plusieurs d'entr'elles, dit-on encore, profitèrent de cette permission pour concourir, et y obtinrent la palme du vainqueur.

Relativement aux spectacles dramatiques, on se demande d'abord sur quels motifs aurait été fondée l'exclusion des femmes. Le théâtre était une partie essentielle du culte chez les Grecs ; ceux qui faisaient représenter les pièces dramatiques exerçaient une espèce de sacerdoce ; la profession de comédien était aussi honorée en Grèce qu'elle a été méprisée dans Rome : pourquoi donc les femmes n'auraient-

elles pu entendre des scènes considérées comme
des chants religieux? Vainement, pour me répondre, voudrait-on distinguer la tragédie, toujours noble et chaste, de la comédie, souvent libre
et obscène : on sait, à n'en pas douter, que l'un
et l'autre genre de drame se représentait au même
théâtre et dans le même jour ; qu'on donnait quatre
pièces de suite ; que ces quatre ouvrages se nommaient *tétrarchie ;* que l'un comme l'autre faisait
partie du culte ; que la comédie, loin de paraître
offenser les dieux, admettait des dieux comme interlocuteurs, ainsi que nous le voyons dans Aristophane : on ne peut donc pas dire que tel théâtre
était interdit aux femmes, tandis qu'il leur était
permis de fréquenter tel autre. Mais substituons
les faits au raisonnement.

Les auteurs qui parlent du tragique Eschyle,
nous disent qu'il ne négligeait aucun moyen de
produire la terreur, soit par le choix des sujets,
soit par les costumes, les machines, les masques
et les moindres accessoires. Les anciens citent sa
tragédie des Euménides comme celle qui a porté
la terreur au plus haut degré. La sensation fut si
vive, ajoutent-ils, qu'un grand nombre de femmes
s'évanouirent, et plusieurs même avortèrent en
plein théâtre. Or, nous savons que les rôles de
femmes étaient joués par des hommes, que les
femmes ne paraissaient jamais sur la scène ; ce fut
donc dans la salle qu'elles éprouvèrent une si violente commotion ; elles assistaient donc aux repré-

sentations dramatiques. Supposons même que le
fait soit ridiculement exagéré, accordons, si l'on
veut, qu'il est entièrement faux, il n'en sera pas
moins une preuve; car, certainement, on n'eût
pas fait un pareil conte dans un pays où les femmes
auraient été exclues du théâtre.

L'histoire romaine m'offre des preuves bien plus
évidentes. Ici, les historiens, les poètes, les législateurs même sont d'accord pour démontrer la
présence des femmes à tous les spectacles de la
capitale du monde.

AMPHITHÉATRE : Il n'est pas d'écolier qui ne
sache que les dames romaines prenaient un plaisir
barbare à voir des gladiateurs s'entre-tuer, et des
misérables livrés en proie aux bêtes féroces. Tout
le monde connaît le *converso pollice*, expression
par laquelle nous apprenons qu'un mouvement du
pouce, tourné en haut ou en bas, décidait de la vie
ou de la mort du malheureux déjà blessé, couché
sur l'arène, et demandant à ce sexe tendre et sensible une grâce qu'il accordait si rarement. Les
femmes, comme les hommes, lui criaient : *Recipe
ferrum*, reçois le fer, et lorsque le coup avait pénétré
jusqu'aux entrailles de la victime, les femmes comme
les hommes, criaient encore avec une joie atroce :
Hoc habet, il en tient. Mais Tacite va bien plus
loin, car il nous apprend que non-seulement les
femmes assistaient à cet odieux spectacle, mais que
plusieurs d'entre elles ont combattu dans l'arène
comme des gladiateurs : *Feminarum illustrium*

senatorumque plures per arenam fœdati sunt.
L'épithète *illustrium* démontre assez que cette rage
ne possédait pas seulement les femmes de la lie du
peuple.

NAUMACHIE : Puisque les femmes entraient à
l'amphithéâtre, et même y combattaient, je n'ai
presque pas besoin de prouver qu'elles assistaient
aux naumachies. Si cependant on veut autre chose
que cette induction, je renvoie encore le lecteur
à Tacite. Dans ses Annales, règne de Claude, cet
historien parle d'un combat naval, donné en spectacle, et dont Suétone, qui le décrit amplement,
a fait un si triste tableau. Dix-neuf mille hommes
y furent égorgés pour amuser Claude, Agrippine
et le jeune Néron. L'impératrice, ajoutent-ils, était
magnifiquement vêtue, et portait une chlamyde
toute brochée d'or. Agrippine y était avec ses femmes, et les dames de la cour n'étaient sûrement
pas les seules qui eussent le droit de jouir d'un
spectacle si intéressant.

THÉATRES : Sous le gouvernement républicain,
les théâtres de Rome étaient une imitation parfaite
de ceux de la Grèce. On reconnaît cette ressemblance dans toutes les descriptions qui nous en restent; les noms même des choses qui servent à l'art
théâtral, sont les mots grecs, tels que conistra,
brontion, cerauscopion, scène, théâtre, etc. . . .
L'orchestre était alors consacré à la danse, comme
l'indique l'étymologie : mais deux siècles avant
l'ère chrétienne, les édiles Caïus Attilius Soranus

et Lucius Scribonius Libo, sur l'avis de Scipion l'Africain, ordonnèrent que dorénavant l'orchestre, changeant de destination, serait réservé aux familles praticiennes, et que le peuple assisterait au théâtre dans l'ordre suivant :

La première place au centre du demi-cercle le plus voisin de l'avant-scène, c'est-à-dire celle où se trouve aujourd'hui notre maître de musique, était alors celle du préteur. Dans les ruines de quelques théâtres antiques on a retrouvé des vestiges de ce siége en forme de trône. Le demi-cercle, immédiatement derrière le préteur, était exclusivement réservé aux VESTALES; M. Adam n'a pas ignoré ce fait, car en parlant des Vestales, dans le chapitre du Culte, il fait observer que ces prêtresses occupaient le premier rang à tous les théâtres. Après le banc des Vestales venaient ceux des sénateurs, qui étaient séparés des chevaliers par un massif plus élevé que les bancs, et que l'on nommait *prœcinctio* ou *balteus*, ceinture ou baudrier. Les lois Roscia et Julia fixèrent à quatorze le nombre des bancs occupés par l'ordre équestre. Une nouvelle *précinction* séparait les chevaliers du peuple, dont les rangs s'agrandissant toujours à mesure qu'ils s'élevaient, atteignaient presque jusqu'au comble de l'édifice. Ils laissaient cependant encore au-dessus un demi-cercle dont le diamètre était le plus grand de tous, que l'on nommait *summa cavea, le haut du creux*, et qui était rempli par la populace et par les esclaves.

Après la chute de la république, des abus s'étant introduits dans l'ordre des places au théâtre, Auguste défendit aux *femmes publiques* d'y assister ailleurs que dans la *summa cavea* : elles occupaient donc auparavant les rangs destinés au peuple ; il y avait donc des femmes au théâtre. Sous le règne de Tibère, le sénat rendit un décret par lequel il fut réglé que l'impératrice Livie, quand elle viendrait au théâtre, aurait le droit de s'asseoir au premier rang parmi les Vestales.

Or, maintenant, si le premier rang était destiné aux femmes les plus chastes, si le dernier rang était le refuge des plus dissolues, il est évident que les places intermédiaires appartenaient aux femmes qui se rapprochaient plus ou moins de ces deux extrémités. Ne serait-il pas plaisant de soutenir que pour avoir le droit d'aller à la comédie une femme fût obligée de faire preuve de chasteté ou d'impudicité ? Si l'on m'objecte que les Vestales n'étaient point considérées comme femmes, que cette dignité était un sacerdoce, et que les théâtres étant d'institution religieuse, on ne pouvait en interdire l'entrée à des prêtresses, alors je demanderai pourquoi les femmes publiques n'en étaient point exclues. Si, d'un autre côté, l'on me disait que les femmes publiques n'étaient pas assez estimées pour qu'on prît le soint de leur cacher des représentations souvent licencieuses, je répondrai par cette autre question : Pourquoi les Vestales y étaient-elles admises? pourquoi le sénat y fixait-il la place de l'impératrice ? Concluons de tout ceci que les femmes des Romains et des Grecs assistaient comme les nôtres au théâtre et à tous les spectacles publics.

Cependant M. Lantier, auteur d'un roman fort agréable, a fait déguiser en homme son héroïne, Lasthénie, pour qu'elle pût entrer au théâtre, parce que, disait-il, les femmes en étaient exclues. M. Geoffroy, dans plusieurs feuilletons, attribue la licence des comédies anciennes à l'absence des femmes qui, chez les Grecs et les Romains, *ne pouvaient entrer au théâtre*. Un autre écrivain très-distingué a écrit la même opinion; M. Schlegel enfin, dans son ouvrage sur l'art dramatique, propose la question, mais ne tente pas de la résoudre. C'est au lecteur a peser les raisons que je viens de rapporter, et qui sont si contraires à l'opinion commune.

LE CUISINIER ANGLAIS UNIVERSEL,

OU LE NEC PLUS ULTRA DE LA GOURMANDISE;

Contenant la manière d'apprêter les viandes de boucherie, la volaille, le gibier, le poisson; de saler les viandes, de trousser la volaille, de faire les jus, les coulis, les bouillons; les meilleures recettes pour accommoder les végétaux, et autres mets délicats propres aux soupers, aux collations et aux malades; suivi de la manière de confire, mariner les fruits et faire les eaux cordiales; divers articles d'économie domestique;

Par F. COLLINGWOOD et J. WOOLAMS, chefs de cuisine très-célèbres, attachés aux réunions des membres du Parlement; traduit sur la quatrième édition, et orné de quatorze planches.

UN bon livre de cuisine est un bon morceau de littérature; il a le précieux avantage d'être entendu de tout le monde, de flatter le goût des lecteurs, et d'exciter en eux un intérêt qui se renouvelle deux ou trois fois par jour. De quel poëme, de quelle tragédie, de quel discours académique pourrait-on faire un aussi bel éloge? La cuisine et la littérature ne sont pas si étrangères l'une à l'autre qu'on le pense communément. La plupart des métaphores dont nous nous servons en parlant de style, sont empruntées au sens physique qui réside dans notre palais. Le goût est législateur

dans les lettres comme dans les repas. Nous em-
ployons le mot *piquant* pour exprimer ce qui
nous réveille dans l'un et dans l'autre genre. Nous
disons qu'il y a du *sel* dans les comédies de Molière et de Regnard ; nous appelons comédie *fade*,
la comédie de *bon ton ;* et le trop bas comique se
nomme de la *farce.*

L'homme de lettres et le cuisinier ont encore un
autre point de conformité ; ils sont les seules gens
d'esprit dont tout le monde indistinctement pré-
tende juger le mérite. S'il s'agit d'un art, d'une
science, les hommes qui n'y entendent rien ont
ordinairement la modestie de se récuser ; mais en
cuisine et en littérature le plus ignorant se constitue juge, et décide de tout sans avoir rien appris.
Tel qui n'a jamais tenu la queue d'une casserole,
va condamner d'un seul mot des plats qui ont
coûté les plus savantes combinaisons, et qui sont
le fruit des plus profondes recherches ; il en est de
même au Parnasse. Le fat qui ne connaît en littérature que le Journal des Modes, la demi-dame
qui n'a jamais écrit correctement le plus mince
billet, prononce effrontément sur le mérite d'un
livre ou d'une comédie. Que dis-je ? L'acteur qui
débite l'esprit d'autrui, l'actrice qui apprend à
chanter avant de savoir lire, jugent les auteurs qui
ont fait leurs preuves, et jugeraient Molière s'il res-
suscitait avec de nouveaux chefs-d'œuvre. Ne sont-
ce pas là des jugemens de cuisine ?

C'est depuis quelques années surtout que l'art

d'écrire et l'art des ragoûts se sont singulièrement rapprochés. Nos gens de lettres sont devenus gens du monde ; il n'y a point de déjeûner, de dîner, de festin agréable, si quelques auteurs à la mode ne l'assaisonnent du sel de leurs plaisanteries, du sucre de leurs flatteries, ou du piquant de leurs bons mots. Autrefois, Horace et ses joyeux convives se contentaient de célébrer Comus et Bacchus ; dans les temps modernes, Chaulieu et ses amis chantaient le vin d'Auvilé, et les perdrix *aux brodequins rouges et gris;* mais ce n'est qu'à la fin du dix-huitième siècle, que l'art de la cuisine a été traité avec l'importance et la dignité qu'il mérite. A la vérité, le second des trois gourmands nommés Apicius, nous a laissé un livre estimable, *de Arte coquinariâ;* mais quelle différence entre le *garum* des Romains et le *browning* des Anglais ! Qui osera comparer les *placenta, Iaganum, libum, scriblita* et *crustulum* des anciens, aux gâteaux *en cœurs,* à *la portugaise,* à *la royale,* à *la Shrewsbury,* de MM. Collingwood et Woolams? Les ragoûts *myma* et *mattya,* dont parle Athénée, valaient-ils *l'essence de jambon,* la *sauce à la menthe,* la *sauce au pontife,* et le *coulis exquis* des artistes britanniques ? D'ailleurs, qu'est-ce que la Grèce et Rome opposeront au *catchup* et à *l'éternel syllabub* de l'Angleterre ? Oh ! si Charles Perrault revenait en ce monde, avec quel succès ne ferait-il pas sentir l'excellence et la prééminence des modernes !

Il est cependant un genre, et je le dis à regret, où l'antiquité a sur nous une supériorité incontestable; nous avons bien les désirs, mais non pas les vigoureuses facultés des anciens gourmands. Quel est l'homme parmi nous qui mérite d'être nommé *gurges*, selon l'expression de Cicéron? Nos plus gros mangeurs auraient autrefois passé pour des anachorètes. Je ne parlerai pas de ce Milon qui tua un bœuf d'un coup de poing, et le dévora, dit-on, en un seul jour, ce trait d'héroïsme est trop connu; j'aime mieux rappeler à mes lecteurs ce Phagon, dont la voracité devint si illustre, que l'empereur Aurélien le fit venir à sa table, et jouit de l'agréable spectacle de lui voir manger un sanglier tout entier, un mouton, un petit cochon, cent pains, et avaler une *orque* de vin qu'il faisait couler dans sa bouche par un entonnoir. Malheureusement je n'ai pu savoir au juste quelle était la capacité de la mesure nommée *orca*; Montfaucon dit vaguement qu'elle était beaucoup plus grande que l'*amphora*; mais cette dernière ne contenait que vingt-quatre pintes de Paris, ce qui serait assez modeste. Ambroise Calepin me donne un peu plus de satisfaction sur ce point d'érudition gloutonne; il dit que l'*orca* était une espèce de tonneau nommé ainsi par allusion à l'*orca marina*, qui est un monstre du genre de la baleine. Ainsi Phagon a bu une *baleine* de vin; ce qui est assez vraisemblable, puisqu'un auteur aussi sincère que Vopisque a bien voulu nous l'attester.

Rien ne fait mieux sentir le mérite d'un ouvrage, que de le comparer à quelque chef-d'œuvre
du même genre : j'ouvre donc l'une des poétiques
de la cuisine française, intitulée *La Science du
Maître-d'Hôtel;* jaloux de notre gloire nationale, je
veux opposer ce livre à celui de MM. Collingwood
et Woolams; car je serais fâché que les Anglais
l'emportassent sur nous, même en gourmandise
et en indigestion; mais, hélas! le livre français ne
brille que par la préface. C'est un véritable discours
académique; j'y lis cette belle phrase : « Que de
» sagesse, d'étendue et de simplicité dans les vues
» du Créateur! » et cette exclamation amène la
sauce à la pandoure, le *potage à la turque* et les
saucisses au gratin. Plus loin l'auteur annonce
qu'il va composer une harmonie des saveurs,
comme le P. Castel a démontré celle des couleurs
dans son clavecin oculaire; et cette nouvelle harmonie de cuisine produit des *queues de veau à la
rémoulade,* des *lapereaux en galimafrée* et des
artichauts au fromage. Le cuisinier français déclare ensuite qu'il ne travaille que pour les *palais délicats, comme un profond musicien veut
des oreilles fines et savantes;* puis il s'écrie : « Ra-
» meau voudrait-il pour arbitre et pour juge de ses
» compositions, cet homme dont parle Pétrarque,
» qui était moins charmé du chant des rossignols
« que d'un concert de grenouilles? » Et en quittant Rameau et Pétrarque, on arrive aux *oies à
la sauce Robert,* aux *dindons à la poêle,* et à *l'é-*

chinée de cochon. Voilà déjà deux fois que je prononce le nom de ce vilain animal ; mais en fait de
gourmandise, cochon est le mot propre ; et ce que
les palais délicats ne dédaignent point. ne doit pas
choquer les oreilles délicates; enfin, mon Cuisinier
Français est admirable dans sa préface, et l'on
peut dire qu'il met l'érudition à toute sauce.

MM. Collingwood et Woolams sont plus mo-
destes dans le discours qu'ils adressent *à messieurs
les gastronomes.* Il n'y est question ni du P. Castel
ni de la musique ; mais ils citent avec éloges les
Glasse, les Masson, les Roffald et les Farley, célèbres législateurs en cuisine, et révérés dans toute
l'Angleterre. MM. Collingwood et Woolams sont
en cela bien différens de certains auteurs qui,
dans leurs préfaces, commencent par déclamer
contre leurs prédécesseurs et leurs maîtres; et c'est
ici une bonne leçon que la cuisine donne à la littérature. Mais si la préface anglaise est d'une grande
simplicité, quelle richesse, en revanche, quelle
profusion, quel luxe dans toutes les parties de
l'ouvrage ! Trente-huit espèces de pâtés, parmi
lesquels on distingue celui auquel M. Collingwood
a donné son nom, comme les fameux navigateurs
donnent le leur aux détroits, aux îles, aux caps
qu'ils découvrent; quarante-deux sortes de *pud-
dings* ou de *dumplings;* vingt manières de faire
les *crêpes* et les *beignets;* vingt-six espèces de gâteaux ; quatorze de *talmouses* ou de *flancs;* dix-
sept *crêmes* ou *conserves*, entre lesquelles brillent

la conservé aux framboises et la crême à la Pompadour ; plusieurs sortes de *blanc-manger*, de *flammery*, de *gelées* et de *syllabub;* près de cinquante confitures différentes; quarante vinaigres ou marinades; trente sept façons d'accommoder le bœuf, cinquante-trois pour le veau, quarante-deux pour le mouton, vingt-trois pour l'agneau, vingt-deux pour le porc, quatre-vingt-douze pour la volaille, quarante-trois pour les petits oiseaux , cinquante-cinq pour le poisson , trente-une sauces ou coulis, trente-quatre soupes, parmi lesquelles cependant il n'en est aucune qui approche de la soupe à la Camerani, si justement célébrée dans l'Almanach des Gourmands : on y trouve enfin seize manières d'apprêter les légumes, et vingt-un *petits plats délicats pour les soupers et les collations.*

Les artistes britanniques ne se bornent pas à la *science de la gueule,* comme dit Montaigne ; ils s'occupent de tous les détails de l'économie domestique. Ils enseignent à faire le pain, la bière, toutes les eaux cordiales, à élever et à engraisser la volaille, à fumer et à saler les viandes, à les découper et à les servir, à choisir les divers comestibles, et par-dessus tout, *l'art de faire des vins factices;* et en cela ils nous rendent un vrai service, car nos marchands de vin de Paris n'y ont jamais songé.

Cette édition est ornée de quatorze planches qui représentent des tables à deux services pour cha-

cun des mois de l'année; la forme, le nombre et
l'arrangement des plats y sont fidèlement représentés, et une inscription indique sur chacun ce
qu'il doit contenir. Une planche double nous offre
aussi les deux belles figures de MM. Collingwood
et Woolams; ils sont jolis à croquer.

LE CUISINIER ROYAL,

OU L'ART DE FAIRE LA CUISINE, LA PATISSERIE ET TOUT CE QUI CONCERNE L'OFFICE, POUR TOUTES LES FORTUNES;

Par M. VIARD, homme de bouche. Dixième édition, augmentée de
huit cent cinquante articles, et ornée de neuf planches pour le service
des tables, depuis douze jusqu'à soixante couverts; par M. Fouret,
ex-officier de bouche du roi d'Espagne; suivie d'une Notice sur les
vins, par M. Pierrhugues, sommelier du Roi.

DITES-MOI, papa, quand je saurai le latin, quel
état me donnerez-vous? — Fais-toi cuisinier,
mon ami, il n'y a plus que cela de bien sûr: la
gueule va toujours. — Mais s'il y avait encore une
révolution? — Qu'importe! penses-tu que nos
républicains aient supprimé la cuisine? Je te jure
que ces fiers Spartiates ne s'en tenaient pas au
brouet. — Vous m'avez dit cependant qu'il y avait
eu une famine. — Oui, pour le peuple; mais les
grands citoyens, les Brutus, les princes de l'égalité,

se régalaient de foie gras aux truffes , quand nos
femmes et nos filles allaient faire *la queue* pour
avoir deux onces de pain. D'ailleurs , ceux qui
n'avaient pas de pain, mangeaient de la brioche ;
et tandis que les affamés s'égosillaient à crier *vive
la Nation !* les gros bonnets de la république rem-
plissaient les salles des Véry , des Méot, des Rose,
et dessinaient leurs noms avec des diamans sur les
glaces des restaurateurs. Fais-toi cuisinier , te dis-
je ; nous avons vu passer les rois, les princes, les
seigneurs , les magistrats , les financiers, mais les
gueules sont restées, il n'y a que cela d'impéris-
sable. — Comment! il faudra que je sois cuisinier ?
— Te voilà bien malade : ne sais-tu pas qu'un cuisinier français est un grand homme sur toute la
surface du globe ? Le grand Frédéric, qui tâchait
de nous mépriser , avouait sa haute estime pour
nos cuisiniers. Les Russes ont encore la simplicité
de chercher des *outchitels* en France , c'est-à-dire
des précepteurs pour leurs enfans ; mais les Anglais,
bien plus avancés dans la civilisation , laissent nos
maîtres d'école et prennent nos cuisiniers. Demande à un Anglais ce qu'il y a de bon en France ;
le fier Breton te répondra : Dieu me damne ! quatre
choses y ont un considérable mérite, les fruits ,
les danseurs, les vins et les cuisiniers.—Mais pour
être cuisinier ai-je besoin d'apprendre le latin ?—
Le latin ne nuit à rien , mon fils ; il faut qu'un
artiste sache au moins que *musa* ne fait pas *mu-
sabus* au datif et à l'ablatif pluriels , et quand il a

ce degré d'érudition, il peut se présenter partout comme un homme qui a fait de bonnes études. Quand tu seras cuisinier, tu pourras démontrer que le titre de *maître coq*, vient du verbe *coquere*, qui signifie cuire, verbe dont le supin est *coctum*, d'où la médecine a tiré les mots *coction* et *concoction*, mots savans quand la doctrine de l'humorisme était de mode. Tu discuteras aussi la question importante si l'on doit écrire *maître queux* ou *maître queue*; il y a des autorités respectables pour les deux versions. Dans le premier cas, le mot viendrait du *coquus* latin ou du *cuoco* italien; dans le second, l'étymologie serait *cauda*, car le sceptre d'un cuisinier est la queue de la casserole. Tu vois bien que le latin peut se mettre à toutes sauces, et quand tu te seras rendu célèbre par deux ou trois dissertations sur le coq ou sur le queux, tu seras sans doute appelé par quelque grand potentat, comme ce M. Fouret, ex-officier de bouche du roi d'Espagne, qui a quitté Aranjuez pour venir ajouter huit cent cinquante articles à notre Cuisinier royal déjà si riche.

Après quelques momens de silence, le papa reprend ainsi son discours : Veux-tu que je te présente des considérations plus élevées? Quand tu seras latiniste et cuisinier, double mérite dont l'association est déjà consacrée par un proverbe, tu pourras écrire l'histoire politique et philosophique de la cuisine. Tu nous diras comment le dîner est le grand régulateur des peuples dans les siècles de lumières ; comment *dîner* et *civilisation* sont deux mots synonymes. Les Romains, que nous avons si heureusement imités, étaient de grands dîneurs. Tu parleras des trois cents salles à manger de Lucullus, du salon d'Apollon où chaque repas coûtait le revenu d'une province ; tu parleras du fameux *rhombus* de Domitien, des six cents têtes d'autruches servies en un seul repas au modeste Héliogabale ; de cette énorme jatte remplie de foies d'oiseaux les plus rares, et de laitances de poissons les plus exquis, jatte que huit esclaves pouvaient à peine soulever ; tu nous expliqueras comment Trajan, campé sur les bords de l'Euphrate, recevait des huîtres du lac Lucrin, et les recevait fraîches ; tu jetteras des fleurs sur la tombe de cet Apicius qui inventa autant de sauces que M. Viard, autant de mets que M. Fouret, et qui se fit mourir quand il vit qu'il ne lui restait plus de bien que pour un million de notre monnaie, et qu'il était prêt de faire maigre chère. Tu feras sentir toute l'importance de la *sportule,* et toute son influence sur les affaires les plus graves ; tu rechercheras enfin quels horribles tourmens on faisait souffrir à une malheureuse truie avant de lui enlever ses mamelles, rendues plus délicates par l'excès de la douleur. Cette sensualité n'est pas totalement inconnue de l'Europe moderne ; les gastronomes du Tibre se régalent encore quelquefois de ce mets divin qu'ils nomment *verrina lattante,* et en mangent à *crepa-pancia.*

13.

Je n'ai considéré ici le dîner que sous le rapport philosophique, je veux dire la gourmandise ; mais en politique il a bien d'autres conséquences. Un plat de champignons mit l'empereur Claude au rang des dieux, et depuis ce jour les *oronges* (car ces champignons étaient des oronges) furent nommés *cibus deorum*. C'est dans un grand repas que Néron se délivra d'un compétiteur incommode ; c'est après un souper que l'un des meilleurs empereurs romains fit tuer Alienus Cœcina, auquel il en voulait depuis long-temps ; c'est après un dîner que mourut l'excellent Antonin pour y avoir trop mangé de fromage ; et il y avait deux siècles que Marius, apprenant le retour de Sylla, avait dîné copieusement avant de se donner la mort. Mais ce n'est pas seulement le dîner qui produit des effets aussi extraordinaires : souvent son attente est de la plus haute importance en politique. Tibère voulait se débarrasser d'un favori qu'il avait élevé trop haut ; mais ce favori puissant comptait un grand nombre de sénateurs parmi ses créatures. Que faire pour l'abattre sans danger ? Le rusé Tibère écrit au sénat des lettres dont la lecture ne pouvait être achevée que long-temps après l'heure où l'estomac des pères conscrits commençait à ressentir les atteintes de la faim. Il les avait remplies à dessein de détails oiseux, insignifians, et d'une longueur assommante. L'heure du dîner exerçant son influence ordinaire, les amis de Séjan, tous riches et grands dîneurs, se retirent l'un après l'autre, tandis que Séjan, par sa dignité même, est obligé de rester jusqu'à la fin. Mais quelle fin terrible! La dernière phrase de la lettre ordonnait de saisir Séjan et de le mettre à mort: ce que les sénateurs exécutèrent avec un zèle proportionné à leur appétit. Eh! mon fils, continuait le papa, nous n'avons pas besoin d'aller chez les Romains pour connaître l'importance d'un dîner: si j'étais ministre des finances, et si je voulais faire passer un budget un peu lourd, j'aurais soin d'en allonger les considérans jusqu'à l'heure où les houppes nerveuses des estomacs sont dans un état d'orgasme; cent voix s'élèveraient aussitôt pour réclamer la clôture de la discussion, et j'aurais pour moi tous les votans qui n'auraient pas eu la précaution de déjeuner fort tard.

Après ce long préambule, le bon père présente à son fils la dixième édition du *Cuisinier royal*, et lui dit : Prends le Code de la cuisine; il te persuadera beaucoup mieux que je n'ai pu le faire. Juge du prix d'un pareil livre d'après le nombre des éditions, tandis que les chefs-d'œuvre de notre littérature se vendent au rabais. Trois hommes de génie se sont réunis pour composer ces *Institutes de Comus* : ils ont laissé bien loin derrière eux l'ignoble *Cuisinière bourgeoise* et *le Parfait Cuisinier*, ouvrages conçus dans des temps d'ignorance. Ils l'emportent même sur l'auteur de *l'Art d'irriter la Gueule*, et sur les deux célèbres Anglais Collingwood et Woolams, qui ont voulu nous apprendre à fabriquer des vins factices, comme si nos marchands de vin avaient besoin d'aller à l'école. M. Viard, homme de bouche; M. Fouret, ex-homme de bouche; et M. Pierrhugues, homme de cave, ont posé le *nec plus ultrà* de la gastronomie. Regarde; leur menu remplit six cent quarante pages en petit-texte : cent seize potages, cent quatre-vingt-douze sauces, et le reste à proportion, quelle fécondité ! Mais ce trésor serait inutile en tes mains, si tu n'apprenais pas la langue de Cicéron; car ces hommes de bouche savent le latin beaucoup mieux que la plupart de nos hommes de lettres : ils citent Pétrone, Pline, Juvénal et Martial. L'auteur de la préface la termine par cette phrase pleine de dignité : « Je crois avoir rempli un devoir sacré, et payé ma dette à la société.... Et, dans la paix de ma conscience, non moins que dans l'orgueil d'avoir si honorablement rempli cette importante mission, je m'écrierai avec le poëte des gourmands et des amoureux :

Exegi monumentum œre perennius,

. . . .

Non omnis moriar. »

O mon fils ! si tu étais plus avancé dans tes classes, tu pourrais lui répondre que si Horace est le poëte des gourmands, Ovide est celui des amoureux, et qu'il fallait dire avec ce dernier :

Jamque opus exegi quod nec Jovis ira, nec ignes,
Nec poterit ferrum; nec edax abolere vetustas.

Hélas ! Dieu n'a pas voulu qu'il sortît rien de parfait de la main des hommes ; le Cuisinier royal a des défauts, mais il faut espérer qu'ils disparaîtront totalement à la quinzième ou vingtième édition. D'abord, il y manque un *errata*, bien nécessaire dans un pareil livre. Je vois, par exemple, que pour faire l'eau des *sept graines*, il faut prendre une once de *carai*, etc.... Il est très-probable que l'auteur a voulu dire une once de *carvi*, graine qui s'associe avec le fenouil, l'anis et l'angélique, plantes que l'ancienne médecine nommait *carminatives*, et qui, chez les Romains, étaient consacrées au dieu *Crepitus*. Cette faute n'est pas la seule qui dépare ce chef-d'œuvre : parmi les potages je ne trouve point la fameuse soupe à la Camerani ; c'est une lacune qu'il faut se hâter de remplir. J'ai vainement cherché les côtelettes de mouton à la Minute ; elles sont cependant excellentes, et ne méritaient pas ce dédain. A la vérité, l'auteur parle d'un potage à la minute, mais la manière dont il écrit ce mot, me prouve qu'il n'a pas toute l'érudition désirable. Les gourmands qui demandent des côtelettes à la minute, pensent que ce mot indique une grande célérité, et s'indignent de ce qu'on les fait attendre dix minutes au lieu d'une ; ils ignorent que Minute est ici un nom propre, celui du fermier général, inventeur de cette sauce, que ce mot n'a aucun rapport au temps, et qu'il doit avoir une majuscule pour initiale. Comment les savans auteurs du Cuisinier royal ont-ils pu

méconnaître une particularité aussi importante ?
Je ne leur ferai plus qu'un reproche, mais il est
grave. Ils ont très-bien décrit le ris de veau à la
Marengo, le lapereau à la Marengo, la poularde
à la Marengo ; mais ils ont gardé un coupable silence sur le poulet à l'Austerlitz. Ces hommes de
bouche seraient-ils des ennemis de la gloire nationale ? Veulent-ils nous réduire à une seule victoire ?

Au mot *victoire*, le jeune homme ne peut retenir sa langue ; il s'écrie : Ah ! papa, quand je serai
cuisinier, je donnerai à chaque mets le nom d'une
des batailles que nous avons gagnées ; je ferai un
dîné tout en victoires. — Doucement, mon fils,
trop est trop ; vos victoires, comme les autres,
pourraient finir par une indigestion. Mais brisons
là-dessus. Malgré ses défauts, ce livre est admirable ; méditez-le donc sérieusement, et prenez chacun de ses chapitres pour matière d'un de vos
thèmes. — Oh bon ! je ne pourrai jamais traduire
cela en latin ; par exemple, comment nommerai-
je les vol-au-vent ? — Cela est tout simple, vous
écrirez : *ludibria ventis;* cela est fort élégant pour
du latin de cuisine.

Tel est le dialogue un peu négligé, mais plein
de substance que j'ai entendu, lorsque la dixième
édition du *Cuisinier royal* a paru sur l'horizon. Ce
qu'a dit le père, ce qu'a répondu le fils, m'a paru
s'élever à la hauteur de la gibelotte et de la fricas-
sée : aussi n'en ai-je pas perdu une syllabe, et je
le consigne ici comme un morceau très-capable de

propager la gloire de MM. Viard et Fouret. J'avais eu d'abord la prétention d'y corriger quelques expressions un peu trop populaires, quelques tournures incorrectes, mais la préface du Cuisinier royal m'a fait changer de résolution. On y dit que *la simplicité est le cachet du génie*, qu'il faut s'en tenir à la formule, *ayez un gigot, ayez un lièvre;* car pour accommoder un lièvre, il faut commencer par l'avoir; on y dit enfin qu'en fait de cuisine, *l'esprit tue, et la lettre vivifie.* Convaincu par ces raisonnemens sans réplique, j'ai renoncé à l'esprit, et je m'en suis tenu à la lettre.

MANUEL DE LA CUISINE,

OU L'ART D'IRRITER LA GUEULE;

Par une Société de gens de bouche.

CE titre est un attrape-gourmand : rien de plus modeste que ce *Manuel de Cuisine;* les mets qu'il nous offre n'ont rien de piquant, rien de neuf, rien d'irritant : la *Cuisinière bourgeoise* est une incendiaire en comparaison. L'auteur, qui fait la *petite bouche*, et qui nous suppose une gueule, nous apprend qu'il a *quelque teinture des lettres;* ses titres à cet égard sont évidens : il annonce d'une

manière originale un ouvrage assez plat; il décrit
tous les livres qui traitent le même sujet; il a un
très-bon style de cuisine : nous connaissons bien
des *gens de lettres* dont il est l'imitateur ou le modèle.

Sa préface qu'il nomme *hors-d'œuvre* est parfaitement caractérisée par ce mot plein de naïveté ;
l'esprit y est mis en *émincé*, et la raison en *hachis*.
Après avoir dit qu'on trouvera dans son livre *cette
manière large, ce faire savant, ce grandiose, qui
distinguent en tout les grands artistes*, l'auteur
ajoute tout de suite qu'*il importe surtout de donner des leçons sur les mets les plus ordinaires et
même les plus communs*. Il nous apprend aussi
que *ce Manuel est consacré aux fortunes médiocres*. Voyez la belle conséquence du grandiose et
du faire savant! Il veut irriter la gueule : eh quelle
gueule? celle d'un financier? non, celle des gens
qui ont une fortune médiocre : voilà bien la logique
en capilotade.

Mais peut-être est-ce le marmiton qui s'est
chargé de la préface; parcourons quelques articles
du livre où le cuisinier, homme de lettres, a dû signaler sa *manière large* et son *faire savant*.

J'observe d'abord qu'en grammairien exact, il
a soin d'ajouter à chaque nom des substances alimentaires, ces mots si utiles : *substantif masculin*
ou *substantif féminin*; le lecteur sent bien que le
mot *adjectif* ne s'y trouve jamais, car je ne vois pas
comment on pourrait manger un adjectif.

J'ouvre le dictionnaire au mot *café*, et j'apprends qu'il se fait dans une *chausse d'étamine* (ce qui est tout nouveau), et que *l'on verse dessus une décoction d'avoine mondée*; si l'auteur avait dit : une décoction de chicorée, je l'aurais pris pour un limonadier.

L'article *bécasse* n'obtient que dix-huit lignes, tandis que le *dindon* couvre cinq grandes pages: si nous en faisions autant on crierait à la partialité.

Au mot *grenouilles*, l'auteur nous dit qu'il en a mangé de fort belles avec ses camarades ; mais que cette *grenouillophagie* n'a pas plu aux paysans qui en ont été témoins. Grenouillophagie est un néologisme si heureux, qu'il doit réconcilier les gourmands de Paris avec les grenouilles.

L'huile, *substantif féminin*, occupe onze lignes parmi lesquelles deux nous apprennent que l'*huile de navette* ne s'emploie que dans les fritures en y mêlant du *beurre fondu*. Je vois que l'homme de lettres met la même huile dans sa lampe et dans sa poêle, et ce n'est pas pour rien qu'il se vante de savoir irriter la gueule.

Tout le monde connaît les fameux *foies d'oie* de Strasbourg, mais bien peu de gens savent par quel procédé le foie de cet animal acquiert une grosseur monstrueuse; l'auteur va nous le dire en beaux vers:

C'est que dans les vaisseaux tout son sang s'hydrogène,
Que le carbone pur s'unit à l'oxygène,
Qui, par ce beau liquide, est sans cesse absorbé.

De l'habitude enfin le tissu cellulaire
S'emplit du suc huileux dans le foie emporté ;
Et voilà justement comme cela s'opère.

Le *beau liquide*, le *tissu cellulaire de l'habitude*, une définition chimico-physiologique!... Et voilà justement comme on attrappe les gourmands et les acheteurs de livres.

« PAIN, *substantif masculin ;* aliment fait avec de la farine de blé, pétrie avec de l'eau, et cuite. » Quel article instructif! Cependant un cuisinier qui fait des fritures avec de l'huile de navette, devrait parler du pain d'orge et du pain d'avoine.

PIGEON. Il y a, dit l'auteur, quatre-vingt-huit manières d'apprêter cet oiseau ; mais, ajoute-t-il, *il faudrait une bouche de fer pour les dire, et une main de fer pour les exécuter.*

Mais laissons notre homme de lettres qui fait de si belle prose pour les dindons et de si beaux vers pour les oies ; sa cuisine a sans doute incommodé mes lecteurs.

LE CONFISEUR MODERNE,

OU L'ART DU CONFISEUR ET DU DISTILLATEUR;

Par J.-J. MACHET, confiseur et distillateur. Avec cette heureuse
épigraphe :

Utile dulci.

ASSEZ et trop long-temps la gourmandise a reçu
nos hommages ; les gourmands ont eu leur almanach, la gastronomie a fait éclore un fort joli
poëme : c'est bien assez d'honneur pour un péché
mortel. La friandise doit reprendre ses droits ; elle
convient mieux à une nation délicate, spirituelle et
légère ; ses péchés véniels n'emportent pas la peine
de damnation ; elle n'offusque pas l'esprit, ne dé-
range pas le corps, et ne met point l'âme en danger. Laissons donc les gros morceaux à nos bons
amis de la Tamise, du Weser, de l'Elbe et du
Danube, et contentons-nous des aimables friandises ; que les dragées tombent sur nous comme
grêle, et que la rue des Lombards s'étende de Paris jusqu'à Perpignan : il est temps de nous adoucir. Dans les trente années que nous venons de
laisser en arrière, on ne nous a pas toujours donné
du *bonbon.*

Vainement les gastronomes diront que le mot *gourmand* est synonyme de *gourmet*; c'est une erreur grossière, et de plus une faute de langue. Ouvrez le premier dictionnaire, vous y verrez: GOURMAND, *glouton, goulu*; GOURMANDISE, *gloutonnerie.* Cherchez, au contraire, le joli mot FRIAND; il est défini par cette phrase : *Qui aime les bons morceaux.* Consultez les Latins, la différence est encore plus marquée. Le gourmand est le *helluo*, le *gurges* de Cicéron, le *gulœ deditus* de Térence, le *vorax* d'Ovide. *Être gourmand* s'exprime, chez Horace, par *gulœ parere*, obéir à la gueule. Au lieu de ces vilains mots de *gurges* et de *vorax*, voyez l'article FRIANDISES, vous trouverez *cupediœ*; FRIAND, *cupes, catillo.* Que ce *cupes* est de bon ton! il vient évidemment de *cupere*, désirer. Le *catillo*, comme il est aimable! il me rappelle *titillare*, chatouiller; et je suis furieux contre un lexicographe qui traduit *catillo* par *lèche plats.* Quoi qu'il en soit, je recommande mon *Confiseur moderne* aux friands, et non pas aux gourmands; nous avons tous la prétention d'*aimer les bons morceaux* (définition académique), et aucun de nous ne consent à passer pour un *glouton*, un *goulu*, quand même il le serait.

De quelles expressions me servirai-je pour faire l'éloge du *Confiseur moderne?* L'éloge! En a-t-il besoin? Non; il peut défier la critique la plus malveillante; ses principes sont inattaquables, ses leçons claires, précises et savantes, ses procédés in-

génieux, ses inventions admirables et utiles. Sous
le rapport de la sensualité, je vous offre ses *sucres*
qui subissent mille métamorphoses ; ses *chocolats*
façon de Paris, façon d'Espagne, façon de Milan ;
ses *pastilles* à la rose, à la vanille, au jasmin, au
safran, à la cannelle, à l'héliotrope, au pot-pourri ;
ses *tablettes* à la fleur d'orange, à la menthe, au
coquelicot, au citron, au girofle, au céleri ; ses
pâtes de coings, d'abricots, de pêches, de cynor-
rhodons, de framboises, de verjus ; ses *biscuits*
aux amandes, aux avelines, aux pistaches, à la
crême, aux marrons et à la meringue ; ses gaufres,
ses gimblettes, ses robes-de-chambre, ses maca-
rons ; ses *conserves* de framboises, de citron, de
violettes, d'ananas, de pistaches, d'épine-vinette
et de prime-vère ; ses *compotes* de groseilles ver-
tes, de reines-claude et de marrons ; ses *fruits*
confits de toute espèce ; ses *dragées* au marasquin,
au persicot ; ses *amandes* à l'héliotrope, au zéphyr,
au réséda ; ses *pistaches* à la sultane, au pot-
pourri, à la moscovite ; ses *eaux spiritueuses*, ses
esprits de myrte, de genièvre, de musc, des Bar-
bades, de macis et de Vénus ; ses *eaux* de mélisse,
de Cologne, de miel, d'œillet, d'ange et de Jouvence ; ses *sirops* de limon, de grenades, de tus-
silage, de merises, de punch et de café ; ses *liqueurs*
innombrables, ses *fruits à l'eau-de-vie*, ses *crêmes-*
liqueurs de myrte, de laurier, de moka, de menthe et de jasmin ; ses élixirs de Garus et de longue
vie ; ses *crêmes-entremets* au rocher, à l'italienne,

à la hollandaise, crêmes de pistaches, crêmes ve-
loutées ; ses *glaces* et *fromages glacés* au zéphir,
au cédrat, à la pomme, à la poire, à la grenade, à
la tubéreuse, à la jonquille, à la rose muscate ;
et à chacun des articles que je viens de désigner,
ajoutez trente ou quarante *et cætera.*

Sous le rapport de la science, ce livre peut être
considéré comme l'encyclopédie des friandises.
Vous y apprendrez l'art du confiseur, du distillateur, du limonadier, du parfumeur, ou plutôt l'art
de vous passer de ces artistes qui deviennent plus
chers de jour en jour, et de faire vous-même votre
chocolat, vos sirops, vos compotes et vos liqueurs.
Quel livre pour une bonne ménagère ! L'auteur
indique les falsifications en tout genre ; ainsi ne
nous étonnons pas si nous entendons les fripons
décrier son ouvrage : laissons crier l'envie, et pro-
fitons des conseils que nous donne l'honnête et
courageux confiseur ; en voici quelques - uns :
Voulez-vous acheter de l'ambre-gris, vous recon-
naîtrez le véritable aux caractères suivans : il doit
être écailleux, insipide, d'une odeur suave ; il se
fond sans donner de bulle ni d'écume quand on
l'expose, dans une cuiller d'argent, à la flamme
d'une bougie ; il n'adhère point au fer chaud, et
quand on le plonge dans l'eau il y surnage. Si l'expérience n'offre pas ces résultats il y a fraude. Le
cachou pur doit être d'un goût amer d'abord,
ensuite plus doux, puis d'une saveur agréable
d'iris ou de violette ; il se fond en entier dans la

bouche, il s'enflamme et brûle sur le feu; si vous y trouvez des parties dures et insolubles, c'est qu'on y a mêlé du sable ou tout autre corps étranger pour en augmenter le poids. On vous trompe de quatre façons sur la cannelle : 1° en vous vendant l'écorce du *cassia-lignea* pour la cannelle du Ceylan; 2° en vous donnant la cannelle *matte*, qui est l'écorce des vieux troncs, et qui doit être rejetée; 3° en substituant la cannelle blanche de Saint-Domingue et de Madagascar à la véritable cannelle; 4° enfin en remettant en vente la cannelle qui a déjà été distillée, et qui conserve encore un peu de son parfum. Cette dernière fraude n'étonnera personne dans une ville où l'on vend comme neuves tant de choses qui ont déjà servi. Le bon chocolat doit être fait avec du cacao de Caraque, parfumé avec la vanille; mais combien d'épiciers ou de confiseurs ont l'art d'en fabriquer avec des amandes pelées et grillées, et de le parfumer avec le storax commun, qui n'est autre chose que la sciure du bois que produit le styrax! RÈGLE GÉNÉRALE : Si la boisson composée de six parties d'eau ou de lait, et d'une partie de chocolat, devient épaisse comme une colle, il y a falsification. Je ne parlerai pas de la tromperie sur les huiles essentielles, sur le musc, sur la pâte à pastille, sur les pralines, sur les sirops, sur la vanille; mais je ne puis refuser quelques lignes à la sophistication des dragées : le nouvel an s'avance, les bonbons vont courir les rues; les enfans, qui ne demandent

qu'à vieillir, attendent cette grande époque avec
une vive impatience, et mille fripons s'apprêtent
à leur donner de l'amidon pour du sucre. Le croirait-on! il se vend annuellement en France plus de
cinquante millions de livres de dragées; et à l'exception de la ville de Verdun, qui n'a rien à se reprocher sur ce genre de fabrication, partout ailleurs
les dragées sont composées de plus de deux tiers
d'amidon ou de farine, avec moins d'un tiers de
sucre. Ainsi trente millions de livres de farine, qui
fourniraient cinquante millions de livres de pain,
sont baptisés sucre, et se donnent comme sucre
aux enfans et aux jolies femmes. Oh! si ces dernières savaient quels miasmes dangereux se mêlent
à l'amidon mal préparé qu'on leur présente sous
une si jolie forme, une bonbonnière ne serait à
leurs yeux que la boîte de Pandore; mais les enfans
sont gourmands, ils avalent tout ce qui se nomme
sucre, et c'est en vain que je leur parle de farine,
ils n'en croqueront pas une dragée de moins, et
l'honnête commerce ira son train ordinaire.

En louant M. Machet sur ses utiles préceptes,
sur ses procédés ingénieux et sur son style véritablement classique, je ne lui rendrais pas complètement justice si je ne parlais pas de ses profondes
connaissances en chimie et en histoire naturelle.
Il expose les vrais principes de la distillation, il
décrit le laboratoire, les fourneaux, les vases nécessaires, et il entre dans des détails curieux sur
l'*esprit-recteur,* ou plutôt l'*arôme* de nos chimistes.

Son livre contient, en outre, un dictionnaire de toutes les substances qui composent le domaine de la friandise, et chacune d'elles y a son historique, ou plutôt sa *notice*, pour me servir du terme à la mode. A ce dictionnaire, succède un vocabulaire de tous les mots techniques, dont plusieurs paraissent à mes yeux pour la première fois. Je l'avoue humblement : sans M. Machet, j'ignorerais encore ce que c'est que le *grand cassé* et le *petit cassé*, le *grand boulé* et le *petit boulé*, le *blanchet*, le *clarequet*, le *nervoir*, les *tailladins* et la *videlle*. Grâces à M. Machet, je puis répondre aujourd'hui sur *faits et articles pertinens*, et l'on ne me fera plus prendre de l'amidon pour du sucre.

Mais, ce qui me reste à dire est d'une tout autre importance. M. Machet a fait la remarque, pleine de sagacité, que les médecines, en général, ne sont pas aussi agréables que les bonbons, et il a conçu l'idée lumineuse de substituer les bonbons aux médecines. Une boîte remplie de pastilles et de tablettes de M. Machet, suffit pour vous guérir des *maladies périodiques ou chroniques, toux, crachemens de sang, retentions d'urine, coliques, affections de poitrine, pituites*, etc. etc... et le savant confiseur a la noble générosité de livrer son secret au public, en nous enseignant la manière de faire des pastilles contre tous les maux. Nous aurons donc des dragées alexitères, anti-scorbutiques, anthelmintiques, apéritives, apophlegmatisantes; des bonbons astringens, béchiques, carminatifs,

14.

céphaliques, diaphorétiques et diurétiques ; des
pastilles emménagogues, émollientes, hépatiques,
spléniques, incarnatives, ophtalmiques, otalgiques,
odontalgiques, cathartiques, délayantes, incras-
santes, coagulantes ; des tablettes stomachiques,
sudorifiques, anti-siphilitiques, émétiques et vul-
néraires. Dieu soit loué ! toute la matière médicale
pourra se renfermer dans une bonbonnière, et nos
petits enfans, qui faisaient une si laide grimace
quand on leur parlait de manne ou de séné, voudront prendre médecine tous les jours. Et moi
qui préparais un long article sur les vingt premiers
volumes du Dictionnaire des Sciences médicales,
comment oserai-je parler des médecins, quand
M. Machet vient d'enterrer Hippocrate et sa brigade? Quelle révolution! les pastilles *érotiques* de
M. Machet vont changer un sybarite en Hercule,
ses vinaigres vont rendre toutes nos femmes dignes
d'entrer dans le paradis de Mahomet ; une tablette
à *rébus* va nous débarrasser d'une fièvre adyna-
mique, ataxique ou angioténique ; une pastille
à devise vaudra le *recipe* du docteur Diafoirus, et
le 1er janvier sera le jour d'une purgation générale.

Après tant de louanges, quelle sera la part de
la critique? Hélas! il n'y a rien de parfait dans ce
monde sublunaire, pas même en dragées et en
confitures. M. Machet me paraît être tombé dans
quelques erreurs, et c'est avec bien du regret que
je lui en fais le reproche. Il nomme *hystériques* des
substances qu'il devrait nommer *emménagogues*

d'après les vertus qu'il leur suppose ; il donne des *astringens* pour *adoucir* la poitrine ; il fait infuser pendant sept jours, et il distille le sucre de cochlearia, de cresson et d'autres crucifères, dont les parties volatiles se dissipent à la moindre chaleur, et qu'on ne doit conséquemment employer qu'à froid : parmi les cacaos les plus renommés, il ne cite pas celui de Guayaquil, qui est excellent, et celui de Soconusco, qui est le meilleur de tous ; il nous enseigne enfin à faire des vins de Malaga et des vins muscats *factices ;* et nos marchands de vins n'ont pas besoin de ses leçons. Malgré ces taches légères, l'ouvrage de M. Machet est très-recommandable ; il nous apprend à faire de fort bonnes choses, à connaître la fraude et à nous en préserver. J'ai réduit la critique aux moindres termes ; si cependant elle paraît encore trop amère, M. Machet a tous les moyens de l'adoucir.

PHYSIOLOGIE DU GOUT,

OU MÉDITATIONS DE GASTRONOMIE TRANSCENDANTE;

Ouvrage théorique, historique et à l'ordre du jour, dédié aux gastronomes parisiens, par un Professeur, membre de plusieurs Sociétés
littéraires et savantes; avec cette épigraphe :

Dis-moi ce que tu manges, je te dirai qui tu es.

ACCOUREZ, aimables gourmands, un savant universel va vous enseigner l'art de vivre. Détournez
vos regards de cette partie du ciel où la grande
Ourse et Cassiopée décrivent leur cercle monotone:
rien de bon ne vient de ce point de l'horizon. Laissez nos financiers inventer une nouvelle arithmétique, et nos jésuites travailler au grand éteignoir
qui doit couvrir, *ad majorem Dei gloriam*, tout
l'espace compris entre les Pays-Bas et la Méditerranée, les Alpes et l'Océan; ne lisez point dans
l'avenir; souvenez-vous du précepte d'Horace,
carpe diem; et quand vous aurez dégagé votre
esprit de toute préoccupation importune, quand
vous serez bien persuadés que l'imprévoyance est
le comble de la philosophie, venez écouter le professeur en gastronomie transcendante, et apprenez
à bien dîner.

Dîner est tout : le reste n'est qu'un trop long entr'acte d'une représentation toujours trop courte; dîner est le but des actions humaines ; c'est pour dîner que les hommes travaillent en tout sens ; c'est pour dîner lui-même que le restaurateur nous donne à dîner, que le navigateur s'expose aux tempêtes, que le soldat brave la mort, que le courtisan agite l'encensoir, que le tartufe nous prêche l'abstinence. Je me suis fait souvent cette question : « Qu'est-ce que la vie ? » Imbécille! la vie ? c'est le dîner.

Mais, avant de vous faire initier aux mystères de la gueule, consultez bien vos forces et vos dispositions naturelles ; examinez sans présomption *quid valeat stomachus* , *quid ferre recuset.* La nature vous a-t-elle donné ce goût exquis et sûr qui fait distinguer les moindres nuances entre les molécules sapides des substances alibiles? Les houppes nerveuses , les papilles, les suçoirs qui tapissent chez vous l'appareil dégustateur, sont-ils doués de cette sagacité élective qui leur fasse éprouver un orgasme délicieux au contact le plus léger d'un condiment classique ? Quand vous avez croqué un bec-figue cuit à point, avez-vous senti votre bouche s'inonder d'un torrent de délices , inconnues au vulgaire ? A la seule apparition d'un de ces mets divins qui sont réservés pour les élus de la gastronomie, a-t-on vu briller dans vos yeux l'éclair du désir, la radiance de l'extase , le charme précurseur d'une indicible béatitude ? Quand la dinde truffée est descendue du ciel pour se poser au centre de votre table, vous êtes-vous écriés avec transport : « Salut, astre bénin, dont le seul aspect fait scintiller, radier, tripudier les gourmands de toutes les classes ! »

Si vous pouvez répondre affirmativement et sans partialité à toutes ces questions, vous êtes dignes du professeur, et vous pouvez dîner avec lui ; si, au contraire, la nature marâtre vous a donné un estomac de papier mâché, si votre appétit n'est qu'une velléité toujours près de s'éteindre ; si mes expressions vous ont paru gigantesques ou ironiques ; si enfin vous ne mangez que pour vous remplir, fuyez, profanes, quittez le paradis des gourmands, parcourez les provinces qui n'en sont encore qu'au moyen-âge de la gastronomie, et gorgez-vous des pommes de terre de la Flandre ou de la Lorraine, du *sauer-kraut* (chou-croûte) de Strasbourg, des *gaudes* de la Franche-Comté, des *gros* de la Bretagne ou de la *polenta* de la Corse.

J'éprouve une grande inquiétude en écrivant cet article : je crains que l'on ne confonde le livre que j'annonce avec ceux de tous les marmitons qui ont écrit sur l'art culinaire. La conséquence de cette erreur serait incalculable. Non, il n'y a aucune analogie entre l'auteur des *Méditations gastronomiques* et tous les faiseurs de daubes et de hochepots. Non, ni l'ignoble *Cuisinière bourgeoise*, ni le prétendu *Parfait Cuisinier*, ni le *Manuel de Cuisine*, ni le *Cuisinier royal* de MM. Viard

et Fouret, hommes de bouche ; ni le *Cuisinier
anglais*, des artistes en roast-beef MM. Collingwood et Woolams, n'approchent pas plus de mon
savant anonyme que les membres de l'Institut royal
ne ressemblent à nos magisters de village. Faut-il
jurer pour vous convaincre ?

*Vos æterni ignes, et non violabile vestrum,
Testor numen.....*

Mais je ferai mieux : je prouverai. L'auteur de ce
livre divin est un homme du monde à qui aucune
science, aucun art ne sont étrangers : il parle
presque toutes les langues de l'Europe, et possède parfaitement les langues savantes ; lié d'amitié
avec plusieurs de nos plus célèbres médecins, il
est médecin lui-même, anatomiste, physiologiste,
chimiste, astronome, archéologue et littérateur ; il
fait des vers, compose de la musique ; et, des
sommités de la science, il daigne quelquefois descendre jusqu'à la chanson bachique et aux petits
vers de société. Pour le bonheur du genre humain,
il a fait l'application de toutes ces connaissances à
l'art de la cuisine ; il y a porté le flambeau du génie ! théoricien admirable, il n'a pas dédaigné de
manipuler lui-même ; et quelle manipulation ! Vous
aller voir.

Un certain samedi, notre savant arrivait chez
un de ses amis pour y dîner. Une querelle sérieuse
troublait le ménage ; il s'agissait d'un turbot tellement gigantesque, que celui de Domitien n'eût

paru qu'une misérable limande en comparaison.
Le Monsieur voulait que ce phénix des poissons
fût partagé, parce qu'il n'existait point de turbo-
tière capable de le recevoir tout entier. La Dame
s'écriait : « Oserais-tu bien déshonorer ainsi cette
pauvre créature ? » Le Monsieur alléguant la nécessité, « Allons! qu'on apporte le couperet. » Notre
professeur arrive au moment où l'acier fatal allait
commettre un meurtre sur la bête morte : il réfléchit un moment, puis d'un ton d'oracle : « Le turbot restera entier, dit-il, jusqu'à sa présentation
officielle. »

A ces mots, il parcourt la maison pour y chercher un vase d'une capacité suffisante. Il commençait à désespérer, lorsqu'en entrant dans la
buanderie, il aperçoit une vaste chaudière ; il la
destine à faire l'office de la machine à vapeur ; il
s'empare d'un panier d'osier, capable de contenir
cinquante bouteilles ; il y taille une vaste rondelle
qu'il suspend au-dessus de la chaudière en ébulli-
tion, il couvre cette claie circulaire d'un lit épais
de plantes bulbeuses et d'herbes de haut goût ; il
y place le monstre marin sur le ventre, lui plas-
tronne le dos d'un pareil lit d'herbages, il recou-
vre le tout d'un vaste cuvier dont il lute les bords
pour qu'il n'y ait pas déperdition de calorique et
de molécules odorantes. La bête cuit tout entière
et cuit à merveille. Son apparition sur la table,
frappe les convives d'étonnement et d'admiration.
« Le général Labassée sourit, le curé du village

avait le cou tendu et les yeux fixés au plafond, en signe d'extase; M. Auger, l'académicien, avait les yeux brillans et la face radieuse, et M. Villemain, la tête penchée et le menton à l'ouest, comme quelqu'un qui écoute avec attention. » Dites donc, incrédules, qu'il n'y a plus de miracles : celui qui a pu faire cuire tout entier le gargantua des turbots, ferait certainement passer un chameau par le chas d'une aiguille.

Le professeur a divisé son beau travail en trente chapitres qu'il nomme *méditations*, et il y joint vingt-sept autres articles fort piquans, sous le titre modeste de *variétés*. L'indication de quelques chapitres prouvera bien que le mot *méditation* n'est pas une expression ambitieuse, mais parfaitement juste, car l'hyper-cuisinier pense beaucoup, et donne encore plus à penser.

J'invite donc le lecteur à méditer sérieusement sur les méditations qui concernent *les sens, le goût, l'influence réciproque de l'odorat sur le goût, et vice versâ, la gastronomie et son influence sur les affaires, l'appétit, les alimens,* et surtout *la substance nommée osmazone, la soif et la fin du Monde,* considération éminemment philosophique qui me rappelle cette

..... Domus exilis plutonia ; quò simul mearis,
Non regna vini sortiere talis.

C'est dans le livre même que l'on pourra connaître tous *les avantages de la gourmandise,* les *femmes gourmandes, l'influence heureuse de la gourmandise sur la sociabilité, et les gourmands* classés par profession, depuis les médecins jusqu'aux dévots, deux classes que la crainte de l'indigestion et de la damnation, semblait devoir condamner à la sobriété.

Le second volume n'est pas moins riche en aperçus philosophiques : les observations profondes sur *le repos,* sur *le sommeil,* sur *les songes,* sur *l'obésité et la maigreur,* sur *l'épuisement* et sur *la mort,* démontreront assez que l'auteur n'a pas employé tout son temps à faire cuire de gros turbots, et *l'histoire philosophique de la cuisine,* suivie de la *mythologie gastronomique,* couronne dignement cet ouvrage prédestiné de toute éternité à paraître chez la grande nation, dans le siècle des lumières et sous le régime des abbés.

Voilà beaucoup d'excellentes choses que je fais passer rapidement sous les yeux du lecteur ; il en est alléché, j'en suis sûr : Eh! que serait-ce donc si vous entendiez l'auteur même parler du dindon, du poisson, du gibier, des truffes, du plat d'anguilles, de la poularde de Bresse, du faisan *à la Sainte-Alliance,* de la fondue, du café et du chocolat? Que serait-ce si je vous racontais quelques-unes de ces anecdotes, dont il a lardé son livre avec autant de profusion, qu'il enferme de truffes dans le ventre du gallinacée que nous devons aux jésuites. Ce dernier mot me rappelle une de mes fautes ; j'ai dit que les jésuites déplaisaient à tout le monde ; c'est un grand tort ; mais alors je ne pensais pas aux dindons.

Hélas ! il n'est rien de parfait dans ce monde périssable ; Homère dort quelquefois, et le soleil même a des taches : comment donc nous autres, chétives créatures, serions-nous exempts de faillir ? Le savant professeur a payé un honnête tribut à la faiblesse humaine, et mon devoir m'oblige à relever ses fautes avec autant de rigueur que j'ai eu de plaisir à faire éclater son génie. Dieu sait combien il m'en coûte de ternir une si belle gloire ; mais, comme Jupiter, la critique a ses deux tonneaux. J'ai ouvert largement le robinet de la louange, je tourne maintenant celui du blâme, au risque de ce qui peut en sortir. Eh ! que dirait M. Azaïs, si je n'opposais pas la répulsion à l'attraction, la compression à la dilatation, Arimane à Oromase, et les péchés aux actes méritoires ?

Le professeur en gastronomie est une preuve vivante du système des compensations ; non-seulement son passif et son actif sont parfaitement égaux, mais il pèche par les endroits même où il a brillé ; ce qui démontre l'admirable équilibre qui règne dans l'Univers. Qui trop embrasse, mal étreint : le professeur a voulu étaler sous nos yeux les heureux fruits de toutes ses facultés intellectuelles, et chacune de ses facultés s'est éclipsée au moins une fois dans le cours de son travail ; il possède toutes les sciences, et dans chacune de ces sciences il a commis une grosse erreur. Ce sa-

vant, par exemple, a voulu faire des vers ; il y est
parvenu, mais il a écrit celui-ci :

C'est une vraie béatitude,

qui est une faute aussi impardonnable qu'une fri-
ture molle, un rôt brûlé ou une liaison tournée.
Il a voulu faire de l'arithmétique, et dans une
simple multiplication il s'est trompé d'un zéro, ce
qui réduit à 72,000 la somme de 720,000 fr. qui
se dépensent tous les hivers, à Paris, en dindes
aux truffes. Il a fait de l'archéologie, et il a eu le
malheur de faire venir les poires de coing, *cydonia mala*, de Sidon, ville de Phénicie, au lieu de
les chercher à Cydon, ville de Crète. Cependant
Virgile et Ovide, qu'il connaît très-bien, lui avaient
vanté les *cydonia spicula*, plus célèbres encore
que les coings du pays, et, à défaut de Virgile, un
paysan provençal lui aurait nommé le *coudoun*,
dont notre mot coing est une corruption, et qui
est une corruption lui-même du mot grec qui,
ayant un cappa pour initiale, n'a jamais pu dégé-
nérer en *Sidon*. Voilà bien du verbiage sur un coing,
mais j'ai voulu prouver à mon savant cuisinier que
je sais faire du grec et du latin de cuisine : poursui-
vons.

Le professeur a fait aussi de la physiologie ; et
j'avoue qu'à ce jeu il est d'une très-belle force ;
mais, ici comme ailleurs, il fallait qu'il fît au
moins une faute ; et pour obéir à sa destinée, il a
reproduit la vieille doctrine qui attribue la nécessité

de la mort à la solidification de nos organes. Mais,
s'il avait bien lu la Physiologie du docteur Richerand, dont il fait un si juste éloge, il y aurait appris que l'accumulation du phosphate calcaire est
loin d'être la véritable cause de la mort naturelle,
puisque cette accumulation n'est elle-même qu'un
effet de la diminution des forces vitales. Notre savant, enfin, a voulu faire de la médecine ; et je
connais plus d'un docteur qui n'en parle pas aussi
pertinemment que lui ; mais, sur la médecine
même, il a fallu qu'il se trompât, ce qui n'arrive
jamais aux médecins, comme chacun sait. J'insis-
terai sur cette erreur, parce qu'elle est féconde en
conséquences fâcheuses. Le professeur prétend
que la truffe est un aliment léger, innocent, et incapable de causer une indigestion : quelle hérésie
médico-hygiénique ! chose étonnante ! il cite tous
les praticiens de Paris comme garans de l'innocuité
des truffes. Venez donc à mon secours, docteur
Mérat, qui avez condamné ce malheureux et trop
séduisant cryptogame, comme *lourd, indigeste,
et source d'une multitude d'indigestions* ; nommez
au gastronome le célèbre médecin qui est mort
pour en avoir mangé ; chantez-lui la ballade que
le poète Deschamps fit, dès le quatorzième siècle,
contre les truffes, pour les punir de l'affreuse indigestion qu'elles lui avaient donnée. Sortez de
votre tombeau, docteur Tourtelle, et montrez à
mon respectable gourmand la page de votre Hygiène où vous déclarez la truffe *très-mal saine,*

*d'une solution difficile, et passant promptement
à la fermentation putride.*

Je sais bien que ni mes déclamations, ni les sages conseils des docteurs Mérat, Tourtelle et autres, n'empêcheront mes lecteurs de manger des truffes ; mais j'aurai fait mon devoir en indiquant le piége, et en plaçant une bouée sur le bas-fond où l'estomac de nos gourmands pourrait s'engraver et se perdre.

Je ne reprocherai pas à mon auteur ses innombrables néologismes ; il les avoue, mais il veut en faire, c'est son goût ; et je ne serai pas assez téméraire pour entamer une dispute sur le goût, avec le gastronome à qui l'on doit la *Physiologie du goût.* J'accepte donc sans répugnance *les mouvemens de* SPICATION *et de* VERRITION qu'il attribue à la langue humaine ; je souris au substantif *radiance* et au verbe *tripudier,* que j'ai adopté moi-même, mais je demande en grâce la suppression du mot *potophore* (porteur de boisson). Sans examiner s'il est correctement construit, il sonne mal à mon oreille, et bien des gens pourraient croire qu'il a de l'analogie avec le *pot au feu,* erreur bien pardonnable quand il est question d'un livre de cuisine. *Meo periculo,* j'y substitue *œnophore,* qui est déjà connu. Il est vrai qu'il n'est question que du vin dans ce dernier ; mais les gourmands, ce me semble, ne mettent guère d'eau dans leur vin.

J'arrive enfin au plus gros péché du professeur,

péché qui n'a pas l'ignorance pour excuse, puisque,
au contraire, le coupable y a été poussé par le désir
d'étaler à nos yeux tous les trésors de son immense
savoir. Cette faute est un attentat à la susceptibilité
de nos dames de bon ton, et à celle des hommes
qui, tout en affichant une philosophie et une indépendance viriles, sont cependant les serviles
imitateurs des petites minauderies, des petites dé-
licatesses, des petites répugnances des *précieuses*,
et de leurs petits dédains pour des choses trop
naturelles. Au reste, on en jugera par ce qui suit :

Il était tout simple et même louable qu'un gastronome, après avoir vanté les charmes de la gourmandise, s'occupât aussi de la *nutrition* ; c'était
joindre *utile dulçi*. Mais il fallait savoir s'arrêter
à la ligne qui sépare la nutrition de ses plus ignobles
résultats, et c'est ce que n'a point fait le professeur.
Il place d'abord l'aliment dans votre bouche ; il
préside à la mastication et à l'insalivation ; il pousse
ensuite la pulpe nutritive à travers l'isthme du gosier, la suit, dans l'œsophage, jusqu'à l'estomac,
il la laisse macérer plus ou moins long-temps dans
cette cucurbite vivante ; cela fait, il conduit le bol
alimentaire à travers les thermopyles du pylore ;
il l'arrose et l'imprègne des sucs cystique, hépa-
tique et pancréatique ; il le suit dans le *duodenum*,
le *jejunum* et toutes les circonvolutions de l'*ileum*,
en admirant, chemin faisant, les innombrables
suçoirs qui dépouillent le bol de ses molécules
alibiles, au profit de la sanguification et de l'assi-

milation. Il entre enfin avec sa pâtée appauvrie
dans le court et gros *cœcum;* et moi, je lui criais
de toutes mes forces : « Arrêtez-vous là ; ce n'est
plus de la nutrition. » Mais l'audacieux, sourd à
mes clameurs, se promène gravement le long de
l'arc du *colon*, fait la culbute dans l'S, se précipite
dans le *rectum*, et ne s'arrête pas même au plus
ignoble des sphincters.

Cela est épouvantable, je l'avoue ; et c'est après
nous avoir fait respirer le parfum de la truffe et le
fumet du faisan, qu'il nous entretient de la défé-
cation des gaz intestinaux et de l'hydrogène sul-
furé ! Que son livre tombe entre les mains de
l'une de ces dames dont j'ai parlé plus haut, voilà
une crispation nerveuse, une lipothymie, une
suffocation peut-être, bien ou mal simulée : « L'in-
solent, dira-t-elle ! veut-il faire croire au vulgaire
que nous sommes assujéties aux mêmes vilenies
que les petites gens, nous qui ne vivons que d'am-
broisie ? » Et voilà mon professeur décrédité dans
tous les salons.

Pardonnons cependant cette débauche de science
en faveur de toutes les bonnes choses, des anecdotes piquantes et des causeries agréables dont il
nous a régalés. J'ai aussi un pardon à demander
aux lecteurs sévères pour avoir un peu trop compté
sur les franchises du carnaval.

OUVRAGES DIVERS.

HISTOIRE GÉNÉRALE

DES PÊCHES ANCIENNES ET MODERNES,

DANS LES MERS ET LES FLEUVES DES DEUX CONTINENS ;

Par S.-B.-J. NOEL, ancien inspecteur de la navigation, membre de l'Académie des Sciences de Turin, de celles de Bordeaux, de Lyon, Dijon, etc.

LES bons bourgeois de Paris, qui vont manger à la Rapée les goujons et la matelote, ne s'imaginent guère que l'on puisse écrire sur la pêche dix tomes in-quarto de cinq cents pages chacun. Les gens du monde ne seront pas moins étonnés, que je le suis, lorsqu'en recevant un si gros volume sur la pêche, ils apprendront qu'il doit être suivi de neuf volumes d'une égale ampleur et d'une égale utilité. En voyant le premier de ces dix tomes, je le croyais très-suffisant pour traiter une pareille matière, et mon ignorance ne me laissait pas concevoir comment un in-quarto de cette taille pouvait n'être qu'un *avant-propos*.

15.

Rendons sincèrement grâces à l'auteur qui nous a crus capables de lire cinq mille énormes pages écrites sur un art dont nous n'estimons guère les produits que par leurs rapports avec notre sensualité. Je crains bien que M. Noël n'ait trop présumé de notre patience, et ne nous ait fait trop d'honneur. Son ouvrage, unique dans son genre, et d'une éminente utilité, sera vraisemblablement traduit dans les langues étrangères, consulté par les gouvernemens, lu avec intérêt chez nos voisins de l'est, du nord et de l'ouest; mais je serais très-curieux de savoir combien il en sera vendu chez nous, qui avons peur d'un modeste in-octavo.

Telles furent les premières impressions que je reçus à l'apparition du tome précurseur, mais la réflexion me suggéra bientôt des idées plus favorables, et modifia singulièrement ce qu'il y avait de fâcheux dans mon pronostic. Ne sait-on pas qu'il a existé et qu'il existe encore des nations ichtyophages? Les peuples innombrables qui habitent les rivages des mers ou les bords des fleuves, vivent immédiatement du produit de la pêche, ou médiatement du commerce qu'elle leur procure. Pendant des siècles, l'homme a été chasseur ou pêcheur avant d'imaginer une bâche, un hoyau ou une charrue; le seul hareng a placé jadis une très-petite nation de l'Europe au rang des plus grandes puissances; la Hollande reconnaissante fit élever un tombeau à Wilhelm Beuckelz, (et non pas Buckelin, comme dit le Dictionnaire historique), ni Benkels comme l'écrit Valmont de Bomare, pour avoir *inventé* l'art de saler les harengs, que l'on salait bien long-temps avant lui ; je savais aussi que les pêches avaient été d'une assez grande importance pour devenir la cause ou le prétexte de plus d'une guerre : le droit de pêche a été disputé, concédé et stipulé dans une foule de traités de paix ; il a été le sujet d'une multitude de lois, de rescrits et d'ordonnances ; la morue de Terre-Neuve a fait naître des démêlés sérieux entre deux nations puissantes ; la baleine, l'esturgeon et la nombreuse famille des phoques, sont poursuivis dans leurs plus sombres retraites avec un courage avide et une cupidité héroïque. Pouvais-je oublier le malheureux Perron, qui, laissé avec quatre compagnons sur la petite île d'Amsterdam, dans la vaste mer des Indes, y avait amassé vingt-cinq mille peaux de veaux marins, et fut indignement pillé par un équipage anglais (1) qu'il avait reçu amicalement, et qu'il conduisit dans son île, pour lui en faire voir les curiosités. Je me rappelais également qu'une grande partie de l'immense population de la Chine ne vit que de poissons, et que l'oiseau leu-tzé, plus utile pour les Chinois que le chien de chasse ne l'est pour nous, prend le poisson avec une admirable adresse, et revient le déposer fidèlement dans la main de son maître ; et sans courir aux extrémités de l'ancien continent, les madragues de la Provence et du

(1) L'équipage *du Lion*, capitaine sir Erasme Gower.

Languedoc me faisaient sentir l'importance d'un art que je n'avais d'abord considéré que légèrement. Plus je réfléchissais à la pêche, plus son domaine s'étendait à mes yeux, et lorsqu'en relisant le titre du tome en question, je m'aperçus que M. Noël traitait des pêches grecques, romaines, phéniciennes, ibériennes, et des pêches du moyen âge, et des pêches modernes, dans toutes les mers et dans tous les fleuves du globe, je ne fus plus effrayé que de son entreprise, et je commençai à craindre que dix tomes in-quarto ne fussent pas assez vastes pour contenir une pareille matière.

Cette crainte, suggérée par le nombre des objets qui se présentaient à ma pensée, ne fit que s'accroître, quand je reconnus qu'un ouvrage complet sur la pêche tenait à presque toutes les branches des connaissances humaines ; ce que je n'avais jamais soupçonné en mangeant des goujons ou une matelote. La géographie, l'histoire et la politique y auront une part considérable, puisque M. Noël sera obligé de parcourir tous les lieux où se pratiquent les différentes pêches, et d'indiquer au moins les guerres, les traités et les expéditions importantes auxquels ces pêches ont donné lieu. L'industrie et l'économie politique y tiendront la première place ; car le but de l'auteur est de porter les pêcheries de la France au plus haut point de perfection, et de nous faire connaître les immenses avantages que nous pouvons tirer d'un art nommé ingénieusement *l'agriculture de la mer*. C'est sous

ce point de vue que cet important ouvrage mérite
de fixer l'attention du gouvernement; et quand on
réfléchit au grand nombre de Français que la pêche
faisait exister avant la révolution; quand on considère tous les arts auxquels les produits de la pêche
sont nécessaires; quand on reconnaît que plus on
a de pêcheurs, plus on aura de bons matelots;
quand on calcule surtout les énormes bénéfices que
cet art procure à nos voisins, nous devons être un
peu honteux de rester en arrière, nous souvenir
de ce qu'ont fait autrefois les Basques, les habitans
de Dieppe et ceux de Saint-Malo, et honorer un
écrivain qui veut non-seulement nous rendre notre
ancienne prospérité en ce genre, mais l'accroître
de toutes les connaissances et de toute l'industrie
acquises depuis trente ans. Qui le croirait? La plus
solide érudition, l'étude de l'antiquité, la numismatique, la littérature, la poésie même, sont loin
d'être étrangères au livre sur la pêche! Le premier
tome, le seul qui ait paru, semble avoir été écrit
pour l'Académie des Inscriptions et Belles-Lettres.
Il a fallu que l'auteur discutât la synonymie des
poissons connus des anciens, avec ceux que nous
croyons identiques, science peu avancée aujour-
d'hui, et qui offre souvent à M. Noël des difficultés insurmontables; il a fallu étudier, approuver
ou contredire Aristote, Théophraste, Pline, Colu-
melle, et tous les auteurs anciens qui ont parlé directement ou indirectement des poissons; démêler
les espèces qu'ils confondent en une seule, ou réu-

nir celles qu'ils ont divisées mal à propos ; rechercher dans des descriptions imparfaites ou contradictoires l'espèce et le genre auxquels on a donné
tel nom ; distinguer, s'il était possible, tous les poissons de grande taille, que les anciens comprenaient
confusément sous la dénomination commune de
cétacées ; réformer enfin nos traductions scolasti-
ques par lesquelles nous attribuons aux Grecs et
aux Romains des connaissances qu'ils n'ont pas
eues, comme quand nous parlons de leurs *lamproies*, que nous assimilons aux *murénes* ; de leurs
baleines, qui ne sont souvent que des *squalen* ;
et de leur *alec*, que nous prenons pour le hareng.

La numismatique a été d'un grand secours ;
mais a dû causer de grands embarras à l'auteur. Les
médailles et les monumens antiques représentent
souvent des figures de poisson ; ces figures aident
quelquefois à reconnaître les espèces, et à corriger
une fausse synonymie : mais quelle sagacité, quelle
sûreté dans le coup-d'œil ne faut-il pas avoir pour
ne pas se laisser égarer par un tel guide? Si quelque
lecteur ignorant, comme je l'étais avant de lire ce
volume, me demandait quel rapport il existe entre
les médailles et les pêches anciennes, je serais
aujourd'hui en état de lui répondre que le dauphin, par exemple, a servi d'emblême à un grand
nombre de villes ; qu'il était un objet du culte chez
les Grecs ; consacré à Neptune, qu'il accompagne
presque toujours sur les médailles ; consacré aussi
à Vénus, à Cérès, à Bacchus ; qu'il est chez tel

peuple le symbole de la célérité, chez tel autre de
la victoire; qu'il indique ailleurs les richesses dues
au commerce maritime; qu'on trouve sa figure
sur les monnaies ibériennes, sur les médailles romaines; que sa forme a servi de modèle pour la
fabrication des premières barques; qu'il est tour-
à-tour l'emblême de la résignation, de l'innocence, de l'espérance, du bonheur; et, comme
tout finit dans le monde, qu'il a été déchu de son
ancienne gloire, et qu'il a été confondu avec
l'ignoble marsouin. Le thon et la pélamide n'ont
été guère moins honorés que le dauphin. Le pom-
pile a été un poisson sacré, ainsi que l'anthias.
Parlerai-je du labrax si estimé des gourmands
d'Athènes; du turbot, dont les magiciennes se servaient pour faire descendre la lune et pour donner
de l'amour aux jeunes filles; de l'anguille macé-
donienne, qui jouissait d'une si grande réputation;
du *cyprinus* que nous nommons carpe, tandis que
la carpe n'était pas connue des Grecs; du brochet,
méprisé par les Romains; de l'oxyrhincus, adoré
des Egyptiens, et qui n'est pas le brochet, mais le
kachoué des modernes; et du scare enfin, auquel les Grecs, et Ovide après eux, attribuaient
la propriété de ruminer? Je n'ai pas désigné ici
la millième partie des poissons, et l'on voit déjà
ce que leur histoire a de commun avec l'érudition
et l'étude de l'antiquité. Que serait-ce donc si je
nommais les poètes mêmes que M. Noël a mis à
contribution pour y chercher un renseignement

ou un trait caractéristique? Mais parmi les emblêmes auxquels la figure d'un poisson a servi chez les anciens, en voici un qui nous intéresse plus particulièrement. Lorsque le christianisme fut persécuté sous les empereurs romains, les fidèles, qui n'osaient ni prononcer ni écrire le nom du Christ, imaginèrent un moyen ingénieux de le tracer sur leurs tombeaux sans que leurs persécuteurs le reconnussent. Ayant observé que le mot grec ΙΧΘΥΣ, *poisson*, pouvait se décomposer de manière à ce que chacune des lettres qui le forment devînt initiale de l'un des mots dont ils se servaient dans leur prière, ils obtinrent par cette espèce d'acrostiche la formule suivante :

Ι—ΗΣΟΥΣ	*Jesus*
Χ—ΡΙΣΤΟΣ	*Christus*
Θ—ΕΟΥ	*Dei*
Υ—ΙΟΣ	*Filius*
Σ—ΩΤΗΡ	*Salvator.*

Ainsi, en n'écrivant que les initiales, ils ne présentaient aux yeux des Romains que le mot ΙΧΘΥΣ, *poisson;* et pour plus de sûreté, ils se contentèrent de la figure du poisson, dont le sens hiéroglyphique signifiait JÉSUS-CHRIST, FILS DE DIEU ET SAUVEUR.

J'aurais bien voulu dire ici quelque chose que je ne dusse pas à M. Noël, mais mon érudition sur la pêche est extrêmement circonscrite ; le poëme d'Oppien, que je n'ai lu qu'en prose latine, ne m'a pas rendu fort savant sur cet art ; le poëme d'Ausonne sur la Moselle m'en a dit encore moins ;

le volumineux Montfaucon n'emploie que deux pages à décrire la pêche des anciens, mais Pline va me fournir un joli petit conte qui confirmera pleinement les éloges donnés au dauphin : « Sur la côte de la Gaule Narbonnaise, dit le naturaliste latin, est un étang qui communique avec la mer, qui se nomme *Latara*, et où les dauphins *pêchent en société avec les hommes*. Dans certains temps de l'année, une incroyable quantité de muges (*mugilum*) sortent de cet étang pour retourner à la mer par un détroit resserré. Leur masse est telle que les pêcheurs ne peuvent tendre leurs filets, parce qu'il leur serait impossible d'en soutenir la pesanteur. Alors on appelle les dauphins au secours des hommes ; ils arrivent, se rangent en bataille, empêchent les muges de s'échapper, et tuent ceux qui veulent forcer l'obstacle, mais ne les mangent qu'après le combat (*cibos in victoriam differunt*). Les pêcheurs ont beau jeu : ils tendent des filets partout, les soulèvent avec des fourches, et prennent des muges autant qu'ils en veulent. Quand les hommes ont cessé de pêcher, les dauphins combattent alors pour leur compte et dévorent leur proie. » J'ai beaucoup abrégé ce passage qui est bien plus merveilleux dans l'original ; je doute que M. Noël en fasse usage dans l'Histoire des pêches, mais j'ai voulu prouver qu'un dauphin a bien pu porter Arion sur son dos, puisque les dauphins sont assez complaisans pour pêcher au profit des hommes.

J'ai senti que je donnerais une idée fort incomplète de l'ouvrage de M. Noël, si je me bornais à parler du premier tome, quoiqu'il comprenne les tableaux historiques des pêches pendant l'espace de vingt-un siècles. Les temps modernes nous intéressent bien plus vivement; la matière s'y étend presqu'à chaque année, et les objets s'y multiplient. Pour faire pressentir au lecteur ce que sera l'ouvrage entier, j'ai prié l'auteur de m'indiquer sommairement le plan et le sujet des neufs tomes qui doivent suivre. Il a bien voulu me remettre une note que je considère comme un *argument* général, et développé conformément à l'ordre qui règne dans le premier tome. Si M. Noël ne se décourage point; si l'espèce de froideur avec laquelle on accueille les gros livres en France ne refroidit pas son zèle; si, enfin, les autres volumes ressemblent à celui que j'ai sous les yeux, l'auteur pourra se vanter d'avoir écrit une véritable Encyclopédie sur la pêche; et dussent les lecteurs de salon dédaigner ses dix in-quarto, il sera sûr au moins de trouver dans le gouvernement un protecteur et un appréciateur de son mérite.

Le titre de ce livre, quoiqu'assez pompeux, ne fait cependant concevoir ni son importance, ni son utilité. On se tromperait en effet si l'on imaginait que M. Noël n'ait eu d'autre dessein que de nous offrir l'histoire complète de la pêche depuis les temps mythologiques jusqu'à nos jours. Un pareil plan, exécuté avec tout le talent, toutes les

connaissances de l'auteur, enrichi ou plutôt hérissé d'innombrables citations dans toutes les langues mortes ou vivantes, aurait sans doute placé
M. Noël parmi nos érudits les plus célèbres; car,
pour obtenir ce beau titre, il suffit souvent de
prouver ou de persuader au public qu'on a lu des
milliers de volumes; mais si l'Histoire des pêches
ne satisfaisait que l'esprit du lecteur, où n'étalait
à ses yeux qu'une érudition stérile, c'est alors que
la masse de dix tomes in-quarto lui paraîtrait
épouvantable, et il demanderait si l'auteur n'est
pas un descendant des Muratori, des Vossius ou
des Scaliger. M. Noël ambitionne une gloire plus
solide; ses immenses recherches, les nombreux
détails dont il ne néglige aucun, le luxe apparent
des tableaux qu'il présente, tout dans son ouvrage
a un but d'utilité publique, tout se rattache aux
projets d'amélioration, aux moyens de prospérité
que réclament les pêches françaises. Les citadins,
je le sais, ne réfléchissent guère à l'importance de
le pêche; l'utilité d'un pareil livre ne sera pas, à
leurs yeux, une grande recommandation; mais
s'ils veulent bien observer que des milliers de pêcheurs vont affronter les glaces éternelles du Spitz-
berg et du Groënland, les tempêtes du Cap-Nord,
du détroit de Davis et de la baie d'Hudson, que
d'autres milliers d'intrépides marins abordent aux
îles solitaires de l'Océan méridional, aux côtes
glacées des îles Falkland et de la Terre-de-Feu,
pour y poursuivre les paisibles phoques ou les

énormes baleines, ils concevront qu'on ne s'impose pas de pareils travaux, qu'on ne brave pas de pareils·dangers pour de médiocres bénéfices; et s'ils parcourent les côtes de France depuis Dunkerque jusqu'à Baïonne, et depuis Antibes jusqu'à Perpignan, s'ils y interrogent les nombreux habitans des rivages, ils apprendront alors que le poisson a une toute autre importance que celle d'orner la carte d'un restaurateur, et ils finiront peut-être par estimer un peu l'auteur instruit, patient et courageux, qui veut, comme malgré nous, nous faire partager les inépuisables richesses des fleuves et de l'Océan.

Après avoir exposé des vues générales sur l'origine, l'exercice et les progrès de la pêche dans l'enfance des sociétés, le premier tome offre le tableau des pêches pendant la période grecque, et comprend celle des cétacées, des phoques, des morses, et des autres poissons de mer ou d'eau douce. La période romaine retrace les mêmes pêches avec les changemens successifs que le temps a apportés dans cet exercice; et l'auteur traite ensuite du commerce des poissons de toute espèce, chez tous les peuples contemporains des Romains et des Grecs. La seconde partie de ce tome est consacrée aux pêches du moyen âge, et au commerce de leurs produits pendant la première époque de la période française. Le deuxième tome présentera la pêche de la baleine, de la morue, du hareng, de la sardine, du maquereau et d'une quantité d'autres espèces, ou mammifères pisciformes, ou de la famille des gades, ou de celle des scombres, des clupées, etc.

Dans le troisième, il sera question des phoques, des morses, et des *manati* ou lamentins, dont l'auteur se propose d'écrire l'histoire. Cette partie de son travail sera vraisemblablement la plus neuve et la plus intéressante pour le lecteur ; car M. Noël distinguera jusqu'à quarante-trois espèces de phoques, tandis que nous n'en connaissons encore qu'un fort petit nombre. Si quelqu'un doutait de l'importance de cette pêche, il peut interroger nos voisins les Anglais, qui profitent si habilement de notre ignorance ou de notre insouciance à cet égard : qu'il leur demande pourquoi ils envoient annuellement des vaisseaux dans l'Océan méridional ; pourquoi des centaines d'hommes s'engagent à rester des années entières sur des îles inhabitées ; pourquoi des expéditions font le tour du globe, dans la seule vue de pêcher des phoques, et avec quel énorme bénéfice on transporte à la Chine les huiles et les peaux qui proviennent de ce massacre organisé à Londres, et exécuté aux antipodes ?

Le quatrième contiendra l'histoire de toutes les espèces de cétacées, que nous confondons sous la dénomination commune de *baleines ;* le cinquième traitera des poissons cartilagineux ; les sixième, septième, huitième et neuvième, des poissons osseux ; et le dixième exposera des vues générales et des réflexions particulières sur l'état présent et futur des pêches.

Quoique les moyens de prendre le poisson soient extrêmement variés, soit par l'industrie des différens peuples, soit par la diversité des espèces, un ouvrage où il ne serait question que de la pêche proprement dite serait nécessairement monotone et fastidieux, puisque des procédés semblables ou analogues se reproduiraient sans cesse sous les yeux du lecteur, et c'est ce qu'a pu faire craindre le titre incomplet que M. Noël a donné à son livre ; mais cette prévention défavorable s'évanouit promptement, lorsque, dans l'Histoire des pêches, on voit figurer tour-à-tour les événemens politiques, les guerres, les traités, les cessions de territoire dont la pêche a été le prétexte ou la cause ; quand on y trouve un tableau statistique des pêches de l'Europe et de l'Amérique au commencement du dix-neuvième siècle ; l'histoire naturelle des poissons, dont l'auteur décrit tant de nouvelles espèces, avec une synonymie comparée à celle des langues étrangères ; un exposé des préparations industrielles, des échanges, des armemens, des expéditions maritimes, dont les produits de la pêche sont la matière ou l'objet, et une foule de détails qui instruisent, amusent et soulagent l'attention du lecteur en lui procurant une agréable distraction.

Comme il entre dans les vues de l'auteur de rapporter toutes les parties de son travail à l'accroissement des pêches françaises, et conséquemment de la richesse nationale, il traitera du droit domanial et politique de la pêche; il décrira les substances que cet art fournit à l'industrie, et il démontrera, dit-il, sa prééminence sur celles de nos manufactures, *qui ne s'alimentent que de matières étrangères à notre sol;* il examinera la question des *primes* et de la *limitation* de certaines pêches; il exposera l'utilité comparative de chacune d'elles, les dangers qu'elles présentent, les obstacles qu'elles éprouvent, les améliorations dont elles sont susceptibles, et les moyens d'en préparer les succès, succès dont les entrepreneurs ne pourront jouir sans qu'il en résulte un grand avantage pour la société en général et pour le gouvernement en particulier. Si l'on réunit maintenant tout ce que je viens d'énumérer, on sentira que, dans ce gros livre sur la pêche, il est question d'autre chose que de tendre un filet pour prendre du poisson. La prospérité des nations qui ont attaché à cet art l'importance qu'il mérite est un exemple pour nous, et leur supériorité dans un exercice aussi utile est une leçon.

Ce qui m'a le plus étonné dans les divers genres d'érudition que paraît posséder M. Noël, c'est la connaissance parfaite de toutes les lois qui ont été publiées sur la pêche, soit en France, soit chez l'étranger. Pour se livrer à une pareille étude, il faut avoir un courage très-supérieur à celui qui est nécessaire pour écrire dix tomes in-quarto. Le premier de ces tomes rapporte cent quarante de

ces lois, dont le style naïf et le latin du moyen âge
ne sont pas sans agrément. Ces vieux titres peuvent servir à relever bien des erreurs ; en voici un
exemple : J'ai dit que la Hollande avait décerné
un monument à Guillaume Beuckelz, pour avoir
inventé l'art de saler le hareng ; Charles-Quint ne
dédaigna pas d'aller visiter le tombeau élevé, aux
frais du public, à un simple pêcheur. Ce Beuckelz
est né en 1347 selon les uns, et en 1397 selon
les autres ; car les Hollandais, qui l'ont placé dans
le Panthéon des harengs et des morues, ne connaissent ni le lieu ni l'année de sa naissance, qui
cependant n'est pas antérieure au quatorzième
siècle. Mais que doit-on penser de l'invention de
ce Beuckelz, quand on voit qu'une charte du
comte d'Eu, datée de 1170, permet à l'abbaye
de cette ville d'acheter au Tréport, sans payer
aucun droit, vingt milliers de harengs frais ou
salés, et quand on lit une ordonnance du roi de
France Louis VII, qui défend, en 1179, de rien
acheter dans la ville d'Étampes à dessein de le re-
vendre, excepté le maquereau et le hareng *salés?*
Que d'inventeurs perdent leur auréole aux yeux
de ceux qui lisent les vieux livres !

Né au milieu des pêcheurs, M. Noël connaît
non-seulement tous les procédés dont on se sert
en France pour la pêche, mais ses voyages l'ont
familiarisé avec tous ceux qui sont mis en pratique par nos voisins plus industrieux, plus actifs
ou plus intéressés que nous, puisqu'ils nous

laissent en arrière. Il était donc en quelque sorte prédestiné à écrire sur la pêche l'ouvrage le plus complet qui existe en aucune langue. La connaissance qu'il a de tous les idiomes du Nord, le rend plus propre que personne à déterminer les espèces et les variétés dans l'immense famille des animaux nageurs. Parmi un grand nombre de preuves que je pourrais fournir à l'appui de cette assertion, le défaut d'espace me reduit à en offrir une seule, mais piquante par sa singularité. Dans des dictionnaires d'histoire naturelle, et même dans des ouvrages d'ichtyologistes célèbres, nous lisons que le nom du requin vient du mot latin *requiem*, qui nous présente l'idée de la mort, en sous-entendant l'épithète *æternam*; mais cette belle étymologie s'évanouit avec tant d'autres quand on apprend que les Norwégiens ont, dès les temps les plus anciens, donné à cet animal vorace le nom de *hua retierring*, dont la traduction littérale est : *chien qui attrappe*; et l'on sait d'ailleurs que le requin est classé par tous les naturalistes dans la famille des *chiens de mer*. A chaque page, pour ainsi dire, l'ouvrage de M. Noël détruit des préjugés populaires, ou rectifie des étymologies.

J'ai parlé des avantages que procure la pêche, soit par la nourriture immédiate qu'elle fournit à tant de milliers d'hommes, soit par les bénéfices du commerce, et par les matières qu'elle procure à l'industrie ; soit enfin par l'éducation des pêcheurs, qui sont à la marine militaire ce que les pépinières sont aux grandes plantations; mais il me reste à la considérer sous un rapport où la religion se réunit à la politique pour en favoriser l'exercice. Si l'abondance et le bas prix du poisson contribuent à modérer la consommation et le haut prix de la viande, le poisson, comme substance *maigre*, acquiert une grande utilité, et peut même devenir indispensable dans les jours d'abstinence. Pourquoi donc les États catholiques, c'est-à-dire ceux auxquels le poisson est le plus nécessaire, tels que l'Espagne, le Portugal, l'Italie, et même la France, sont-ils précisément ceux où la pêche est le plus négligée? N'est-ce pas un spectacle singulier pour un observateur, que de voir de bons hérétiques qui mangent le jambon et le rosbif dans les plus saints jours, et qui vont braver les tempêtes pour nous fournir du poisson en carême! Quand l'Anglais presbytérien, le Hollandais calviniste, et le Danois luthérien, prétendent nous *convertir* à leur croyance, ils mentent nécessairement; ils veulent dire, au contraire : Faites abstinence, voilà du poisson; nous irons, s'il le faut, au bout du monde pour vous en chercher, et nous travaillerons à votre salut. Ceci paraît être une plaisanterie, et n'est cependant que trop vrai : on le considérera comme on voudra; mais il sera toujours assez difficile d'expliquer pourquoi les peuples qui ont le plus besoin de poisson ne songent guère à s'en procurer, et pourquoi les catholiques attendent des protestans des moyens de faire abstinence.

GRANDE DISCUSSION

ÉCONOMIQUE, POLITIQUE ET PHILOLOGIQUE

SUR LA CAQUE ET LES HARENGS.

TEL n'est point le titre de l'ouvrage dont je vais rendre compte ; mais je connais mes lecteurs ; sans cette annonce fastueuse qui va fixer leur attention, ils auraient dédaigné mon article, et ignoré pour toujours l'existence d'une excellente brochure. Avant d'aborder la question, j'ai cru devoir déclarer qu'elle intéresse grandement la gloire nationale, puisqu'il s'agit de décider si l'art de *caquer le hareng* est dû au génie d'un Français, d'un Flamand ou d'un Belge. En parlant de gloire, je suis sûr d'être lu, et je puis maintenant, sans danger, rétablir le véritable titre :

Observations de M. Noël sur le Mémoire de M. Raepsaet, membre de l'Académie de Bruxelles et de l'Institut des Pays-Bas, ayant pour titre : *Note sur la Découverte de caquer le Hareng,* faite par G. Beuckelz, pilote de Biervliet en Flandre ; lu à la séance de l'Académie des Sciences et Belles-Lettres de Bruxelles, le 18 novembre 1816. A M. Bajot, rédacteur des *Annales maritimes et coloniales.*

Eh ! que nous importe la gloire de caquer le hareng ? Voilà ce que disent les jeunes étourdis ;

à les entendre, il n'y a de gloire qu'à tuer bien des gens et à prendre bien des villes ; ils accordent encore un peu de gloire à ceux qui font des livres, des comédies et des opéras ; mais ils nomment celle-là *gloriole*. Ils ne savent pas que ce petit poisson qui s'appelle *hareng*, et qu'ils méprisent, a placé la petite Hollande au rang des grandes puissances ; ils ne se doutent pas que la *caque* a donné aux sept Provinces-Unies les moyens de résister aux plus grandes armées de l'Europe, ou de réunir ces mêmes armées contre les formidables armées de Louis XIV. Quel est le talisman qui leur a fourni assez de ducats pour solder les troupes de Marlborough et du prince Eugène ? c'est le hareng. Qui leur a donné la force de faire respecter l'inconcevable traité de *la Barrière ?* c'est encore le hareng. La baleine y a bien été pour quelque chose ; mais le hareng est d'autant plus admirable qu'il est plus petit :

Eminet in minimis maximus ipse Deus.

Souvenez-vous donc des innombrables tonnes de harengs-pecs envoyées par la Hollande aux peuples qui croient au carême, aux vendredi, samedi, quatre-temps, vigiles et jeûnes. Ces bons hérétiques du Zuiderzée *faisaient gras* les jours d'abstinence, mais ils nous criaient : Jeûnez, pécheurs, soyez bons catholiques, et mangez du hareng-pec. L'importance du hareng étant démontrée, j'entre en matière.

C'est un devoir impérieux qui me force à rendre compte de cette brochure, car j'y suis vivement intéressé. Qui le croirait? C'est moi, citoyen, écrivain obscur, moi qui ne mange point de hareng-pec, même dans mes jours d'abstinence, qui ai allumé cette grande guerre dont les coups ont retenti dans l'Académie de Bruxelles, à l'Institut des Pays-Bas, et dans les Annales maritimes : nouvel exemple des grands effets produits par les petites causes. J'ai donné un extrait du premier volume de l'*Histoire des Pêches*, par M. Noël : ce savant historien des pêcheurs et des poissons m'avait démontré que le grand art de saler et caquer le hareng n'avait pas été découvert par Guillaume Beuckelz, pilote de Biervliet, comme on le croit communément, et comme les Pays-Bas, jaloux d'une si haute gloire, le soutiennent. La démonstration de M. Noël était simple et péremptoire : il a produit des ordonnances de nos rois où il est question de hareng *salé* et *caqué*, avant la naissance du prétendu inventeur. J'ai eu le malheur de consigner ces preuves, et l'irrévérence de terminer le paragraphe par cette phrase coupable : « *Combien d'inventeurs perdent leur auréole aux* » *yeux de ceux qui lisent les vieux livres!* »

M. Raepsaet n'a pu supporter cette atteinte portée à la gloire des dix-sept provinces qui formaient l'un des beaux domaines de Charles-Quint. Il a été surtout indigné du mot *auréole* dont je m'étais servi, et il a composé un Mémoire académique pour prouver à l'univers que Beuckelz mérite une *couronne immortelle*, ce qui est bien différent.

M. Noël ne m'a pas laissé gémir sous le poids de cette terrible responsabilité, et dans sa dernière brochure, il arrache non-seulement la couronne ou l'auréole de Beuckelz, mais il nous fait une autre querelle avec la Hollande, l'Angleterre et la Suède, par d'autres assertions qui vont susciter contre nous une triple alliance. En voici l'énoncé : Un baron suédois prétendit, en 1750, avoir trouvé, le premier, l'art d'extraire du hareng *une huile animale*, et M. Noël prouve qu'on en fabriquait dès le quatorzième siècle. Les Hollandais se vantent d'avoir, les premiers, pêché la baleine en 1604 dans les mers du Nord, et M. Noël trouve qu'en 1464, sous Louis XI, un bâtiment français fut pris par les corsaires flamands, *lorsqu'il allait à la pêche de la baleine dans la mer du Nord*. Les Anglais enfin se glorifient d'être les premiers qui aient franchi, en 1733, l'équateur pour aller pêcher la baleine dans l'Océan méridional, et l'intrépide M. Noël, sans s'effrayer du trident de Neptune, va démontrer aux usurpateurs de notre gloire que les Basques de Baïonne et de Saint-Jean-de-Luz allaient, dès 1610, prendre des baleines sur les côtes du Brésil. Je prévois une guerre terrible, *arma virumque cano;* mais plus prudent, ou moins bien armé que M. Noël, je déclare que je reste en paix avec l'Angleterre et la Suède, que j'observe la neutralité envers la Hollande, et que je me cache sous le bouclier de M. Noël, pour repousser les traits de M. Raepsaet.

Commençons par le plus clair : En 1337, une ordonnance de Philippe VI, roi de France, s'exprime en ces termes : « Il sera perçu sur chascun » millier de harenc sor, oict deniers ; sur chascun » pignon de harenc, oict deniers ; sur chascun » tonnel de *caque harenc*, oict deniers. » En 1349, le même souverain Philippe VI, continua par ordonnance, la perception des mêmes droits sur le hareng en tonnel de *quaque*. En 1351, le Roi Jean se servit des mêmes expressions, et l'année précédente, il avait déjà dit dans une ordonnance : « Nul ne soit si hardi vendre *quaque* » *herent* en gros et à détail ».

Observons maintenant que ce mot *caque* ou *quaque*, placé dans une ordonnance, sans définition et sans explication, suppose un usage établi et connu depuis plusieurs années; car si, en 1337, la découverte de la caque eût été toute récente, les sujets de Philippe auraient pu lui demander ce que c'était qu'une *caque*. Or, quelque artifice chronologique que l'on puisse employer pour rapprocher la naissance de Beuckelz de l'ordonnance de Philippe VI, on ne peut pas la reculer plus loin qu'en 1340; veut-on même y ajouter dix autres années (et ici j'enchéris sur M. Noël), cet inventeur n'aurait eu que sept ans quand le hareng, armé de sa caque, serait sorti de son cerveau ; poussons enfin la libéralité jusqu'à le faire naître en 1320 : un enfant de dix-sept ans aurait-il imaginé une opération vétilleuse qui suppose l'expérience, et cette manipulation découverte en 1337, serait-elle devenue, la même année, si familière à toute l'Europe, qu'un roi de France n'eût eu besoin que de nommer la *caque* pour être entendu de tout le monde ? Voyez donc le Recueil des ordonnances de nos rois, tome II, page 319, 424; tome XII, page 41, et convenez qu'on ne publie pas des ordonnances sur des procédés industriels qui ne sont pas encore inventés.

Terrassés par la chronologie, les usurpateurs de la gloire harengère, évoquent l'ombre de Charles-Quint pour l'opposer à l'un de nos rois mort deux siècles auparavant. Le rival de François Ier, étant en Flandre, alla réellement visiter la tombe de Beuckelz, le 30 août 1556. On insinue même que cet empereur ennoblit Beuckelz *cent cinquante-neuf ans après sa mort*, et que deux petits *couteaux à caquer* ont été les armoiries de cet inventeur; on fait encore valoir, comme preuve de la découverte, le hareng de ferblanc qui sert de girouette au clocher de Biervliet. M. Noël répond à tout cela d'une manière aussi agréable que positive. Expédions d'abord le hareng de ferblanc. Il n'est pas étonnant que ce poisson ait obtenu l'honneur d'être élevé sur le pinacle dans un pays où la caque est une mine d'or; cet emblème de la prospérité nationale ne prouve rien en faveur de Biervliet en particulier, puisque M. Noël a vu des

harengs-girouettes sur des tours d'Amsterdam,
de Hoorn, et d'Enckhysen. Les petits couteaux à
caquer dont on fait des armoiries, ne sont pas
plus concluans, sans quoi nous serions obligés de
regarder comme nobles tous les maçons sur le tombeau desquels on a sculpté *une équerre et un com-*
pas, symbole de leur profession ; d'ailleurs, aucun nobiliaire ne porte le nom de Beuckelz : il
est sans exemple, dit M. Noël, qu'une chancel-
lerie ait expédié à un mort des lettres de noblesse,
et les morts ne sont pas dans l'usage de prêter
serment de fidélité aux princes. Ajoutons enfin
que Charles-Quint n'a point fait élever de tombeau à Beuckelz, comme on le dit faussement, et
que la tombe primitive sur laquelle on prétend
avoir vu les petits couteaux, n'existe plus aujour-
d'hui. Il ne reste donc de vrai que la visite de l'empereur ; mais il faut être bien aveugle pour ne pas
voir un trait de politique dans cet hommage ; quel
que fût l'inventeur de l'heureuse caque, Charles-
Quint avait trop d'esprit pour aller dire aux Flamands ses sujets : Vous n'avez rien inventé, ce
sont des Français nos ennemis qui ont fait cette
découverte. Mais à quoi sert tout cet étalage ?
Beuckelz eût-il un tombeau de porphyre, sa lignée
ascendante eût-elle été ennoblie jusqu'au déluge,
eût-il obtenu pour armoiries deux couteaux en
champ d'azur, l'ordonnance de 1337 lui enlève
son auréole, ou sa couronne immortelle, comme
s'exprime M. Raepsaet.

Vous croyez sans doute que tout est fini, et que Beuckelz n'a plus rien à prétendre ; mais un savant qui disserte sur la caque ne se rend pas si facilement : quel est d'ailleurs le savant qui avoue ses erreurs ? Condamné par la chronologie, par l'histoire et par le blason, M. Raepsaet se jette dans la philologie ; il prétend que nos mots *caquer*, *pacquer* et *bennes* dérivent évidemment des *kaaken*, *pakken* et *bennen* des Flamands, et il en conclut que ceux qui ont la priorité des noms, ont nécessairement la priorité de la chose.

Ici, je l'avoue, j'aurais été confondu si M. Noël n'était venu à mon secours : ce *kaaken-pakken-bennen* qui ressemble à l'*abracadabra* des cabalistes, m'a fait une telle peur, que M. Raepsaet m'apparaissait comme un grand magicien ; j'allais lui abandonner le hareng-péc, et manger mon pain sec, quand M. Noël a relevé mon courage : « Vous tremblez? m'a-t-il dit. Croyez-vous que je ne sache pas aussi lire dans le grimoire? Je vais vous prouver que je m'y connais mieux que M. Raepsaet, malgré son nom qui inspire le respect. » Il m'apprend donc que, dans les langues d'origine théotisque, le mot *kaaken* a toujours signifié *couper, trancher;* qu'il a été appliqué au hareng caqué, soit parce que l'on ouvre ce poisson pour lui enlever les entrailles, soit parce que l'on scie, en deux parties égales, la tonne ou le baril qui contient les harengs, procédé qui se pratique encore à Paris, et qui est particulier au hareng, car il serait

préjudiciable à l'esturgeon, à la morue et au sau-
mon ; il ajoute que le flamand n'étant pas une
mère-langue, il n'a pas fourni les racines de nos
mots ; que la Flandre faisait, comme la France,
partie du vaste empire de Charlemagne ; que le
théotisque encore assez pur était parlé à la cour
de ce prince ; que le mot *caque* vient de cet idiome,
et que Flamands et Francs ont puisé à une source
commune, sans que le franc ait rien emprunté du
flamand ; il dit encore que les Normands pourraient tout aussi bien revendiquer la propriété primitive de la caque, puisque dans leurs ports on a
toujours nommé *caqueu* le couteau dont on se sert
pour ouvrir les harengs, et *caqueuses* les femmes
qui se servent de ce couteau. Les Danois, dit-il
enfin, ont introduit dans leur langue les mots
frange, *alcove*, *falbala*, *corniche*, etc... et ils ne
prétendent pas que les Français les leur aient empruntés.

Le mot *pakken* n'appartient pas plus en propre au Flamand que le mot *kakken*. Selon le glossaire de Wachter, et le dictionnaire étymologique
de l'ancien Teuton, publié par Kilianus, *pakken*
a signifié dans cette langue-mère *assembler, serrer*.
Les Flamands l'ont pris tel qu'il était, et les
Français, changeant la terminaison tudesque, en
ont fait les mots *paquet*, *paqueter*, *empaque-
ter*, etc.... Il est très-vraisemblable que *pacotille* a
la même origine. Ainsi M. Raepsaet nous fait un
véritable *paquet*, quand il dit que nous avons

été chercher le *pakken* chez les pêcheurs flamands.

Il ne reste plus que le mot *bennen* ou *benne*, que notre antagoniste regarde comme un panier à poisson, et comme un plagiat fait par les Français sur les disciples de Beuckelz. Ici l'erreur est si grossière, que pour la démontrer, il suffit de citer le Glossaire de Ducange et la Chronique de Flandre, que M. Raepsaet aurait dû consulter avant de nous disputer l'immortelle couronne de la caque. Ducange dit au mot *benne* que c'est *une charrette*, ainsi nommée en vieux français, avec les terminaisons vulgaires de *beneau* ou *benneau*. On lit dans la Chronique de Flandre cette phrase également décisive : *Hæc omnia*, VEHICULO, *quod vulgò* BENNA *dicetur, imposuit*. La *benne* n'est donc pas un panier, mais *vehiculum*, une charrette, et dans la Franche-Comté, le peuple dit encore aujourd'hui *une benne de charbon* pour signifier une voiture à deux roues et revêtue d'osier, chargée de ce combustible. Voilà donc le *kaaken-pakken-bennen* dépouillé de toute sa magie, et maintenant que ma peur est dissipée, je me permettrai cette dernière réflexion.

Il semble que toute l'Europe soit conjurée contre notre gloire ; savans, gens de lettres, artistes, se déchaînent contre nous. L'un veut briser les statues de nos Corneille et de nos Racine pour poser sur leurs piédestaux celles de Shakespeare et de Caldéron. Un autre, armé d'un énorme trombone,

méprise la *petite musique* de nos Grétry; un troisième, à genoux devant les buveurs de bierre et
les fumeurs de Téniers, se moque de notre école
française; s'ils ne contestent point la bravoure de
nos soldats, c'est qu'ils ne peuvent l'avoir oubliée,
et, lorsque d'un grand naufrage, le brave M. Noël
veut nous sauver un malheureux hareng, voilà un
M. Raepsaet qui s'arme de pied en cap, nous arrache cette petite bête, et veut la dévorer. Il faut
être bien pauvre ou bien affamé de gloire pour
nous disputer un hareng-pec! heureusement nous
avons un défenseur: M. Noël ne craint ni le pakken ni le kaaken, ni les caquets des académiciens
belges; il prouve que nos rois levaient des droits
sur la *caque*, avant que ce mot fût introduit dans
la langue flamande; il démontre que du temps
d'Edouard Ier, les Anglais avaient leur *pickle-
herring*, et que par conséquent le mot *pickle* n'est
pas une corruption du nom de Beuckelz qui n'était
pas encore né. Cessez de lutter contre un tel adver-
saire; il confondra toutes vos prétentions; il mon-
tera sur le plus haut de nos clochers, non pour y
placer un hareng de ferblanc, mais pour vous crier
d'une voix de Stentor : « Messieurs, nous avons
caqué avant vous, et nous caquerons encore après
vous. »

PROJET

POUR TRANSFORMER LA PLAINE DE GRENELLE EN UNE NAUMACHIE QUI SERVIRAIT A L'INSTRUCTION DE L'ÉCOLE POLYTECHNIQUE;

Précédé de quelques observations sur l'état de la marine française en 1811, et sur la possibilité de construire un port à Paris, en rendant la Seine navigable, etc.;

Par M. Naudy PERRONET.

JE ne suis pas encore bien certain que notre siècle soit celui des lumières, mais il est bien certainement celui des merveilles; et quoique la plupart de ces merveilles n'aient encore existé qu'en projets, l'audace des inventeurs, l'étendue gigantesque de leurs conceptions, leur mépris pour tous les obstacles, et l'assurance avec laquelle ils présentent comme des êtres réels tous les fantômes créés par leur imagination, indiquent dans les esprits une singulière exaltation qui doit produire, ou de véritables prodiges, ou des folies bien dispendieuses et bien ridicules.

En 1809, les journaux nous ont entretenus fort long-temps de la possibilité, que dis-je? de la *facilité* de conduire une armée de cent mille hommes *par terre*, jusque dans le Bengale. On nous faisait observer que la route directe n'était guère que de dix-neuf cents lieues, distance qu'à la vérité il faudrait allonger d'un tiers ou d'un quart pour éviter les déserts; et l'on proposait sérieusement une expédition de ce genre.

Dans les deux années suivantes, les habitans de Paris ont pu voir sur le quai de Chaillot des militaires que l'on exerçait *à marcher sur l'eau*, au moyen d'un scaphandre en forme de cuirasse, qui permettait à l'homme de se tenir debout, quoique plongé des deux tiers de sa hauteur, et d'avancer au moyen de deux petites rames qui ne ressemblaient pas mal à des battoirs de blanchisseuses. Quel eût été l'étonnement des habitans du comté de Kent ou de Sussex, s'ils avaient vu arriver une armée qui n'aurait eu besoin ni de vaisseaux, ni de bateaux à vapeur, pour assaillir leurs rivages! Voilà des hommes poissons; nous allons voir des hommes oiseaux.

A la même époque on publia le projet très-sérieux (et je l'ai lu) de transporter en Angleterre une armée formidable, avec toutes ses munitions, par le moyen d'une multitude d'aérostats. Tout était calculé; il fallait tant de pieds cubes de gaz pour un régiment, tant pour les chevaux, tant pour les canons, et pourvu que le vent de sud-est voulût être constant seulement pendant huit, dix ou douze heures, selon les différentes distances du point de départ, l'Angleterre expiait

tous ses crimes, et le trident de Neptune échappait
de ses mains.

En 1812, M. Perronet, auteur du projet de
naumachie que j'annonce aujourd'hui, fit hommage à Napoléon d'un projet beaucoup plus merveilleux, qui avait été conçu dès l'année 1805 ; il
consistait dans la construction d'un *chemin sous-
marin* pour aller de Calais à Douvres. Comme
M. Perronet ne s'explique pas davantage, son chemin sous-marin me jette dans l'embarras : s'agit-
il de niveler le fond de la mer au Pas-de-Calais,
et d'y faire marcher des hommes qui auraient
quelques centaines de pieds d'eau sur la tête, se
lesteraient de quelques livres de plomb pour contre-
balancer le poids du liquide qu'ils déplaceraient,
et qui pourraient respirer l'air atmosphérique par
des tubes flexibles dont des tablettes de liége tien-
draient constamment l'extrémité supérieure à la
surface de la mer ? Cela serait fort beau sans doute,
mais peut-être n'est-ce pas cela. Est-il question
dans le projet de maisons roulantes, qu'une mécanique ferait avancer, qu'un lest énorme ferait
plonger à fond, qui seraient imperméables à
l'eau, et dont la capacité serait calculée de manière que les hommes renfermés dans ces boëtes
mobiles n'absorbassent pas, par la respiration et
pendant le trajet, tout l'oxigène de l'air contenu
dans ces grands coffres ? Cela serait encore plus
beau ou plus fou. Mais peut-être s'agit-il tout simplement de construire un pont sous la mer, comme

on en projette un sous la Tamise. Cela serait un peu moins admirable; et cependant il faut convenir qu'une voûte souterraine et sous-marine tout à la fois, de sept lieues de longueur et large d'une centaine de pieds seulement, serait encore un assez beau morceau d'architecture romantique. Quoiqu'il en soit, Napoléon eut la patience de lire le projet, et répondit à l'auteur :« L'idée est bonne, et l'intention excellente; mais il faut que cela passe par les mains de maîtres expérimentés. » Oh! certainement, Buonaparte était de bonne humeur ce jour-là.

Mais, sans énumérer tous les miracles du grand siècle, bornons-nous à la vaste naumachie de M. Perronet. Il faut d'abord rendre à l'auteur cette justice qu'il a tout attendu de son génie, et qu'il a dédaigné la faveur des circonstances. C'est dans le moment où la plaine de Grenelle se couvre de maisons, et va devenir, non pas un village, mais une ville élégante, que M. Perronet propose de la submerger, et d'en faire un lac capable de recevoir des vaisseaux marchands et des frégates. On ne m'objectera pas, je l'espère, qu'il n'a point ce dessein, et qu'il se contente de publier son projet de 1811. Je répondrais : A la vérité, c'est bien évidemment à Napoléon qu'il s'adresse dans le chapitre III, page 26, quand il dit : « Ce projet peut paraître extraordinaire et inexécutable à tout autre qu'à V. M.; mais pour exiger de grands travaux, il n'est pas impossible, et votre règne nous apprend que rien n'arrête l'élan du génie secondé par les efforts d'un peuple immense et dévoué. D'ailleurs, je ne l'aurais point conçu sans la *future édification* du palais de la montagne de Chaillot, mais V. M. voulant faire de ce palais un chef-d'œuvre digne du prince qui l'ordonne, je n'ai rien vu qui puisse mieux répondre à sa magnificence que l'exécution d'un immense bassin qui viendrait en baigner les murs, etc...... » Cette *future édification* indique l'époque, ce palais de la montagne de Chaillot est bien certainement le palais du roi de Rome, et jusqu'ici le projet du bassin est celui de 1811. Mais quand, à la page 58, il est toujours question de la naumachie, et quand je lis ces lignes, également claires : « Mes espérances iraient encore plus loin, si S. M., ainsi que *les princes de l'illustre famille des Bourbons* daignaient jeter les yeux sur mon ouvrage...... » Il m'est impossible de supposer que pour plaire à S. M. I. et R., l'auteur lui ait parlé de l'illustre famille des Bourbons ; il est donc incontestable que M. Perronet présente son projet à la majesté de 1825, comme il l'a proposé à la majesté de 1811 ; et, pour dernière conséquence, l'auteur veut noyer la ville naissante de Grenelle, et voir des frégates louvoyer autour du cap d'Auteuil et dans le golfe de Vaugirard.

Habitant de Passy, je prends un vif intérêt au projet de la naumachie ; mais je ne sais si je dois m'en affliger ou m'en réjouir ; quelquefois je m'en effraie et je me dis : « Eh quoi ! je ne verrai plus que de l'eau sur cette vaste surface où j'admire

tant d'objets agréables ; les cent maisons qui ont
fait disparaître les champs et la verdure vont disparaître à leur tour sous les flots de l'Océan ; car
Paris sera un port de mer ; un dur marin jettera
l'ancre sur le sol qui produit ce joli vin d'Auteuil,
digne rival du nectar de Surène ; des frégates
vont courir des bordées sur cette plaine de Boulogne, si célèbre par ses petits pois ; le Point-du-
Jour va s'abîmer dans les flots ; le bois de Boulogne
va perdre la grande corne qu'il allonge entre Auteuil et la porte des Princes ; Auteuil lui-même va
être rogné dans sa partie orientale, et son clocher,
dominant les bords du golfe, servira de phare aux
vaisseaux ; les arbres qui ombragent le joli *chemin
de la Reine* vont se transformer en corvettes, en
bricks, en sloops, en lougres, en chaloupes, en
canots ou en iols ; Sèvres ne communiquera plus
par terre avec la capitale, il n'aura plus de pont,
ni ancien, ni nouveau ; qui le croirait? entre Sèvres
et Meudon sera placé le *port pour le Hâvre*, malgré l'énorme falaise où Bellevue s'étend d'une
manière pittoresque ; le grand promontoire de
Meudon s'élèvera au-dessus de cette nouvelle Méditerranée, comme le cap Sicié au-dessus de la
rade de Toulon, comme Lormont en avant du
port de Bordeaux, comme la côte d'Ingouville au-
dessus du port du Hâvre ; Issy, dont les savans ont
voulu rattacher le nom aux mystères d'Isis, verra
sa montagne coupée à pic, et deviendra, comme
Terracine, *urbs prona in paludes ;* entre Issy et

Vaugirard s'étendra le port de la Loire... Vous riez, je crois; eh bien! vous le verrez; la Loire va venir à Paris; interceptée au Pont-de-Cé, elle se dirigera vers le N. N. E., par une route de soixante-dix lieues, et mêlera ses eaux à celles de la Seine, du canal de l'Ourcq et de la pompe du Gros-Caillou. Les Nantais s'arrangeront comme ils pourront; ils boiront l'eau de l'Erdre, leurs six ponts ne leur coûteront plus d'entretien, et leur île Feydeau se rattachera à la ville, mais, à mon grand regret, je me vois forcé d'adresser un reproche à l'auteur: Pourquoi n'a-t-il pas aussi appelé la Garonne au secours de sa naumachie? La Garonne est de tous les fleuves celui qui convenait le mieux à l'exécution d'un pareil projet. Achevons cependant le circuit de cet immense bassin: après ce port de la Loire, un golfe s'enfoncera dans les profondeurs de Vaugirard, et occupera l'espace qui s'étend depuis le village jusqu'à l'abattoir de Grenelle; la contre-allée occidentale du Champ-de-Mars sera le quai oriental du bassin. On n'ira plus à Saint-Cloud par le bord de l'eau, puisque Passy et Auteuil seront séparés par un golfe; il faudra suivre une nouvelle route qui traversera Chaillot, le palais ci-devant de Rome, Passy, le bois de Boulogne, et aboutira au point où la Seine sortira de la naumachie; là sera construit un pont magnifique sur le rivage de Surène, et qui s'appellera pont de Saint-Cloud.

Ces idées m'inquiétaient beaucoup, car les grands

changemens m'épouvantent, mais en revanche que
de compensations! comme on retranchera la portion de terrain qui me sépare du bord de l'eau,
je pourrai pêcher par ma fenêtre; la Loire m'ap-
portera les sardines, les lamproies et les aloses par
le canal de Vaugirard; les dauphins, les marsouins
et les souffleurs, arriveront par le bois de Meudon, et je les verrai se jouer dans le golfe d'Auteuil; des vaisseaux de toutes les nations du monde
passeront en revue devant moi; les vaisseaux hollandais, à proue large, déposeront les harengs
pecs à ma porte, et je verrai les matelots anglais
boire *la goutte* à la barrière des Bons-Hommes.
Pour obtenir de pareilles jouissances, il faut bien
souffrir quelque chose; ainsi ne chicanons point
M. Perronet sur sa naumachie, et faisons des
vœux pour qu'il n'emploie pas plus d'un siècle à
la construire.

De quelle dimension sera ce bassin? L'auteur
ayant, par négligence ou à dessein, présenté un
plan sans échelle, il m'a fallu recourir à l'artifice
pour estimer à peu près la surface de sa naumachie. Le Champ-de-Mars étant représenté sur le
plan lithographié, il m'a servi d'échelle propor-
tionnelle pour mesurer tout le bassin. Ainsi, après
avoir compensé les angles saillans des deux caps
par les angles rentrans des deux golfes, j'ai obtenu
un parallélogramme assez régulier de dix-huit cents
toises de longueur, sur une largeur constante de
huit cents : la naumachie entière présente donc

une surface d'un million quatre cent quarantemille toises carrées; et il est bon de faire observer que la surface du Champ-de-Mars m'était connue *à priori*.

Quels sont les courans d'eau qui alimenteront cette vaste rade, et l'empêcheront de devenir une immense grenouillère et un foyer d'infection? Ici, les raisonnemens de M. Perronet n'ont point la clarté, et j'ose dire la candeur qui brillent dans tout le reste de l'ouvrage. Tantôt il veut que son bassin occupe tout l'espace que j'ai désigné plus haut; tantôt, et comme s'il s'effrayait de cette nouvelle Caspienne, il offre de la réduire, et il en indique les moyens. Ici, je vois la Seine traverser la mer de Grenelle comme le Rhône traverse le lac de Genève; là, il propose de séparer la Seine du bassin par deux longues et fortes murailles qui ne laisseraient communiquer les eaux de la rivière et de la naumachie que par des vannes ou écluses; et pour fournir les eaux nécessaires à un si vaste espace, il n'a d'auxiliaires qu'une dérivation du canal de l'Ourcq et la pompe à feu du Gros-Caillou. J'ai parlé de l'introduction de la Loire; mais l'auteur ne la regardant que comme facultative, et non pas comme une condition *sine quâ non*, il faut bien s'en passer pour emplir le bassin, et le tenir toujours dans la plénitude qu'exige le tirage d'une frégate.

Mais une foule d'objections se présentent, et je vais réduire en dilemmes celles que le bon sens me suggère. De deux choses l'une : ou la Seine se mêlera librement aux eaux de la naumachie, ou elle en sera séparée par les deux murailles projetées et construites sur ses bords. Si elle s'y mêle librement, que deviendra le bassin dans les années de sécheresse, telles que 1803, 1822 et 1825 ? Un filet d'eau du canal de l'Ourcq suffira-t-il pour inonder, à vingt pieds de profondeur, une surface de quatorze cent quarante mille toises carrées ? Vous aurez beau intercepter le cours de la Seine au pont de Saint-Cloud, l'évaporation seule réduirait bientôt votre bassin à une mare insalubre et insuffisante à la navigation. Si, au contraire, la Seine est séquestrée entre deux murailles, que deviendra la naumachie, mot qui signifie *combat naval?* Comment les vaisseaux stationnés sous les hauteurs de Passy et d'Auteuil se porteront-ils vers le cap d'Issy ou le grand golfe de Vaugirard? Il serait beau de voir des frégates attendre la levée d'une écluse pour virer de bord et faire la moindre manœuvre ! Voici maintenant l'autre objection.

Si la Seine est séquestrée, elle n'alimentera le bassin que par intervalles et d'une manière insuffisante ; si elle est libre dans le bassin, à quoi vous serviront les pompes de Chaillot et du Gros-Caillou? Comme ces pompes puisent leurs eaux dans la Seine même, ne serait-il pas plaisant de les voir prendre ces eaux dans la rivière pour les y verser un peu plus bas, avec déperdition de celles qui se seraient réduites en vapeur ? La Seine ne les aurait-elle pas conduites naturellement sans le mécanisme des pompes?

Si je ne me suis point trompé dans mes raisonnemens, il n'y a que la Loire qui puisse venir au secours de M. Perronet; mais il faut prier cette rivière de vouloir bien ramasser et conduire avec elle tous les courans qu'elle rencontrera dans sa route, tels que le Loir, le Cher, etc.; car nous n'aurons jamais trop d'eau pour tenir à flot nos vaisseaux de mer. Si notre bassin est rafraîchi et renouvelé par des eaux courantes, la salubrité n'y perdra rien; mais si la séquestration de la Seine en fait un étang, Paris, situé sous le vent du sudouest de la naumachie, se ressentira bientôt de ce voisinage, et il aura ses marais Pontins.

Il faut cependant supposer que M. Perronet a des réponses toutes prêtes à ces objections et à toutes celles que l'on peut lui faire; car il est intimement convaincu que sa naumachie fournirait à la France des *marins incomparables*; incomparables pour la bravoure, je veux le croire; mais cette qualité inhérente au caractère français ne sera pas un effet de la naumachie; sous tout autre rapport, le bassin de Grenelle serait plutôt une vaste école de natation qu'une école de marine; car enfin, les élèves qui n'auraient que ce gymnase pour s'exercer, ne seraient jamais que des marins d'eau douce; ils ne connaîtraient ni le roulis ni le tangage, ni la mer houleuse ni la mer clapoteuse, ni les bancs, ni les brisans, ni les bas-fonds, ni les

courans ; ils n'auraient besoin ni de sonde ni de
boussole ; s'ils se servaient du loch , ce serait pour
s'amuser, et après dix ans d'école , ils n'auront
pas plus le *pied marin* que les habitans de Paris
qui ont fait le voyage de Saint-Cloud par terre et
par mer.

De cette entreprise gigantesque il ne restera
vraisemblablement que le conseil très - sage de
rendre la Seine navigable, et cette opération, désirable sous tous les rapports , n'a nullement besoin de cette vaste naumachie , ouvrage somp-
tueusement stérile et puéril dans sa grandeur. Je
conçois que des princes chéris , comme le dit l'auteur, qui des fenêtres du palais de Chaillot , pourraient voir des vaisseaux de toutes nations sillonner
la mer de Grenelle , s'amuseraient pendant trois
ou quatre jours d'un spectacle si nouveau, mais il
est plus facile à ces princes d'aller voir la mer à
Cherbourg ou à Brest, que d'amener l'Océan sous
les murs de Chaillot ; ainsi , je pense fermement
que l'isthme de Panama sera percé, et que les mers
Atlantique et Pacifique feront leur jonction , avant
qu'on ne voie des vaisseaux mexicains , péruviens
ou colombiens amarrés aux grilles de notre École-
Militaire.

Quand j'ai parlé de rendre la Seine navigable ,
j'ai emprunté cette expression impropre à M. Perronet, puisque cette rivière est déjà navigable dans
un sens restreint ; mais son cours s'écarte si souvent de la ligne droite qui conduit au Hâvre, que

le Méandre, si célèbre par ses détours, n'offre pas des sinuosités plus nombreuses et plus profondes. Ce n'est donc point par la Seine que l'on peut accélérer le voyage, mais par un canal qui ne communiquerait avec cette rivière que pour lui emprunter ses eaux.

La naumachie de M. Perronet est suivie d'un plan d'organisation pour la garde nationale ; mais dans la crainte que l'auteur ne voulût métamorphoser ces militaires - citoyens en mariniers de la Grenouillère, je n'ai pas lu ce projet. Son livre, au reste, est un monument qu'il est bon de posséder et qui sera curieux quelque jour. Les armées en ballons, les chemins sous-marins, les hommes marchant sur l'eau, le port de mer de Grenelle et les somnambules magnétiques, seront, avec le romantisme, les signes caractéristiques du siècle des lumières.

LA FRANCHE-MAÇONNERIE

RENDUE A SA VÉRITABLE ORIGINE,

ou

L'ANTIQUITÉ DE LA FRANCHE-MAÇONNERIE

PROUVÉE PAR L'EXPLICATION DES MYSTÈRES ANCIENS ET MODERNES;

Par M. Alexandre LENOIR, administrateur du Musée royal des Monu-mens français, etc., etc.

CET ouvrage vient trop tard. Les idées *libérales* qui en sont la substance, l'espèce d'érudition que l'on y remarque, les conséquences très-philosophiques qui en résultent, auraient produit quelque sensation il y a trente ou quarante ans. A cette époque, les opinions hardies ne circulaient encore que dans une certaine classe de la société; mais depuis qu'elles sont devenues vulgaires, depuis que la haute philosophie a été prêchée dans les carrefours, les gens de bon ton l'ont dédaignée, et le peuple lui-même s'en dégoûte, parce qu'il voit qu'il n'y gagne rien. Tout est mode chez nous, jusqu'à la sagesse, et nos modes durent fort peu.

Ce préambule paraît n'avoir rien de commun avec un livre sur la franc-maçonnerie; mais on

verra bientôt que je ne me suis point trompé sur
le but de l'ouvrage.

L'intention apparente de l'auteur est de prouver
que la franche-maçonnerie a son origine dans les
mystères d'Isis, dont elle est une imitation per-
pétuée de siècle en siècle jusqu'au moment présent.
C'est donner aux francs-maçons un assez beau
titre de noblesse ; et si les Égyptiens ont, comme
on le dit, imité leurs pères les Éthiopiens, lesquels
ont copié les Indiens leurs devanciers ; et s'il faut
admettre avec les Brahmes, que Brahma, Brehma
ou Brouma, doit vivre pendant cent ans , dont
chaque jour équivaut à 8,640,000,000 de nos années, et si, par une conséquence du même dogme,
on reconnaît que Wishnou vit pendant cent autres
années, dont chaque jour égale les cent ans de
Brahma, nous devons être un peu honteux de
notre chronologie, et, dût la religion en murmurer, nous serons forcés de convenir qu'Adam, ce
vieillard assez célèbre, n'était vraisemblablement
qu'un très-moderne *vénérable* d'une loge de franc-
maçonnerie ou de franche-maçonnerie, comme
M. Lenoir veut qu'on l'écrive.

Mais ne chicanons pas l'auteur sur l'antiquité ;
quand on sort des temps historiques, on peut accumuler les chiffres tant qu'on le veut, et les hommes qui ont bien de la peine à rapporter exactement
une aventure de quinze jours, sont très-certainement infaillibles quand il s'agit de trois à quatre
mille ans. Laissons-le donc rechercher l'origine de

la franc-maçonnerie dans les souterrains de la grande Pyramide, et comparer les candidats francs-maçons aux initiés de Memphis. Mais que devait faire l'auteur si cette recherche avait été le véritable but de son ouvrage? Le moyen le plus simple et le plus sûr d'arriver à la démonstration était de nous exposer tout ce qui concerne l'ancien culte d'Isis, de nous révéler tout ce qu'on sait de ses mystères, de nous retracer toutes les épreuves de l'initiation, et par une comparaison avec les cérémonies qui s'observent dans la franc-maçonnerie, nous faire juger de la ressemblance qui existe entre cette institution et le culte de la grande déesse.

Cette similitude, cette identité même (en la supposant réelle) n'aurait pas suffi, car une institution très-moderne peut être une servile imitation de l'antiquité; mais alors l'auteur nous aurait démontré (s'il l'avait pu) que les mystères d'Isis se sont perpétués jusqu'à nous en traversant quarante siècles, et que, dégénérant peu à peu, ils ont passé successivement de Thèbes à Memphis, de Memphis à Eleusis, et d'Eleusis à une loge de francs-maçons. Voilà ce me semble ce que M. Lenoir aurait dû faire pour justifier son titre. Voyons maintenant ce qu'il a fait.

On commence à deviner l'intention philosophique de l'auteur en jetant les yeux sur une gravure très-agréable qui décore le frontispice de son livre. Toutes les religions anciennes y sont réunies comme dans un tableau synoptique, et toutes y sont caractérisées de manière à ne pas s'y méprendre : une portion du zodiaque couronne ce panthéon universel, et semble indiquer l'origine de tous ces cultes. C'est en effet ce que M. Lenoir a voulu prouver avant tout ; car, dans les deux premiers tiers de son ouvrage, il est fort peu question de la franc-maçonnerie, qui n'occupe spécialement le dernier tiers que pour fortifier les preuves antécédentes, et pour se confondre avec toutes les religions dans une source commune. Ainsi, en prenant pour des démonstrations les opinions de l'auteur, on ne doutera plus que toutes les doctrines religieuses ne soient des emblêmes plus ou moins ingénieux des phénomènes astronomiques, et l'on reconnaîtra dans le soleil le plus ancien des dieux, qui s'est nommé Mithras, Osiris, Adonaï, Moloch, Wishnou, Ormusd, Apollon, Bacchus, etc., etc., et qui, mieux que la déesse Isis, mérite le nom de *Myrionyme*.

Ce système n'a pas le mérite d'être nouveau. Un grand ouvrage sur l'*Origine des Cultes*, nous l'a déjà développé d'une manière plus méthodique ; et dès long-temps les Fréret, les Boullanger, les d'Argens et d'autres, avaient tenté de détruire la métaphysique des religions pour en montrer le type matériel. Sous ce rapport, M. Lenoir vient donc un peu tard, comme je l'ai dit plus haut ; l'idée même de donner à la franc-maçonnerie une source astronomique ne lui appartient pas exclusivement, et quand elle serait un fruit de son génie, on pourrait opposer à l'auteur des écrivains très-sensés qui assignent à cette institution une origine plus simple, plus moderne, et surtout plus vraisemblable : c'est ce que je me propose de faire quand j'aurai suivi M. Lenoir à travers les signes du zodiaque et les constellations mystérieuses du planisphère égyptien.

Je suis loin de blâmer les considérations philosophiques ; j'admire, comme M. Lenoir, les généreux efforts de l'esprit humain dans la recherche de la vérité, recherche qui durera tant qu'il y aura des hommes ; mais quand une doctrine est universellement répandue, quand elle a été adoptée par des peuples d'un génie très-différent et séparés par d'immenses espaces, quand elle s'est maintenue pendant un grand nombre de siècles, et qu'elle contribue puissamment à resserrer le lien social, il n'est permis de l'attaquer que pour lui substituer l'évidence. L'évidence seule triomphe de tous les dogmes, de toutes les habitudes ; et encore faudrait-il s'assurer que les prétendues vérités du nouveau législateur ne seront pas dangereuses avant de détruire les prétendues erreurs qui étaient utiles.

Si cette restriction déplaît aux philosophes, je leur ferai une concession plus libérale, et j'adopterai la vérité, quelque triste, quelque funeste qu'elle puisse être, pourvu que ce soit bien la vérité. Mais si, en me forçant de douter des opinions reçues, on ne me propose que de nouveaux doutes;

si, à ce qu'on nomme mes préjugés, on ne substitue que des conjectures ; si, en soufflant la faible lumière qui me guide, on me laisse dans les ténèbres ; si enfin, en détruisant le pont dont parle Rousseau, on me fait voir le précipice sans moyens de le franchir, je n'aurai pas de grandes obligations au philosophe qui aura voulu m'éclairer ; et à toutes les vanités qu'il m'aura fait reconnaître, j'ajouterai la vanité de la philosophie.

Et je ne suppose encore ici que des doutes, que des conjectures plus ou moins vraisemblables ; mais quel sera mon étonnement ? comment caractériserai-je la témérité de l'auteur, lorsque, dans l'écrit éminemment philosophique et savant qui m'a promis la vérité, je trouverai de grossières erreurs en géographie, en astronomie, en physique, et lorsqu'en rapportant divers passages des poètes ou des philosophes anciens, le faiseur de systèmes les traduira de manière à me faire douter s'il a pu les comprendre ? N'ayant pas grande confiance en mon érudition, je nose affirmer que ces reproches puissent s'appliquer à M. Lenoir ; mais je vais mettre le lecteur en état de juger s'il les mérite.

Parmi les gravures qui ornent cet in-quarto, et que l'on doit à M. Moreau le jeune, on distingue une procession en l'honneur d'Isis, qui forme un tableau charmant. Dans l'explication de cette planche, M. Lenoir dit que la scène se passe *dans une vaste plaine que traverse le Nil, que l'on aperçoit de loin la celèbre ville aux cent portes*, et plus loin encore, *les montagnes bienfaisantes de l'Abyssinie*, qui versent dans le Nil le surplus des eaux qui les fécondent. Oh! certes, il fallait que les habitans de Thèbes eussent de bons yeux pour apercevoir ces montagnes bienfaisantes : elles sont au moins à deux cent cinquante lieues de Thèbes, s'il est ici question du Nil de Bruce, et à plus de trois cents lieues s'il s'agit du Bahr-el-Abiad, ou du vrai Nil. Diodore de Sicile, qui rapporte diverses opinions sur les inondations périodiques de ce fleuve, admet à la vérité celle d'Agatharchides de Gnide, et ce philosophe les attribuait aux pluies continuelles qui tombent sur les montagnes d'Ethiopie depuis le solstice d'été jusqu'à l'équinoxe d'automne. Euripide dit, au contraire, qu'elles sont dues à la fonte des neiges dans les montagnes de la Lybie ; mais quelle que soit la cause de ce phénomène, je ne puis m'empêcher d'envier la bonne vue des Egyptiens, chez qui l'ophtalmie était si commune, et qui voyaient cependant les bienfaisantes montagnes à une si énorme distance.

L'astronomie de M. Lenoir ne m'a pas moins embarrassé que sa géographie. Voici ce qu'il dit dans la description de la grande pyramide : « Le » monument était combiné de manière qu'à midi, » à l'équinoxe du printemps, comme à l'équinoxe » d'automne, le soleil, porté au zénith du ciel, » paraissait cependant se poser au sommet de la

» pyramide comme sur un piédestal, et que la
» lune, à minuit, venait au rendez-vous, et pre-
» nait la place de son époux. » Ne semble-t-il pas,
d'après cette explication, que Memphis et la grande
pyramide soient situés sous l'équateur? Voilà cependant ce qu'il faudrait admettre pour que le
soleil parût se poser sur cette pyramide comme
sur un piédestal. L'illusion serait plus naturelle si
M. Lenoir parlait du solstice d'été, parce qu'alors
le soleil, décrivant le cercle du tropique, n'était
incliné au zénith de Memphis que de six degrés et
demi; mais à l'équinoxe, cette inclinaison étant
de près de trente degrés, ou de sept cent cinquante
lieues, il est un peu extraordinaire de placer le
piédestal si loin de la statue. Bornons-nous donc
à dire que les faces de la pyramide étaient assez
inclinées pour que les rayons solaires pussent
éclairer même le côté septentrional, et voilà tout
le miracle de cette *sublime conception*. Quant à la
lune, je ne puis deviner pourquoi elle était si fidèle
au rendez-vous. Il faudrait supposer que la lune
passe toujours à minuit au méridien dans les jours
d'équinoxe; ce qui doit être fort rare, et ce qui,
par exemple, n'arrivera pas cette année. Il faudrait
encore que sa *déclinaison* lui permît de se placer
sur ce beau piédestal; et la lune *astrum pervi-
cax*, n'était pas si docile aux ordres des prêtres
égyptiens, que M. Lenoir voudrait nous le persuader.

L'auteur n'est pas plus heureux quand il traduit

les passages qu'il cite. Qui croirait, par exemple, que dans ce vers de Virgile,

Par levibus ventis volucrique simillima somno ,

M. Lenoir ait vu des oiseaux ?

Tout cela sans doute ne prouve rien contre son système, et surtout contre la franc-maçonnerie ; mais de pareilles erreurs en font nécessairement supposer d'autres, et diminuent beaucoup la confiance du lecteur, quelque goût qu'il ait pour les spéculations philosophiques.

J'ai dit que M. Lenoir faisait remonter l'origine de la franc-maçonnerie jusqu'aux mystères d'Isis. Ainsi les francs-maçons, qui se disent les successeurs des Templiers et des Rose-Croix, sont bien plus nobles qu'ils ne le pensent, et doivent rendre grâce à l'auteur qui leur accorde trois ou quatre mille ans d'antiquité, lorsqu'ils osent à peine fixer l'origine de leur institution au temps des Croisades, et placer leur berceau dans le triste moyen âge, période tant soit peu barbare, où il serait fort étonnant que l'on eût *reçu la lumière.*

Tout ce qu'on sait des initiations aux mystères d'Isis se borne aux épreuves qu'on faisait subir aux initiés. Le secret des prêtres est resté impénétrable, soit dans l'Egypte, soit dans la Grèce. Apulée, qui décrit ses épreuves, ne rapporte, dit-il, *que ce qu'il peut révéler sans crime.* Que l'on attribue la religieuse observation du secret à la terreur, à la persuasion ou au fanatisme, il est certain qu'il n'a

jamais été connu, et les prêtres ont toujours su en-
velopper leur doctrine d'une telle obscurité, qu'elle
était inaccessible aux regards des profanes. Puisque
les épreuves pouvaient se révéler sans crime, comme
le dit Apulée, il est évident que ces épreuves n'a-
vaient rien de commun avec la doctrine ; car les
prêtres n'auraient pas été assez maladroits pour
en permettre la publicité : on peut en conclure, au
contraire, que cette révélation était plus propre à
tromper les curieux qu'à les éclairer, puisque
les prêtres ne la défendaient point. Comment
donc, après trente ou quarante siècles, M. Lenoir serait-il parvenu à connaître si parfaitement
ce qui a été un logogriphe indéchiffrable pour
toute l'antiquité, et même pour les contemporains?
Les conséquences qu'il tire des révélations per-
mises, et des récits de quelques initiés, sont nécessairement fausses ; car, je le répète, puisque les
prêtres les permettaient, on peut être assuré que
leur secret n'était pas là. Auraient-ils fait un si
grand crime de l'indiscrétion, auraient-ils infligé
une punition aussi terrible, s'ils avaient fourni eux-
mêmes les moyens de les deviner ? Concluons donc
qu'ils n'ont laissé voir que ce qu'ils voulaient
bien montrer ; et que si leur secret pouvait être
connu aujourd'hui, il l'aurait été depuis long-
temps.

Malgré cette observation, que je crois juste, on
ne peut se dissimuler que l'astronomie n'ait joué
un grand rôle dans la mythologie égyptienne ; mais

il n'est pas prouvé qu'elle en ait été l'unique base;
et même, parmi leurs fables astronomiques, il en
est qui ne semblent pas devoir appartenir à un peuple placé sur les confins de la zone torride. Ce dieu
soleil assassiné par Typhon, sa descente aux enfers,
la nature en deuil, qui pleure la mort du dieu, et qui
se couvre de ténèbres, cette terreur des hommes
et des animaux, etc....., tout cela ne convient guère
au climat d'Egypte. Dans les régions glacées du
Nord, cette fable, au contraire, deviendrait toute
naturelle, et s'expliquerait facilement. Un peuple
placé en dedans du cercle polaire, aux limites de
la terre habitable, verrait en effet le soleil disparaître au solstice d'hiver. L'absence de l'astre bienfaisant pourrait, sans hyperbole, passer pour une
véritable mort, la terre y serait réellement couverte
d'épaisses ténèbres, et la nature en deuil. On pourrait dire sans exagération et sans figure :

..... *Æternam timuerunt sæcula noctem,*

et le soleil se remontant sur l'horizon, rendrait
l'espérance et la joie aux peuples épouvantés : mais,
appliquée à l'Egypte, cette allégorie ne paraît plus
qu'une exagération ridicule. Le soleil, en effet,
dans sa plus grande déclinaison australe, est aussi
élevé sur l'horizon de Thèbes qu'il l'est à Paris au
milieu de septembre ou vers la fin de mars; et au
25 décembre il répand sur l'Egypte plus de chaleur
et de clarté que nous n'en éprouvons aux premiers
jours du printemps. On serait donc fort embar-

rassé de concilier cette mort du dieu soleil, ce deuil de la nature et cet effroi des peuples, avec la douceur d'un climat où la végétation n'est jamais interrompue, où il pleut si rarement, et où le soleil, même à sa prétendue mort, est encore élevé de plus de 40 degrés au-dessus de l'horizon.

Plusieurs de ces fables s'expliquent d'une manière très-vraisemblable par les phénomènes astronomiques, mais on tombe dans de grandes erreurs quand on veut rendre raison de tout. M. Lenoir nous démontre bien que le soleil prend différens noms selon ses différentes positions relativement au zodiaque; mais n'est-on pas étonné d'apprendre que ce Typhon, ce mauvais génie, ce principe du mal, cet assassin du soleil, n'est que le soleil passant aux signes inférieurs? Ainsi Osiris se serait tué lui-même, et Isis, en vengeant la mort de son époux, aurait puni le soleil d'avoir tué le soleil! Si les prêtres ont gardé le secret sur le sens de cette étrange fable, comment le savons-nous? Et s'ils ont permis qu'on le connût, comment ont-ils pu présenter sous l'odieux emblème de Typhon, ce bienfaisant Osiris, ce dieu de l'Egypte, cet objet de l'amour et de la vénération des peuples?

M. Lenoir, qui a le bonheur de trouver le soleil partout, tandis que souvent il est si rare à Paris, ne voit dans l'Apocalypse qu'un emblême mystérieux des phénomènes astronomiques, et l'exemple de Newton ne l'a point effrayé quand il a conçu l'idée d'expliquer cette énigme. Je lui aurais de

grandes obligations s'il était parvenu à m'y faire
entendre quelque chose, mais après avoir mis dans
mes mains le fil qui doit me guider dans ce labyrinthe, il le rompt tout-à-coup, et je ne sais plus
de quel côté me tourner. Comment, par exemple,
se fait-il que *le troisième sceau*, et le *cheval noir*
indiquent l'équinoxe d'automne et la diminution des
jours, tandis que *le sixième sceau* représente encore
l'équinoxe d'automne, et la diminution des jours?
Une pareille explication me fera-t-elle comprendre
l'Apocalypse?

Il en est de même de la religion juive, où M. Lenoir voit toujours le soleil. Que la substitution de
l'agneau au veau d'or, indique la révolution sidé-
rale par laquelle le soleil établit au printemps son
domicile dans le signe du Bélier, tandis qu'autrefois il commençait cette saison dans le signe du
Taureau, il n'y a rien là qui choque la raison;
mais ne voir que de l'astronomie dans la doctrine
des Hébreux, parce que le grand-prêtre portait
au bas de sa robe trois cent soixante-cinq sonnettes,
n'est-ce pas avoir un peu trop de perspicacité?
Que les cérémonies religieuses, le costume des prêtres, les usages du culte aient eu des rapports avec
l'ordre des saisons et le cours du soleil, cela ne
prouve point du tout que le soleil et les saisons
soient la religion elle-même.

Pour en revenir aux Egyptiens, il n'est pas
exact de dire qu'ils adoraient uniquement le soleil.
L'objet de leur culte était le principe fécondant,

qui se compose de deux élémens distincts, la chaleur et l'humidité, le feu et l'eau, le soleil et le Nil.
Nous savons d'ailleurs que le nom d'Osiris se donnait au Nil comme au soleil ; et le fleuve, en effet,
méritait de partager, avec le grand astre, les honneurs de l'apothéose. Par un phénomène géographique particulier à l'Egypte, le Nil est l'unique
fleuve de cette grande contrée, comme le soleil
est unique dans le ciel : le mystère qui couvrait ses
sources, le périodisme de ses inondations, l'abondance qui en était le résultat, étaient des motifs
suffisans pour l'associer au culte que l'on rendait
au soleil : le Nil sans le soleil eût changé l'Egypte
en un vaste marais ; le soleil sans le Nil eût fait de
l'Egypte une stérile solitude, comme le désert d'el
Houah. Il n'est donc pas étonnant que les Egyptiens
aient eu la même vénération pour ces deux bien-
faiteurs, et qu'ils leur aient donné le même nom.
Dans les nombreuses images qu'ils nous ont lais-
sées, on voit quelquefois *le soleil porté sur une
barque*, emblème simple et ingénieux des deux
principes de fécondité, et qui vaut bien le char
d'Apollon.

Voici une fable égyptienne où Osiris n'est autre
chose que le Nil, et M. Lenoir, qui la connaît sans
doute, n'a eu garde d'en parler, parce qu'il n'y est
pas question du soleil :

» Osiris, dit-on, avait toujours été fidèle à Isis;
» mais un jour il conçut des désirs pour Nephtys,
» la femme de Typhon : il la séduisit, et une cou-

» ronne de lotus, qu'il oublia sur la couche, tra-
» hit le secret de ses amours et révéla l'adultère. »
Explication : Osiris, ou le Nil, s'était toujours contenu dans de certaines limites que ses inondations
ne franchissaient jamais ; mais une fois la crue des
eaux fut si extraordinaire, qu'elles se répandirent
jusque dans le désert de Nephtys (plaine aride),
épouse de Typhon (vent roux) ; elles y portèrent,
et y firent germer les semences de lotus, dont
l'existence dans le désert attesta, par la suite, le phénomène de cette inondation. Si toutes les explications des mythes anciens étaient aussi vraisemblables que celle-ci, le scepticisme le plus opiniâtre
en serait un peu ébranlé.

Jablonski, qui a tant étudié la mythologie égyptienne, et dont M. Lenoir ne parle pas non plus,
donne aussi dans son *Pantheon egyptiacum*, des
explications qu'il fonde sur des étymologies, et
dont plusieurs n'ont aucun rapport au mouvement
des astres : le fameux Sérapis, par exemple, dans
lequel M. Lenoir voit encore le soleil, ne serait qu'un
instrument destiné à mesurer la hauteur des eaux
du Nil, ou autrement le Nilomètre des Grecs, le
Mokias des Arabes. Son nom, dit le savant que
j'ai cité, est formé des deux mots *Sari-Api*, qui
signifient *colonne-mesure*. Sa hauteur était de
seize coudées, et le boisseau qu'il portait sur la
tête indiquait l'abondance, quand les eaux s'élevaient assez pour le remplir. Ce terrible Typhon,
cet assassin du soleil, dont M. Lenoir fait le soleil,

même, ne serait, selon son étymologie *Teu-phon* (vent roux), que ce vent qui est encore un fléau de l'Egypte, et qui obscurcit le soleil par les tourbillons de sable qu'il élève et qu'il soutient à une grande hauteur dans les airs.

M. Lenoir voit le soleil partout : Wishnou, Brahma, Osiris, Adonaï, Jupiter, Apollon, Bacchus. Séraphis, Typhon même, ne sont que le soleil ; Ixion attaché à une roue, et condamné à tourner éternellement, est encore le soleil qui a osé couvrir la vierge de ses feux ; et sans doute il voit aussi le soleil dans l'Argus aux cent yeux, chargé de garder la vache Io, dont les cornes simulent le croissant de la lune ; cela serait d'autant plus vraisemblable, que les mythologistes ont donné au soleil le nom de *Polyophtalmos* ou *Multi oculus* comme Eusèbe le dit d'après Diodore. Deux autres législateurs fort respectables sont encore le soleil, selon le savant administrateur du Musée des monumens français, et ici je m'interdirai toute discussion ; mais je ne lui pardonne pas d'avoir placé sous l'influence du zodiaque ce pauvre Mahomet, ce brave homme qui prêchait la foi d'une manière si expéditive, et qui certainement n'était pas un Keppler ou un Galilée. Il disait à ses disciples : « Voilà un livre et un sabre, et vous frapperez avec le sabre ceux qui refuseront de croire au livre. » Dans ce livre il répète sans cesse : *Faites vos ablutions, et payez les décimes* ; cela est fort clair et fort raisonnable, mais cela n'a pas grand rapport avec l'astronomie, et ce n'est point ainsi que M. de Laplace nous a exposé le système du Monde.

Après s'être long-temps égaré dans les espaces imaginaires, et après avoir écrit deux cent vingt pages in-4° de philosophie romantique, M. Lenoir s'occupe enfin de la franc-maçonnerie, qui, selon le titre de l'ouvrage, devait arriver un peu plus tôt. L'auteur compare les épreuves auxquelles on soumet les récipiendaires franc-maçons, à celles que l'on faisait subir aux initiés. Je ne le suivrai pas dans ce nouveau dédale, où je courrais le risque d'être brûlé vif, noyé ou suffoqué par le vent, et je me contenterai de répéter à M. Lenoir que la ressemblance entre deux choses dont l'une est antique et l'autre moderne, ne donne pas le droit d'en conclure l'identité, et qu'il peut très-bien y avoir imitation de formes, sans que cette similitude prouve la continuité. J'en tire même une conséquence toute contraire; car plus la ressemblance est complète, moins il est supposable qu'une doctrine ait traversé si grand nombre de siècles, voyagé par tant de contrées, passé par tant de langues et tant de peuples, sans avoir éprouvé la plus légère altération. J'évite donc prudemment les terribles épreuves de l'air, de l'eau et du feu, et j'arrive sain et sauf au temple de Salomon, où M. Lenoir va m'expliquer la fameuse allégorie du *maître Hiram assassiné*, cette grande énigme maçonnique.

Tout le monde sait que maître Hiram, surin-

tendant des bâtimens de Salomon, divisa les ouvriers en trois classes, savoir : les *apprentis*, les
compagnons et les *maîtres*; et chacune de ces
classes avait un *mot de passe* différent. Trois perfides compagnons, voulant avoir, de gré ou de
force, le mot de maître, profitèrent un jour du
moment où tout le monde était sorti du temple, et
se placèrent, l'un à la porte de l'Occident, l'autre
à celle du Nord, et le troisième à celle de l'Orient.
Hiram s'étant présenté à la première , le scélérat n° 1 (car ces traîtres ne sont pas nommés),
lui demanda le mot de maître, et sur le refus
d'Hiram, il lui déchargea un coup de *rouleau*
sur la tête. Le surintendant veut fuir par la porte
du Nord, et le scélérat n° 2, après les mêmes cérémonies, lui porta un coup de *maillet* sur l'épaule;
Hiram court enfin à la porte de l'Orient, et le
troisième scélérat fait la même demande, reçoit le
même refus, et terrasse le respectable maître d'un
coup de *levier* sur la poitrine. Salomon envoya
neuf *maîtres expérimentés* à la recherche d'Hiram,
et après sept jours d'exploration, l'un de ces maîtres découvrit le cadavre. Voici maintenant l'explication astronomique de cette allégorie, qui est,
dit M. Lenoir, un roman complet :

« . . . . Hiram se présente à la porte de l'Occi-
» dent pour sortir du temple; c'est précisément
» ce que fait le soleil : car si je suppose cet astre
» prenant son domicile dans le signe du *Bélier*,
» le premier jour du printemps; le dernier jour de

» sou triomphe, au solstice d'été, ou la veille de
» sa mort, qui a lieu dans la *Balance*, il descend
» à l'horizon par la porte de l'Occident; et si alors
» j'examine la position que le Bélier prend à l'O-
» rient, je verrai près de lui le grand Orion, le
» bras levé, tenant une massue, dans l'attitude de
» frapper. Au Nord, je verrai Persée, une arme
» à la main, et dans l'attitude d'un homme prêt à
» faire un mauvais coup. Je le répète, l'assassinat
» d'Hiram, pris dans le style figuré ou allégori-
» que, est comme la passion d'Osiris, comme
» celle d'Adonis, etc., etc. ».... « Le ciel nous fait
» voir aussi les *neuf maîtres* qui vont à la recher-
» che de son corps. » Je dirai, pour abréger, que
les *neuf maîtres* sont, selon M. Lenoir, Persée,
Phaéton, Orion, Céphée, Hercule, le Booté, le
Centaure, le Serpentaire et le Scorpion.

Je ne chicanerai pas l'auteur sur le *dernier jour
du triomphe* du soleil *au solstice* d'été, et sur *la
veille de sa mort dans la Balance*, époques qui
sont à trois mois de distance, et où le ciel présente
un aspect tout différent; mais je lui demanderai si
Persée, fils de Jupiter, et le fameux Orion, qui a
eu trois pères et n'a pas eu de mère, étaient des
personnages égyptiens, et s'ils figuraient dans le
planisphère de ce peuple : c'est ce qu'il faut d'a-
bord prouver, si la franc-maçonnerie dérive des
mystères d'Isis. Il voudra bien ensuite m'expliquer
pourquoi il ne place que deux assassins dans le
ciel, tandis qu'il y en a trois dans le temple. Il

faut supposer que le *Grand-Chien* qui suit toujours Orion, était le troisième scélérat, et qu'il
mordait les jambes d'Hiram quand Persée faisait
le *mauvais coup*. Et que l'on ne rie pas de la tri-
vialité de mon observation : si M. Lenoir peut
compter le Scorpion parmi les maîtres qui vont
à la recherche du corps, je puis bien placer un
chien parmi les meurtriers. Quand l'auteur aura
résolu ces petites difficultés, il faudra encore qu'il
nous apprenne comment les assassins Orion et
Persée se trouvent parmi les neuf maîtres qui vont
à la recherche d'Hiram. N'est-il pas bien singulier
que M. Lenoir en fasse d'abord deux *perfides
compagnons* qui assomment leur maître, et ensuite deux *maîtres expérimentés* qui le cherchent?
Et voilà ce qu'on appelle des preuves ! Et voilà ce
que l'on nomme de la philosophie ! Et voilà comment on fait des contes pour expliquer des fables !

Voici sur l'origine de la franc-maçonnerie une
opinion bien différente de celle de M. Lenoir : nous
n'y verrons plus de merveilleux, nous n'irons pas
fouiller sous les fondemens de la grande pyramide,
nous ne ferons pas un procès criminel aux Orion
et aux Persée, mais nous présenterons au lecteur
des probabilités appuyées sur des faits, et des conjectures dont la vraisemblance est très-voisine de
la démonstration.

La franc-maçonnerie est née en Angleterre;
non qu'il y eût dans ce pays une corporation de
maçons franche et privilégiée, mais les Anglais qui,

de très-bonne heure, avaient parcouru l'Italie et la
Grèce, voulurent transporter dans leur patrie les
arts dont ils admiraient les chefs-d'œuvre dans leurs
voyages. Ils appelèrent donc en Angleterre des architectes, des maçons, des tailleurs de pierre et
des charpentiers, auxquels ils promirent de grands
avantages. Ces artistes et ces ouvriers ignorant les
lois et la langue anglaises, on leur permit de se
donner une espèce de constitution. Des ouvriers
anglais, jaloux de jouir des mêmes priviléges et des
franchises, se réunirent aux artisans étrangers.
Cette corporation étant devenue considérable, on
lui accorda la faculté de se choisir des surveillans
pour maintenir la police dans leurs assemblées qui
se nommaient loges, et la grande loge eut le droit
d'élire un grand-maître, qui néanmoins devait être
confirmé par le roi. Les frais qu'il fallait faire pour
la réception éloignèrent de la société un grand
nombre d'ouvriers; mais, en revanche, son utilité
évidente et l'éclat qu'elle répandait engagèrent des
personnes riches et puissantes à s'y faire agréger.
La reine Elisabeth conçut des soupçons contre la
franc-maçonnerie, par cela seul que son sexe l'é-
cartait de la grande-maîtrise; mais Thomas Sack-
ville sauva la société par son éloquence, et fit autant de francs-maçons des officiers-mêmes qui
étaient envoyés pour détruire la franc-maçonnerie.

Jacques Ier fut maçon, puis grand-maître, et
eut pour vicaire le célèbre Inigo Jones, à qui l'Angleterre doit des monumens estimés. L'infortuné

Charles Ier, qui aimait les arts, se fit aussi recevoir franc-maçon, et devint grand-maître. A cette époque, les apprentis, les compagnons et les maîtres avaient déjà leurs catéchismes particuliers, et les emblêmes de leurs tapis étaient le compas, l'équerre, la planche à tracer, le fil à plomb, la pierre brute et taillée, la truelle, le marteau, le triangle, le quarré, le soleil, la lune et les étoiles.

Jusqu'à la mort de Charles Ier, la franc-maçonnerie ne fut autre chose que la corporation des maçons privilégiés, mais les faveurs et la protection que le roi lui avait toujours accordées avaient inspiré à tous les frères un grand attachement pour le monarque. Il n'est donc pas étonnant qu'au 30 janvier 1649, les loges fussent remplies d'hommes qui détestaient le crime de Cromwell, qui songeaient à venger la royauté, et conspiraient pour la rétablir. Le secret de leurs assemblées n'était pas un motif de soupçon, puisqu'elles s'étaient toujours tenues à huis clos, et le banquet qui les terminait n'offrait rien qui pût alarmer la tyrannie. Les membres qui connaissaient réciproquement leurs opinions politiques formèrent une société plus intime, et se rassemblèrent même à l'insu des autres. Cette nouvelle société, très-différente de la franc-maçonnerie primitive, quoiqu'elle en fît partie, conserva les mêmes emblêmes, auxquels on donna un nouveau sens, adapté aux circonstances, et l'on y ajouta l'analogie du *maître Hiram assassiné*, dont il n'avait encore été question

dans aucune loge. Cette explication, ce me semble,
est un peu plus vraisemblable que le soleil assassiné par Persée, et à la recherche duquel on
envoie l'assassin même, accompagné d'un scorpion.

Sous Charles II, la société secrète et conspira-
trice n'avant plus d'objet, se fondit dans la franc-
maçonnerie générale qui s'affaiblit peu à peu et fut
près de se dissoudre, et la grande-maîtrise resta
vacante depuis 1708 jusqu'en 1717. Mais en 1718,
sous le règne de Georges Ier, les assemblées repri-
rent faveur, et la Société, qui avait été réduite à
quatre loges, en comptait déjà vingt-six en 1723.

Il est vrai qu'Anderson a voulu prouver l'antiquité de la franc-maçonnerie, mais ses raisonnemens n'ont convaincu personne. On sait seulement
que cette Société existait déjà pendant les querelles
des maisons d'Yorck et de Lancastre : la preuve
en est consignée dans un vieux document que Locke
trouva dans la bibliothèque Bodléienne. Quant à
l'opinion qui place le berceau de la franc-maçonnerie dans la Palestine, au temps des croisades,
c'est un roman imaginé par Ramsay, et dont Anderson lui-même a fait sentir le ridicule.

Les hauts grades écossais ont été inventés en
France par les seigneurs écossais et anglais qui
avaient suivi le prétendant et qui s'étaient attachés
à sa fortune. Les Français, quelques années plus
tard, introduisirent encore de nouveaux grades
dans la franc-maçonnerie, mais ils n'ont jamais

'9.

été, et vraisemblablement ne seront jamais reconnus en Angleterre.

Ce que je viens d'exposer sous les yeux du lecteur,
ne m'a coûté ni efforts d'imagination, ni recherches
pénibles ; je n'ai presque fait que copier un écrit
assez peu connu en France, quoiqu'il y ait été traduit et imprimé ; mais la nécessité d'être court m'en
a fait retrancher une foule de détails qui ajoute-
raient à la conviction. Ceux qui désirent de plus
amples éclaircissemens, peuvent consulter les *Ar-*
chives littéraires de l'Europe, janvier 1805, ou la
Gazette générale de Littérature qui s'imprime à
Halle, nos 301 et 302.

Cette origine de la franc-maçonnerie est sans
doute moins brillante que celle de M. Lenoir; mais,
à défaut d'érudition et de philosophie, on y trouve
le sens commun, qualité plus rare qu'on ne pense,
et qu'on n'estime pas ce qu'elle vaut.

LES MISÈRES DE LA VIE HUMAINE,

Ou les gémissemens et soupirs exhalés au milieu des fêtes, des spectacles, des bals et des concerts, des amusemens de la campagne,
des plaisirs de la table, de la chasse, de la pêche et du jeu, des délices du bain, des récréations de la lecture, des agrémens des voyages,
des jouissances domestiques, de la société du grand monde et du
séjour enchanteur de la capitale; et recueillis par James Beresford,
maître ès-arts, et membre du collège de Merton, de l'université
d'Oxford; traduit de l'anglais sur la huitième édition,

Par T.-P. BERTIN.

AVANT d'entrer en matière, j'invite le lecteur
à réfléchir sur ce titre, qui n'est pas la partie la
moins bizarre du livre qu'il annonce. Qu'on se
fasse, si l'on peut, une idée des misères de la vie
humaine, éprouvées dans les fêtes et les jeux; des
gémissemens et soupirs exhalés au milieu de tout
ce qu'il y a d'agréable dans la vie. On va croire
sans doute que c'est quelque philosophe chagrin
qui s'afflige de tout ce qui amuse les hommes, quelque Héraclite qui pleure sans cesse sur la frivolité
et l'aveuglement du genre humain : sous ce point
de vue, l'on pourrait espérer un ouvrage très-phi-
losophique, très-moral, et même très-chrétien ;
mais il n'y a rien de tout cela. Ce sont les acteurs
eux-mêmes, des fêtes, des bals, des divertissemens,

qui éprouvent les misères de la vie humaine ; ce
sont les convives qui gémissent au milieu des fes-
tins les plus gais ; ce sont les gens du monde qui
exhalent des soupirs parmi les jouissances domestiques, et dans le tourbillon enchanteur de la capitale. Ceci devient une énigme : il faut l'expliquer;
mais je me sens plus pressé encore de faire une
réflexion que je crois utile sur le genre étrange,
sur la forme bizarre, et sur les singuliers détails
de cette production britannique.

On ne fait plus rien de neuf, s'écrie le vulgaire
des lecteurs! Nous voulons du neuf! donnez-nous
du neuf! répètent les prétendus connaisseurs en
littérature; et cependant les gens d'esprit et de goût
se contentent de dire : Donnez-nous du bon. Mais
que veulent ces hommes qui demandent du nouveau, et qui cherchent les bons livres chez les marchands de *nouveautés?* Quelle est l'espèce de neuf
qu'ils désirent; et quand ils crient : Donnez-nous du
nouveau, ne veulent-ils pas nous faire croire qu'il
n'y a plus rien de nouveau pour eux sous le soleil?
Je rencontre tous les jours des gens pour qui les
bons ouvrages de nos bons écrivains seraient absolument nouveaux ; et ce sont précisément ces
hommes qui se plaignent de ce qu'il ne paraît plus
rien de neuf en littérature. Quand on pense à nos
immenses richesses littéraires, quand on se représente l'énorme quantité de volumes que forment
tous les ouvrages admirables ou bons, agréables
ou utiles, curieux ou instructifs, intéressans ou

seulement amusans, on est bien certain que la lecture complète de tout ce qui est bon à lire, excéderait plus de quatre fois la plus longue vie de l'homme le plus studieux. Personne n'est donc fondé à se plaindre de la disette en ce genre, puisqu'il serait absurde de ne pas regarder comme nouveau, tout ouvrage dont on n'a pas la moindre idée. Quoique j'aie beaucoup lu, je suis tous les jours obligé d'avouer que je ne connais point tels et tels livres fort nombreux et fort estimables ; je sais même que je n'aurai jamais le temps de lire la dixième partie de ce que je voudrais avoir lu : aussi, je trouve souvent du nouveau, et je le trouve souvent dans des ouvrages fort anciens. Tout homme de bonne foi fera le même aveu ; car il n'y a que les fats et les sots qui prétendent tout connaître, et qui ne peuvent se résoudre à ignorer quoi que ce soit. Montaigne ne cesse de parler de son ignorance, et Montaigne cite sans cesse du grec, du latin, de l'italien et du français : il ne savait donc pas, à beaucoup près, tout ce qu'on pouvait savoir de son temps ; et quel déluge de livres depuis Montaigne ! Cependant nous ne sommes point contens, et nous demandons encore du nouveau !

Les gens du monde qui emploient peu de temps à la lecture, et qui perdent encore une partie de ce temps à des lectures frivoles, ont bien mauvaise grâce quand ils crient qu'on leur donne du neuf. Qu'ils ouvrent la plus pauvre des bibliothèques, elle sera encore pour eux fort riche en nouveautés.

Ils ne trouvent rien de bon parce qu'ils ne cherchent que du nouveau, et ils trouveraient souvent du nouveau s'ils ne cherchaient que de bons
livres.

Si cependant, malgré ces réflexions, ils veulent
du neuf dans toute la rigueur de l'expression, je
ne puis rien leur proposer de mieux que *les Misères
de la vie humaine.* Jamais on n'imprima rien
de plus nouveau ; c'est un livre qui n'a pas été fait
avec des livres : il n'est pas nécessaire de savoir
écrire, pas même de savoir lire pour en produire
un pareil. Le premier venu peut aisément y ajouter
vingt ou trente chapitres, et même des volumes
entiers ; et l'on pourrait, à juste titre, l'appeler
l'ouvrage de tout le monde.

Tâchez de vous rappeler toutes les petites con-
trariétés, tous les petits désagrémens, tous les petits
accidens que vous avez éprouvés dans le cours de
votre vie, tout ce qui a été pour vous un objet de
dégoût, un sujet d'ennui, d'humeur, de dépit, de
honte ou d'impatience ; rassemblez tous ces traits
épars, divisez-les en chapitres, en les nommant
tribulations de la ville, de la campagne, des voyages, des spectacles, fêtes ou jeux ; donnez-leur
ensuite un titre commun, et vous aurez fait un livre
comme celui de M. Beresford. Pour mieux lui ressembler, introduisez des interlocuteurs qui présentent à l'envi l'un de l'autre quelque nouvelle *misère,*
quelque *tribulation* saillante ; que parmi ces personnages deux surtout se distinguent par la fécon-

dité de leur imagination, et leur perspicacité dans la découverte des misères ; que l'un de ces deux pousseurs de soupirs soit l'homme le plus sombre, le plus atrabilaire, le plus irascible, le plus anti-social des habitans de la Grande-Bretagne ; et d'après ce plan, qui certainement n'est pas trop compliqué, écrivez, écrivez tout ce qui vous passe par la tête.

Voici de ces *misères* prises au hasard :

« Sentir votre pied glisser sur le dos d'un cra-
» paud que vous avez pris pour une pierre, en
» vous promenant sur le déclin du jour. »

« Mettre le pied dans une ornière au moment
» où vous avancez la jambe pour saluer une char-
» mante dame, à laquelle vous distribuez généreu-
» sement une partie du jet-d'eau. »

« Au parterre de l'Opéra, un homme à larges
» épaules, haut de six pieds, qui s'assied positive-
» ment devant vous pendant tout le ballet. »

Au même lieu, « vous tourner précipitamment
» en entendant ouvrir la porte d'une loge près de
» vous, et cela, dans l'espérance de vous repaître
» la vue de quelque être angélique, et voir à sa
» placé une espèce de fée Urgèle, dont la figure
» est couverte de rides, comme sa tête l'est de
» diamans et autres pierres précieuses. »

« Dans une auberge, après avoir ôté vos bottes,
» l'option que vous avez de rester nu-pieds pendant
» toute la soirée, ou de les mettre à leur aise dans
» une paire de pantoufles faites sur la mesuré du

» soulier de Saint-Christophe, de manière que
» lorsque vous montez, tout endormi, l'escalier
» humide qui conduit à votre chambre, elles s'é-
» chappent de vos pieds à chaque marche, depuis
» le rez-de-chaussée jusqu'au quatrième étage. »

« A une mauvaise hôtellerie, un très-petit œuf
» qu'on vous sert dans un gobelet en guise de co-
» quetier... »

« Faire la conduite à un ami, dans le dessein
» de lui parler d'affaires importantes que vous
» n'avez pas eu le temps de régler avant son dé-
» part ; votre ami montant un cheval d'escadron,
» et vous un bidet ragot ; de sorte que le trot ordi-
» naire du premier est de mesure avec votre grand
» galop : allure qui, comme on sait, n'est pas très-
» favorable à la conversation. »

« Avec un caractère bilieux et facile à irriter,
» vous trouver chez une personne qui a la manie
» de se balancer sur sa chaise comme la verge
» d'une pendule, d'agiter son pied à l'instar de
» celui d'un rémouleur, et de battre la caisse sur
» la table avec ses ongles, ou avec les phalanges de
» ses doigts.... »

« Dans le cœur de l'hiver, essayer d'établir une
» union parfaite entre du beurre frais très-ferme
» et un morceau de pain tendre.

« Les ardillons de vos boucles de jarretières mis
» à rebours, de sorte qu'ils déchirent vos bas et
» vous accrochent les mollets toutes les fois que
» vous croisez les jambes. »

« S'asseoir sur un fauteuil de crin, dont le fond
» est tellement lisse et tellement en pente, que
» toutes les fois que vous vous enfoncez dedans,
» vous êtes renvoyé en glissant vers le bord de
« votre siége. »

« Un pantalon tellement étroit qu'il raccourcit
» chacune de vos enjambées d'un demi-pied : dans
» cet état, cependant, il faut que vous suiviez un
» ami d'une taille gigantesque, et qui arpente
» comme votre ombre sur un mur à la chute du
» jour. »

« Dans l'hiver, laisser tomber, en vous barbi-
» fiant une savonnette de votre main glacée ; vous
» mettre à suivre les bonds qu'elle fait dans votre
» chambre, jusqu'à ce qu'enfin elle se réfugie sous
» votre commode, d'où, si vous parvenez à l'ar-
» racher, elle se présente sous un déguisement de
» poussière, de cheveux et de plumes. »

Je n'ai fait dans ces citations d'autres choix que
celui des plus courtes *misères* ; ainsi l'on peut se
faire une idée de deux volumes remplis de pareils
traits. Il fallait sans doute de l'imagination pour
rassembler tant de folies ; car il est impossible que
le même homme ait éprouvé toutes ces *tribula-
lations*. On ne peut même nier qu'il n'y ait beaucoup de paragraphes très-plaisans, et chacun des
lecteurs se reconnaîtra dans un grand nombre d'articles. Ce livre bizarre a eu beaucoup de succès,
dit-on, en Angleterre ; je n'en suis point étonné :
il en aura vraisemblablement en France ; car il

est, après tout, l'un des livres où l'on trouve le plus de vérités. Quant à son originalité, personne ne la lui conteste, quoique tout le monde puisse être original de cette manière. Je conseille donc à mes lecteurs de le parcourir à de longs intervalles, et surtout de le conserver précieusement dans leurs bibliothèques, ne fût-ce que pour le présenter à ces hommes difficiles qui se plaignent de ce qu'on ne leur donne plus rien de nouveau en littérature.

LE MIROIR DES GRACES,

OU L'ART DE COMBINER L'ÉLÉGANCE, LA MODESTIE, LA SIMPLICITÉ ET L'ÉCONOMIE DANS L'HABILLEMENT;

Avis utiles adressés aux femmes sur la conservation de leur santé et de leur beauté, sur l'agrément des manières et le bon ton dans la société; par une Dame qui a étudié la mode et le bon goût chez les nations les plus civilisées de l'Europe. Traduit de l'anglais.

JOLI petit livre, fort bien imprimé, contenant quatre gravures très-agréables, dont chacune représente deux jolies femmes avec le costume *de la promenade*, celui *du matin*, celui *du soir*, et *la grande parure*. Il me semble que j'ai dit l'essentiel; le livre en lui-même n'est plus qu'un accessoire dont je m'occuperai seulement pour la forme. Son succès est bien certain. Quelle est la femme qui se refusera le Miroir des Grâces? L'annonce d'un pareil meuble est un emprunt forcé.

Cet ouvrage est, dit-on, traduit de l'anglais. Les grâces, l'élégance, l'agrément des manières et le bon ton viennent de Londres à Paris; ce sont des rivières qui remontent à leurs sources.

Ce *Miroir des Grâces* commence par des *observations préliminaires*. Je savais bien que le miroir est le préliminaire de toutes les affaires sérieuses chez les dames; mais je ne connaissais pas les préliminaires du miroir.

La dame auteur annonce qu'elle se tiendra dans un juste milieu entre les épicuriens et les stoïciens; ceux qui sentent la valeur des termes, conviendront que cette dame a fort bon goût. Elle fait remarquer d'ailleurs, que les épicuriens accordent la préférence *à la partie physique de notre être*, et cela *pour des raisons qui se présentent tout naturellement*. Elle n'est pas tout-à-fait de leur avis, mais elle ne les condamne point; et elle fait cette question, dans laquelle mes lecteurs verront la plus profonde métaphysique : « Comment mépriser l'agent prompt et obéissant de tout ce qui est voulu par le mobile caché de notre existence? » *L'agent prompt et obéissant de tout ce qui est voulu par le mobile !* Oh! cette fois les commis n'ont pas fait leur devoir, car cette phrase est évidemment de fabrique anglaise. Après cette dissertation sur la fermeté stoïque et la volupté d'Épicure, l'auteur ajoute : « Vous sentirez aisément que la *personne*

de la femme est l'objet essentiel de cet ouvrage. »
Je fais observer que le mot *personne* a été souligné
par l'auteur.

Vous croirez peut-être que la dame anglaise ne
va citer que des auteurs légers, damerets, des faiseurs d'épîtres à Cloris, *de petits vers pour de
jeunes amans,* ou de ces petits-maîtres, papillons
des toilettes. Désabusez-vous : les personnages qui
entourent ce Miroir des Grâces, sont le docteur
Knox, lord Chesterfield, la femme de Phocion,
la maîtresse d'Alcibiade, Charlemagne, les rois
Édouard, Henri, Charles Ier, Charles II, les reines
Élisabeth, Anne ; et enfin, la Grèce, Rome, l'É-
gypte, la Chine, la Turquie et l'Indostan. L'auteur
parcourt tous les pays, interroge tous les siècles,
et nous donne des détails historiques et philosophiques sur la parure des dames dans tous les temps
et dans tous les lieux.

Mais au milieu de cette chronologie de la futilité, on trouve des observations pleines de finesse,
des réflexions d'une excellente morale, des conseils
sages et des vérités utiles. La philosophie y est tout
étonnée de se voir si intimement unie à la toilette,
et le lecteur plus étonné encore de trouver tant de
raison dans la prétention à la science, l'affectation
du style, et dans une foule d'idées présentées bi-
zarrement lors même qu'elles sont justes.

L'auteur veut qu'une jeune personne dès qu'elle
s'éloigne de l'enfance, apprenne à connaître le
monde *tel qu'il est,* et qu'on ne lui cache point

ce que la société exigera d'elle *sur tous les points*.
Ce précepte est bien général, et cependant il me
semble inutile; fiez-vous aux jeunes personnes;
elles apprendront beaucoup de choses sans qu'on
les leur enseigne; elles ont, en général, beaucoup
de pénétration : il en est même qui placent la pratique avant la théorie.

« J'ai toujours vu, dit la dame anglaise, que le
bon goût dans les manières et dans l'habillement,
était le compagnon d'une saine morale, etc. »
Malheur aux femmes gauches et mal mises! Si cette
observation devient un axiome, la femme qui rui-
nera son mari pour atteindre au *non plus ultrà*
du bon goût, dira qu'elle fait un cours de morale.

La toilette est, sans contredit, le plus ancien de
tous les arts, car elle fut inventée le jour *où l'homme
rougit de sa nudité et de celle de sa compagne*.
Certes, on ne pouvait pas aller plus loin, et Eve
eût été la première marchande de modes, si elle eût
trouvé des acheteurs. Ainsi, le besoin de se parer
précéda celui de se nourrir; si je n'avais pas annoncé que l'auteur de ce livre est une femme, mes
lecteurs, ce me semble, l'auraient bien deviné.

« L'irruption des Goths et des Vandales obligea
les femmes à se vêtir d'une manière plus *défensive.* »
Défensive! toujours le mot propre, toujours l'expression de l'expérience.

« Ensuite arrivèrent les corps de métal, les
vastes paniers... tant de *lignes de circonvallation*,
tant de boulevards de baleine, de bois et de mé-

tal, tant de falbalas, de garnitures *d'empêchemens* de toutes les espèces repoussaient les regards et les désirs d'un homme, qu'il avait peine à deviner que sous tant d'obstacles une femme existât...... »
Empêchemens est bien joli; il offre ici un mélange de regret et de naïveté; mais je critiquerai la dame sur ses *lignes de circonvallation*: moins instruite dans la tactique militaire que dans celle des boudoirs; elle a cru que ces *lignes* étaient les défenses d'une place: elle se trompe: les lignes de circonvallation sont tracées par les assiégeans: c'est le cercle de Popilius; une femme n'en peut sortir qu'en faisant des concessions. -

Après avoir examiné gravement tous les pompons de l'antiquité et du moyen âge, l'auteur s'occupe des parures modernes, et observe judicieusement que les femmes aujourd'hui n'ont plus de costume national, mais qu'elles accumulent, sans ordre et sans mesure, les ornemens empruntés à la Grèce, à Rome, à l'Égypte et à la Chine. Les jeunes personnes liront avec autant de plaisir que de désir les conseils que l'Anglaise leur donne sur l'art de paraître plus jeune, plus fraîche et plus long-temps jolie; mais les mamans ne souriront pas toutes à la phrase suivante: « Qu'on ne soit jamais forcé de vous rappeler que la femme de quarante ans n'est plus celle de trente!» Quelle réflexion! est-ce qu'une femme a jamais quarante ans? elle reste à l'âge de trente ans pendant quinze années: c'est son solstice.

Les préceptes d'hygiène ne sont pas moins raisonnables que les conseils sur la parure : « Eût-on la fraîcheur d'Hébé et la grâce de Vénus, dit la dame, on les verrait bientôt disparaître dans l'abus *des jouissances de la table* et des insomnies qu'elles entraînent. » Elle conjure les jeunes demoiselles et les jolies femmes de ne pas trop manger, à déjeûner, de viandes chaudes, et de graisses chaudes qui donnent de la bile ; et de ne pas *engloutir*, à dîner, *des mets d'une variété recherchée ;* de ne point sabler le Champagne, de ne pas trop boire de vin de Madère et de liqueurs fortes, etc.... Tous ces conseils me paraissent fort sages, et quand l'auteur était en si beau chemin, j'ai cru qu'il allait s'écrier : Mesdames, n'allez pas au cabaret !

Quant aux vieilles qui se fardent,

Pour réparer des ans l'irréparable outrage,

la dame anglaise leur prédit que la *tempête fracassera leur barque ruinée, si elles essaient encore de la lancer sur la mer des Amours.* Voilà ce qui s'appelle tirer à boulets rouges sur de pauvres barques.

L'auteur nous assure que les dames anglaises n'ont pas l'usage du bain, et qu'elles ne connaissent pas même les baignoires : cette particularité me rappelle un mot assez joli que l'on attribue à un prélat dont j'ai oublié le nom. On disputait devant lui sur la propreté des Anglaises et des Françaises : « les Anglaises, dit-il, sont plus propres devant les hommes, et les Françaises devant Dieu. »

J'ai parcouru presque tout l'espace qui m'est accordé, et je suis à peine au quart de cet ouvrage ; je vais donc me hâter de désigner au moins les objets principaux. Après un beau chapitre sur *le corps de la femme*, l'auteur considère *la beauté dans ses détails*; c'est effeuiller une rose ; pourquoi n'est-ce pas un homme qui soit chargé de ce soin? Ici les dames apprendront le danger qu'elles courent en passant trop subitement du chaud au froid, et réciproquement. S'il n'était question que d'une pleurésie, d'une fluxion de poitrine, ce ne serait qu'une bagatelle : mais elles risquent la perte de leurs charmes; il y a bien de quoi frémir. Je trouve ensuite un discours très-sage *sur la nécessité de proportionner son luxe à son rang et à sa fortune;* je doute que ce précepte soit fidèlement observé. Ce sermon est suivi d'une dissertation très-délicate *sur le sein.* « Cet ornement admirable, dit l'auteur, quand il reste en proportion avec le corps auquel il appartient, est devenu une espèce d'attrait *mobile et portatif*, qui se place au gré de l'artiste qui en dispose. » Cette phrase amène naturellement la description de la machine que l'on nomme *divorce;* et par ce mot, le lecteur devine qu'elle est destinée à séparer ce qui a trop de propension à se réunir.

La beauté étant considérée *dans ses détails*, on

s'occupe de la vêtir et de l'embellir encore, s'il se peut; de là suit un traité savant sur les innombrables formes d'habillemens et de parures assortis à la taille, aux traits, à l'âge de celle qui les porte. Parce que la comtesse ou la marquise a paru en *robe coquelicot*, il ne faut pas sottement les imiter avant d'éprouver si l'on a un teint et une physionomie capables de résister à cette couleur. Nouvelles dissertations sur *l'argent*, *l'or* (employés comme ornement), sur la brune, sur la blonde, sur le cou, sur le bras, sur le pied, etc. : toutes les parties de la femme passent ici en revue avec les bijoux qui leur conviennent. Petit avertissement : souvent un ornement maladroit a fait remarquer chez une femme, des défauts qu'on n'avait pas aperçus. Autre observation : la recherche dans les bas et les souliers ne convient qu'aux danseurs, parce que, dit la dame, les jambes et les pieds sont toute leur ressource, et il est naturel qu'ils fixent sur cette partie l'attention du public.

Il fallait bien que l'auteur nous apprît s'il a trouvé en Europe quelques femmes qui réunissent toutes les perfections qu'il désire ; la dame n'a pas manqué de nous donner satisfaction sur ce point ; elle a trouvé des femmes charmantes à Paris, à Madrid, à Lisbonne, à Naples ; elle en fait les portraits ; mais, hélas ! Londres n'est pas si bien partagé ; les Virginie, dit l'auteur, y ressemblent à des soldats des gardes prétoriennes.

L'ouvrage est terminé par deux jolis chapitres

20.

sur la danse et sur la musique. Dans le premier,
la dame parle du vieux menuet, de la danse de
village, de la ronde écossaise, de la walse dangereuse, du *bolero* peu modeste, et du *fandango*
plus périlleux encore. Dans le second, elle donne
d'excellens préceptes sur l'art d'avoir bonne grâce
en chantant ou en jouant d'un instrument quelconque.

Eh! bon Dieu! cela n'est pas fini. Voici encore
des réflexions sur la différence des rangs, et sur
le *son de voix* dans la conversation. La différence
des rangs me fournit une citation qui terminera
fort heureusement mon article : « Comme une
étoile diffère d'une autre en grandeur et en éclat,
suivant la place où la Providence l'a mise, de
même, dans la société, les hommes sont doués
de talens, de richesses, de pouvoirs différens. Dans
l'astronomie, on ne méprise pas Mercure parce
qu'il est moins gros que Saturne... Nous ne devons pas non plus mépriser ceux qui ne tiennent
pas sur la terre les premiers rangs, etc. » Un plaisant dirait que cette comparaison est céleste ; mais
moi qui ne plaisante point je me contenterai de
faire observer qu'elle est juste ; au reste, Mercure
sera toujours un personnage fort important : si,
dans le ciel, il est près du soleil, on l'a vu souvent
aussi près de nos soleils terrestres.

QUELQUES MOTS

SUR LE BEAU SEXE ET SUR SES DÉTRACTEURS;

Par J.-M. Mossé; suivis des Prémices poétiques du même auteur.

Voici encore une apologie des dames, une satire contre leurs détracteurs. Il y a bien long-temps
que l'on médit des femmes dans presque toutes les
langues; mais il était réservé aux Français de les
venger, et d'entreprendre la justification du sexe
entier. Une tragédie d'Euripide commence par une
longue satire contre les femmes; Aristophane, Lucien et Apulée ne leur sont guère favorables : chez
les Latins, Pétrone, Tacite et Suétone généralisent
un peu trop les reproches qu'ils font à quelques
femmes en particulier; et les Italiens même, dans
une langue si douce et si amoureuse, lancent autant
d'épigrammes sur le sexe en général, qu'ils donnent de louanges aux femmes dont ils sont épris.
Très-anciennement en France, le respect pour les
dames était une loi qu'on ne pouvait enfreindre
sans honte et sans danger; ce qui n'empêchait pas
quelques mauvais Français de les maltraiter dans
leurs écrits. Jean de Meun courut grand risque
d'être fustigé pour deux vers impertinens, qu'il

laissa ou qu'il intercalla dans le roman de *la Rose*. Un siècle après, Corneille Agrippa voulut remettre en vigueur les principes de la chevalerie, rendre au beau sexe son éclat et ses droits, et il composa son ouvrage de *l'Excellence des Femmes*. La dé- clamation où il met ce sexe de beaucoup au-dessus du nôtre, ne l'empêcha pas de mourir misérable à l'hôpital de Grenoble. Montaigne a fait un cha- pitre intitulé : *De trois bonnes Femmes;* et il le commence par ces mots : *Il n'en est pas à dou- zaines, comme chacun sait.* Bien loin de vouloir prouver leur excellence, il leur reproche jusqu'aux pleurs qu'elles versent à la mort de leurs maris; il conclut de là, très-malicieusement, *qu'elles ne les aiment que morts : Ne regardez pas*, dit-il, *à ces yeux moites et à cette piteuse voix; regardez ce port, ce teint, et l'embonpoint de ces joues : c'est par-là qu'elles parlent français.* De la Cham- bre, médecin et académicien, n'a pas été plus galant; dans son *Art de connaître les Hommes*, il semble avoir voulu nous ôter l'envie de connaître les femmes. Le P. Bouhours les traite plus mal en- core dans ses *Entretiens d'Ariste et d'Eugène;* non-seulement il attaque leur cœur, mais il veut prouver que *rien n'est plus mince que leur esprit.* Cela n'a pas empêché l'abbé de Longuergue de dire que ce jésuite était *un homme poli, qui cherchait à excuser tout le monde.* Enfin, Boileau n'a pas craint de se déclarer ennemi du beau sexe dans une satire qui, pour l'honneur des dames, n'est pas le

meilleur ouvrage du Juvénal français. Les détracteurs, comme on le voit, ont été en bien plus grand
nombre que les apologistes, et malheureusement
ils ont eu plus de talent. L'excellence des Femmes
n'était donc pas entièrement reconnue quand
M. Legouvé s'est déclaré leur avocat, et a gagné
leur cause par un plaidoyer dont le style a l'élégance et la grâce du sexe qu'il a vengé.

Aujourd'hui , M. Mossé vient glaner dans ce
champ qui paraît inépuisable : il commence par
chanter les dames , puis il leur offre les prémices
de sa Muse. Cette Muse est extrèmement faible ,
mais aussi elle est bien jeune ; et la prodigieuse facilité avec laquelle elle s'exprime , peut donner
quelque espérance , si l'auteur devient assez sage
pour n'en point abuser. La manière dont il loue
les dames est ingénieuse ; l'expression seule est
souvent incorrecte , et trop peu poétique. Il y a de
l'art dans la division de son petit poëme ; pour
prouver que toutes les classes de la société doivent
de la reconnaissance au beau sexe , il les passe
toutes en revue dans cet ordre :

> Les plus grands souverains te doivent leur bonheur...
> Les plus grands généraux te doivent leur valeur...
> Les plus grands magistrats te doivent leurs vertus...
> Les plus grands écrivains te doivent leur génie..., etc.

Chacun de ces vers commence un paragraphe qui
en est l'explication et la preuve ; l'auteur parcourt
ainsi tous les états. L'exécution n'égale pas à beau-

coup près la disposition du plan ; mais l'auteur est fort jeune, à ce qu'il paraît, et ce qui lui manque peut s'acquérir par le travail, par l'étude des bons modèles, et surtout par une grande sévérité pour lui-même.

Nous n'extrairons aucun morceau de ce Recueil, parce qu'il n'y en a aucun d'assez bon pour mériter des éloges, ni aucun d'assez mauvais pour que nous ayons l'intention de décourager l'auteur. Nous aurons autant d'indulgence qu'il paraît avoir de modestie ; qualité fort rare chez les bons écrivains, et bien plus rare chez les mauvais. Tout autre que M. Mossé n'eût pas manqué de décorer son ouvrage du titre de poëme ; il le désigne simplement par *Quelques mots.* La dernière de ses pièces fugitives est adressée à la critique, et finit par ce quatrain :

Pour les premiers essais de mon jeune Apollon,
Je voudrais te prier d'avoir de l'indulgence ;
Donne-moi des conseils, et je promets d'avance
De les suivre en rentrant dans le sacré vallon.

Nous lui conseillerons donc, 1° de se bien pénétrer de ce qu'il dirait en prose avant de chercher à le mettre en vers ; 2° de se défier d'autant plus de sa verve, qu'elle lui paraîtra plus abondante et plus facile ; 3° de se bien convaincre de cette vérité, qu'il y a fort peu de synonymes dans notre langue, et que le mot qui convient à la mesure du vers n'est pas toujours l'équivalent de celui qu'il aurait

écrit en prose ; 4° que la poésie légère et fugitive,
bien que peu importante en apparence, est peut-
être celle qui exige le plus d'élégance et de grâce ;
que les plus petits ouvrages sont ceux où l'on pardonne le moins les incorrections, et qu'en littérature tout ce qui n'est pas utile doit être très-agréable.

M. Mossé paraît avoir un goût particulier pour
les tours de force : il s'est imposé la tâche de composer une pièce de vers assez longue sur une seule
rime ; il a fait des *acrostiches*, des *gloses*, des *ballades retournées*, des *rondeaux doubles*, de *riches
acrostiches*, etc..... Il nous donne même les règles
du *riche acrostiche* et de la *ballade retournée*. Cela
nous rappelle le temps où des latinistes minutieusement ingénieux attachaient un grand prix à des
morceaux de poésie qu'ils nommaient *Lagena*,
Scyphus, *Securis*, *Ovum*, parce que les vers, de
longueurs différentes, présentaient sur le papier
la forme d'une bouteille, d'un verre, d'une hache
ou d'un œuf. Il ne nous reste guère que le souvenir
de ces puérilités ; et ce qu'il y a de remarquable,
c'est que les bons auteurs n'ont jamais eu ce genre
de talent, tandis que les poètes médiocres ont
souvent excellé dans l'exécution de ces bizarres
miniatures.

Si M. Mossé croit que la difficulté vaincue ait
un grand mérite, nous lui répondrons qu'il est
assez difficile de faire de bons vers : qu'il commence
par vaincre cette difficulté ; et, lorsqu'il y sera parvenu, ce dont nous ne désespérons pas, s'il a de

l'esprit, du temps et de la facilité de reste, il pourra s'amuser à faire de *riches acrostiches* et des *ballades retournées;* mais nous pouvons lui prédire qu'alors il en aura perdu le goût. Plusieurs pièces de son Recueil ont de la grâce et de la douceur ; et s'il avait employé à les polir le temps qu'il a perdu à vaincre de vaines difficultés, nous nous serions fait un plaisir d'en citer quelques-unes, pour donner au public la mesure de son talent.

LE TRIOMPHE DES FEMMES.

Ouvrage dans lequel on prouve que le sexe féminin est plus noble et plus parfait que le sexe masculin.

Tout est remarquable dans cette brochure, tout y est au même niveau, format, papier, style, érudition et logique. Arrêtons-nous d'abord à l'épigraphe ; la voici : « Quoi de plus beau dans la nature que la femme? » Tout l'ouvrage est compris dans ce peu de mots. Il est vrai qu'à cette question *quoi de plus beau*, un pigeon répondrait : C'est la colombe ; mais on ne fait pas de livres pour les pigeons : ainsi l'épigraphe est inattaquable.

Vient ensuite une dédicace à mademoiselle Julie ***. « Mademoiselle, y dit le modeste auteur, vous n'ignorez pas que j'ai trouvé dans votre personne des agrémens non communs. » Et parce que l'auteur, après avoir bien cherché dans la personne de mademoiselle Julie, y a trouvé des agrémens non communs, il a le droit de déclarer que le sexe féminin est plus parfait que le sexe masculin. Fort heureusement pour nous, mademoiselle Julie n'a pas fait la même recherche dans la personne de l'auteur, et n'y a pas trouvé de plus grands agrémens, car elle aurait fait une déclaration tout opposée, et nous serions dans l'embarras. Suivons : « Ce sont ces agrémens, cette âme, ce cœur et cet esprit qui m'ont inspiré la pensée de composer le TRIOMPHE DES FEMMES. Si bien, mademoiselle, qu'il est votre production avant qu'il soit mon ouvrage. » Observons bien que le mot de *production* est appliqué à la femme, tandis que l'auteur se réserve l'*ouvrage;* il y a de l'observation dans cette phrase. « N'est il donc pas juste, ajoute-t-il, que votre nom y paraisse à la tête ? » Or, à la tête je ne vois que mademoiselle Julie trois étoiles; ainsi, toute Julie qui signe trois étoiles jouira de la plus grande célébrité. L'épître se termine par une protestation dont je ferai mon profit. L'auteur assure qu'il ne veut plaire qu'à mademoiselle Julie trois étoiles toute seule : ma critique lui sera donc fort indifférente, et je suis affranchi de toute considération. J'allais oublier d'apprendre aux lecteurs que le panégyriste des femmes se nomme M. Charles trois étoiles, et qu'il sera par conséquent aussi célèbre que mademoiselle Julie.

Dans son avant-propos, il dit avec assurance

que son livre étant fondé sur la raison, il sera bien
reçu de tous ceux qui raisonnent. Cette conséquence ne me paraît pas rigoureuse, car M. Charles
raisonne beaucoup, et je n'ose affirmer qu'il ait
toujours raison. Il me paraît surtout avoir tort
quand il ajoute, que, *pour trouver la vérité, il
faut tourner le dos à la multitude* : que deviendrait
la majorité dans les assemblées délibérantes, si l'on
adoptait la maxime de M. Charles! Ce qui suit est
fort sérieux : pour prouver que la femme *l'emporte au-dessus de l'homme*, tel est le style de
M. Charles, il annonce qu'il va remonter à la
source, et *examiner ce qui s'est passé dans la
création*. M. Charles n'est pas le premier raison-
neur qui ait eu cette curiosité. Des physiciens, des
géologues, des entomologistes, des faiseurs de cos-
mogonies, ont aussi assisté à l'œuvre de la création : les uns ont vu l'homme commencer par n'être
qu'un animalcule infusoire, un volvox ou un po-
lype, devenir poisson, puis amphibie, puis quadrupède, puis se dresser sur ses pieds de derrière,
puis composer *l'Iliade* ou *l'Enéide*. Il n'a fallu
que quelques milliards de siècles pour passer d'un
état à l'autre, et ce système m'aurait paru fort raisonnable, si d'autres savans qui assistaient aussi au
grand-œuvre, n'avaient pas vu des hommes se
former dans les ruisseaux par voie de cristallisa-
tion. Ces deux opinions différentes m'ont laissé
dans le doute, et j'approuve beaucoup M. Charles
de n'avoir pas cette fois tourné le dos à la multi-

tude, et d'avoir modestement suivi le texte de la
Genèse. La dernière phrase de son avant-propos
contient l'idée mère de son ouvrage, et indique
parfaitement le but que l'auteur s'est proposé. Je
ne puis trop louer cette méthode ; faute de l'avoir
suivie, bien des écrivains laissent le lecteur dans
l'impossibilité de savoir ce qu'ils ont voulu prouver. M. Charles ne laisse rien dans le vague ; il
place sa conclusion dans la préface, et tout ce qu'il
doit dire par la suite va démontrer incontestablement « que l'ambition, l'injustice et la tyrannie
des hommes ont usurpé ce qui appartient de droit
naturel à la femme ; que l'esclave est devenu maître, et que la maîtresse légitime est tombée en servitude. » Ainsi l'ouvrage de M. Charles peut se
nommer la déclaration des droits de la femme.

A Dieu ne plaise que je veuille jamais excuser la
tyrannie et l'usurpation des hommes ! je sais que
les dames aiment beaucoup à commander, et je
sens combien il est affreux pour elles d'obéir ; aussi,
le font-elles le moins qu'elles peuvent. Mais malheureusement l'usurpation de l'homme date du
jour où l'ange, armé d'une épée flamboyante,
chassa nos premiers parens du paradis terrestre ;
cela est encore plus ancien que le zodiaque de Den-
derah, et je crains bien qu'il n'y ait prescription
contre les droits de la femme. Soixante siècles sont
quelque chose ; dût M. Charles en murmurer,
dussent tous les royalistes me regarder de travers,
je déclare, à mes risques et périls, qu'une usurpa-

tion devient possession légitime après six mille
ans révolus. Exposons cependant la doctrine de
M. Charles que les savans nommeront un jour
Gynophile, et que les dames reconnaissantes ap-
pelleront toujours l'*ami Charles.*

Il est bon d'aimer les femmes ; peut-être même
nous serait-il fort avantageux de leur confier le
soin des affaires et toute l'autorité dans la maison,
comme le désire M. Charles. Ce serait, je le pense,
le meilleur moyen d'y être les maîtres, au moins
tant que nous serions jeunes. Partout où la femme
règne, c'est l'homme qui commande. J'approuve-
rais donc une révolution qui, comblant les vœux
de M. Charles et les miens, ferait des femmes les
chefs des familles, leur abandonnerait le barreau,
la législation, le gouvernement des villes, des provinces, des royaumes, et les ferait siéger dans les
diverses académies. Une chambre de députés fe-
melles serait un spectacle ravissant. Les discours
y seraient clairs, précis, et surtout très-laconi-
ques ; on n'y entendrait pas ces interruptions in-
civiles et bruyantes ; point d'esprit de parti, point
d'intrigue, point de côté gauche ou droit, tout serait centre ; les plus jolis garçons rempliraient les
tribunes ; la sonnette ne se ferait jamais entendre,
et les lois toujours sages, y seraient toujours dé-
crétées à l'unanimité. Je ne propose qu'un seul
amendement à cette Charte gynocratique ; je demande, et j'obtiendrai sans doute que l'âge d'éli-
gibilité soit réduit de moitié.

Jusqu'ici M. Charles peut être comme le bien-
faiteur du genre humain. Mais pourquoi faut-il
que dans les ouvrages de génie on trouve toujours
quelques imperfections et même quelques taches ?
Rien de pur ne peut sortir des mains de l'homme.
Qui le croirait ? Ce bon M. Charles, ce chevalier
du beau sexe, cet homme si disposé à servir les
femmes, entraîné par un accès de zèle, est tombé
dans l'hérésie, et presque dans l'irréligion. Un ver-
set de la Genèse détruisait son système : Dieu a dit
à Adam que sa femme lui serait soumise ; qu'a fait
M. Charles pour éluder cet arrêt irrévocable ? Il a
osé interpréter la parole de Dieu, et torturer le sens
de l'Écriture. Il suppose que Dieu a prononcé ces
mots d'un ton de compassion, comme s'il avait
voulu dire : « Pauvre femme, je plains ton sort, je
t'avais destiné le droit de commander à l'homme,
et il devait te rendre obéissance ; mais à présent que
ce malheureux a mangé du fruit que je lui avais défendu, il a ouvert les yeux, et a connu qu'étant
plus grossier et plus terrestre, il est aussi plus fort
et plus robuste, et qu'ainsi il pouvait secouer le
joug, ce qu'il ne manquera pas de faire ; et quoique tu sois plus noble que lui, tu te verras malheureusement réduite à la honteuse nécessité de
lui être soumise. » Eh quoi ! M. Charles, vous n'a-
vez pas senti combien cette interprétation est téméraire, vous n'avez pas vu combien elle renferme de
propositions mal sonnantes ! Quoi ! Dieu aurait dit :
« Pauvre femme, je voulais que tu fusses la maî-

tresse, et ce coquin d'homme t'asservira malgré
moi. » Prenez-y garde, M. Charles; il est bon
d'aimer les femmes, je vous le répète, mais il ne
faut pas se damner pour elles.

Parmi les preuves que notre gynophile accumule
pour démontrer la supériorité de la femme, en
voici une fort ingénieuse, tirée de l'ordre que Dieu
a suivi dans l'œuvre de la création. Les herbes, dit-
il, et les arbres ont d'abord été formés; puis les
animaux rampans, puis les poissons, les oiseaux,
les bêtes à quatre pieds, puis enfin l'homme. Cette
gradation démontre l'intention d'arriver à ce qu'il
y a de plus parfait; or, la femme a été créée après
l'homme, *ergo*, la femme est la plus parfaite des
créatures. J'admire le syllogisme, mais malheureusement les anges existaient avant toutes les créatures terrestres, et pour tirer M. Charles de l'embarras où il s'est jeté, je lui conseille de dire que
la création a commencé et a fini par ce qu'il y a de
plus parfait, c'est-à-dire par les anges et par les
femmes, qui sont aussi des anges; il pourra ensuite
loger entre ces deux extrêmes, les requins, les
brochets, les loups, les vautours, les vipères et
les hommes. Nous verrons bientôt pourquoi je
place l'homme en si mauvaise compagnie. Voici les
propres paroles de l'auteur.

« La conduite extraordinaire que Dieu garda
quand il voulut créer la femme est une preuve sans
réplique de son excellence. Remarquez, s'il vous
plaît, que l'homme a cela de commun avec les bêtes,

les animaux rampans et les insectes, qu'il fut produit dans le même endroit qu'eux, c'est-à-dire dans
un lieu champêtre , sans aucune cérémonie ni
distinction. Mais, quand il fut question de créer la
femme....., le sage ouvrier produisit le paradis terrestre, ce lieu d'agrément et de délices qui était un
présage de la complaisance que Dieu devait avoir
pour y produire une créature si achevée. » En
analysant ce passage que j'ai déjà réduit au quart
de son étendue, je vois clairement que Dieu a *produit* le paradis terrestre pour y *produire* la femme,
tandis que l'homme a été *produit sans cérémonie*,
au milieu des couleuvres, des limaçons, des cou-
sins et des puces ; voilà ce que M. Charles appelle
garder une conduite extraordinaire, et ce qui est
une preuve sans réplique de l'excellence de la
femme.

Ce ne fut point sans mystère, ajoute M. Charles, que Dieu produisit la femme pendant le sommeil d'Adam. Cela signifie qu'avant la naissance
d'Eve, Adam était le souverain des créatures, et
pouvait se livrer au repos, n'ayant à répondre à
personne ; mais en s'éveillant, il vit sa nouvelle
souveraine, et il sentit qu'il fallait renoncer au repos. Oh ! certes, M. Charles, vous êtes parfois trop
naïf.

Une autre preuve de la prééminence de la femme
est tirée de la différente manière dont l'homme et
la femme furent formés. Celle-ci du moins provient d'une partie du corps humain ; mais l'homme,

dit énergiquement notre auteur, n'est qu'un *rejeton de boue*, une *production d'immondices*.

Le chapitre qui a pour titre : *De la beauté de la femme*, est un tableau digne de l'Albane ; rien de plus suave, de plus enchanteur ; je n'ai à lui reprocher que d'être imprimé sur du papier gris, mais je m'en console en supposant que mademoiselle Julie trois étoiles a dû recevoir un exemplaire en papier vélin. C'est dans cette partie de son livre que l'auteur a déployé sa vaste érudition. Il nomme plusieurs femmes qui brillent dans l'histoire, et dont les yeux étaient *de petits incendiaires;* mais dans la carrière historique il a fallu que M. Charles bronchât au moins une fois. Il fait d'Agnès Sorel la maîtresse de Charles VIII ; j'ai cru d'abord que c'était une faute de l'imprimeur, mais le chiffre VIII est répété trois fois. Cette erreur est si étonnante dans un homme aussi savant, que j'ai cherché à en connaître la cause, et j'ai soupçonné que, pour avoir eu la témérité d'examiner ce qui s'était passé dans la création, M. Charles a été condamné à se tromper au moins une fois dans chacune de ses phrases. A cela près il est irréprochable. Le tableau qu'il fait de l'homme est bien propre à nous inspirer l'humilité chrétienne. *A prendre les choses du bon côté*, dit M. Charles, nous sommes sillonnés de grosses veines *qui tiennent plus du sauvage que de l'humanité;* notre corps grossier est formé d'une chair crasseuse, et ne dément pas l'origine que nous tirons de la boue;

nos mains grosses et nerveuses, notre peau rude, et surtout notre vilaine barbe nous rangent dans la classe des bêtes, et quoique nous n'épargnions *ni savon ni savonnette*, nous ne pouvons atteindre à la délicatesse de la femme, à qui toute savonnette est inutile. Qu'un homme se lave cent fois les mains dans différentes eaux, il salira toujours la dernière; mais que la femme les lave tant qu'elle voudra, l'eau demeurera toujours pure et limpide. Cette preuve me paraît incontestable : mais alors, mesdames, pourquoi vous lavez-vous les mains?.

Je ne suis pas, à beaucoup près, aussi content du chapitre intitulé: *De la chaleur de la femme.* Comment M. Charles a-t-il pu connaître la température du sexe? Il ne me persuadera jamais qu'il ait appliqué son thermomètre à toutes les femmes qui sont sur le globe. Qu'il parle de la chaleur de mademoiselle Julie, je n'aurai rien à lui objecter, mais on ne doit pas conclure du particulier au général. J'espère que ce chapitre disparaîtra dans les éditions suivantes.

En revanche, M. Charles doit beaucoup amplifier celui où il discute cette importante question: *Qui de la femme ou de l'homme contribue le plus à la génération?* Ici, l'auteur affecte un laconisme qui ressemble à de la pauvreté. Eh! à quoi sert-il de posséder toutes les sciences si l'on enfouit tant de richesses? Qui le croirait? Dans un traité sur la génération, le savant M. Charles ne parle ni des animalcules, ni des anguilles de Needham, ni du

jaune d'œuf de Haller, ni des expériences de Har-
wey sur les biches anglaises, ni des réseaux à mailles
élastiques de Bonnet, ni des molécules organiques
de Buffon, ni d'une foule de choses que j'ignore,
mais que M. Charles doit savoir. N'est-il pas étonnant qu'avec des raisonnemens presque nuls, et
après des prémisses d'une extrême faiblesse, il arrive cependant à cette conséquence si raisonnable
que la reproduction de l'espèce est presqu'entièrement due à la femme, et que l'homme y est pour
si peu chose que ce n'est pas la peine d'en parler?
J'ai toujours pensé comme M. Charles. Sur ce
point, il ne m'est jamais arrivé de contester la supériorité de la femme; mais il reste une difficulté dont
je cherche en vain la solution. L'auteur a dit à mademoiselle Julie : *Ce livre est votre production,
avant qu'il soit mon ouvrage.* Comment se fait-il
que mademoiselle Julie soit si savante en pareille
matière? Oserais-je dire à mes lecteurs : Ce chapitre de la génération est composé par une demoiselle, et M. Charles y est pour si peu de chose que
ce n'est pas la peine d'en parler.

Après avoir démontré l'immense supériorité de
la femme sous les rapports physiques et physiologiques, l'auteur parcourt la nombreuse série des qualités morales, et les trouve toujours dans la femme
plus éminentes, plus constantes et plus parfaites que
dans le sexe masculin. Il n'emploie souvent qu'une
seule phrase pour faire éclater une vérité jusqu'ici
méconnue. Qui se serait douté , par exemple, que

l'art des Démosthènes et des Cicéron ne fût pas le
partage exclusif de l'homme? Eh bien! M. Charles
nous enlève cette prérogative, et nous fait reconnaître la vanité de nos prétentions sur ce point comme
sur tous les autres. Son raisonnement est aussi simple que péremptoire. Les bêtes sont muettes; le
don de la parole est la faculté qui distingue le plus
évidemment l'homme de la brute. Or, l'homme ne
devient éloquent, s'il peut le devenir, qu'après
dix ou quinze ans d'une pénible étude, après s'être
perdu mille fois dans le dédale de la rhétorique et
de la dialectique. La femme n'y fait pas tant de façons : sans préparation, sans étude, elle ouvre la
bouche, et les mots en sortent avec une heureuse
abondance et une admirable rapidité. « N'est-il
donc pas vrai de dire, conclut M. Charles, que la
femme tient moins de l'animal que l'homme, puisque la parole lui est plus familière qu'à lui? »

Nous n'avions pas besoin de M. Charles pour
savoir que la modestie et la pudeur sont les attri-
buts du sexe féminin ; mais bien des gens ignorent
que ces belles qualités subsistent chez la femme au-
delà de la vie. Le bon La Fontaine nous avait
prouvé qu'une jeune fille est pudique même en
mourant ; car, quand il nous peint Thisbé se poi-
gnardant pour ne pas survivre à son cher Pyrame,
il termine son triste récit par ce trait délicat :

Elle tombe, et tombant, range ses vêtemens,
Dernier trait de pudeur en ses derniers momens.

Mais M. Charles va bien plus loin que La Fontaine. Il nous apprend que si un homme et une
femme se noient, la femme, long-temps après sa
mort, reviendra sur l'eau, *le ventre dessous* et
le dos en dessus, tandis que l'homme impudent
reparaît à la surface de l'eau dans une attitude
immodeste. J'ajoute avec bien du regret que l'auteur emprunte cette belle observation à Pline.
Ah! pourquoi n'appartient-elle pas à l'aimable
M. Charles!

Je ne dirai qu'un mot du chapitre des sciences;
mais ce mot vaut des pages et des volumes : « Il
est constant que la femme est d'une complexion
plus humide que l'homme, et par conséquent elle
est plus disposée aux sciences. » M. Charles doit
me savoir gré d'avoir cité ce beau raisonnement,
car je suis fort sec, et par conséquent le plus
ignorant des hommes.

J'épargne à mes lecteurs l'analyse du dernier
chapitre : il traite de la tyrannie des hommes à
l'égard des femmes. Comme en France surtout les
pauvres femmes sont esclaves et malheureuses,
toute réflexion sur ce sujet paraîtrait un reproche
adressé à mes compatriotes ; je serais d'ailleurs
trop ému en songeant que M. Charles est un tyran
et mademoiselle Julie une victime. Je quitte donc
la plume, et c'est peut-être ce que j'aurais dû
faire après avoir écrit le titre de cet ouvrage.

L'ART DE SE FAIRE AIMER DE SON MARI,

A L'USAGE DES DEMOISELLES A MARIER ;

Par Eugène de PRADEL, membre de plusieurs académies.

La nature a départi aux femmes les grâces, la finesse et l'amabilité, en compensation de la force dont elle ne les a pas pourvues aussi libéralement; et l'éducation sociale leur a donné plus de souplesse, plus de politesse, et un sentiment plus délicat des convenances. L'adolescent qui est introduit pour la première fois dans un cercle de femmes, y apporte une timidité niaise ou une liberté grossière ; et si, par la suite, il devient ce qu'on appelle un jeune homme accompli, c'est au commerce des femmes qu'il doit cette métamorphose : les peuples chez lesquels la femme est esclave ne sortent jamais complètement de l'état de barbarie ; ce n'est pas chez eux qu'il faut chercher la délicatesse du langage, l'élégance des manières, ni cette politesse de mœurs qui est le dernier degré de la civilisation, ou le premier de la corruption.

Ce sont donc les femmes qui sont nos institutrices dans l'art d'être aimable ; et cependant voilà qu'un homme leur adresse un volume tout entier

pour leur enseigner l'art de plaire. Un homme s'é-
rige en professeur d'une science où le plus habile
d'entre nous n'est jamais qu'un écolier! Un homme
prétend révéler aux femmes le secret de se faire
aimer! n'est-ce pas, comme dit le peuple, porter de
l'eau à la rivière? Et le grave précepteur, lorsqu'il
voudra faire l'application de sa méthode à quelque
jeune innocente, tant soit peu jolie, ne recevra-
t-il pas une bonne leçon de celle à qui il aura prétendu la donner?

Mais, dira-t-on, il n'est pas ici question de l'art
de plaire en général; M. Eugène de Pradel se
borne à *l'Art de plaire à son mari*. Eh! messieurs,
cela est encore bien plus difficile : personne n'i-
gnore l'effet inévitable de la possession; en dimi-
nuant le besoin de plaire, elle en affaiblit le désir,
et semble nous dispenser des soins que ce désir
suppose. L'art de plaire à son mari exige donc
encore plus d'amabilité, plus de souplesse, plus
de finesse que l'art de plaire en général, et quand
une femme y échoue, on peut croire ou qu'elle
n'attache pas un grand prix au succès, ou que l'art
est insuffisant; dans l'un et dans l'autre cas, la
théorie de M. Eugène de Pradel sera inutile ou
impuissante.

Telles sont les réflexions que le titre seul de cet
ouvrage m'a fait faire comme malgré moi, et il en
provoquera bien d'autres dans l'esprit des dames
qui trouveront le livre sur leur toilette. Mais dé-
fendons-nous de toute prévention, et voyons si le

ciel a fait naître parmi nous un génie capable d'en-
doctriner les femmes sur l'art de nous plaire quand
elles veulent bien s'en donner la peine.

La préface de M. Eugène de Pradel est entièrement consacrée à la critique un peu amère d'un
livre rival, intitulé : *L'Art de se faire aimer de sa
femme.* Le précepteur des dames ne trouve dans
ce dernier ouvrage que des phrases ampoulées,
des comparaisons emphatiques, des hyperboles à
perte de vue, un galimatias épouvantable. Cette
belle colère est fort raisonnable : il faut tuer ceux
qui nous ont devancés dans une carrière quelconque ; il faut déprécier le livre d'après lequel peut-
être nous avons fait un autre livre. Si l'on blâme
M. Eugène de Pradel, il peut s'excuser sur de
nombreux exemples. Un médecin veut-il parler de
lui, il attaque toutes les nosologies existantes ;
l'auteur d'une cosmogonie vous dira que Newton
même n'a découvert que l'un des effets de la mécanique céleste, et qu'il était réservé à un homme
du XIXe siècle de découvrir la cause de tous les
mouvemens qui ont lieu dans le monde physique
et moral ; un nouveau musicien fera dire par des
admirateurs qui ne connaissent pas la gamme, que
le génie de la musique ne devait apparaître que
dans le plus grand des siècles, et le plus grand
des siècles est toujours celui où nous croyons être
quelque chose ; un moraliste même, un moraliste
et j'en ai la preuve, déclare avec une admirable
naïveté que dans tout ce qu'on a écrit sur la mo-

rale, il ne voit qu'obscurité, nuages, confusion, notions vagues, incohérentes, et que nous n'avons la théorie de rien. Est-il donc étonnant que l'auteur de *l'Art de plaire à son mari*, foule d'un pied dédaigneux *l'Art de plaire à sa femme ?* Voyons maintenant quels sont ses droits à tant de sévérité, et par quels traits admirables il va faire oublier son compétiteur et son devancier.

Dans un premier chapitre, où il traite de l'éducation des femmes, l'auteur veut que les jeunes filles soient instruites de bonne heure des choses qu'elles doivent savoir plus complètement dans le mariage. Il s'étaie de l'opinion de J.-J. Rousseau, et je respecte une si grave autorité; mais je demanderai à Rousseau et à M. de Pradel lui-même, si, dans le siècle des lumières, les jeunes filles ont encore besoin d'instruction?

Le chapitre suivant n'a pas moins d'importance; l'auteur s'y excuse d'abord de parler des demoiselles quand son livre s'adresse aux femmes mariées, et il dit avec autant de grâce que d'énergie : « Un terrain ne doit-il pas être préparé à recevoir la semence ? » Or, voici comment notre agronome prépare le terrain : il prend pour sujet de ses expériences les filles de quinze à seize ans ; c'est-à-dire que pour enseigner l'art de plaire aux jeunes demoiselles, il choisit précisément l'âge où elles plaisent sans instruction, et où l'instruction serait un fâcheux pronostic. Quoi qu'il en soit, il exige un long noviciat de ses écolières : « Durant une année entière, dit-il, toute jeune personne devrait s'occuper exclusivement de la *théorie de l'homme*, conséquence immédiate de mon système. Ce n'est point dans Locke, ajoute-t-il, ni dans aucun livre qu'on leur apprendrait à connaître *l'espèce masculine....* etc. » Ce passage me rappelle la bonhomie d'un médecin qui, ayant initié sa fille dans les mystères de la physiologie, disait avec l'enthousiasme de l'orgueil paternel : « Il n'y a personne en France qui connaisse le corps humain comme ma fille. » Il paraît que M. Eugène de Pradel voudrait avoir des disciples comme la fille du docteur, et enseigner l'art de plaire aux demoiselles qui auraient déjà plu.

Notre instituteur a tant de confiance dans sa doctrine, qu'il prétend rendre aimables aux yeux même de leurs maris, les femmes légères, capricieuses, boudeuses, violentes, paresseuses, coquettes et jalouses ; et, pour que le miracle soit complet, il veut bien supposer que ces maris seront avares, prodigues, inconstans, libertins, ivrognes, joueurs ou colères. C'est entre des élémens aussi incompatibles qu'il veut établir une union solide et durable. Il passe en revue tous ces défauts, et il applique à chacun d'eux sa méthode curative. Voici comment il opère sur la légèreté des femmes : « L'épouse légère, dit-il, devra songer que la gaieté décente, pour être aimable, ne doit pas ressembler à la folie. Une heure, un quart d'heure par jour de méditation, en lui donnant l'habitude de penser ;

dirigera son esprit vers des sujets plus graves que ceux qui l'occupaient. On gagne du côté du cœur à mesure qu'on se détache des idées toutes superficielles. » Les petits esprits se perdent dans les routes tortueuses et sinueuses ; le génie, au contraire, choisit toujours la ligne droite et les moyens les plus simples ; et en effet, est-il rien de plus simple que de dire à la femme légère : « Méditez tous les jours, prenez l'habitude de penser, dirigez votre esprit vers des sujets graves, et détachez-vous des idées superficielles ? » Oh ! sans doute la femme légère ne manquera pas de se conformer à des préceptes aussi sages. C'est ainsi qu'Apollon a dit à M. Eugène de Pradel : « Écrivez un livre utile ; » et M. Eugène de Pradel a obéi comme la femme légère méditera, réfléchira, et s'occupera de sujets graves.

Le babil des femmes occupe vingt pages dans ce livre, et certainement ce n'est pas trop ; il y a là de la politesse. C'est le meilleur chapitre de l'ouvrage, et M. Eugène de Pradel nous apprend qu'il l'emprunte à J.-B. Robinet, moraliste très-vanté, et très-peu lu dans le dix-huitième siècle. Mais le nouvel auteur est trop modeste ou trop consciencieux, car, si le fonds du chapitre appartient réellement à Robinet, le commencement et la fin sont bien évidemment l'ouvrage de M. de Pradel. Or, dans ce commencement, l'auteur nous dénonce un grand plagiat, dont la révélation va causer une explosion terrible dans le monde savant.

Qui l'aurait cru ? Le fameux système des compensations, ce chef-d'œuvre qui a procuré à M. Azaïs une réputation européenne, se trouve tout entier dans le livre de J.-B. Robinet, où il est développé, dit M. de Pradel, *avec une admirable sagacité !* Quelle découverte ! et où M. Azaïs trouvera-t-il une compensation à ce malheur ? J'aime à croire cependant; car, je le confesse, Robinet m'est tout-à-fait inconnu quoique je l'aie vu citer fort souvent; j'aime à croire que M. de Pradel ne veut parler que des *compensations dans les destinées humaines*, et qu'il n'a pas lu les huit gros volumes du *Système universel*, où M. Azaïs applique la loi des compensations à l'astronomie, à la physique, à la chimie, à toutes les sciences, à tous les arts. Très-certainement, ces huit volumes ne proviennent pas du Robinet du dix-huitième siècle, puisqu'ils portent l'empreinte du dix-neuvième ; il reste donc à M. Azaïs la découverte du *fluide stellaire,* et la *compression universelle* qui explique tous les mouvemens des corps célestes ; c'en est plus qu'il ne faut pour avoir le droit d'être fier ; et après avoir donné à M. Azaïs cette fiche de consolation, je reviens au babil des femmes, qui a lui-même, comme on va le voir, son heureuse compensation dans les destinées humaines.

On ne saurait disconvenir que l'idée de Robinet ne soit fort ingénieuse ; en voici le résumé succinct : « Les femmes sont destinées à peupler la société ; elles sont chargées de notre enfance ; c'est dans leur compagnie seule que nous passons nos premières années....... Or, contestera-t-on que le babil des nourrices et des gouvernantes d'enfans, n'exerce nos jeunes oreilles, et ne grave dans notre cerveau débile beaucoup de traces d'idées qui ne s'y imprimeraient pas sans ce secours ? C'est donc pour nous apprendre à penser de bonne heure, pour exciter notre imagination enfantine, et nous habituer à joindre les idées aux mots qui les représentent, que la prévoyante nature a donné tant de caquet aux femmes. » Je n'ai pas cité fidèlement, parce que j'ai voulu abréger, mais j'en ai dit assez pour faire voir qu'il y a beaucoup d'esprit, et peut-être beaucoup de vérité dans cette conjecture de Robinet.

Malheureusement, le moraliste du dix-huitième siècle ne s'en tient pas là. Il veut prouver ensuite que cette intempérance de la langue est utile à l'art du chant, et il se perd dans des considérations physiologiques sur les fibres de la glotte, sur les cordes vocales et sur leurs vibrations ; raisonnemens dont on pourrait conclure que la plus grande babillarde a les meilleures dispositions à devenir la plus grande cantatrice. Mais, pour pouvoir tirer cette conséquence, il faudrait que le mécanisme de la voix chantante fût absolument le même que celui de la voix parlante, et que les muscles, les cartilages et les ligamens du larynx jouassent le même rôle dans les deux cas ; or, la différence qui existe entre la voix modulée et la voix articulée, nous prouve que ces deux effets s'opèrent par des moyens différens : et cette différence est quelquefois si grande, que si nous entendons chanter une personne pour la première fois, sans la voir, nous ne la reconnaîtrons pas à la voix, quoique nous l'ayons entendu parler très-souvent. Ainsi, malgré Robinet et M. Eugène de Pradel, nous avons connu des actrices passablement babillardes qui chantaient fort médiocrement. La compensation au babil, ne va donc pas jusqu'à l'air de bravoure. Ce beau chapitre sur le caquet des femmes est terminé par une pièce de vers qui n'est pas de Jean-Baptiste Robinet, et dont je ne transcrirai que la fin ; l'auteur y dit aux dames :

> Votre féconde causerie
> A fait naître l'heureux talent
> De maint défenseur éloquent
> Des droits sacrés de la patrie.
> Conservez un présent du ciel
> Dont s'applaudit notre fortune ;
> Grâce à ce babil éternel
> Qui peut d'un vulgaire mortel
> Fatiguer l'oreille commune,
> Foy, Benjamin et Manuel
> Sont l'honneur de notre tribune.

Non-seulement les écolières de M. de Pradel sauront plaire à leurs maris, quels que soient les défauts réciproques des conjoints, mais elles auront le pouvoir et le bonheur de les corriger de leurs vices, fussent-ils, comme je l'ai dit, avares, ivrognes, jaloux, etc... Le défaut d'espace m'empêche de développer sous les yeux du lecteur la longue série des moyens employés par la femme institutrice, mais en indiquant ce qu'elle fait pour l'époux avare, je donnerai une idée de la tactique de l'auteur.

Si une jeune personne douce et compatissante, a eu le malheur de tomber dans les mains d'un Harpagon, elle se gardera bien d'opposer le goût de la dépense à l'avarice de son mari ; ce serait l'aigrir sans l'éclairer, dit fort bien M. Eugène de Pradel ; mais elle affectera un esprit d'ordre et d'économie qui lui gagnera la confiance de l'époux ; elle usera ensuite d'un expédient encore meilleur : sous un prétexte qu'elle saura faire naître, elle introduira dans l'appartement de son mari, quelque malheureux ouvrier plongé dans la misère, et qui racontera l'histoire de ses malheurs. Si la compassion se manifeste dans les traits de l'avare, l'épouse doit se borner à en diriger l'élan, mais qu'elle se garde bien de paraître plus généreuse que son époux! Si, au contraire, le cœur du vilain reste ferme comme le roc battu par la vague, la femme doit se faire violence, se montrer plus dure encore et plus insensible que son mari, afin que celui-ci conçoive le noble projet de faire voir qu'il vaut mieux que sa femme ; et fasse par amour-propre ce qu'il n'eût jamais fait par commisération.

Ce procédé curatif, qui est bien plus étendu et bien mieux exposé dans l'ouvrage, me rappelle une petite anecdote fort analogue au sujet de ce paragraphe, mais peut-être trop connue du lecteur. Un honnête ecclésiastique passait pour avoir fait des conversions étonnantes, et attendri les cœurs les plus inhumains. Il voulut un jour essayer sur un avare le pouvoir de son éloquence, et il mit tant d'art, tant de grâces, tant d'onction dans ses remontrances, qu'il vit rouler des larmes dans les yeux de son auditeur : « Ah! monsieur, s'écria-t-il, vous êtes ému, la charité vous touche! Oui, monsieur, répondit l'Harpagon, la charité est une si belle chose que je vais la demander. » Je ne doute pas que les conseils de M. de Pradel n'obtiennent le même succès que sur le cœur des avares.

Ce livre est heureusement terminé par un *Code des Dames*, divisé en douze articles, dont plusieurs sont remarquables. Il y a, par exemple, de l'esprit et quelque vérité dans celui-ci : « Varier la forme de ses habits, surtout la couleur. Une journée aura-t-elle été pénible dans le ménage, quand on portait une robe de couleur foncée ? en mettre une blanche le lendemain....... » L'auteur dit ensuite le pourquoi, et je crois que cela est inutile.

Les dames, j'en suis sûr, n'approuveront pas autant cet autre précepte : « Ne se mêler que des affaires du ménage ; attendre que l'époux lui confie les autres........ » Je propose hardiment cette variante : « Se mêler de tout, excepté du ménage, et l'époux attendre que madame lui parle d'affaires. » Depuis que nous n'avons plus de femmes

ni de filles, mais partout des dames et des demoiselles, il n'y a plus de ménages, et, en conscience,
M. de Pradel ne veut pas sans doute que madame
aille demander à la demoiselle cuisinière si elle a
mis les carottes au pot. Et qu'on ne m'accuse pas
de vouloir faire une mauvaise plaisanterie ; je parle
d'après mon expérience. Un jour je fus étonné de
trouver sous la porte cochère d'une maison de
Paris, trois jolies demoiselles au lieu de la portière
que je cherchais : « Que voulez-vous, monsieur ?
me dit l'une de ces trois Grâces, fort élégamment
vêtue. — Je veux parler à la portière. — Eh bien!
monsieur, parlez ; voici les *demoiselles* de la portière. » Il y a quelques années qu'étant dans un
misérable village des Vosges, j'eus besoin d'un
commissionnaire, dont on m'indiqua la demeure.
Je trouvai sur le seuil de la chaumière, une femme
couverte d'une toile grise en lambeaux, et filant
un chanvre grossier. « Que voulez-vous, monsieur? — Je veux parler à Colas. — Il n'y est pas,
monsieur ; mais vous pouvez me parler tout de
même, *je suis sa dame.* » Maintenant je reviens
à M. Eugène de Pradel, et je dis que jamais je
n'aurais osé parler de ménage, ni à la dame de Colas, ni aux demoiselles de la portière ; il faut donc,
à plus forte raison, faire disparaître ce vilain mot
d'un code destiné aux dames qui ne sont pas des
portières, et qui n'ont pas des Colas pour maris.

Le livre de M. Eugène de Pradel aura sans
doute une seconde édition, car on y trouve des

idées originales, des traits d'esprit et de finesse, et par-ci, par-là, de bonnes observations, quoiqu'elles soient fort inutiles. Je vais, en conséquence, lui soumettre quelques remarques dont il pourra faire usage, si elles lui paraissent justes. Je crois, par exemple, qu'on ne dit pas dans le monde : *Cet homme a beaucoup de formes*, mais qu'il faut dire simplement : *cet homme a des formes*. Je crois aussi que l'auteur a tort, quand il dit que *la coquetterie n'est autre chose qu'un amour-propre qui cherche à fixer l'attention des hommes*. Il y a sans doute de l'amour-propre dans nos défauts et même dans nos vertus ; mais la coquetterie est peut-être le vice qui en suppose le moins, car une femme qui croirait posséder tous les charmes et tous les moyens de séduction, ne chercherait pas un auxiliaire dans la coquetterie. Quand on a recours à l'art, on ne se croit point parfait. Je crois encore qu'il ne faut pas placer les *Ilotes* à Athènes, et qu'il faut les laisser à Lacédémone. Je crois enfin que cette Lamma dont M. de Pradel vante l'héroïsme dans une note, n'est autre que la célèbre Camma illustrée par Plutarque, et dont Thomas Corneille a fait une tragédie.

Encore une observation ; elle sera la dernière : M. de Pradel admire trop la réponse d'une pauvre femme à Philippe de Macédoine, quand ce prince ayant dit qu'il n'avait pas le temps de l'écouter, elle s'écria : « *Cessez donc d'être roi.* » Cette anecdote ou cette fable, a été racontée plusieurs fois et attribuée à plusieurs princes, car elle a passé de Philippe à Vespasien, de Vespasien à Trajan, et enfin Dion et Spartien la reproduisent sous le règne d'Adrien, avec cette différence, que la vieille femme aurait répondu : « Pourquoi donc êtes-vous empereur ? » Mais dans quelque temps que le mot ait été dit, il n'en est pas plus raisonnable. Figurez-vous donc un grand monarque obligé d'écouter toutes les vieilles femmes de son empire ! Je n'y vois, au bout de huit jours, que la surdité ou l'abdication. On nous a conté aussi que le grand Frédéric lisait toutes les lettres qui lui étaient adressées, et qu'il répondait à toutes. O grand Dieu ! si un roi s'avisait de faire cette promesse, où prendrait-on tout le papier nécessaire ? Il n'y aurait ni petit, ni grand, ni homme, ni femme qui ne voulût avoir sa *lettre du Roi*, et Sa Majesté aurait bientôt plus de secrétaires que de soldats.

DES JUIFS AU DIX-NEUVIÈME SIÈCLE,

OU CONSIDÉRATIONS

SUR LEUR ÉTAT CIVIL ET POLITIQUE EN EUROPE;

Suivies de la Notice biographique des Juifs anciens et modernes qui se sont illustrés dans les sciences et les arts; par M. BAIL, ancien inspecteur aux revues. Avec cette épigraphe :

> « Jésus-Christ n'a pas dit : Mon sang lavera celui-ci et non
> » celui-là. Il est mort pour le *Juif* et pour le *Gentil*, et il n'a
> » vu dans tous les hommes que des frères.»
>
> CHATEAUBRIAND, *Atala*, p. 1o6.
> (Édit. de Paris, 18o5,)

LES nouvelles persécutions qu'éprouvent les Juifs dans quelques villes d'Allemagne ont sans doute inspiré à M. Bail le généreux dessein de plaider au tribunal de l'opinion publique la cause d'une nation éternellement malheureuse, étrangère dans les lieux mêmes auxquels elle devrait donner le doux nom de patrie, haïe pendant long-temps pour des crimes imaginaires, et méprisée encore aujourd'hui par la lie du peuple pour des vices qu'ils partagent avec nous ou qui sont notre ouvrage. Cette apologie, écrite avec autant de sagesse que de logique, et ornée de plusieurs traits d'érudition, est d'un intérêt direct pour l'Allemagne ; mais elle n'a pour nous qu'un intérêt purement spéculatif, puisque la Charte assure aux Juifs les mêmes droits qu'aux autres citoyens, ou plutôt, ce qui est mieux encore, la Charte ne reconnaît plus de Juifs. Les bons esprits liront cependant avec plaisir le petit ouvrage de M. Bail, et ils s'étonneront que, dans le dix-neuvième siècle, on soit obligé de proclamer et de confirmer des vérités si palpables et si grossières, qu'elles font un peu honte au prétendu progrès des lumières et à la perfectibilité indéfinie. Il est bon d'observer aussi que la proscription des Juifs existe spécialement dans les villes allemandes qui se disent *libres*, et que cette barbarie, digne du douzième siècle, est approuvée et légitimée par ces mêmes hommes qui nous disputent la supériorité en littérature et en *philosophie*. Il y a une concordance admirable entre leurs idées *libérales* et leurs principes littéraires; et ceux qui applaudissent avec transport, au théâtre, un furieux qui veut violer une reine condamnée à l'échafaud, ont pu écrire sur la porte de leur ville : *Défense aux Juifs et aux cochons d'entrer ici.*

Quels que soient leurs efforts, j'espère qu'on ne reverra plus brûler des Juifs en cérémonie, pour la seule raison qu'ils sont Juifs, et le noble le plus entiché des droits féodaux, n'osera plus réclamer celui de *colaphiser le Juif* avec un gantelet de fer.

Quand on se rappelle toutes les avanies, toutes les infamies, tous les malheurs que cette nation a soufferts dans tous les temps, on s'étonne qu'elle

existe encore, et que, partout sans patrie, elle soit
partout une nation. « Quelles fortunes diverses,
» s'écrie M. Bail, jusqu'à la fameuse captivité de
» Babylone et jusqu'à la ruine du Temple! Soit
» qu'ils restent fidèles à Darius, après la victoire
» d'Alexandre, soit qu'ils errent aux plaines de
» Ninive, soit qu'enchaînés aux chars des Ro-
» mains, ils ornent les triomphes de Néron et de
» Vespasien; dans l'excès même de l'infortune, ils
» ne cessent jamais d'être une nation; l'amour de
» la patrie est pour eux la première des vertus.
» Spectacle étonnant et sublime que cette destinée
» des enfans d'Israël! Ils deviennent les architectes
» des pyramides colossales de l'Egypte, de l'am-
» phithéâtre de Rome; et ainsi, du sein des mi-
» sères, ils ont encore la main dans toutes les
» grandeurs. » A ce tableau assez vif, l'auteur en
ajoute un autre, tracé d'une main plus ferme encore et plus riche en couleurs, qu'il emprunte à
M. de Chateaubriand, et qui représente si bien le
caractère du peuple juif. Je regrette de n'en pouvoir offrir qu'un extrait :

« Objet particulier de tous les mépris, il baisse
» la tête sans se plaindre, il souffre toutes les ava-
» nies sans demander justice, il se laisse accabler
» de coups sans soupirer; on lui demande sa tête,
» il la présente au cimeterre. Si quelque membre
» de cette société proscrite vient à mourir, son
» compagnon ira, pendant la nuit, l'enterrer fur-
» tivement dans la vallée de Josaphat, à l'ombre

» du temple de Salomon. Pénétrez dans la demeure
» de ce peuple, vous le trouverez dans une affreuse
» misère, faisant lire un livre mystérieux à des
» enfans qui, à leur tour, le feront lire à leurs
» enfans. Ce qu'il faisait il y a cinq mille ans, ce
» peuple le fait encore. Il a assisté dix-sept fois à
» la ruine de Jérusalem, et rien ne peut le décou-
» rager, rien ne peut l'empêcher de détourner ses
» regards vers Sion, etc. » (*Itinéraire*, tom. 3, pag.
46 et suiv.)

Puisque, dans l'année 1816, un homme d'esprit croit avoir besoin d'employer toutes les ressources de la logique pour prouver que les Juifs
sont des hommes comme les autres, qu'ils peuvent
être, comme nous, laboureurs, artisans, artistes,
citoyens, en un mot ; que notre injustice seule les
a forcés quelquefois à user de moyens illicites pour
prolonger une existence toujours enviée, lors même
qu'elle était misérable ; puisqu'il invoque le té-
moignage de l'histoire ancienne et de l'histoire
moderne pour démontrer que cette nation a, comme
les autres, les germes de toutes les vertus, germes
dont l'esclavage, l'oppression et la tyrannie ont
pu seuls empêcher le développement, je demanderai à M. Bail la permission de l'oublier un moment, et de fouiller aussi dans les archives de
l'histoire pour y retrouver un trait qui m'a vivement frappé autrefois, et que je crois digne de
figurer dans une apologie de la nation juive.

On sait que le plus fou des empereurs romains,

Caïus Caligula, eut un jour la fantaisie d'être Dieu.
Il s'essaya d'abord en s'habillant en Hercule ; mais
bientôt il parut vêtu en Mercure ; en Apollon,
quelquefois même en Diane, et se transforma enfin
en Jupiter. Il fallut alors que tous les peuples l'a-
dorassent, et lui offrissent des sacrifices. Ayant
entendu parler de la magnificence du temple de
Jérusalem, il voulut y faire placer sa statue, et il
écrivit à Petronius, gouverneur de Syrie, pour
l'exécution de cet ordre insensé. Les Juifs étaient
loin de souffrir une pareille abomination, puisque
la loi leur défendait même toute peinture ou représentation d'hommes ou d'animaux ; et les soldats romains qui traversaient la Judée, avaient
toujours eu soin de voiler leurs aigles, dans la
crainte que ces figures n'excitassent une sédition.
Dès que le peuple d'Israël connut la volonté de
l'empereur, tous les hommes quittèrent spouta-
nément les villes et les campagnes, sans autre signal
que la commune douleur, et ils se portèrent avec
leurs femmes et leurs enfans à Ptolémaïde, où ré-
sidait Petronius. Dès qu'on aperçut de loin cette
multitude, on crut que la nation entière venait
attaquer les Romains ; mais ces infortunés n'avaient
d'autres armes que leur profonde tristesse, leurs
pleurs et leurs gémissemens. Petronius leur repré-
senta qu'il était inutile de vouloir résister à la
puissance de Rome et à l'inflexible volonté de
Caïus. « Nous sommes tous prêts, lui répondirent
les Juifs, à souffrir la mort pour Dieu et notre loi. »

— « Voulez-vous donc, répliqua le gouverneur, prendre les armes contre César? » — « Non, s'écrièrent-ils ; nous sacrifions deux fois par jour pour l'empereur et pour le peuple romain ; mais si Caïus veut mettre sa statue dans notre temple, il faut auparavant qu'il fasse exterminer toute la nation. Nous ne prendrons point les armes, et nous nous laisserons tuer tous jusqu'au dernier. » A ces mots, ils se couchèrent la face contre terre comme prêts à recevoir la mort, et leur nombre était si grand que les campagnes au loin en étaient couvertes. Deux jours entiers ils restèrent dans cette effrayante attitude. Le temps était venu de labourer et d'ensemencer les terres, et le gouverneur, convaincu par ce qu'il voyait de l'inébranlable constance des Juifs, les fit relever et les congédia, en leur donnant quelque espérance. Le spectacle de tout un peuple prosterné et attendant la mort, est, à mon sens, un des plus grands tableaux que nous offre l'histoire.

Revenons maintenant à M. Bail, qui, dans l'intention louable de rendre les Juifs intéressans, me paraît avoir été injuste envers le vainqueur de Jérusalem. « Ce fut, dit-il, ce Titus, surnommé *les délices du genre humain*, qui exerça contre eux d'horribles cruautés. » Je réponds d'abord que Titus, en faisant le siége de Jérusalem, n'était que le lieutenant de Vespasien son père ; je sais ensuite que, loin d'approuver les cruautés qu'on exerçait contre les Juifs, il fit punir sévèrement tous ceux

qui se les permettaient. Des Syriens et des Arabes
qui servaient dans son armée, ayant su que des
Juifs s'échappaient de Jérusalem pour éviter la
famine qui désolait cette ville, et qu'ils avaient
avalé des pièces d'or pour les dérober à la rapacité
du soldat, eurent la barbarie d'éventrer tous les
Juifs qu'ils rencontraient, et de chercher dans leurs
entrailles cet or que souvent ils n'y trouvaient pas.
On peut voir dans Josephe quelle fut l'indignation
de Titus quand il apprit cette atrocité, le discours
qu'il tint à ses soldats, et les ordres qu'il donna
de punir du dernier supplice tous ceux qui se ren-
draient coupables d'une pareille infamie. Lorsqu'ensuite il entra dans Jérusalem, dont la longue
résistance avait dû l'irriter, il défendit de tuer tous
les Juifs qui cesseraient de combattre ; et il fit tous
ses efforts, inutiles à la vérité, pour empêcher la
destruction du temple. M. Bail ajoute que les
cruautés contre les Juifs furent répétées sous
Adrien ; mais il faut rétablir les faits. Adrien n'a
valu ni son prédécesseur ni son successeur ; mais
aucun historien ne lui reproche d'avoir été cruel.
D'ailleurs, il n'était pas en Syrie quand Tynnius
Rufus, son lieutenant, prit et saccagea la malheureuse Jérusalem, à peine remise de son désastre
sous Titus. Pour être juste, il faut avouer aussi
que, cette fois, les Juifs ne combattaient pas pour
une cause aussi sainte et aussi légitime. Ils s'étaient
révoltés, et ils avaient pris pour chef un insigne
voleur, nommé Cozeb par les uns, et Barcozébas

selon d'autres. Ils furent sévèrement châtiés; mais dans cette circonstance, s'il est permis de les plaindre, on ne peut en même temps s'empêcher de les blâmer.

Aujourd'hui, quel est le motif de la haine et du mépris dont ils sont encore l'objet dans les pays et dans les villes où la population conserve un reste de barbarie? Personne ne croit plus que les Juifs dérobent des hosties consacrées pour faire des opérations magiques, et qu'ils enlèvent des enfans pour les crucifier dans des assemblées nocturnes; pendant les horreurs de notre révolution, je n'ai pas vu de Juifs au nombre de nos bourreaux; ils avaient cependant alors une bonne occasion de se venger, s'il était vrai qu'ils eussent pour nous une haine implacable. Dira-t-on que leur religion est le motif de l'horreur qu'on affecte pour eux? Ne nous y trompons pas : ceux qui déclament contre les Juifs avec le plus de fureur, sont souvent aussi peu chrétiens que les Juifs mêmes, et très-certainement ils sont moins religieux. Si, parmi leurs persécuteurs les plus acharnés, vous reconnaissez des sociétés de marchands, soyez certains que la religion est le prétexte, mais l'industrie des Juifs la véritable cause de la haine qu'ils inspirent.

Il est un point cependant sur lequel on prétendra qu'il est impossible de justifier les Juifs: c'est l'usure ; et cela est tellement incontestable, dira-t-on, que les mots *Juif* et *usurier* sont devenus

synonymes. Il est facile de répondre à cette ac-
cusation : tant qu'un gouvernement privera un
peuple ou une portion du peuple des droits de
citoyen, et lui ôtera les moyens de se procurer
la subsistance par des voies honorables, la nécessité, la plus impérieuse des lois, forcera ces malheureux à recourir aux moyens illégitimes. Suppo-
sez un peuple chrétien, placé et isolé au milieu
d'un peuple étranger qui l'accablerait de mépris et
le priverait de tous les droits de la civilisation,
serait-il plus scrupuleux et plus désintéressé que
les Juifs ? Que dirons-nous donc des chrétiens qui,
appelés à toutes les places et jouissant de tous les
droits, cherchent dans l'usure un moyen de grossir
promptement leur fortune. Il y a aussi un proverbe pour eux: le peuple les nomme *des Juifs
qui ont la barbe en dedans*. La métaphore n'est
pas de bon goût, mais elle est plaisante ; et je soup-
çonne que parmi les Allemands qui persécutent les
Juifs, il y en a plus d'un qui ont la barbe en dedans, et qui n'agissent que par jalousie de métier.

Quelques personnes croient, ou feignent de
croire, que la loi des Juifs leur permet l'usure envers les étrangers ; M. Bail relève cette erreur: le
mot *nechech*, dit-il (je crois qu'il faut écrire *nes-
chech*), ne signifie pas *usure*, mais un intérêt quelconque; et puisque dans l'hébreu il n'existe aucun mot qui distingue l'intérêt légal de l'intérêt
usuraire, il faut dire seulement que la loi permet
aux Juifs de *prêter à intérêt* aux étrangers. Il me

semble que l'auteur aurait pu rendre cette démonstration plus sensible qu'il ne l'a fait. Traduisons
le précepte hébreu en latin, nous trouverons cette
phrase que l'on reproche aux Juifs : *Non fœnerabe-*
ris fratri tuo sed alieno. La mauvaise interprétation
du mot *fœneraberis* a fait croire que la loi disait:
Tu ne prêteras pas à usure à ton frère, mais à
l'étranger. Cependant le mot latin *fœnus*, ou *fenus*,
comme on l'écrit aujourd'hui, ne signifie qu'un
intérêt quelconque : un pour cent s'exprime par
fenus unciarium ; trois, cinq, six pour cent, par
fenus trientarium, etc.... Le mot *usura* même n'a
pas une autre signification. Cicéron et les autres
auteurs les emploient indifféremment l'un et l'autre
pour exprimer l'intérêt le plus modique , et les
aggrave d'une épithète pour exprimer intérêt usuraire. Cherchez dans tous les dictionnaires le mot
usure, vous trouverez *fenus usura* ; cherchez *intérêt*
de l'argent, vous trouverez encore *usura* et *fenus.*
Le précepte contre lequel on s'élève ne désigne donc
pas l'usure comme nous l'entendons; et ici les Juifs
ont certainement l'avantage sur nous, puisqu'il leur
est défendu d'exiger le plus modique intérêt de leurs
frères, tandis que nous prêtons à intérêt à d'autres
chrétiens, à nos amis et à nos parens.

M. Bail pense avec beaucoup de raison que ce
n'est point assez d'avoir émancipé les Juifs, qu'il
faut encore réformer leur éducation ; mais les paragraphes où il développe cette idée doivent être
lus dans l'ouvrage même.

DU SORT DE L'HOMME

DANS TOUTES LES CONDITIONS,

DU SORT DES PEUPLES DANS TOUS LES SIÈCLES,

ET PLUS PARTICULIÈREMENT DU SORT ACTUEL
DU PEUPLE FRANÇAIS ;

Par H. AZAÏS. (Première partie ; théorie fondamentale.)

CRÉBILLON ayant travaillé pendant trente années
à sa tragédie de *Catilina*, on disait plaisamment de
lui : Il a fait *Catilina*, il le fait et il le fera toujours.
Le *Système des Compensations* est le *Catilina* de
M. Azaïs. Les compensations sont la pensée-mère,
la vie, l'essence de M. Azaïs ; elles ont fait sa réputation, elles assurent sa gloire, et, comme tout est
éternel et universel dans les conceptions de M. Azaïs,
sa gloire ne trouvera de bornes ni dans l'espace,
ni dans la durée. Malheur à lui ! car si son système
est vrai, une terrible compensation, non moins
universelle, et non moins éternelle, doit peser
éternellement sur le glorieux et malheureux philosophe.

Ce début vous apprend que le nouvel ouvrage
de M. Azaïs n'est autre chose qu'une confirmation

de son premier ouvrage. Il l'a présenté d'abord, en 1809, sous la forme d'un modeste volume ; la singularité du système, les conséquences philantro-piques et consolantes qui en résultaient, une lo-gique adroite et subtile, un style fort agréable, fi-rent sourire le lecteur, et comme, ainsi que l'a dit Voltaire,

Toujours un peu de vérité
Se mêle au plus grossier mensonge,

le système des compensations, considéré comme un jeu d'esprit, fut accueilli du public qui se garda bien de l'approfondir, et le nom de M. Azaïs se ré-pandit dans le monde avec une telle rapidité, que l'universalité de sa réputation a paru démontrer l'universalité du système. *Azaïs* et *Compensation* sont devenus deux synonymes inséparables : si un pauvre diable fait subitement une fortune brillante, c'est un Azaïs qui lui tombe du ciel ; si un Cré-sus se ruine et meurt à l'hôpital, c'est un Azaïs qui l'a écrasé ; puisque tout est compensation dans la nature, tout est Azaïs dans l'univers.

En 1810, M. Azaïs, considérant sans doute le succès de son livre comme un assentiment à son système, le développa complètement, lui donna l'énorme extension de huit volumes, et le nomma *Système universel*. Dans cet ouvrage, l'auteur em-brassait l'universalité des connaissances humaines, et cherchait à démontrer que dans la nature tout est compression et dilatation, composition et dis-

solution, c'est-à-dire, compensation. Ce gros livre
réussit beaucoup moins que le petit, et il était facile de prévoir qu'il serait accueilli avec moins
d'empressement. Il est très-peu de lecteurs qui
possèdent la science universelle ; et, pour suivre le
système de M. Azaïs dans toutes ses ramifications,
il fallait être aussi instruit que l'auteur même, et
connaître assez l'astronomie, la physique, la chimie, la physiologie, etc.... puis l'histoire, la politique, la morale, etc.... puis les arts en général,
pour juger l'application que l'auteur faisait de son
système à toutes ces connaissances. Ainsi, plus
l'instruction de M. Azaïs était vaste, moins il pouvait trouver de lecteurs capables de l'apprécier.
Une autre cause s'opposait au succès du gros livre :
c'était son ampleur même. On voulait bien lire un
seul volume agréablement écrit, et admettre, sans
disputer, un système ingénieux qui flatte l'imagination ; mais huit volumes de science, de philosophie et de discussion, sont bien capables de faire
frémir le lecteur le plus intrépide ; on ne voulait
pas d'ailleurs payer si cher pour apprendre que le
résultat des destinées humaines, peines et plaisirs
compensés, se réduit tout justement à zéro ; entre
le prix de huit volumes et le zéro de la félicité humaine on ne voyait pas de compensation. La logique enfin combattait contre le système universel,
car on se disait : Si la doctrine des compensations
est aussi certaine et aussi évidente que l'auteur
l'assure, et que le succès de son livre a paru le

prouver, comment a-t-il fallu écrire huit volumes pour la confirmer? et si les huit volumes ont été nécessaires, le système n'était donc pas clair comme le jour, et l'auteur n'a dû son succès qu'à son talent propre et à son esprit.

Je l'ai lu cependant ce Système universel dans son immense développement; il ne m'a ni convaincu, ni persuadé; j'ai fait à l'auteur même toutes les objections que mon peu d'instruction et de logique a pu me fournir. M. Azaïs n'a pas dédaigné d'argumenter contre moi; il a même pris la peine de m'écrire une longue lettre dans laquelle il essayait de répondre au reproche que je lui faisais de ne considérer, dans son *Système*, que le *volume* des corps célestes, et non pas leur *masse;* mais, ni sa lettre, ni ses discours n'ont pu vaincre mon incrédulité. Cela n'est pas étonnant, dira-t-on, je suis coiffé d'un éteignoir, et les lumières du siècle sont perdues pour moi. Je crois cependant que M. Azaïs ne me déclarera pas totalement aveugle quand j'ajouterai que son gros livre est très-curieux, que je l'ai lu avec beaucoup de plaisir, que son système même tout inadmissible, tout insoutenable qu'il paraît, est présenté avec beaucoup de talent, et ce qui est le plus extraordinaire, avec beaucoup de clarté, et que, radicalement faux lui-même, il est cependant fondé sur des vérités démontrées, sur des notions précises, et sur l'état actuel des connaissances humaines; mais ce n'est pas la première fois qu'on aura tiré des conséquences fausses des

vérités les plus incontestables. Quiconque aura le
courage d'aborder le *Système universel*, ne s'en re-
pentira pas, s'il a déjà quelque teinture des sciences, et s'il connaît un peu la langue didactique ;
il y puisera même une instruction réelle et variée,
quoique le fonds de l'ouvrage soit une erreur ; et
il y apercevra tant de vraisemblances et de probabilités apparentes, que l'auteur sera excusé de
s'être laissé séduire. En effet, les compensations ne
sont-elles pas innombrables dans la nature? Les
deux forces auxquelles sont soumis les corps célestes ou se compensent avec exactitude, ou se sur-
passent mutuellement, ce qui est encore une compensation ; la seconde partie de l'ellipse que décrit
une planète est la compensation, en sens contraire,
de l'arc décrit dans la première partie ; sans la compensation, tous les corps célestes, obéissant à une
seule force, ne formeraient bientôt plus qu'une
seule masse. Sur la terre cette loi n'est pas moins
évidente. Il ne tombe des régions de l'atmosphère
que la quantité d'eau que l'évaporation y a portée ;
dissolution et précipitation sont tout le secret de la
pluie et du beau temps. Les arts même sont fondés
sur des compensations : en musique, c'est l'alter-
native de l'aigu et du grave, du fort et du doux, du
vîte et du lent ; en peinture, c'est la distribution
compensée du clair et de l'ombre ; en architecture,
c'est la compensation de l'équilibre, cause de solidité ; en littérature, enfin, ce vers :

Passer du grave au doux, du plaisant au sévère,

23.

exprime une véritable compensation. Voilà sans doute des vérités, mais voici les erreurs.

M. Azaïs a dit: « Dans la nature où tout s'enchaîne, il ne peut exister un ordre partiel ; si l'ordre n'était pas universel, il ne pourrait avoir aucune existence, » et il est parti de là pour établir les compensations au moral comme au physique. Or, je ne sais quel nom donner à la prétention de soumettre à une loi rigoureuse, éternelle et universelle, les institutions humaines, les révolutions des empires, les passions de l'homme, ses erreurs, ses caprices, ses folies qui influent si puissamment sur sa destinée, ses plaisirs, ses peines, ses idées, ses rêveries, ses opinions si variables qui augmentent cependant ou diminuent ses peines et ses plaisirs ; je ne sais comment un homme, jouissant de son bon sens, a pu sérieusement soutenir que le pauvre, en proie au besoin, à la misère, aux infirmités de toute espèce, et terminant sa vie dans les souffrances, a reçu, au bout de sa carrière, une somme égale de biens et de maux, et qu'un homme jouissant de la santé la plus parfaite, comblé des dons de la fortune, et doué d'un heureux caractère, a éprouvé dans sa vie autant de mal que de bien ; je ne sais enfin comment on a pu écrire: qu'il n'est pas une situation où un coup mortel ne tranche la vie de manière à ce que les deux parties ne soient égales. Voilà cependant ce que M. Azaïs affirme avec la plus inconcevable conviction.

Le raisonnement par lequel il étaie cet étrange

système est si extraordinaire qu'il en devient plaisant : notre vie se compose de deux périodes. Pendant la première, il y a croissance et formation ; pendant la seconde, décroissance et décomposition. Ces deux périodes sont égales, puisque tout se compense dans la nature ; or, il y a plaisir dans la formation, il y a peine dans la décomposition ; il y a donc une somme égale de peine et de plaisir. Voilà le résumé d'un paragraphe que sa longueur m'empêche de citer textuellement. Quand j'ai lu ces prétendues preuves, il m'a semblé entendre un physiologiste qui, après avoir exposé l'admirable mécanisme de l'économie animale, en conclurait que tout homme doit éprouver une somme égale de force et de faiblesse, de douleurs et de plaisirs, d'appétits et de dégoûts, de santé et de malaise, puisque la nature a donné à tous les mêmes organes, le même appareil digestif, musculaire et vasculaire, même faculté de croître, même nécessité de se déformer et de périr. Mais la nature a fait les hommes pour qu'il parcourussent la même carrière, et cependant tous meurent à différentes époques ; elles les a faits pour qu'ils jouissent de la même santé, et cependant il n'y en a pas deux qui aient exactement la même santé ou les mêmes maladies, elle les a jetés sur le même globe, mais ils se sont répandus sous différens climats, et ils vivent dans des situations plus ou moins favorables à cette composition ou à cette décomposition qui, selon M. Azaïs, sont des sources de plaisirs et de peines.

Ainsi, tandis que ceux-ci puisent plus largement à l'un des tonneaux de Jupiter, ceux-là sont inondés par l'autre tonneau. Que l'espèce humaine, prise en masse, ait reçu arithmétiquement la même somme de biens et de maux, j'y consens; mais que la somme des uns et des autres soit exactement la même pour chaque homme, en particulier, c'est un paradoxe qui ne devient jamais une vérité.

Le principe même, posé par M. Azaïs, est destructeur de son système. Si, dans l'enfance, la jeunesse et l'âge viril, il y a plus de plaisirs que de peines, ce qui est vrai; si, dans la vieillesse, la caducité et la décrépitude, on éprouve le contraire, ce qui n'est pas moins évident, pour que la compensation soit parfaite, il faut que l'homme parvienne au bout de la carrière : or, il en est peu qui parcourent toutes les phases de la vie humaine; la compensation est donc une exception et non pas une loi. D'un autre côté, si l'équilibre est une loi universelle, il ne dépend pas de l'homme de le rompre; cependant un meurtrier serait le maître de déranger le calcul, en tuant un homme avant le moment où la compensation allait s'établir.

Au reste, cette doctrine n'est pas neuve, et je la trouve tout entière dans un conte oriental dont l'auteur m'est inconnu : Un génie apparut un jour à un roi de Sérendib; c'était sans doute le génie qui a dicté, à M. Azaïs, la brochure des Compensations et le gros livre du Système universel. Il apprit au roi que, dans le sein d'une énorme mon-

tagne (le pic d'Adam, peut-être), il existait un
trésor immense, et que ce trésor était destiné au
prince qui aurait le courage de se frayer une route
dans les entrailles de la montagne. Aussitôt, ordonnance du roi qui met tout le peuple en réqui-
sition; jeunes, vieux, nobles et vilains sont armés
de la pelle et de la pioche; les rochers sont abat-
tus; les terres enlevées, la moitié de la population
périt à la peine; mais après trente ans de travaux
le monarque a la satisfaction de posséder le trésor.
Son premier soin est de compter les espèces, et il
trouve à livres, sous et deniers une somme parfaitement égale à celle qu'il a dépensée pour l'entreprise. Le roi meurt après ce beau succès. Eh bien!
voilà mes compensations, dira M. Azaïs; oui, pour
le prince, répondrai-je, mais interrogez les ombres de ceux qui ont travaillé sous le bâton de
l'ordonnateur, qui ont pioché et brouetté, qui
ont passé leurs beaux jours dans les sombres
galeries de la montagne, qui y sont morts de fatigue ou de désespoir, et vous verrez si le calcul
est juste.

M. Azaïs est loin d'être toujours d'accord avec
lui-même, et une contradiction suffirait pour faire
crouler le système le mieux coordonné. En voici
cependant une si grossière et si palpable, qu'elle
doit choquer les sens les plus obtus. On a vu que,
d'après ce système, la première moitié de notre vie
est une période de formation et de plaisir, et la
seconde une période de destruction et de peine.

Maintenant, lisons ce paragraphe : « L'imagination échappe sans cesse à l'homme qui a vécu
dans l'habitude de la fortune et des hommages ; il
est fatigué, importuné de ce qu'il possède, ou du
moins il le possède sans y penser, sans en jouir,
etc.... » Je néglige le reste de l'alinéa, qui est un
développement de cette idée juste, et je propose
ce dilemme : Ces hommes fortunés, mais fa-
tigués et importunés de leur bonheur, ces hommes
qui ont possédé sans jouir, mourront nécessairement dans la première ou dans la seconde moitié
de la vie humaine. S'ils meurent dans la première,
ils n'ont eu pour bonheur que la fatigue, l'importunité, ou tout au plus un bonheur dont ils n'ont
pas joui, et conséquemment nul; s'ils meurent dans
la seconde période, ils auront les peines de la
vieillesse pour faire équilibre à un bonheur nul,
à la fatigue et à l'importunité. Où donc est la compensation ? Dans tout ce fatras de subtilités et de
sophismes, il n'y a de vrai que cette proposition
si simple : Les plus grands biens sont mêlés de quelques peines, ce sont les épines de la rose ; dans
les plus grands maux, le temps nous apporte quelques consolations quand le désespoir ne nous conduit pas à la mort ou au suicide. Il y a long-temps
qu'un poète a dit :

> . . . . *Levius fit patientiâ*
> *Quidquid corrigere est nefas.*

Mais il n'a pas fait de cette vérité un système des

compensations, et il ne l'a pas développée en huit volumes.

Je suis à l'abri, ce me semble, de tout soupçon de partialité en faveur de M. Azaïs, mais je ne suis pas exempt de justice et d'égards. Je dois reconnaître que son nouveau livre, dont j'annonce la première partie, n'est pas moins bien écrit, moins curieux que les autres ouvrages du même auteur. J'annonce également que M. Azaïs érige son joli ermitage, rue Duguay-Trouin, n° 3, en académie platonique ou socratique, en véritable *Stoa*, sous lequel il se fera un plaisir de discuter le système universel avec les curieux qui viendront acheter ses livres. On trouvera le professeur de deux heures à quatre en hiver, et de six jusqu'à la nuit en été. Rien n'est plus agréable que la conversation de M. Azaïs; il parle de tout, et toujours bien; il supporte la contradiction avec une patience philosophique et une amabilité française; il entend fort bien la plaisanterie; et je sais tout cela par expérience. J'espère donc que les amateurs se porteront en foule dans le jardin du nouvel Académus; on lui doit cet empressement en compensation de ses travaux; mais moi-même, quelle compensation donnerai-je à mes lecteurs pour cet énorme article sur les éternelles compensations?

PEUT-ÊTRE,

Par M. le baron DE MONVILLE, pair de France.

HÂTONS-NOUS de faire cesser le vague et l'incertitude qui résultent d'un titre si concis et si extraordinaire. C'est l'auteur même qui va s'expliquer un peu plus clairement : « Qu'est-ce que l'univers? C'est la matière et le mouvement dans leur généralité. Qu'est-ce que la nature terrestre? C'est la matière et le mouvement sur notre planète. PEUT-ÊTRE qu'en raisonnant avec exactitude sur ces deux termes uniques, *la matière* et *le mouvement*, on trouverait les principes des corps. » M. de Monville ajoute : « Je vais le tenter. » Le livre que j'annonce est donc le produit de cette tentative; et l'on pressent déjà que l'ouvrage, considéré dans son ensemble, est une nouvelle cosmogonie.

Mais voilà que j'ai déjà perdu les trois quarts de mes lecteurs : le peut-être avait paru piquant, et la sagacité de nos innombrables publicistes s'évertuait à pénétrer le sens de cette énigme. Un *peut-être*, prononcé par un pair de France, pouvait signifier bien des choses : peut-être aurons-nous la guerre... Eh! cela ne ferait pas mal ; une bonne petite guerre a son prix dans certaines circonstances ; peut-être la *conversion* se fera-t-elle ; qui sait ? on a aujourd'hui un tel mépris des richesses ! Peut-être la Russie va-t-elle se décider à poser le croissant sur la croix grecque ; pourquoi pas ? il vaut bien mieux voir les Cosaques à Constantinople qu'à Paris. Non, ce n'est pas cela ; mais peut-être Mont-Rouge accouchera-t-il cette année. Diable ! ce ne serait pas d'une souris. Ah ! j'y suis : peut-être le droit d'aînesse éprouvera-t-il quelque échec dans la première Chambre........ Eh ! non, messieurs, je vous le répète, il s'agit d'une cosmogonie, et l'auteur s'occupe de ce qui se passait dans l'univers avant la création du monde. « La création ! s'écrie un mauvais plaisant ; est-il possible ? Il y a long-temps que je m'aperçois d'un mouvement rétrograde, mais je ne m'attendais pas à reculer jusqu'à la création. » Écoutez donc : l'auteur veut vous expliquer comment la création s'est faite. « Adieu, me répond l'impatient, vous m'avertirez quand vous en serez au déluge.

Maintenant que mes auditeurs sont en petit nombre, je puis espérer un peu d'attention, mais on m'interrompt dès mon début, et on me demande ce que c'est qu'une cosmogonie ; est-ce un nouveau plan de finances ? Eh ! non, mille fois non ; cosmogonie signifie science de la formation de l'univers. Épicure a imaginé les atômes crochus ; Leibnitz, les monades ; Wolff, l'être simple ; Buffon, les molécules organiques, et M. de Monville a pensé que les molécules, principes de tous les corps de l'univers, étaient probablement des tétraèdres. — Tétraèdres! qu'est-ce que c'est que cela? cela peut-il se négocier?— Oui, sans doute; puisque tout ce qui existe est composé de tétraèdres; les tétraèdres se donnent, se prennent, se louent, se vendent et s'achètent.— Allons! puisque cela rapporte, j'écoute.

Les plus petits corps que nous voyons sur la terre sont encore des agglomérations d'une infinité de corps dont la petitesse échappe à toutes nos investigations. Leuwenhoëk comptait vingt-cinq mille facettes sur l'œil d'une mouche, et chacune de ces facettes serait encore une aire immense, si on la comparait à ce que nous nommons atôme. La divisibilité de la matière effraie l'imagination. Pascal dit que nous sommes placés entre deux infinis : si cela est rigoureusement vrai, il est aussi inutile de disputer sur l'atôme que sur la grandeur de l'univers; mais puisque Dieu a livré le monde à nos disputes, il nous a bien fallu partir d'un point fixe, et placer un *nec plus ultrà* dans l'infini. Nous avons donc imaginé l'atôme, être que nous ne pouvons saisir que par la pensée, et que nous supposons rigoureusement simple et *insécable*, mot qui est la traduction littérale d'*atôme*.

On s'est moqué des *atomes crochus* d'Épicure, et l'on trouvait une contradiction dans ces deux termes; car l'atôme étant une chose et le crochet une autre chose, la réunion des deux, ne pouvait pas constituer un être simple. Quelques esprits peu familiarisés avec la langue philosophique, ne manqueraient pas de faire la même objection contre les tétraèdres de M. de Monville, et ils diraient qu'un prisme ayant des faces et des arètes, il ne s'accorde pas avec l'idée que nous nous faisons d'un atôme. Mais c'est une pure subtilité, car on peut en dire autant de l'atôme globulaire. Le plus petit globe qu'il soit possible de percevoir par le microscope de l'imagination, a ses grands et ses petits cercles comme la plus énorme des sphères, et chacun de ses cercles a ses degrés, ses minutes et ses secondes ; nous sentons conséquemment la possibilité de diviser mentalement, en une infinité de parties, ce corps que nous déclarons indivisible. Ainsi, le mot atôme, soit crochu, soit globulaire, soit tétraèdre, ne présente à l'esprit qu'un de ces concepts qui n'ont rien de réel, mais qui nous aident à concevoir les réalités, comme le point et la ligne mathématiques, dont la définition paraît absurde, nous conduisent cependant aux seules vérités que respecte le scepticisme.

On sent bien qu'un géomètre tel que M. de Monville n'est pas descendu jusqu'aux détails élémentaires et puérils dont j'ai rempli ce préambule; mais un journal parle à toutes les classes de lecteurs, et je n'ai pas voulu présenter les tétraèdres constructeurs de l'univers, sans leur donner un passeport qui s'adressât à tous les degrés d'instruction et d'intelligence.

L'auteur, après avoir exposé les seize notions qui servent de base à son système, et après en avoir tiré des conséquences qu'il nomme modestement hypothèses, commence son grand PEUT-ÊTRE par la dispersion générale de toute la matière de l'univers. Cette matière se compose de quatre espèces de tétraèdres qui, par les innombrables combinaisons, résultantes de leur jonction par les faces ou par les arêtes, peuvent produire toutes les formes que l'on remarque dans les corps terrestres, et une infinité d'autres que l'on observerait vraisemblablement sur tous les corps célestes, si l'on pouvait s'y transporter.

Cette matière, d'abord dispersée dans l'espace infini, est mise en mouvement par l'auteur; et, rapprochée de manière à ce que l'attraction puisse agir sur les masses, elle gravite vers différens centres qui deviennent des mondes, et elle forme, sous certaines conditions, les soleils, les planètes, les satellites, les comètes et tous les corps opaques ou lumineux que le créateur a répandus sans nombre dans un espace sans limites.

M. de Monville ne forme pas seulement des mondes avec ses quatre espèces de tétraèdres carbone, oxigène, azote et hydrogène, mais sur notre monde particulier, il en compose les montagnes, les terres, les eaux, les végétaux, les animaux et l'homme. Cette dernière création est la transition par laquelle l'auteur passe du monde physique au monde moral.

Je ne me charge point d'expliquer au lecteur
comment le monde moral s'arrange avec les atômes prismatiques, et comment de l'arrangement
des tétraèdres, il résulte des sensations, des percep-
tions, des idées, de l'intelligence, des affections,
des passions, des vices et des vertus; il faudrait
transcrire un grand nombre de pages, et peut-être
l'ouvrage tout entier, pour faire concevoir la théorie de l'auteur. Tout ce que je puis dire ici, c'est
que dans ce long enchaînement d'idées qui étonnent par leur nombre, leur profondeur et leur
singularité, rien ne m'a paru choquer la vraisemblance raisonnablement exigible dans un système
que l'on présente comme un *peut-être*. Et quoique
la transition au monde moral ait souvent étonné
ma faible intelligence, mon défaut de conception
ne m'a pas empêché d'admirer les nuances ingé-
nieuses par lesquelles l'auteur nous conduit de
l'ordre végétal à l'ordre animal, et de celui-ci à
l'ordre intellectuel.

Il est bien temps de placer ici une observation
plus importante que mes doutes, mes critiques ou
mes éloges. Cette géométrie créatrice, et ces tétraèdres qui s'organisent forcément selon les lois
de la physique, feraient crier au matérialisme, et
reculer d'horreur les dévots, qui, comme par en-
chantement, couvrent aujourd'hui toute la surface
de la France. Je ne craindrais rien des hommes
réellement et sincèrement religieux : ceux-ci ne
jugent pas sans examen, et ne décident qu'avec

conviction. D'ailleurs, ils n'exploitent pas la religion comme un moyen de fortune, et ils ne cal-
culent pas ce qu'ils peuvent gagner ou perdre à la
hausse ou à la baisse de la piété. Mais je redoute
les dévots agioteurs et les dévots politiques; j'ai
peur surtout de ces vieux jacobins, qui m'ont déjà
menacé jadis, et qui sont devenus si royalistes et
si bons croyans, jusqu'à nouvel ordre. Ces anciens sectateurs de la déesse Raison, croiraient devoir soutenir le trône de Dieu attaqué par les tétraèdres. Quel danger, diraient-ils, si le peuple
embrassait la doctrine du carbone, de l'oxigène,
de l'hydrogène et de l'azote! Quelle horrible confusion, si nos maçons, nos terrassiers, nos forts
de la halle, nos charbonniers, nos porte-faix et
nos chiffonniers, s'avisaient de dire que la matière
est inerte; que ses molécules s'attirent en raison
directe des masses, et en raison inverse du carré
des distances; que la réaction est égale à l'action;
que les corps s'arrangent entre eux, en raison composée de leur forme, de leur force attractive et de
leur force répulsive, etc..... etc..... ! On sait qu'ils
ont autrefois pris la Bastille, et crié : *vive la nation!* parce qu'ils avaient lu *le Léviathan* et le livre
de Cive, de Hobbes; le *Tractatus theologico-po-
liticus*, de Spinosa; le *Système de la Nature*, de
d'Holbach; les *Lettres juives* et les *Lettres caba-
listiques*, du marquis d'Argens; la *Lettre sur les
Aveugles*, de Diderot; la *Profession de foi du vicaire savoyard*, de Rousseau; et le *Dictionnaire*

philosophique, de Voltaire : Qu'arriverait-il, bon Dieu, s'ils allaient encore lire que les mondes se forment par des tétraèdres? Le danger est imminent; et il n'y a que les jésuites qui puissent protéger Dieu contre les atômes prismatiques de l'audacieux pair de France.

Je vous ai laissé dire, messieurs; mais quel sera votre désappointement, quand vous apprendrez que le livre de M. de Monville est complètement orthodoxe, qu'il soumet tous ses tétraèdres et tous les mondes qui en sont formés, à *cette grande intelligence qui conçoit tous les effets dans un moyen, tout l'avenir dans une décision.* Loin d'être matérialiste, il produit de nouvelles preuves de l'existence de l'âme. En voici une qui n'est pas à dédaigner. « Les physiologistes soutiennent qu'aucune partie de notre corps n'est permanente ; qu'elles se dissolvent toutes, s'évaporent, se perdent; qu'elles se renouvellent de matières empruntées; quelques-uns mettent à sept ans la durée d'un entier échange. Quel est donc le *moi* de l'homme ? Le moi est la continuité des idées, des sensations, des volontés, et le renouvellement de la machine même qui les exécute. Dans quelle matière du corps le placer physiquement, quand tout y change ? LE MOI EST DONC MÉTAPHYSIQUE. »

Observons d'ailleurs que quand M. de Monville parvient à son livre VII, l'ouvrage n'est plus un *peut-être*, mais un traité affirmatif qui se distingue par les vues les plus sages et la morale la plus pure.

Réjouissez-vous cependant ; il a commis un grand
crime, et vous pouvez le damner dans toute la sin-
cérité de votre cœur, car il a cité et approuvé un
rapport fait par ordre de la Chambre des Communes d'Angleterre, rapport duquel il résulte que
les penchans et la conduite des enfans se sont considérablement améliorés depuis l'établissement de
l'enseignement mutuel, et que la morale avait
fait d'heureux progrès dans les dernières classes
du peuple, depuis l'adoption pour les écoles des
pauvres, du *système de Bell et de Lancastre*. Mon
impartialité ne me permet pas de le justifier d'un
pareil attentat au monopole de l'instruction publique.

Si cependant vous voulez encore le chicaner sur
la chronologie de Moïse, car j'avoue que ses tétraèdres me paraissent avoir plus de six mille ans,
rappelez-vous, je vous prie, que Buffon a trouvé
grâce devant la Sorbonne, en expliquant dans ses
Époques de la Nature, le véritable sens du mot
hébreu *bara*, que nous traduisons par *créer;* rappelez-vous aussi que M. Cuvier n'a soulevé aucune
haine pieuse, n'a encouru aucun reproche, lorsque d'après les preuves que lui ont fournies ses
fouilles savantes, il a déclaré que l'Océan avait
recouvert au moins deux fois, et vraisemblablement trois fois, le continent que nous habitons,
et que ces révolutions physiques avaient été séparées l'une de l'autre par un très-grand nombre
de siècles. Ainsi, quoique l'homme soit bien jeune,

vous serez forcé d'avouer que les tétraèdres sont bien vieux.

Je n'ai point les qualités requises pour avoir le droit de faire des objections au système du *peut-être* : c'est la tâche des géomètres ; mais j'ai souvent regretté de ne pouvoir comprendre des démonstrations que l'auteur s'était cependant efforcé de rendre évidentes ; et quoiqu'en proposant un doute, je coure le risque de découvrir toute mon ignorance, le désir d'apprendre quelque chose l'emporte en moi sur les craintes de mon amour-propre. Si je ne me suis point trompé sur la manière dont M. de Monville explique l'aggrégation des molécules, la dureté ou la mollesse des corps, leur porosité ou leur densité, dépendraient de la manière dont les prismes tétraèdres se joignent l'un à l'autre ; et en effet, s'ils ne se touchent que par les arêtes, et si l'angle rentrant, formé par l'écartement des deux faces, est très-obtus, la porosité sera très-grande ; mais deux difficultés se présentent, et je commence par celle que j'entends le mieux.

L'auteur ne me paraît assigner à la solidité des corps d'autre cause que l'attraction des molécules ou la gravitation. Or, je demande si une pareille cause peut produire un tel effet. Il faut que cette question soit bien ardue, puisqu'elle a beaucoup embarrassé un savant tel que M. de la Place, et qu'il la laisse en quelque sorte indécise. Je renvoie donc le lecteur au chapitre de l'*Exposition du sys-*

24.

tème du *Monde*, intitulé : *Réflexions sur la loi de la pesanteur universelle.* On y verra que mon doute n'est point déraisonnable.

Ce n'est pas tout : il m'est impossible d'accorder l'infinie variété que je remarque dans les formes des corps, avec la manière dont M. de Monville explique les agrégations moléculaires. Il admet quatre espèces d'atômes, mais ils sont tous des tétraèdres ; or, par cela seul, il me semble qu'ils doivent toujours se joindre par les mêmes points, c'est-à-dire par leur plus grand diamètre, puisque l'attraction agit en raison directe des masses ; ils devraient donc toujours produire les mêmes formes. Des atômes globulaires peuvent se joindre indifféremment par tel ou tel point de leur surface, puisque tous leurs rayons sont égaux, et que l'attraction agit comme si toute leur masse était réunie à leur centre ; mais des tétraèdres doivent s'attirer par les points qui présentent la plus grande masse, et conséquemment par leur plus grand diamètre ; ils produiront donc toujours les même formes. Au reste, je donne cette observation pour ce qu'elle vaut ; et je crains beaucoup qu'elle ne vaille pas grand chose.

En voici une autre peu importante, mais je la crois plus vraie. La première des seize notions sur lesquelles le système est fondé, est exprimée ainsi : « La matière est inerte, c'est-à-dire qu'elle résiste au mouvement. » Le mot *résiste* fait supposer que l'inertie est une force, une action ; et en effet,

à la page 336, l'auteur dit expressément : « L'i-
nertie est une force. » Je ne puis pas m'habituer
à l'alliance de ces deux mots contradictoires. Je
sais que l'on dit communément *la force d'inertie*,
mais c'est une expression impropre ; le grand géomètre que j'ai cité plus haut, ne s'en sert jamais ;
il dit : *la loi d'inertie*, et il réserve le mot *force*
pour le mouvement. L'inertie ne résiste à rien ;
elle est complètement indifférente au mouvement
et au repos. La matière ne pouvant se donner aucun mouvement à elle-même, est également incapable de détruire ou de diminuer celui qu'elle a
reçu. Voilà ce qui explique l'égalité constante et
la persistance dans les mouvemens des corps célestes ; voilà aussi ce qui a fait dire que la matière
est inerte ; mais rien n'autorise à regarder cette
qualité négative comme une force.

Je pense aussi que l'auteur a donné une trop
grande extension aux conséquences qu'il tire d'un
fait particulier. Ayant observé que plusieurs rivières coulent sur la ligne de suture qui sépare des
terres, des roches, des dépôts de différente nature,
il semble vouloir en faire une règle générale, et il
cite le Rhône, qui, au-dessous de Genève, sépare
d'une manière tranchée, les roches granitiques de
la Savoie, des masses calcaires du Jura. J'avoue
que ces exemples sont nombreux, mais les exemples contraires ne le sont pas moins. Si M. de Monville avait descendu ce même Rhône jusqu'à Beau-
caire, il l'aurait vu souvent couler entre des roches

et des terres de même nature. Avant d'entrer à Thain, il aurait vu sur l'une et l'autre rive, des masses de granit rose semblable à celui des obélisques égyptiens que l'on trouve à Rome. En sortant de Viviers, il aurait navigué entre deux énormes masses calcaires, coupées à pic, hautes de plus de cent pieds, que le Rhône paraît avoir séparées violemment, et qui offrent des deux côtés les mêmes strates, les mêmes lignes, les mêmes couleurs, et jusqu'aux mêmes taches. D'ailleurs, l'opinion de M. de Monville ferait supposer que les rivières coulent encore aujourd'hui dans les mêmes lits où elles coulaient à l'origine des choses. Il n'y a cependant rien de plus commun que d'entendre parler de l'ancien lit d'une rivière. On sait aussi que les fleuves rongent leurs rives, et presque toujours l'une plutôt que l'autre. Sans la digue de fascines que Strabourg entretient à grands frais, cette ville serait depuis long-temps sur la rive droite du Rhin. La ligne que suivent les fleuves n'est donc pas assez constante pour qu'on puisse en tirer une règle générale en géologie.

Je pourrais multiplier mes objections, mais comme ce ne serait *peut-être* qu'augmenter le nombre de mes erreurs, j'aime mieux terminer par un résumé très-succinct des impressions que m'a fait éprouver la lecture de cet ouvrage.

Les premiers livres, tout hérissés de géométrie, présenteront bien des énigmes insolubles aux lecteurs peu savans, desquels je suis; mais ils s'en

tireront comme je l'ai fait, en admettant toutes
les propositions comme des démonstrations. Ils
admireront ensuite la manière ingénieuse dont
l'auteur a fait servir ses seize notions fondamen-
tales à l'explication de tous les faits. Je leur promets beaucoup d'intérêt et même d'amusement,
lorsque, parvenus au sixième livre, ils y verront
l'application du système au règne végétal ; cette
partie est remplie d'une foule d'observations curieuses, nouvelles et frappantes de vérité, ou au
moins de vraisemblance. Je me suis écrié plus d'une
fois : *se non e vero, e ben trovato.* Je me suis persuadé que ce livre est celui que l'auteur a écrit
avec le plus de plaisir. Le septième livre enfin,
qui est la partie physiologique, intellectuelle et
morale de l'ouvrage, paraîtra se rattacher difficilement à la doctrine des tétraèdres, mais en le considérant comme un ouvrage indépendant du système, on reconnaîtra que M. de Monville s'y élève
aux plus hautes leçons de la morale, aux conseils
de la meilleure politique. Le chapitre intitulé *de la
Société*, et notamment la page 205, offrent des
observations que les hommes puissans et les nobles
seigneurs devraient méditer pour leur propre intérêt..... Mais, que dis-je ? Méditer et s'instruire,
c'est déroger, c'est se rapprocher de cette classe
moyenne si odieuse ; fi donc ! je me rétracte, et je
ne conseille cette lecture qu'aux cadets de famille.

LA PHILOSOPHIE

DE TOUS LES TEMPS ET DE TOUS LES AGES.

Ce petit ouvrage traite familièrement les objets les plus importans et les plus sublimes. Il est remarquable par sa modération et sa simplicité. Dans une suite de conversations, un homme ferme en sa croyance veut ramener aux bons principes un jeune sceptique, qui du doute est tout près de passer à l'incrédulité décidée. Ariste (c'est le nom du sage) n'emploie pas le faste de l'éloquence, la pompe des phrases pour persuader ; il ne se jette pas dans le dédale de la logique pour convaincre. En se promenant, et presque en se jouant, il prend autour de lui, dans les objets les plus simples, ses argumens, ses images et ses raisonnemens. Les trois points principaux sur lesquels roulent ces entretiens, sont : Dieu, l'âme, l'immortalité de l'âme. C'était une assez grande entreprise que de prétendre réduire à 113 pages d'un petit format, les mille et mille volumes que l'on a écrits sur ce sujet dans toutes les langues. Mais la brièveté de ce livre est proportionnée à l'attention que nous donnons dans ce siècle aux choses sérieuses. Un roman peut bien avoir dix à douze volumes ; mais Dieu et l'immortalité de l'âme doivent s'enfermer dans un petit nombre de pages. L'auteur pourrait dire : J'ai connu mon siècle, et j'ai fait mon livre petit.

Plus d'un lecteur s'étonnera sans doute du titre de cet ouvrage : en effet, peut-on appeler *philosophie* le dogme de l'existence de Dieu et de la spiritualité de l'âme, quand on appelle *philosophes* ceux qui n'admettent point de Dieu, et qui croient l'âme matérielle ? Il y a donc deux philosophies. C'est ainsi que raisonneront les personnes qui, depuis plusieurs années, n'entendent prononcer les mots de *philosophie* et de *philosophes* que dans leur acception la plus défavorable. Nous pensons qu'il est bon de nous expliquer une fois pour toutes, sur ce point, qui était fort clair en lui-même, mais qui a cessé de l'être depuis qu'on a mis tant d'art à l'obscurcir.

Les enfans même savent que le mot *philosophie* signifie l'amour de la sagesse : son expression étymologique paraît donc invariable, car on ne peut jamais avoir tort d'aimer la sagesse ; mais malheureusement le mot sagesse s'applique à des choses fort différentes, et l'on cesse de s'entendre dès qu'on en demande la définition. C'est être sage, dira l'un, que de se conformer aux opinions, aux usages, aux lois du pays où l'on a reçu la naissance, et dont on réclame la protection ; celui-là est sage, dira l'autre, qui prend sa propre raison pour guide, qui aime et cherche la vérité, et méprise les erreurs du vulgaire ; un troisième enfin soutiendra que la sagesse consiste à douter de tout, et que nous ne sommes sûrs de rien dans ce monde.

Si nous remontons aux Grecs, qui nous ont transmis ce mot *philosophie*, nous verrons augmenter l'embarras de le définir. En grec, le mot *sage, sophos*, n'a pas eu deux acceptions, il a toujours été pris en bonne part ; mais *sophiste, sophistès*, qui en dérive, a déjà des significations différentes, quelquefois même opposées : il donne tour-à-tour l'idée de sagesse, d'habileté, de science, d'adresse, de subtilité, de tromperie et d'imposture (voilà des choses qui ne se ressemblent guère), et en l'adoptant dans notre langue, nous n'avons conservé à ce mot que ses mauvaises qualités. Celui de *philosophe* était originairement un titre modeste ; l'homme qui n'osait se dire *sage*, se disait *ami de la sagesse* : cette opinion trouva sans doute des contradicteurs, et peu de gens voudront croire que la qualification de *philosophe* doive son origine à la modestie. Mais enfin qu'est-qu'un philosophe ? Bien habile qui pourra nous l'apprendre. Quand on parle d'un poète, d'un orateur, d'un physicien, nous savons ce qu'on veut dire ; mais un philosophe !.... Quelle idée vous faites-vous de l'esprit, de la raison, des mœurs, du caractère de l'homme à qui vous donnez ce titre ? Socrate et Platon étaient philosophes, Hobbes et Spinosa l'étaient aussi. Et les péripatéticiens qui croyaient à l'âme, et les pyrrhoniens qui ne croyaient à rien ; et les épicuriens qui ne voulaient que du plaisir, et les stoïciens qui bravaient la douleur, et Diogène qui méprisait tous les hommes, et les philantropes qui aiment tout le monde, et Aristote avec ses *entélechies*, et Descartes avec ses *tourbillons*, et Leibnitz avec ses *monades*, et Wolff avec son *être simple*, et Locke qui ennoblit l'entendement humain, et la Mettrie qui fait de nous des machines..... tous ces gens-là étaient des philosophes. Il est possible qu'ils aient tous tort, mais il est impossible qu'ils aient tous raison : il y avait donc fort peu de sages dans cette foule d'*amis de la sagesse*, puisqu'ils étaient tous en contradiction.

Si je demande maintenant ce que c'est qu'un sage, nouvelles difficultés ; chaque philosophe me dira bien : c'est moi ; mais aucun ne me dira ce que c'est que la sagesse. Or, puisque le mot *philosophe* a un sens *ad libitum*, il m'est bien permis de choisir. J'entends donc par-là un homme qui prend sa raison pour guide (dans toutes les choses qui sont du ressort de la raison), qui n'admet que ce qu'elle approuve, qui rejette tout ce qu'elle condamne, qui combat tout ce qu'il regarde comme erreur ou préjugé, quoiqu'il puisse être lui-même l'esclave d'un préjugé et d'une erreur ; qui voit assez bien quand les autres se trompent, ce qui ne l'empêche pas de se tromper lui-même ; qui ne nous dira jamais ce qui est, mais qui nous dit ce qu'il ne faut pas croire ; un homme enfin qui distingue souvent ce qui est erreur, et qui n'est pas toujours sur le chemin de la vérité. Au surplus, nous reconnaissons avec tous les bons esprits qu'il y a deux philosophies, celle qui peut troubler l'ordre social et celle qui peut contribuer au bonheur de la société : cette dernière mérite exclusivement le titre de philosophie, puisque le mot signifie *amour de la sagesse*, et que rien n'est plus sage que de vouloir être heureux.

L'auteur du petit livre que nous annonçons pensait vraisemblablement comme nous, puisqu'il l'a intitulé *Philosophie de tous les temps et de tous les âges;* et en effet, les dogmes qui tendent à resserrer les liens de la société, qui aident à supporter les maux présens, et donnent une vaste espérance pour l'avenir, sont la véritable philosophie de tous les âges et de tous les temps. Les entretiens sur Dieu et sur l'âme sont clairs, précis, et raisonnés, sans faire sentir le raisonnement; leur ton est modeste, agréable et persuasif; et quoiqu'ils n'apprennent rien de nouveau à ceux qui savent, ils étonnent par la manière simple et concise dont l'auteur expose un sujet et traite une matière qui semblait exiger plus d'efforts, plus d'élévation et plus d'étendue. C'est bien à regret que nous croyons devoir faire une observation critique à un écrivain qui nous paraît aussi estimable. Nous croyons qu'il aurait dû s'en tenir à sa démonstration de l'existence de l'âme et de son immatérialité, et ne pas consacrer un entretien au *siége* de cette âme. Aucun dogme ne nous oblige à croire que l'âme soit placée dans un lieu plutôt que dans un autre. Cette recherche conduit le métaphysicien dans le labyrinthe de la physiologie, source de scepticisme et d'erreur. L'un voudra que l'âme soit dans le cerveau, celui-là dans la glande pinéale, celui-ci dans le sang, cet autre dans les nerfs; l'examen de ces opinions force à discuter la cause, l'effet, la transmission de nos sensations; et en combattant le matérialisme, on lui présente des idées toutes matérielles.

N'est-il pas plus simple d'avouer franchement son ignorance sur une chose que les hommes ne sauront vraisemblablement jamais? La nature intime des êtres nous est et nous sera toujours inconnue; la plus petite molécule de matière suffit pour confondre l'entendement et la prétendue science de l'homme; on peut donc, sans rougir, avouer son ignorance sur la nature, le siége et les opérations de l'âme qui échappe à tous nos sens. Il est si difficile de dire quelque chose de raisonnable sur cette matière obscure, que l'auteur, malgré sa sagesse, est tombé dans une contradiction évidente. Il dit, page 59, que l'âme *ne peut agir seule*; qu'elle est obligée d'employer *certains instrumens*, et que le corps doit lui transmettre les mouvemens et les impressions qu'il reçoit. Et à la page 85, il veut prouver que l'âme dégagée du corps agit bien plus librement, puisqu'il la compare à un oiseau qui est sorti de sa cage, et qui peut alors donner un libre essor à ses ailes.

Nous sentons bien qu'il n'y a pas contradiction

dans la pensée de l'auteur, mais il y en a certainement dans ses expressions ; et quand on combat l'incrédulité, il faut bien se garder de lui fournir des armes qu'elle est souvent très-habile à saisir.

Le style de cet ouvrage est remarquable en ce qu'il a toute la familiarité d'une conversation, sans déroger à la dignité du sujet.

ESSAI

SUR UNE MÉTHODE QUI A POUR OBJET DE BIEN RÉGLER L'EMPLOI DU TEMPS,

PREMIER MOYEN D'ÊTRE HEUREUX;

A L'USAGE DES JEUNES GENS DE 16 A 25 ANS;

Par M. A. J.

Ce livre, je l'avoue, me jette dans une étrange perplexité. D'un côté, je suis dans la situation la plus favorable pour en rendre compte ; l'auteur m'est absolument inconnu ; j'ignore s'il est célèbre par d'autres écrits, ou par quoi que ce soit ; les lettres initiales qui décorent le frontispice du livre ne m'ont pas révélé le nom de l'écrivain ; son état, sa consistance, son influence dans le monde, sont pour moi autant d'énigmes ; et l'ouvrage, quelqu'extraordinaire qu'il me paraisse, prouve de l'esprit, du talent, de la méthode, et surtout de l'adresse : il semble donc que je puisse en parler librement et facilement, sans jamais faire acception de la personne.

Mais, d'un autre côté, je suis de tous les hommes le moins digne de cette tâche honorable, et le moins capable de faire ressortir toutes les beautés de cette *admirable* production. On ne trouvera pas cette expression emphatique quand on saura qu'il ne s'agit pas moins que de la perfection humaine, perfection physique, perfection morale, perfection intellectuelle; et certainement la perfection s'adressant à moi pour faire fortune dans le monde, est un de ces coups du hasard qui pourraient faire croire que les choses vont tout de travers dans cette pauvre planète.

Je ne crains pas de le dire : si cet ouvrage atteint le but vers lequel ses principes se dirigent, ni les bibles indiennes ni les maximes de Confucius, ni les apophthegmes des Grecs, ni la sagesse pythagoricienne, ni la sévère morale des stoïciens, ni l'excellent petit livre de Thomas A Kempis, ne mériteront de lui être comparés. Je me hâte de fournir mes preuves, dans la crainte d'encourir le reproche de blasphème. Voici la déclaration de l'auteur : « Les résultats *nécessaires* de notre mé- » thode, pratiquée avec persévérance et dans tous » les points, sont de procurer la santé, la paix de » l'âme, la science. » J'ai souligné *nécessaires* : c'est un point essentiel pour ma justification. Voici maintenant les résultats généraux de l'usage non interrompu de cette même méthode, que l'au-

teur présente également comme certains : « Ap-
» prendre à s'observer soi-même et à connaître
» les autres, à parler peu, à se taire à propos, à
» dompter la colère, à éviter les piéges de l'amour-
» propre, à vaincre la volupté, à soumettre ses
» passions à sa raison, à régler son imagination...,
» à maintenir ses forces et sa vigueur, et à prolon-
» ger ainsi son existence ; enfin à se corriger, à
» s'améliorer sans cesse. » Observez d'abord que
tous ces biens sont des résultats *nécessaires* de la
méthode que j'annonce ; puis dites-moi si les livres anciens et modernes, sacrés ou profanes, si
les livres divins même ont jamais produit de si
merveilleux effets. Hélas! si la perfection pouvait
naître des livres, dans le déluge d'écrits qui nous
inonde, dans ce torrent de lumières qui nous environne, les sots et les fripons seraient un peu
plus rares sur la terre.

Je m'arrête ici pour faire des aveux que je dois
à l'auteur, puisqu'ils seront à sa décharge ; je le
prie surtout de ne point me supposer d'intention
maligne; c'est ma critique que je vais faire, et non
la sienne. Le sentiment de ma faiblesse, la conscience de mon imperfection, me font voir avec
peine, et peut-être avec un peu d'humeur, tous
les beaux projets qui tendent à la perfection absolue. Tout but où je ne puis atteindre, tout sublime que je ne puis comprendre, toute vertu
dont l'austérité m'effraie, tout précepte que je ne
puis mettre à profit, tout ordre que je ne puis exé-

cuter, irrite ma médiocrité en humiliant mon orgueil. Cette honte mêlée de dépit me rend souvent
injuste; et je pousse l'aveuglement, l'obstination
ou l'envie (car je ne sais lequel de ces vilains défauts domine en moi dans cette circonstance) jusqu'à ne pas croire aux belles maximes que l'on débite, aux belles vertus que l'on étale, et à la grande
perfection que l'on promet. On ne m'accusera pas,
j'espère, de me traiter trop favorablement; mais il
ne tenait qu'à moi de me vanter, et alors j'aurais
été aussi parfait qu'un autre.

Quand j'ai vu un penseur anglais supposer un
grand peuple au beau milieu de l'Océan, sans
communication avec aucune nation quelconque,
afin de pouvoir lui donner plus commodément
une constitution parfaite, j'ai dit : voilà un homme
qui prend ses précautions ; mais la nature se mo-
quera de son système, et la nature s'en est mo-
quée. Quand un honnête homme nous a donné un
projet de paix universelle, j'ai dit : Dieu veuille
avoir son âme, et puissions-nous jouir de cette
belle paix! mais il n'a plu au ciel d'accomplir que
la première partie de mon vœu. Quand l'écrivain le
plus éloquent du dix-huitième siècle nous a fait présent d'un système d'éducation qui devait jeter dans
la société une foule d'hommes insociables, j'ai dit :
heureusement, cela est trop beau pour réussir; et
effectivement, je n'ai trouvé d'Emile que dans les
livres. Quand j'assiste à une représentation théâtrale, et que j'y vois une grande pièce dont le

premier acte est tout rempli de bienfaisance, le second d'humanité, le troisième tout gros de vertus, le quatrième tout plein de *nature*, et le dernier crevant de sensibilité, je ne sais quelle aveugle incrédulité, quelle impatience maligne, quelle basse jalousie, excitent ma mauvaise humeur, offusquent mon jugement, et me font trouver la pièce détestable. J'ai donc eu raison de dire que j'étais de tous les hommes le moins digne d'examiner un ouvrage qui doit produire *nécessairement* la perfection. L'auteur peut regarder cet article comme non avenu, et porter son livre à quelque être parfait qui ait les qualités nécessaires pour le bien apprécier.

J'essaierai néanmoins de donner quelque idée de sa méthode et de sa manière, parce que je me trouve moins incompétent partout où il n'y a pas une perfection absolue. L'ouvrage m'a paru écrit d'un style constamment pur, souvent élégant et noble, toujours sage ; il est surtout remarquable par une extrême clarté, et un ordre qui se manifeste jusque dans les dernières subdivisions. Je crois être plus sûr de ce mérite de l'auteur que du succès de sa méthode ; et pour lui rendre cette justice, je me dépouille de tous mes défauts. M. A. J. a une grande prédilection pour le nombre trois ; cette division forme la base de sa méthode. Je me garderai bien de lui en faire un reproche : *Hoc redolet antiquitatem.* En effet, chez les anciens, trois grands dieux s'étaient partagé l'Empire de l'uni-

vers ; ils avaient la triple Hécate, les trois Grâces ;
et les Muses, qui originairement n'étaient que
trois, ont été multipliées par trois fois trois, pour
conserver le nombre sacré ; aux Enfers étaient trois
Juges, trois Parques, trois Furies, et le chien
même qui aboyait aux ombres était armé de trois
gueules, *tria guttura pandens,* ou si l'on veut *in-
hians tria Cerberus ora.*

M. A. J. n'est pas moins fidèle à ce nombre
mystérieux ; et effectivement ce n'est point sans
mystère qu'on arrive à la perfection. Il y a, selon
lui, trois moyens d'être heureux, trois puissances
dans l'homme ; il y a trois lois, celle de la *chaîne,*
celle des *points d'appui,* celle des *échanges ;* il y
a trois points de vue sous lesquels on doit considérer l'emploi du temps ; il y a de plus trois conditions imposées à ceux qui veulent le bien employer ;
il y a en outre trois avantages produits par cette
méthode ; on doit tenir trois registres ou comptes
ouverts de sa conduite ; l'emploi du jour, enfin,
est divisé en trois parties. En qualité de critique,
j'aurais bien voulu trouver trois défauts dans l'ouvrage ; mais je n'ai jamais pu y en apercevoir qu'un
seul : c'est celui d'être inexécutable.

Les procédés de l'auteur ne sont pas moins mé-
thodiques et moins extraordinaires. Notez bien qu'il
écrit pour les jeunes gens de seize à vingt-cinq ans.
Chaque fois qu'un jeune homme, revenant je ne
sais d'où, rentrera chez lui pour se coucher, il
faudra qu'il interroge le jour qui vient de s'écou-

25.

ler, et qu'il lui adresse cette apostrophe : « En
» quoi m'as-tu profité pour mon perfectionnement
» physique, moral, intellectuel, pour mon bon-
» heur? Je t'ai constitué mon tributaire ; as-tu
» payé ta dette? » Le jour ne répondra rien, cela
est vraisemblable, mais le jeune homme interpré-
tera ce silence : qui ne dit mot consent. Vous croyez
sans doute qu'après cela il va se coucher ; point
du tout. Il saisira un gros livre en blanc, appelé
mémorial, et il y écrira tout ce qu'il a vu, entendu
ou senti d'intéressant dans la journée. Ce mémorial ne sera donc point un *agenda*, puisqu'il ne
contiendra que des choses faites, et l'on pourrait,
je pense, le nommer un *actum*. Souvent le compte
sera long, et cette tâche remplie, il devrait être
permis au jeune homme de dormir; mais il a bien
d'autres choses à faire. Il faut qu'il prenne, l'un
après l'autre, les trois registres, dont l'un est destiné au physique, l'autre au moral, le dernier à
l'intellectuel, et qu'il y écrive le triple compte de
sa journée. Sur le premier, il notera fidèlement
ce qu'il aura bu ou mangé, ce qu'il aura fait de
ses sens, de ses membres ou de son corps, ce qui
pourra être instructif si le jeune homme ne se
vante pas; sur le second, les fautes qu'il aura com-
mises contre les mœurs, la bienséance, etc....; et
sur le troisième, tout ce qu'il aura appris ou négligé
d'apprendre dans le jour qui vient de finir. Après
toutes ces opératiens, je suppose qu'il pourra se livrer au sommeil, quoique l'auteur ne le dise pas

formellement. Je m'arrête encore ici; en vérité, les forces me manquent, et mon méchant caractère triomphe de ma bonne volonté : disons donc un peu de mal, puisque tel est mon destin; cela ne sera pas long, car l'espace manquera bientôt à la critique.

Eh quoi! dans l'heureux âge où l'homme est plein de vigueur et de santé, lorsque les désirs sont nombreux et violens, lorsque la raison est faible et l'expérience nulle; à cette époque où nous songeons plus à jouir de la vie qu'à l'employer utilement, où la vieillesse et la mort ne se présentent à nous que dans un immense lointain, et si faibles, si caduques qu'elles semblent incapables de nous atteindre jamais, le jeune homme fatigué des travaux ou des plaisirs de la journée, préférera-t-il l'ennui de son *mémorial* et de ses trois registres à la plume de son chevet et aux douceurs d'un sommeil si impérieux, si nécessaire et si attrayant? Le cahier physique pourra bien recevoir quelques notes; il est des choses dont on aime toujours à se souvenir; mais que de lacunes, que de pages en blanc dans le registre moral! Et combien je tremble pour l'intellectuel! Donnez-moi des préceptes qu'on puisse suivre, des projets qu'on puisse exécuter : le désespoir du succès glace toute émulation. Le courage des héros même serait anéanti, si on leur démontrait l'impossibilité de vaincre. Les législateurs de l'art tragique voulaient que l'on ne présentât sur la scène ni un personnage entièrement vicieux, parce qu'il serait un monstre, ni parfaitement vertueux, parce qu'il ne serait plus un homme. Je m'appuie sur cette grande autorité. Homme, écrivez pour des hommes, et ne croyez pas que la perfection et le bonheur, vainement cherchés depuis tant de siècles, puissent être le fruit d'une brochure bien écrite, mais fausse dans ses principes et inexécutable dans ses moyens.

Ce livre, en un mot, me paraît n'être fait que pour des anges, et les anges ne le liront pas.

TOUT A PROPOS DE RIEN.

QUAND l'auteur de ce petit livre n'aurait pas indiqué son âge, le titre de son ouvrage nous l'aurait révélé. *Parler à propos de rien* convient parfaitement à la jeunesse, et cela nous arrive quelquefois aussi dans l'âge mûr ; *parler de tout* est le propre des hommes qui savent encore fort peu de choses, et qui prennent l'horizon pour les bornes du monde. Il semble qu'on voie renaître ce trop fameux Pic de la Mirandole qui prétendait pouvoir disserter *de omni re scibili.* Mais rien ne prouve mieux la confiance présomptueuse de l'anonyme que l'annonce d'une brochure *sans gravures et sans vignettes :* dans le siècle des lumières, il faut, se croire bien fort pour dédaigner la *taille-douce*, et même la lithographie. Voyons cependant ce que renferme ce *Tout à propos de rien*; et si les effets répondent trop peu à une si magnifique promesse, nous dirons avec Delille :

Pardonne à son audace en faveur de son âge.

Ou je me trompe fort, ou l'anonyme sera quelque jour un grand politique. On voit partout qu'il vise à la profondeur, et le caractère de son style est le mystérieux. Ses plaisanteries les plus communes en apparence donnent matière à réflexion : sous les dehors de la futilité il cache quelquefois une leçon sérieuse, et si dans quelques passages il vous paraît descendre jusqu'à la niaiserie, soulevez cette légère enveloppe, et vous trouverez dessous une bonne malice. Cet auteur enfin écrit à présent comme nous tâcherions tous d'écrire si les Parques littéraires nous menaçaient encore de ces terribles armes qui, comme la baguette de Tarquin, abattent tout ce qui s'élève.

L'auteur a déjà été loué par des hommes qui ont prétendu comprendre toutes ses finesses. Ma perspicacité ne va pas, à beaucoup près, aussi loin, et cela ne m'étonne pas ; j'ai souvent pâli autrefois devant le *Mercure de France*, sans pouvoir pénétrer la profondeur d'un logogryphe ou le mystère d'une charade : c'est assez dire que le *Tout à propos de rien* n'a pas été complètement accessible à mon intelligence ; et comme l'amour-propre ne

veut jamais avoir tort ; il me prend envie de me
venger sur l'auteur de mon défaut de pénétration.
Pourquoi tant d'obscurité ? lui dirai-je ; pourquoi
ces tournures énigmatiques, et cette précaution de
couvrir d'une triple enveloppe des malices qui ne
sont peut-être que des piqûres d'épingle ? De deux
choses l'une : ou vous serez compris malgré tous
vos détours, et alors il aurait autant valu être clair;
ou vous resterez inintelligible, et alors voilà de la
peine et de l'esprit perdus.

Ce dilemme me rappelle la grave discussion qui
s'éleva parmi les érudits, sur les satires de Perse ;
il s'agissait de savoir si les principaux traits du poète
étaient dirigés contre Néron ; si Perse avait en vue
Néron, quand il a dit :

Auriculas asini Mida rex habet....

si les vers

Torva mimalloneis implerunt cornua bombis, etc.

dont le poète se moque, étaient réellement des vers
de Néron. Une foule de savans se déclarèrent pour
l'affirmative ; plusieurs autres, parmi lesquels on
compte Bayle et l'abbé Lemonnier, soutinrent le
contraire, et je me range du côté de ces derniers,
parce qu'ils ont pour eux un argument auquel je
ne trouve rien à répliquer ; le voici : Si les contemporains n'ont pu reconnaître Néron dans les
vers de Perse, le but du satirique était manqué ;
si l'on a pu y reconnaître le tyran, les éditeurs de

ces vers n'ont pas dû échapper à sa vengeance.
Ce raisonnement me paraît fort juste, mais il sera
bien plus concluant si l'on ajoute que Néron vivait
encore et qu'il était parvenu à l'apogée de sa féro-
cité, lorsque Bassus publia les satires posthumes
de Perse. Je n'ai pas besoin de dire que, sous le
règne de Néron, comme au temps de Tibère, Rome
était remplie de délateurs qui voyaient des crimes
de lèse-majesté dans les actions les plus indiffé-
rentes ; or, comment supposer que ces hommes
auxquels il faut joindre les Epaphrodite, les Ti-
gellin, les Phaon, etc. n'eussent pas dénoncé le
téméraire qui aurait donné des oreilles d'âne à
l'empereur, et aurait tourné en ridicule des vers
sortis de l'auguste cerveau ? Tout le monde sait que
Néron était encore plus fier de sa belle voix, de
son talent à jouer de la flûte et de son génie poétique, que de toute sa puissance ; le *qualis artifex
pereo!* en est une preuve ; s'il en faut une seconde,
je citerai Vespasien qui faillit être condamné à mort
pour s'être endormi pendant que Néron récitait
de ses beaux vers. Je conclus donc que Perse n'a
pas plus songé à Néron qu'à tous les autres Midas,
ou que s'il a eu cette pensée, il l'a rendue tellement
obscure, qu'il convient mal aux hommes du dix-
neuvième siècle d'y voir ce que les contemporains
n'y ont pas vu.

Ainsi, dans dix-huit cents ans, quand le *Tout
à propos de rien*, sera devenu éminemment classique, il se trouvera des Pierre Pithou, des Casau-

bon, des Sélis qui verront dans ce livre une satire virulente contre quelques-uns de nos grands hommes, mais Dieu ne manquera pas de faire naître alors des hommes paisibles, tels que moi, qui disculperont l'auteur de ce grave reproche, et le compareront à ce railleur Bolonais qui s'est moqué de la postérité, en lui laissant, gravée sur le marbre, la fameuse et inintelligible épitaphe qui commence par ces lignes :

Œlia Lœlia Crispis,
Nec vir, nec mulier, nec Androgyna,
Nec puella, nec juvenis, nec anus, etc.

et qui finit par dire que l'auteur de ce monument

Scit et nescit cui posuerit.

Ce n'est pas qu'un grand nombre de passages de ce petit livre ne soient assez clairs pour être compris de tout le monde, mais ceux-là même semblent se rattacher à quelque arrière-pensée qui conduirait le lecteur fort loin s'il s'aventurait dans le champ des conjectures. Quoi qu'il en soit, j'ai fait trois parts dans cet ouvrage : la première se compose de ce que j'entends fort bien ; la seconde, de ce que je crois entendre, et la troisième, de ce qu'il m'est impossible de deviner.

Quand l'auteur dit, avec une exagération qui tient de l'hyperbole : « Les lecteurs d'aujourd'hui implorent, à titre de jouissance, le supplice de Régulus : ils veulent être roulés dans un tonneau

hérissé de pointes », je reconnais le goût avide
d'émotions fortes, le succès des romans effroyables,
le triomphe dramatique de l'horreur sur la terreur,
et de la crispation de nerfs sur la pitié. Je comprends aussi cette phrase si galante : « Si Dieu créa
d'abord l'homme, et ensuite la femme, c'est qu'on
écrit son brouillon avant son ouvrage » ; et je la
comprends encore mieux quand l'auteur s'est écrié :
« Que de maris le sont *in partibus infidelium!* »
J'ai deviné, presque malgré moi, comment un
mage, courtisan de Cambyse, avait pu écrire deux
livres dont voici les titres : 1° *La Folie barbare de
Cyrus*, in-8°. Cette production était dédiée au roi
Balthasar. 2° *De l'Imbécillité de Balthasar*, in-8°.
Ce livre parut sous les auspices de Cyrus. Je veux
même croire que les anachronismes entrent dans
le plan de l'auteur, et que les *in-octavo* étaient fort
communs à la cour des rois de Perse : il y a quelquefois de la sagesse à être absurde. Mais j'ai vainement gratté occiput et sinciput, comme dit
Scarron, je n'ai pu deviner ce que signifie une
conversation, divisée en quatre quarts d'heure,
entre un académicien, un M. de Meun, et un
M. de l'Eperon ; ni pourquoi ces hommes d'esprit
passaient sans cesse d'un sujet à un autre, sans la
moindre transition ; ni pourquoi M. de l'Eperon
embrasse M. de Meun à la fin de chaque quart-
d'heure ; ni enfin pourquoi ce M. de l'Eperon,
qui annonce toujours une histoire, finit par n'en
pas dire un seul mot. J'allais abandonner la partie,

lorsqu'il m'est tombé dans la pensée que l'anonyme pouvait avoir eu l'intention de se moquer
des journalistes qui, comme moi, parlent des satires de Perse, de Casaubon et de l'abbé Lemonier,
au lieu de s'occuper de l'ouvrage dont ils doivent
rendre compte. Je fus enchanté de cette manière
ingénieuse de me surprendre *in flagrante delicto;*
et j'embrasserais l'auteur comme on embrasse
M. de Meun, s'il n'avait pas employé quatre-vingt-
six pages à me donner cette leçon.

Le morceau intitulé : Sénat romain, *séance
du troisième jour des nónes de mars, an de
Rome* 699, m'a beaucoup amusé, quoique je ne
me flatte pas d'en avoir saisi toutes les allusions, s'il
y en a. Le procès-verbal de cette séance est traduit
en langage parlementaire moderne; l'ordre du jour
est cette question : Quelle est la cause de la défaite et de la mort de Crassus? Pompée parle de sa
propre valeur et de ses succès contre les esclaves
révoltés; Cicéron rappelle aux pères conscrits qu'il
a sauvé Rome des fureurs de Catilina : il parle de
sa questure en Sicile, de ses exploits en Cilicie,
des acclamations qui l'ont salué à son retour dans
Rome, puis il dit ce qu'il aurait fait s'il eût été à
la place de Crassus. Enfin Marcellus a la parole : « Pères conscrits, voulez-vous connaître la
cause des malheurs de Crassus? La voici (mouvement d'attention) : les dieux l'ont voulu. (Hilarité
générale.) Caton s'élève ensuite contre les écrits
qui ont corrompu les Romains, tels que les Milé-

siaques d'Aristide ; les contes amoureux, dit-il, sont des poisons qu'il faut anéantir ; les contes perdraient la république. UNE VOIX ; Sans les contes, elle n'existerait pas ; sans les contes, nous n'aurions point d'histoire. PLUSIEURS MEMBRES : Qui parle de la sorte ? MANILIUS :..... Dites-moi quel fut le père de Romulus ? Tribun, je répondrais Mars ; sénateur, je reconnais l'embarras du choix. (Eclats de rire.) Romains, d'où viennent vos lois, les lois de l'univers ? de Numa ? Oui ; mais que devenait Numa sans Egérie, et Egérie sans un conte ? (LES SÉNATEURS A PIED : Vivent les exploits de nos ancêtres ! vivent les contes !) La république elle-même, qui lui donna la vie ? L'enfant répond : Junius Brutus ; mais sa prétendue folie est un conte.... Sans ce conte, le sang des Tarquins nous gardait mille Sextus, et nous n'aurions pas eu deux Lucrèces. LES VIEUX SÉNATEURS : Vive la chasteté de Lucrèce ! LES SÉNATEURS A PIED : Vivent les contes ! POMPÉE : Pères conscrits, les échos de ce temple sont étonnés. Le rire n'est pas romain. Crassus, mon ami, dont je pleurerai éternellement la mort... CATON : Enfans, vivent les contes ! POMPÉE : La séance est levée. » C'est ainsi que le sénat rechercha les causes des malheurs de Crassus ; et cette séance dont je ne présente ici qu'un très-petit échantillon, m'a paru très-constitutionnelle.

J'entends plusieurs voix me crier que cette fiction est ridicule et trop invraisemblable pour faire sourire le lecteur le moins difficile : eh !

messieurs, c'est au contraire parce qu'elle est très-vraisemblable que j'ai cru devoir vous la faire remarquer. Je sais qu'on se représente les sénateurs romains comme de graves personnages, s'exprimant toujours avec sagesse et circonspection ; mais c'est une grande erreur. L'illustre Cicéron n'a-t-il pas plus d'une fois égayé le sénat par ses bons mots, après l'avoir frappé d'admiration par son éloquence? Que n'a-t-il pas dit d'Hortensius? Ne s'est-il pas emporté quelquefois jusqu'à traiter des hommes consulaires, tels que Pison et d'autres, d'hommes stupides, d'insensés et de bêtes brutes? Ces honnêtes sénateurs ne se sont-ils pas reproché le libertinage, l'ivrognerie et l'usure? Et dans ce même sénat, presque dans le même temps où notre auteur a placé sa plaisante séance, n'a-t-on pas entendu César tourner en ridicule les dieux de l'Olympe, la croyance à une vie future, *strepitumque Acherontis avari?* Oh! certes, l'anonyme n'a point péché contre le costume moral ; les Romains étaient des hommes, et nous sommes plus Romains que nous n'oserions le croire.

Je néglige, à dessein, le morceau intitulé : *Le faux dévot et le faux indévot;* je voudrais pouvoir retrancher *l'histoire admirable d'un jeune homme sans le sou;* elle me déplaira plus encore si l'on m'assure qu'elle est véritable; je ne dirai rien des *Misères de l'âge d'or, quinzième sura d'une métamorphose araméenne,* parce que je n'y ai rien compris; les *seize points d'admiration* me paraî-

traient fort piquans s'ils étaient réduits de moitié.
Je recommande au lecteur l'anecdote qui porte le
titre bizarre de *Jupiter et madame la duchesse de
Duras;* elle donne beaucoup à penser, et vaudrait
mieux encore si elle était débarrassée d'une grande
partie de son préambule ; et après ce jugement
rendu en conscience, mais non pas sans appel,
j'aborde enfin le morceau capital, et je le désigne
ainsi, parce que l'auteur me semble l'avoir placé
à la fin du recueil par un motif de prédilection.

Son titre est : *Apollon dieu des enfers, et Pluton dieu de la lumière.* Tout le monde comprendra
cette allégorie, tout le monde y verra de la malice ;
mais je suis très-décidé à n'y rien comprendre,
et je vais en donner une idée sans tirer à conséquence.

Dans un long préambule, nommé prolégo-
mènes, l'anonyme recherche quelles ont été les
causes de notre révolution ; mécontent des réponses qu'on lui fait, il s'élance dans les espaces
imaginaires, il embouche la trompette de l'ange
Azraël, et aussitôt mille voix discordantes se font
entendre à la fois ; il prie les répondans de vouloir bien s'expliquer l'un après l'autre, puis il leur
adresse cette question : « D'où provient la révolution française ? LE CLERGÉ : c'est de la philosophie.
LES PHILOSOPHES : c'est du clergé. LA NOBLESSE :
accusez le peuple. LE PEUPLE : accusez la noblesse.
LES ÉMIGRÉS : tout allait bien sans les révolutionnaires. LES RÉVOLUTIONNAIRES : le mal est entré

quand les émigrés le sont devenus. LES JACOBINS :
Pitt et Cobourg. PITT ET COBOURG : les jacobins. »
On ferait cent volumes sur les causes de la révolution, que l'on ne dirait pas mieux que cela.
Ainsi, au lieu de disputer sur le plus ou le moins,
prenons chacun une petite part du fardeau, sans
rechercher si ce partage est un acte de générosité
pour celui-ci, ou de justice pour celui-là. L'essentiel n'est pas de connaître la cause de la révolution,
mais de n'en avoir pas une seconde.

Cependant notre auteur poursuit ses recherches;
et, à travers l'obscurité dont il s'enveloppe, je
devine qu'il a découvert une *ordonnance* dont
voici le début : « JUPITER, DIEU DE L'UNIVERS EN-
TIER ET AUTRES LIEUX, à ceux qui ces présentes
verront, salut. » Je supprime les *considérans.*
« Art. Ier Notre bien-aimé fils Apollon, dieu du
jour, est nommé dieu des enfers. Art. II. Notre
bien-aimé frère Pluton, dieu des enfers, est nommé dieu de la lumière. Donné, etc.........»

Mais l'ordonnance est-elle authentique ou apo-
cryphe? Vient-elle réellement de l'autre monde,
ou a-t-elle été fabriquée dans celui-ci? Tel est le
sujet d'un long et curieux commentaire que je ne
rapporterai pas *in extenso*, mais seulement en
substance. Le début de l'ordonnance fait d'abord
douter de son origine céleste : *l'univers entier et
autres lieux* est une formule terrestre s'il en fut
jamais, et ressemble à ces kirielles de titres fastueux,
suivis de *trois et cœtera*. Mais une foule de raisons

militent victorieusement en faveur de l'authenti-
cité; en voici quelques-unes : L'ordonnance porte
l'empreinte d'une raison sévère ; elle est la conséquence d'une délibération réfléchie ; le premier
considérant n'est point en guerre avec le second....
Elle n'est donc pas de ce monde. — Il n'y est pas
stipulé qu'elle recevra son exécution du jour même...
l'ordonnance n'est donc pas de ce monde. — Le
ministre dirigeant y disgracie Apollon avec certains égards, et presque avec distinction : l'ordonnance n'est pas de ce monde. — Elle se fortifie de
la nécessité, et non de la vengeance, de la justice,
et non de la vanité blessée..... l'ordonnance n'est
pas de ce monde. Ajoutez d'autres preuves négligées, comme la science des hommes et des choses,
les moyens sans clair-obscur, et un but laissé en
évidence, et vous direz avec nous : L'ordonnance
n'est pas de ce monde. Passons maintenant à l'effet qu'elle a produit.

« La lie des dieux, dit l'irrévérent anonyme,
fermenta contre la disgrâce; je me trompe : ce fut
contre le disgracié. Mais Minerve se rangea sur les
bancs de l'opposition, et Thémis y porta sa balance.
Cependant Momus agita ses grelots, et une pluie
d'argent balaya les incrédules. »

J'ai considérablement abrégé ce passage, et je
serai plus laconique encore sur la conduite d'A-
pollon dans les enfers ; l'auteur y est obscur
comme le lieu de la scène, mais il est parfaitement clair dans le tableau des désastres causés par

Pluton, sur la terre et dans les cieux. Dès la première course il mit les chevaux d'Apollon à la réforme, et il les fit vraisemblablement remplacer par quelques rosses ombrageuses, car il occasionna dans la machine ronde un bouleversement qui a duré trente années. Le grand orage politique commençait à se former en France, et le lecteur sentira fort bien tout ce qu'il y a d'adroit dans cet anachronisme. « On vit donc alors, et ici
» je transcris littéralement, on vit ce qu'on n'avait
» jamais vu : trente millions d'hommes sur le
» trône ; un seul sujet, c'était le roi ; le devoir
» appelé insurrection, l'insurrection prise pour le
» devoir ; le citoyen vertueux dans un monstre
» ivre de sang humain ; le despote dans un prince
» condamné à mort pour avoir pardonné, et qui
» pardonnait en mourant ; un perpétuel échange
» entre la chaise curule et la sellette, entre les
» honneurs et l'échafaud ; la royauté abolie à
» l'unanimité, Dieu proclamé à la majorité ab-
» solue ; au-dehors l'épée, au-dedans le glaive ;
» une seule loi, toujours changée, la loi de
» l'État, etc....... »

J'ai dit plus haut que notre jeune homme deviendrait quelque jour un grand politique. Dieu me pardonne ! je crois qu'il l'est déjà.

LE MÉLODRAME AUX BOULEVARDS,

FACÉTIE LITTÉRAIRE, HISTORIQUE ET DRAMATIQUE;

Par PLACIDE le vieux, habitant de Gonesse, de l'Athénée du même
endroit, et des Sociétés littéraires de Saint-Denis et d'Argenteuil;
avec des notes plus longues que le texte, pour en faciliter l'intelligence.

TOUS LES GENRES SONT BONS, HORS LE GENRE
ENNUYEUX : heureux adage qui nous donne cinq
cents littérateurs illettrés, qui grossit le nombre des
Muses, qui place le mélodrame au rang des ouvrages d'esprit, et qui donne à Polichinel même
le droit d'aspirer au Parnasse ; car pourquoi serait-
il exclus, s'il n'est point ennuyeux? Combien les
Muses des boulevards, combien les successeurs
de Nicolet, et les gens de lettres qui ont remplacé
les danseurs de corde, ne doivent-ils pas chérir
cette belle maxime, que tout ce qui amuse est
bon! Vainement j'irais leur dire qu'à la vérité ce
qui amuse est bon, mais qu'il y a bien des amusemens fort étrangers à la littérature; vainement je
leur objecterais que sur ces mêmes boulevards il y
a beaucoup de choses qui ne demandent qu'à amuser, et qui pourtant n'ont rien de commun avec
l'art d'écrire ; ils me répondraient doctoralement :
Tous les genres sont bons, hors le genre ennuyeux.

26.

Pour peu que je les irritasse, ils dérouleraient à mes yeux toutes les conséquences de ce principe, et ils me diraient : Si tout est bon, hors ce qui ennuie, tout est mauvais, hors ce qui amuse ; cela est incontestable ; or, la plupart des pièces qu'il vous plaît d'appeler des chefs-d'œuvre, n'amusent personne, puisque personne n'y va ; les nôtres amusent tout le monde, puisque la foule s'y porte : donc..... Je n'ose, en vérité, transcrire cette conclusion, qui brise le sceptre de Melpomène, et qui place Molière au rang des ennuyeux. Ce n'est pas que je ne pusse chicaner sur le principe : si le mélodrame n'était pas devenu respectable, j'oserais lui demander quels sont les gens qu'il amuse ; et lorsqu'il serait un peu embarrassé de me répondre, je m'enhardirais au point de lui faire observer que le fameux adage a quelque chose de sous-entendu ; qu'il n'a voulu blâmer que ce qui ennuie les gens d'esprit, et qu'il n'a pas prétendu louer ce qui n'amuse que les sots : mais je n'aurai jamais le courage de risquer un pareil argument contre des gens qui sont riches, qui plaisent à tant de riches, et qui ont su faire couler le Pactole dans les bourbiers de l'Hélicon. Ne disputons donc plus contre le mélodrame : il est de la bonne politique de ne point offenser les gens qui prospèrent ; quand ils perdront leur crédit, nous leur dirons leurs vérités. En attendant, laissons rouler aux boulevards ces brillantes voitures, qui ne vont si vîte que pour être plus loin de Molière, et faisons

semblant de croire que tout ce beau monde ne vient
là que pour s'y moquer de la sottise, tandis qu'en
effet il n'y court que pour y chercher le niveau. Ce
sont les femmes contrefaites qui mettent en vogue
les modes les plus ridicules, afin de se perdre dans
la foule ; ce sont les sots qui accréditent les sottises
pour avoir l'air de suivre la mode, tandis qu'ils ne
font que se laisser aller à une pente toute naturelle

Il est sans doute peu important pour la littérature que le vulgaire des spectateurs s'amuse des
mauvais ouvrages, ou prenne pour bon tout ce
qui l'amuse ; mais ce qui est déplorable, c'est que
le mauvais goût ait assez de charmes pour séduire
même les gens d'esprit, et les auteurs à qui la nature avait donné un véritable talent pour en faire
un plus noble usage. On a dit souvent que les gens
de lettres forment le goût du public ; je suis plus
porté à croire que le goût du public influe singulièrement sur le talent des gens de lettres. Pourquoi voyons-nous aujourd'hui tant de singes
de sensibilité ? C'est que les *émotions douces*
sont à la mode. Les spectateurs sont devenus si
honnêtes gens, que la peinture du vice leur fait
horreur, même quand cette peinture du vice tend
à les en corriger. Tous les traits vigoureux, hardis,
les effraient ; à les entendre, la bonne et franche
comédie annonce *un mauvais cœur* dans celui qui
la compose. Ils ne veulent que des tableaux touchans, des situations pathétiques qui fassent couler
une ou deux larmes de leurs yeux attendris, et des

impressions douces qui titillent agréablement leurs fibres délicats. D'autres prenant à la lettre les mots *action, mouvement, chaleur, rapidité*, qui expriment des qualités nécessaires dans un ouvrage dramatique, ne voient l'*action* que dans la complication des ressorts; le *mouvement* que dans les allées, les venues, et la fréquente mutation des tableaux; la *chaleur*, que dans l'action physique, et la *rapidité*, que dans la prompte succession des situations les plus romanesques. D'autres enfin, ne venant au théâtre que pour y digérer ou s'y distraire, sont enchantés que l'auteur laisse leur esprit dans un parfait repos, et n'occupe que leurs yeux.

Que fera l'écrivain qui voudra plaire à ces trois espèces de spectateurs? Il composera un mélodrame, où il fera passer dans la comédie même tous les défauts qui sont devenus des beautés et des moyens de succès. Si Molière même a sacrifié quelquefois au public de son temps, pouvons-nous espérer que nos auteurs soient plus sévères? Non. Plaire sera toujours le premier but de l'écrivain; et s'il était bien démontré que les sottises pussent seules amuser le public, les gens d'esprit même écriraient des sottises. Je ne sais si parmi les nombreux auteurs de mélodrames il en est quelques-uns qui soient en état de faire une bonne comédie; mais certainement beaucoup de nos auteurs de comédie semblent nés pour faire des mélodrames. Le goût du public influera toujours sur celui de l'écrivain; et si nous déplorons aujourd'hui les succès scandaleux d'un mauvais genre, c'est moins aux auteurs qu'aux spectateurs que nous devons attribuer cette honteuse révolution dans l'empire de Thalie.

Un de nos poètes, plus sage que moi, a pris le parti de rire du sujet que je traite ici beaucoup trop sérieusement. Il n'a pas daigné combattre le mélodrame avec l'arme du raisonnement : il a cru que le sarcasme et l'ironie lui fourniraient des traits assez forts pour terrasser cette hydre ridicule ; il paraît même n'avoir pas voulu faire usage de tous ses moyens ; car son style, un peu négligé, s'abaisse quelquefois jusqu'au niveau de la matière. A-t-il craint de prostituer le talent en attaquant noblement un ignoble ennemi ? A-t-il voulu le combattre avec des armes moins inégales ? Je le croirais ; car s'il n'a pu s'empêcher de laisser tomber plusieurs vers heureux, élégans et bien tournés, il a pris soin de les cacher sous d'autres vers bien négligés et bien prosaïques ; en songeant à ses rivaux, il semble avoir dit : *Ceci pour eux n'est encore que trop bon.* Voici quelques passages où l'on apercevra ce mélange de force et de faiblesse, de négligence et de bonne plaisanterie :

. . . .
Enfin, Cuvelier vint, et le premier en France,
Montra le mélodrame en sa magnificence ;
De superbes horreurs crayonna les tableaux,
Et... pour les amuser, effraya les badauds.
Tout l'enfer varia sa lanterne magique :
Le diable y fit un rôle, et fut bien dramatique.

. . . .
Son laurier sur sa tête est déjà suranné,
Et Cuvelier n'est plus qu'un prince détrôné.
Guilbert saisit le sceptre au bout de la semaine,
Et Caigniez, à son tour, usurpa son domaine.
. . . .

Avant d'aller plus loin, je dois déclarer que je ne
connais le mérite d'aucun des auteurs cités dans
cette *facétie*; s'ils se trouvent flattés ou offensés
des éloges qu'on leur prodigue, je n'y suis pour
rien : je les nomme parce qu'ils sont nommés dans
la brochure; je ne garantis pas les louanges dont
ils sont l'objet; et s'ils doivent à l'auteur du res-
sentiment ou de la reconnaissance, c'est à M. Placide le vieux, de Gonesse, qu'ils voudront bien les
adresser. Continuons :

Aux boulevards! c'est là que dans l'âge où nous sommes,
D'un incroyable éclat brillent cinq cents grands hommes,
Dont le renom fameux, quoiqu'un peu clandestin,
Du mélodrame encore ennoblit le destin :
Loisel de Tréogate, à prose harmonieuse,
Dont on admire encor *la Forêt périlleuse;*
Et Plancher dit Valcour, et Coffin dit Rosny,
Et Servière et Delorme, et monsieur Pompigny,
Et monsieur Frédéric, dont la pièce tragique
Me fit tant rire, un soir, à l'Ambigu-Comique.....
. . . .

Là, vous brillez aussi, Bernos, Hubert, Boirie,
Brazier, dont la Minerve à Cancale est nourrie;
Ingénieux Duperche, universel Dorvo,
Par qui parut un jour Frédéric à Spandau;
Vous n'aviez point encor, sur son lit de misère,
Immolé Duguesclin aux sifflets du parterre.

De tous ces fiers soleils du quartier Saint-Martin,
Le plus majestueux est monsieur Augustin ;
On doit une *Peau d'Ane* à ce jeune homme antique,
Et sa *Tête de Bronze* est une tête unique.
J'allais vous oublier, pardon, messieurs Charrin,
Legros, Legras, Leroi, Lecomte et Simonin...

Quelque regret que j'aie à interrompre cette brillante nomenclature, j'y suis forcé : les auteurs qui réussissent facilement dans ce genre difficile sont si nombreux, que je n'en puis citer qu'une faible partie. Voyons maintenant comment M. Placide nous présente le mélodrame.

Mais le coup d'archet part, et le héros s'avance ;
Il vient de ses malheurs nous faire confidence.
L'illustre infortuné commence par gémir,
Et, pour peu qu'on l'écoute, il vous fera frémir.
Il nous apprend qu'il est chassé de sa patrie,
Proscrit, persécuté ; qu'on menace sa vie ;
Qu'il a deux beaux enfans, une fille, un garçon,
Victimes d'une indigne et lâche trahison,
Qu'il nourrit, comme il peut, de fruits et de laitage ;
Qu'il court bien des dangers, mais qu'il a du courage.

L'auteur nous expose ensuite les ressorts de cette espèce de drames, tels que les grands mots, l'*humanité* la *sensibilité*,

Termes sacramentaux, comme le *cœur* et l'*âme*,
Dont il faut, pour raison, larder un mélodrame.

Maintenant voici les tableaux :

C'est une illusion on ne peut plus complète,
Un vrai panorama, dont les sujets mouvans
Paraissent tour-à-tour agités, agissans,

Émus, passionnés, persécuteurs, victimes,
Modèles de vertus, monstres couverts de crimes.
On vous en donnera de toutes les couleurs :
Vous aurez des meuniers, des princes, des voleurs,
Des soldats, des niais, des manans, des corsaires ;

. . . .

On pille, on empoisonne, on tue, on fait l'amour,
On conspire, on se bat, on proscrit une tête,
On dresse un échafaud, et l'on donne une fête.

Terminons par l'extrait d'un discours que l'auteur
prête à l'un des princes du mélodrame :

Messieurs, je ne connais, soit dit de bonne foi,
Que deux originaux, monsieur Kotzbue et moi ;
Tous les deux nous avons brisé les fers antiques,
Et secoué le joug des règles dramatiques.
Je suis d'un genre neuf l'inventeur principal ;
J'ai su donner au peuple un spectacle moral,
Qui l'instruit, qui l'amuse, et tout fait pour l'enfance,
Et n'est point au-dessus de son intelligence.

. . . .

Je sais qu'en ses gaietés la satire insolente
A trouvé quelquefois ma prose languissante ;
Mais j'en appelle au peuple, à mes admirateurs,
Qui cassent tous les soirs ces arrêts détracteurs ;
Eh ! que me font à moi les traits de la satire ?
JE N'ÉCRIS QUE POUR CEUX QUI NE SAVENT PAS LIRE.

Cette facétie de M. Placide de Gonesse, est suivie de notes très-nombreuses et fort étendues,
qu'on peut regarder comme des notices biographi-
ques sur les auteurs de mélodrames, et qui sont
destinées à compléter un jour le dictionnaire des
Grands Hommes.

TRAITÉ DU MÉLODRAME ;

Par MM. A ! A ! A !

Les chefs - d'œuvre ont toujours précédé les
théories. Eschyle, Sophocle, Euripide avaient il-
lustré le théâtre grec avant que le précepteur
d'Alexandre s'avisât de prescrire des règles à la
tragédie ; tardive et inutile poétique, puisqu'elle
a fait naître des ouvrages inférieurs à ceux que le
génie sans règles et sans frein avait produits par
sa seule inspiration.

Il en est de même du mélodrame : long-temps avant
que M. Placide, de l'Athénée de Gonesse, compo-
sât son art poétique du mélodrame, et que MM. A !
A ! de Paris, en écrivissent le *traité, ex professo*,
les Cuvelier, les Pixérécourt, les Caigniez, etc.....
avaient brillé d'un incroyable éclat sur le boulevard
du Temple, fait crever de jalousie les Shakespea-
riens de Londres, et confirmé par d'immortelles
productions les savantes théories des Sismondi et
des Schlegel. Ah ! si Charles Perrault pouvait re-
vivre, quel triomphe n'obtiendrait-il pas sur l'exact
et froid Despréaux ! Les anciens oseraient-ils encore le disputer aux modernes ? Quelle recrue ces
derniers n'ont-ils pas faite ! Que diraient les

hommes à la chlamyde ou à la toge, quand ils verraient dans nos rangs les Loisel, les Plancher, les Coffin, les Servière, les Delorme, les Pompigny, les Frédéric, les Corse, les Ribié, les Bernos, les Hubert, les Boirie, les Dorvo, les Augustin, les Charrin, les Legros, les Legras, les Leroi, les Le Comte. les Simonin, les Lamey, les Camaille, et cinq cents autres tout aussi connus, divisés en deux phalanges, et commandés par le Corneille et le Racine des boulevards? A la vérité j'ignore les titres de ces beaux esprits, mais M. Placide les déclare grands hommes. MM. A! A! sont en extase devant leurs chefs-d'œuvre, et je me soumets avec orgueil à ces deux grandes autorités. Je dois cependrnt faire une observation très-importante: c'est que chez nous, c'est l'Horace ou le Boileau du mélodrame qui en a précédé l'Aristote, et M. Placide de Gonesse, de l'académie d'Argenteuil, avait publié son poëme huit ans avant que MM. A! A! traçassent en prose la route qui conduit à la gloire. Ce dernier ouvrage est bien plus étendu, bien plus fécond en excellens préceptes que le poëme de Gonesse; mais le poëme renferme un vers qui seul l'emporte sur toute la prose des nouveaux commentateurs. Ah! si nos finances étaient en meilleur état, je présenterais une pétition tendante à obtenir l'érection d'un monument qui attesterait chez nos derniers neveux le progrès des lumières et la perfectibilité de l'esprit humain. Ce monument, *œre perennius*, ferait voir le dieu du mélodrame posant un pied sur la tragédie, et l'autre sur la comédie, prosternées et tremblantes; et le dieu tiendrait, au lieu de sceptre, un rouleau sur lequel serait gravé ce vers admirable :

Je n'écris que pour ceux qui ne savent pas lire.

Maintenant que j'ai élevé moi-même un monument à la gloire de M. Placide, en citant son beau vers, je vais m'occuper de la prose de MM. A! A!

Le mélodrame appartient à notre grand siècle; et surtout à notre aimable révolution. Le Pygmalion de Rousseau ne prouve rien contre cette assertion, quoiqu'il ait porté le titre fastueux de mélodrame. MM. A! A! prétendent que Diderot et Mercier avaient pressenti ce beau genre : mais nos yeux sans doute n'étaient pas encore en état de supporter un pareil éclat. Je vais plus loin, et m'engage à prouver que Diderot, Mercier et Sedaine, sont les grands-pères du mélodrame, puisqu'ils ont créé le drame, qui est incontestablement le père des chefs-d'œuvre du boulevard. Prenez tous les drames de la Comédie Française, traduisez-les en langage des halles; placez une ritournelle à chaque entrée et chaque sortie, vous aurez d'assez bons mélodrames, et le théâtre de Molière pourra soutenir la concurrence avec celui des Pixérécourt et des Caigniez. L'opération sera plus facile sur un grand nombre d'ouvrages du théâtre Feydeau. D'abord, ils sont déjà plus près du beau idéal, et le traducteur n'aura souvent qu'à transcrire. Si l'on doute de cette heureuse analogie qui existe entre le drame et le mélodrame, il me suffira de rapporter une affiche écrite en vers, que j'ai copiée il y a trente ans. La voici :

> Drame nouveau : La terreur y domine.
> Acte premier : La guerre et ses fureurs.
> Acte second : La peste et ses horreurs.
> Dans le suivant j'ai placé la famine.
> Le quatrième est d'un effet très-beau ;
> Au bruit affreux du tonnerre qui gronde,
> Le genre humain descend dans le tombeau ;
> Le dénouement sera la fin du monde.

Certes, voilà un assez bel avant-coureur des merveilles des boulvards. J'avoue cependant que nos grands hommes ont fait d'immenses progrès : l'admission des chiens, des corbeaux et des pies ouvre une vaste carrière aux nouveaux mélodramaturges : autrefois nous n'avions pas assez d'esprit pour en donner aux bêtes ; mais comme l'observent très-bien MM. A! A!, grâces aux lumières du siècle, les bêtes ne nous choquent plus.

Selon le nouvel Aristote, *l'unité de lieu* doit être resserrée dans une des quatre parties du Monde : pourquoi mettre des entraves au génie ? Le globe lui-même est un espace trop étroit. D'ailleurs, on passe d'Espagne en Afrique, et d'Afrique en Asie, en moins de temps qu'il n'en faut pour aller de Paris à Pontoise : ainsi la géographie, comme la raison, veut que le mélodrame ait ses coudées franches. Prescrivez des limites au genre

ennuyeux, soit; il ne peut jamais être trop circons-
crit. Que dans la tragédie et la comédie le lieu de
la scène soit proportionné au petit nombre de
spectateurs qui aiment encore le vieux Corneille
et le bouffon Molière, cela est fort raisonnable ;
mais quand le nom des Cuvelier et des Caigniez
s'est répandu sur toute la surface de la terre, laissez au moins à leur génie autant de place qu'en
occupe leur réputation.

Les chapitres qui traitent du *niais* et du *tyran*,
du *chevalier de l'innocence, et de l'innocence per-
sécutée*, sont écrits de main de maître, et ne laissent pas de prise à la critique. Celui du *fantôme*
est encore au-dessus ; mais rien n'approche de
celui où notre Aristote s'occupe de la philosophie
du mélodrame. Les maximes que je vais citer et qui
sont sorties des cerveaux romantiques, prouve-
ront assez que je ne fais point ici un article de
complaisance :

« *L'oreiller du remords est rembourré d'épines.* » Quelle image !

« *La reconnaissance est un registre à partie
double.* » Quelle profondeur !

» *La modestie est un des coupons de la vertu.* »
Quelle justesse !

« *La noirceur du crime ne peut être effacée que
par le savon du repentir.* » Naïveté sublime !

« *Le soleil est un éternel réverbère.* » Quelle vérité grande et noble !

« *Le noyau de l'espace ne peut être cassé que*

par le marteau de l'hypothèse. » Je n'ai point d'expressions pour louer celui-ci.

« *Le sentiment est la soupape de l'âme.* »

De tous ces admirables apophthegmes, c'est sans
contredit le dernier qui l'emporte. Ni Condillac,
ni Cabanis, ni les médecins mécanico-chimistes,
n'ont rien dit de pareil sur l'alliance du physique
et du moral.

N'allez pas croire cependant que ces grands
hommes prodiguent les sentences comme l'auteur
de Zaïre et de Mahomet. Ils se gardent bien de ressembler à Voltaire. Chez eux les maximes ne paraissent que quand elles soulèvent la *soupape de
l'âme*, et sortent pour ainsi dire malgré le personnage. Voulez-vous du *passionné*, du *concentré*, du
suffoquant, lisez les lignes suivantes :

« Oui!!.. Non!!! Mais... Non, non!!!! Se peut-il?
» Quoi!... Grands dieux!! Malheureux, qu'ai-je
» fait???? Barbare!!!!!!... Hélas!... Jour affreux!...
» O nuit épouvantable!!... Ah! que je souffre!!!..
» Mourons!!! Je me meurs.... Je suis mort!!! Aye,
» ay, aie!!!» Eh bien! vous admirez? Eh! que serais-
ce donc si, par négligence ou par envie, je n'avais
pas supprimé trente ou quarante points d'exclamation? Mais voilà les journalistes! ils altèrent,
ils décolorent, ils flétrissent les plus belles choses.

Si le savon de mon repentir peut effacer la noirceur de ce crime, je promets d'être plus fidèle dans
la transcription du passage suivant, qui est extrait
de l'un de nos chefs-d'œuvre.

« Des coups de sabre, pif! pif! pif! Des coups
» de pistolet, pan! pan! pan! Des morts! pouf!
» pouf! pouf! »

Je crois voir, je crois entendre, je crois sentir la
poudre et le carnage. Ah! si l'auteur avait pu faire
entrer le paf! paf! paf! dans cette belle tirade, nous
aurions un magnifique exemple d'onomatopée.

Il s'en faut bien que je sois aussi content du chapitre des *convenances*. Notre Aristote n'est pas encore à la hauteur des grands principes, fondés sur
la rigoureuse observation de la nature. Règle générale, tout ce qui est naturel est beau MM. A! A!
paraissent avoir méconnu cet axiome qui a été la
loi des Mercier, des Rétif de la Bretonne, des Sedaine et consorts. Ils défendent par exemple, au
tyran du mélodrame, de porter des lunettes, et de
paraître en robe de chambre et en bonnet de nuit.
Vieux préjugés! misérable contrainte! La nature
avant tout, messieurs! Le tyran n'est-il pas le plus
défiant, le plus soupçonneux des hommes? N'est-
il pas exposé à mille dangers? Il ne saurait donc y
voir trop clair. La prohibition du bonnet de nuit
n'est pas plus raisonnable. Un tyran ne dort pas,
mais il se couche, il a donc un bonnet de nuit. Ah!
n'est-ce pas dans la nuit même qu'il médite les
plus noirs forfaits? Le bonnet de nuit est donc le
témoin, le compagnon inséparable de la tyrannie.
Je ne crains pas de l'affirmer: le premier tyran
qui paraîtra sur la scène avec le bonnet et les lunettes, abattra bien des préjugés littéraires. Ces

professeurs veulent aussi lui interdire la perruque :
ils ne savent donc pas que la perruque des Euménides joua le plus grand rôle dans une tragédie
d'Eschyle ? Ils veulent encore que l'*amoureuse* ait
toutes ses dents, comme si l'amour y voyait clair;
comme si ses flèches ne tombaient pas au hasard
sur les bouches sans dents et sur les plus beaux râ-
teliers. Il me semble voir sourire les Schlegel et
leurs disciples : Ces pauvres Français, diront-ils,
veulent toujours des entraves, des chaînes, des
barrières et des règles.

Il me reste encore une observation critique, et
il m'en coûte, car les nouveaux professeurs ont du
bon ; mais la vérité l'emporte. En faisant le portrait du plus grand mélodramaturge qu'ils nomment *fils aîné de l'immortalité*, nos Aristotes ont
la maladresse de le comparer à un sapin. Ils ont
voulu dire sans doute qu'il surpasse ses rivaux
comme le sapin domine les arbustes de la forêt;
ils ont peut-être songé à l'épithète de *tragicotatos*
donnée à Euripide. Mais les amateurs de mélodrame méprisent les figures de rhétorique ; ils donnent le nom de sapin à un fiacre, et il serait dur
d'insinuer que le sapin du mélodrame est le fiacre
de la littérature.

Je vais examiner le mélodrame et les autres productions dramatiques sous un rapport plus sérieux;
et laissant de côté les bonnes ou mauvaises plaisanteries auxquelles le genre romantique a donné
lieu, je m'occuperai de l'influence fâcheuse que le

mélodrame exerce sur les théâtres de la capitale et des provinces.

Ce géant ridicule a envahi tous les théâtres de la province, il en a chassé les auteurs dont la France s'honore, et les chefs-d'œuvre qui ont élevé si haut notre gloire littéraire. Dans quelques années, les départemens connaîtront mieux Calderon et Schiller que Corneille, Molière et Racine. La tragédie et la comédie n'existent plus que dans quelques villes en très-petit nombre ; elles y sont méprisées parce qu'elles sont mauvaises, et deviennent tous les jours plus mauvaises, parce qu'elles sont méprisées. Par les lois de l'affinité, le bonnet d'un niais attire partout la foule, tandis que la bonne comédie, mal payée, mal jouée, repousse même les hommes de goût, qui finissent par suivre la foule et se laissent entraîner par les sots.

On sera peut-être étonné de m'entendre dire que la capitale en souffre encore plus que les provinces ; mais avant de décider, que l'on pèse les considérations suivantes : autrefois la province était une pépinière d'acteurs où le Théâtre Français prenait des sujets déjà élevés, et dont les talens éprouvés par plusieurs années d'exercice, étaient dignes de la Comédie Française, et capables de réparer ses pertes. Aujourd'hui la province fournira cinquante tyrans et deux cents niais, mais pas un seul comédien, si ce n'est quelque invalide que le dégoût a vieilli plus encore que le temps. L'Odéon est la seule réserve où Molière puisse

27.

encore trouver des recrues ; mais Corneille et Racine n'ont plus de ressource que dans les écoles
de déclamation, où l'on ne fait que des écoliers.
Le théâtre royal de l'Opéra-Comique est plus malheureux encore ; il n'a pas même un Odéon, et
ne saurait où chercher un Vigny, une Leverd,
dont il aurait grand besoin. A la vérité, ce genre
se soutient en province, mais le mélodrame l'y
écrase ; le mauvais exemple y a tant de puissance,
que les Alcindor et les Zémire y sont devenus des
ferrailleurs et des criardes, pour faire croire sans
doute qu'ils seraient dignes de jouer *le Pied de
Mouton* et *la Pie voleuse.* Si l'on me demande des
preuves de cette assertion, je répondrai : Voyez le
théâtre Feydeau ; resterait-il dans l'état misérable
où il est tombé, si la province fournissait des acteurs passables qui chantassent passablement ? Vainement on m'objecterait les écoles de déclamation ;
ce n'est pas sur les grands théâtres de la capitale
qu'un écolier doit faire ses premiers pas ; ce sont
des acteurs que le public demande, et non des
élèves dont il faille faire l'éducation. Dix ans d'étude
sur le théâtre de l'école valent moins que six mois
d'exercice devant le public qui paie ; et le public
qui paie a le droit d'exiger que les interprètes des
Corneille et des Molière aient déjà l'habitude de
la scène, qu'ils sachent se présenter, se poser,
marcher et parler devant des juges sévères, et non
devant l'auditoire bénévole d'un exercice gratuit à
l'école de déclamation.

Les auteurs de l'Opéra-Comique, prévoyant la décadence de ce théâtre dès qu'il serait seul, avaient dès long-temps demandé un théâtre secondaire qui fût pour eux ce que l'Odéon est pour la comédie ; on leur répondit que la multitude des théâtres engendrait le mauvais goût, et pour soutenir la gloire nationale, on ouvrit de nouveaux théâtres....... de mélodrame.

Tout spectacle qui fascine les yeux, et qui n'exige des spectateurs, ni goût, ni instruction, ni connaissance de la langue, doit attirer l'affluence et nuire aux spectacles raisonnables. Si le mélodrame continue ses usurpations, le gouvernement doit s'attendre à payer d'énormes sommes pour soutenir l'Académie royale de Musique. Aux yeux de la multitude, un théâtre est toujours un théâtre. Le bon bourgeois qui veut régaler sa femme et sa fille, consulte d'abord l'économie, et lorsqu'à un prix modique, il trouve réunis dans un même lieu et dans une même pièce, la tragédie, la comédie, l'opéra, le vaudeville, les ballets et la parade, il croit avoir ce qu'il y a de mieux dans le meilleur des mondes. Il ne sait pas si un tyran de mélodrame est moins littéraire qu'un Gengis-Kan ou un Mahomet, si la ritournelle de la Porte Saint-Martin est moins classique que la ritournelle de la rue de Richelieu, si la pirouette de la Gaîté est moins correcte que la pirouette de l'Opéra ; il voit tous les genres confondus en un seul, et il croit qu'il a tout vu. Il forme son goût sur les salmigondis du boulevard ; et lorsque le hasard le conduit au banquet de Thalie, tous les mets lui paraissent insipides.

En se détériorant, le goût du public influe nécessairement sur celui des auteurs. On fait des pièces de théâtre pour être applaudi, et l'on est irrésistiblement poussé à y mettre ce que le public applaudit de préférence. Si vous voulez de bons auteurs, ayez de bons spectateurs, et si Molière lui-même a sacrifié au goût de son siècle en abaissant son génie jusqu'à la farce, ne vous plaignez pas lorsqu'aujourd'hui des écrivains, d'ailleurs estimables, mettent du mélodrame partout, puisqu'il est le genre couru, fêté, et le dirai-je ? encouragé. On emprisonne, dans un seul théâtre, les nombreuses productions des Grétry, des Monsigny et de leurs successeurs, tandis que MM. Pixérécourt et Caigniez auront bientôt toute la capitale pour y faire leurs évolutions. Sous le dernier gouvernement j'aurais dit : Il y a quelque commis intéressé au mélodrame ; mais aujourd'hui je ne puis m'en prendre qu'à l'insouciance de l'autorité, ou à la distraction causée par des occupations plus graves.

Qui le croirait ? C'est précisément parce que le mélodrame est un détestable genre, qu'il doit prospérer et tout envahir. Ne criez pas au paradoxe avant de m'entendre. En général, les auteurs n'ont de moyens d'existence que leurs talens. Les bons théâtres ont un bon répertoire, composé en grande partie des pièces d'auteurs morts. Les comédiens français, riches de l'héritage des Racine, des Molière, etc... jouent très-peu de nouveaux ouvrages : se consacrer à leur théâtre, c'est faire vœu de pauvreté ; et comme avant tout il faut exister, l'auteur qui ne peut pas attendre, pendant des années, la faveur d'une représentation, court au théâtre où les pièces se succèdent avec rapidité, et préfère le mauvais goût qui fait vivre au bon goût qui fait mourir de faim. Le mélodrame l'appelle sur ses nombreux théâtres ; ses pièces sont si mauvaises qu'il n'a pas de vieux répertoire ; les ouvrages y sont morts avant les auteurs, et les chefs-d'œuvre du siècle dernier n'y nuisent pas aux chefs-d'œuvre modernes. Tous les auteurs y sont vivans, et trouvent à vivre de leur travail. Aussi, voyez quel nombre prodigieux ! Si vous les comptiez, vous reculeriez devant cette épouvantable phalange.

DE SHAKESPEARE

ET DE LA POÉSIE DRAMATIQUE;

Par F. Guizot.

La littérature classique est malade depuis long-temps : elle l'est, parce que tout finit en ce monde ; elle l'est, parce qu'après avoir atteint l'apogée de la vie intellectuelle, il ne lui restait plus qu'à descendre. Mais qu'on ne se méprenne pas sur la nature du mal qui la consume : bien loin de succomber sous les efforts des barbares qui lui font la guerre, elle ne doit peut-être qu'à leurs attaques maladroites le reste de vigueur qu'elle fait encore paraître. Qui sait même si cette persécution ne lui sera pas salutaire, et ne va pas lui rendre une seconde vie ? Ses ennemis sont innombrables, je le sais ; car les conditions nécessaires pour être admis dans les rangs des romantiques ne sont pas difficiles à remplir : il suffit de manquer de goût, de n'avoir fait aucune étude, et de méconnaître toute règle et tout principe ; il est impossible que, dans le siècle des lumières, il ne se trouve pas un grand nombre d'hommes doués de ces précieuses qualités. Les esprits de cette trempe sont les plus heureusement nés pour apprécier les beautés romantiques. Le poète aura bouleversé les faits historiques, et méconnu les mœurs des nations ; que nous importe ? Sommes-nous au théâtre pour y faire un cours d'histoire ? Le poète fait arriver des vaisseaux dans la Bohême : il y avait peut-être des ports de mer en Bohême dans ce temps-là. Il place des sauvages près de la ville de Gênes ; eh bien ! les Hurons et les Illinois habitent peut-être près de Savone ou d'Albenga. On nous montre un héros enfant au premier acte et barbon au dernier ; et pourquoi pas ? Une tragédie romantique ne doit-elle pas être un roman dialogué ? Pour amuser le spectateur, il faut lui présenter une variété de tableaux: vive donc l'illustre Shakespeare qui, semblable au Neptune d'Homère, ne fait que trois pas pour arriver des sommets de la Samo-Thrace à la plaine d'Ilion! Vive surtout l'admirable Goëthe qui, dans son *Goetz de Berlichingen,* fait changer *cinquante-six fois* le théâtre! Cinquante-six décorations dans une seule tragédie! quelle fécondité! venez donc lui comparer votre Racine qui nous montre toujours les mêmes murailles! Il faut que l'action dramatique ait du *mouvement*; eh bien! dans nos chefs-d'œuvre ossianico-romantiques, les héros ne remuent-ils pas sans cesse les bras et les jambes? les voit-on rester deux minutes à la même place? Si vous voulez de l'intérêt, de cet intérêt poignant, suffoquant, déchirant qui procure des sensations si délicieuses, contemplez ce mari qui étrangle sa femme dans le lit nuptial, et qui vient tâter ensuite si elle est bien morte: voyez, jouissez, et mourez de plaisir.

Les admirateurs de ces étranges beautés ont sur le style tragique des idées parfaitement analogues aux opinions qu'ils se sont formées sur l'action du drame : on a fait passer devant eux des palais, des carrefours, des cimetières et des tavernes, et ils trouvent fort raisonnable que le dialogue se ressente du voisinage de tous ces lieux. Dans le palais l'homme sera effréné *comme la flamme de l'incendie,* la femme sera *perfide comme l'onde ;* dans la rue, un misérable valet osera dire à sa maîtresse :

« *Bah! la femme la plus sotte en sait assez pour se faire faire un enfant,* » et sur un quai un gondolier éveillera un père respectable pour lui crier : *Tandis que vous dormez votre fille fait........* » En vérité, je ne suis pas assez impudent pour écrire ici ce qui est assez noble pour la tragédie romantique. Il y a long-temps que Diderot a prédit ce qui nous arrive. Voyant que l'on se disposait à montrer un échafaud dans la tragédie de *Tancrède,* il dit aux comédiens : « Messieurs, quand *un homme de génie* aura placé une potence sur votre théâtre, les imitateurs y accrocheront le pendu. » Nous avons, j'en conviens, un très-grand nombre d'hommes de génie capables d'accrocher l'intérêt à la potence, mais quels que soient leurs succès, quels que soient les transports de la foule qui crie, qui hurle ou se pâme à la représentation de leurs chefs-d'œuvre, qu'ils ne se vantent pas d'avoir pour eux *la majorité des voix,* comme ils le disent niaisement ; aux yeux d'un homme de goût, pluralité et majorité ne sont point synonymes, et l'opinion de quelques hommes, fidèles au culte des véritables Muses, l'emportera, je l'espère encore, sur cette foule d'hommes *de génie* qui médisent des Sophocle et des Racine, comme les gueux médisent des riches, comme le nain médit du géant.

Non, tout n'est point désespéré. Livrée à elle-même, la littérature classique périssait peut-être après une longue agonie. Occupés de tout autre

chose, nous l'aurions vu mourir avec indifférence;
mais, en considérant les hommes qui l'attaquent,
l'indignation nous fera voler à son secours, et nous
la rétablirons dans ses droits, au moins pour quelque temps. Il faudra bien un jour se décider sur
cette grande querelle : il faudra comparer les cory-
phées des deux troupes ennemies ; il faudra faire
entrer dans l'arène Boileau avec M. Schlegel, et
Horace avec M. Guizot : en sommes-nous venus
au point de souffrir un pareil combat? En attendant ce grand jour, je demande la permission de
raconter un apologue qui n'est point étranger à
la question. Deux lézards passaient devant un palais magnifique : « Que cela est laid! dit l'un des
reptiles; pas une fente, pas une crevasse où nous
puissions nous loger. » Le lendemain, un tremble-
ment de terre avait fait crouler l'édifice, et les mar-
bres gisaient confusément entassés sur le sol. Les
lézards repassent : « Que cela est beau! s'écrièrent-
ils tous deux; il faut avouer que l'homme fait quelquefois de belles choses : nous pouvons pénétrer
partout. » Voilà des lézards bien romantiques, et
bien dignes de vivre dans le siècle des lumières.

Pourquoi faut-il qu'une partie de ces réflexions
soient applicables à M. Guizot? Les hommes d'esprit pensent-ils donc qu'on ne les remarquera
pas assez s'ils se renferment dans les limites du goût
et de la raison? Qu'ils se détrompent : le bizarre
et l'extravagant n'étonnent plus personne, et c'est
un bon moyen de se distinguer que de rester rai-

sonnable. Rendons cependant justice à M. Guizot: il attache certainement fort peu d'importance à la brochure que j'ai maintenant sous les yeux, et que je regarde comme une débauche d'esprit. S'il avait cru qu'elle pût ajouter quelque chose à sa réputation, il se serait au moins donné la peine de la relire, et il n'y aurait pas laissé de ces fautes grossières qu'il faut bien rejeter sur la précipitation ou l'insouciance quand il n'est pas possible de les attribuer à l'ignorance ou à l'absence du talent. Il n'aurait pas dit, par exemple, qu'*Eschyle retrace à ses concitoyens la victoire de Marathon, et aussi les inquiétudes d'Atossa et les douleurs de Xercès.* M. Guizot sait très-bien que Xercès n'a régné que cinq ans après la bataille de Marathon, et *aussi* qu'il est question dans *les Perses* d'Eschyle de la défaite de Salamine ; mais on n'y regarde pas de si près quand on commente un auteur tragique qui fait faire en quinze jours plusieurs voyages de l'Angleterre à la Terre-Sainte. Partout ailleurs que dans une apologie du romantique, M. Guizot n'aurait pas écrit des phrases telles que celles-ci : « *Peu d'actions comportent en réalité une action si soudaine.* » Puis ailleurs : « Un goût si universel et si vif ne se *repaîtra* pas long-temps de productions insipides et grossières. » Ce prétérit un peu trop romantique nous prouve que le style d'un avocat se ressent toujours de la cause qu'il défend. Dans tout autre ouvrage, M. Guizot se serait bien gardé d'indiquer comment la tragédie

d'Athalie aurait dû être faite pour lui plaire : cela
m'a choqué, j'en conviens, mais j'ai relu le paragraphe, et j'ai compris que M. Guizot est très-capable
de refaire Athalie, et de la rendre fort amusante.

Dans toutes les pages de cette brochure, on voit
M. Guizot dominé par un goût que sa raison n'approuve pas : il n'ose pas même nommer le genre de
drame qui est l'objet de sa prédilection : il attaque
hardiment le genre classique ; il raille agréablement
*cette froide nation littéraire qui ne connaît, dans
la nature, rien de plus sérieux que les intérêts de
la versification, ni de plus imposant que les trois
unités.* Mais il ne nomme pas le *romantique ;* ce
mot ne se trouve qu'une seule fois, et par inadvertance, dans son ouvrage : il en sent le ridicule. Assez audacieux pour corriger Racine, il n'a pas le
courage de dire : J'aime le romantique, et j'aspire
à devenir l'Aristote du boulevard du Temple.
Cette pudeur est d'un bon augure. Quand M. Guizot sera rentré dans la bonne route, et il y rentrera,
nous l'entendrons alléguer sa réticence comme
une excuse légitime, et dire comme la Phèdre classique :

Même au pied des autels que je faisais fumer,
J'offrais tout à ce Dieu que je n'osais nommer.

Il est curieux d'observer jusqu'à quel point un
mauvais penchant et une erreur de goût peuvent
offusquer le jugement d'un homme qui joint à
beaucoup d'esprit, du savoir et du talent. Selon

M. Guizot, *une représentation théâtrale est une fête populaire.* Le développement de cette proposition est que *la poésie dramatique est née au milieu du peuple; qu'elle s'adresse au peuple pour l'ennoblir, pour étendre et vivifier son existence morale, etc.* Par *peuple*, M. Guizot entend toute la masse de la nation, c'est-à-dire la multitude; cela est si vrai qu'il regarde comme le plus dangereux écueil de l'art dramatique, *sa tendance à devenir le plaisir favori des classes supérieures; en se laissant séduire à cette haute fortune, il a perdu ou compromis son énergie et sa liberté.* J'accorde toutes ces propositions, et je dis : Si la nature de l'art dramatique est d'être un noble amusement pour toute la masse du peuple, et si cet art perd quelque chose de son énergie et de sa liberté en s'adressant de préférence aux classes supérieures, il nous est facile de connaître quel est le système dramatique, quelle est la poétique de l'art qui doit prévaloir sur les autres. Or, chez les Grecs et chez les Romains, le peuple entier était appelé aux représentations scéniques, puisque les places au théâtre étaient gratuites; donc, le système adopté par les Grecs et les Romains est le plus parfait de tous; donc, la poétique d'Aristote doit prévaloir sur tous les autres systèmes, puisqu'Aristote n'a tracé les règles de l'art qu'après avoir consulté le goût du peuple, et n'a présenté comme des chefs-d'œuvre que les ouvrages qui avaient été le plus constamment approuvés et applaudis par tout le peuple

assemblé. Il résulte également des principes de
M. Guizot, que, chez les peuples modernes, les
places au théâtre n'étant point gratuites, le spectacle n'est point offert à la nation tout entière,
mais seulement à la portion qui peut payer ; et, par
une conséquence rigoureuse, il ne peut y avoir de
bon système dramatique que celui qui obéit à la
théorie d'Aristote, seul législateur légitime, puisqu'il
a pris pour juge le peuple tout entier. Ce n'est pas
moi qui fais ce raisonnement, c'est M. Guizot qui
me le fournit, et je le crois inattaquable.

Je devrais remercier l'auteur du succès qu'il me
procure dans cette discussion, et de sa franchise à
déclarer que le public tout entier est le juge com-
pétent des systèmes dramatiques ; mais M. Guizot
oublie bientôt ce qu'il vient d'écrire, et il détruit
dans une phrase les incontestables vérités qu'il a
proclamées dans une autre. En racontant la vie
de Shakespeare, il cite de ce poète *une ballade aussi*
mauvaise qu'il le fallait pour divertir singulière-
ment le public auquel il demandait alors ses
triomphes. Telles sont ses expressions. Il fallait donc
qu'un ouvrage fût bien mauvais pour divertir ce
public, et ce public était aussi le juge des tragédies
de Shakespeare, et c'est pour ce public que l'on
doit faire des tragédies, et c'est d'après le goût de
ce public que la poétique de l'art doit être tracée !
On voit que, si une fois, sans le vouloir, M. Guizot
a justifié la poétique d'Aristote, il n'a rien emprunté à sa logique.

Voici d'autres propositions que le lecteur tâchera de concilier, s'il le peut : « Dans le cœur seul de l'homme peut se passer le fait dramatique ; l'événement qui en est l'occasion ne le constitue point. La mort de l'amant est rendue dramatique par la douleur de l'amante, le danger du fils par l'effroi de la mère ; quelque horrible que soit l'idée du meurtre d'un enfant, c'est d'*Andromaque* seule que nous occupe Astyanax..... L'apparition d'un spectre ne ferait rien à personne dans la salle si quelqu'un ne s'en effrayait sur le théâtre ; et pour l'effet dramatique du somnambulisme de lady Macbeth, Shakespeare a eu soin d'en rendre témoin un médecin et une femme de chambre, chargés de nous transmettre les terribles impressions qu'ils en reçoivent. » Je ne chicanerai pas M. Guizot sur les conséquences que l'on peut tirer de ce paragraphe ; je ne lui objecterai pas que le meurtre d'un enfant pourrait être dramatique lors même que nous ne connaîtrions pas le père ou la mère de cet enfant ; je ne ferai pas observer qu'Ajax, seul sur le théâtre, et se disposant à se tuer ; que Mithridate délibérant dans un monologue s'il fera périr son fils Xipharès, sont des personnages dramatiques, bien qu'il n'y ait près d'eux ni médecin ni femme de chambre, chargés de nous transmettre les impressions qu'ils reçoivent.

J'adopte tout ce qu'a dit M. Guizot., et je veux croire que le spectateur ne sent, ne s'intéresse, et ne s'émeut que par l'intermédiaire d'un personnage scénique, ce personnage ne fût-il qu'une femme de chambre. Voilà donc une doctrine bien arrêtée, et quoiqu'elle proscrive les monologues, je veux en faire une règle dramatique. Mais fiez-vous aux doctrines de M. Guizot! A peine ai-je tourné quelques feuillets, je trouve cette autre décision qui bouleverse toute ma poétique : « *La* » *péripétie peut exister pour les personnages, ja-* » *mais pour les spectateurs.* » Eh quoi ! je ne suis ému du meurtre d'un enfant que par la douleur de la mère ; lady Macbeth ne m'effraie que parce qu'une femme de chambre a peur, et quand cette dame et cette femme de chambre passeront de la crainte à l'espoir, ou de la joie à la douleur, cette révolution sera nulle pour moi ! je ne sens, je ne suis ému que par l'intermédiaire d'un personnage du drame, et la péripétie qui affecte ce personnage me laisserait insensible ! Une contradiction aussi choquante provient de ce que M. Guizot ne considère que telle ou telle pièce, et jamais l'art dramatique en général. Il voit une belle situation dans *Macbeth* ou dans *Othello*, et vîte il fait une règle pour toutes les tragédies. Au lieu de dire que la péripétie n'existe *jamais* pour le spectateur, ce qui détruit tout ce qu'il a établi antérieurement, il devait faire observer qu'il y a quelquefois de fausses péripéties, mais qui, toutes fausses qu'elles sont, agissent cependant encore sur le spectateur. Je sais, par exemple, qu'Enée va partir et abandonner Didon ; oh ! sans doute je ne partage pas la sécu-

rité de cette reine et le bonheur dont elle se croit
assurée, et cependant cette sécurité même me
touche et m'attendrit, et je suis tenté de crier : Ne
vous réjouissez pas tant! Mais dans *Rodogune*,
quand je connais les atroces projets de Cléopâtre,
et quand j'ignore encore quel en sera le succès,
dira-t-on que je puisse rester insensible à la terrible
et heureuse péripétie qui forme le dénoûment?
Mais voilà, ce me semble, beaucoup trop de raisonnemens pour combattre des idées si peu raisonnables.

Veut-on une troisième preuve de l'embarras
dans lequel M. Guizot s'est jeté, pour n'avoir pas
voulu se soumettre aux règles imposées par les
législateurs du Parnasse dramatique? A la page 140,
il avoue que *l'unité d'action* (souvenez-vous de ces
deux mots) *est indispensable à l'unité d'impression.* C'est la seule des trois unités que M. Guizot
respecte et regarde comme nécessaire ; mais la manière dont il l'entend est si étrange, qu'il valait
autant rejeter cette unité comme les deux autres :
pourvu que les diverses actions, les faits, les événemens, quelque multipliés qu'ils soient, se rapportent au même personnage, M. Guizot est satisfait, et il reconnaît l'unité d'action et d'intérêt. Il
faut bien que j'en cite un exemple, car on ne
m'en croirait pas : « Richard III, dit-il page 142,
marche de *complot en complot,* chaque *nouveau
succès* redouble l'effroi que nous a causé d'abord
son infernal génie, la pitié qu'éveille *successive-*

ment chacune de ses victimes vient se perdre dans les sentimens de haine qui s'amassent sur le persécuteur.... et ainsi, Richard, centre d'action, est en même temps centre d'intérêt, etc. » Ainsi, on peut faire une tragédie de Néron : empoisonner d'abord Britannicus, puis assassiner Agrippine, faire répudier et tuer Octavie, condamner Epicharis et Pison, faire périr Poppée d'un grand coup de pied dans le ventre, ordonner à Sénèque de s'expédier lui-même, faire égorger Thraséas, Soranus, etc., etc.... et comme Néron sera toujours centre d'intérêt dans cette belle tragédie, nous serons forcés de convenir qu'il y a également *unité d'action*. J'y consens, mais à condition que la tragédie s'appellera dorénavant *biographie dramatique*. Suétone ne se doutait guère qu'il eût écrit douze belles tragédies auxquelles il ne manquait que le dialogue.

J'ai parlé d'Athalie ; il faut bien que je dise pourquoi cette tragédie est si médiocre. C'est parce que la conspiration y est sous nos yeux, tandis que nous n'avons fait qu'entendre parler de la tyrannie, « que l'action nous eût révélé les maux que traîne après soi l'oppression ; que nous eussions vu Joad excité, poussé par les cris des malheureux en proie aux vexations *de l'étranger ;* que l'indignation patriotique et religieuse du peuple contre un pouvoir prodigue du sang des misérables, fût venue légitimer à nos yeux la conduite de Joad, et l'action ainsi complétée ne laisserait dans notre

âme aucune incertitude, et Athalie nous offrirait
peut-être l'idéal de la poésie dramatique, tel du
moins que nous avons pu le concevoir jusqu'à ce
jour. » Oui, Joad se faisant *pousser* par le peuple,
serait bien plus noble et plus digne de la tragédie
que le pontife concevant une grande idée et réta-
blissant le trône légitime au péril de ses jours ;
mais cela ne suffirait pas pour faire d'Athalie une
tragédie romantique ; il faudrait encore que la
reine égorgeât sur le théâtre les fils d'Ochosias ; il
faudrait surtout qu'on eût vu Jésabel mangée par
les chiens ; mais Racine vivait dans un pauvre
siècle, et, de son temps, l'art était encore au
berceau.

Qu'on ne prenne pas ces derniers mots pour
une plaisanterie : M. Guizot nous dit très-sérieu-
sement que Corneille *ignorait* presque *le théâtre*.
Bien des gens partagent cette opinion, et regar-
dent Corneille comme un génie brut qui ne devait
rien à l'étude. Je ne puis cependant supposer que
M. Guizot n'ait pas lu les œuvres de ce grand
homme, qu'il n'y ait pas au moins parcouru trois
grands *discours sur le poëme dramatique*, et ces
nombreux commentaires dans lesquels Corneille
examine ses propres ouvrages, et les critique avec
une candeur admirable, et souvent, j'ose le dire,
avec une sotte humilité. Personne n'a plus médité
sur les règles du drame et sur la poétique d'Aristote. M. Guizot sait tout cela mieux que moi, sans
doute ; il a donc voulu dire que Corneille ignorait le

théâtre romantique, et, en cela, je suis de son avis.

On concevrait une idée bien bizarre du talent de Shakespeare, si on ne jugeait cet homme de génie que sur les éloges de M. Guizot. Il dit d'abord qu'on ne doit pas distinguer les ouvrages du poète anglais en tragédies et en comédies, parce qu'il n'y a rien dans les premières qui ne se trouve aussi dans les secondes. Ainsi le meilleur système dramatique serait celui où la comédie et la tragédie se trouveraient confondues. Il veut ensuite que l'on distingue dans Shakespeare les *tragédies historiques* des *véritables tragédies*. Dans les premières, dit-il, le poète suit les événemens comme l'histoire les présente; dans les autres, les événemens *se groupent autour d'un homme, et ne semblent servir qu'à le mettre en lumière*. Ne voilà-t-il pas une belle définition de la vraie tragédie? Des événemens qui se groupent autour d'un homme! Et tous ces événemens qui forment unité d'action! J'avoue qu'Aristote n'a jamais dit cela, et je crois que Boileau ne l'aurait pas compris. Cependant, malgré sa belle poétique, Shakespeare a des défauts; M. Guizot lui en reconnaît. « Toujours simples dans leurs émotions, dit-il, les héros de Shakespeare ne le sont pas également dans leurs discours; toujours vrais et naturels dans leurs idées, ils ne le sont pas aussi constamment dans les combinaisons qu'ils en forment. » Eh! comment M. Guizot sait-il tout cela? Dans un discours qui n'est pas simple, comment devine-t-il que les émotions sont d'une parfaite simplicité? A-t-il la faculté de lire dans l'âme des personnages, et d'y voir une pensée simple quand l'expression est complexe ou embrouillée? Si un héros tragique fait du pathos ou débite des amphigouris, par quelle sagacité magique M. Guizot voit-il que, dans le cerveau de ce déclamateur, les idées sont vraies et naturelles? Voilà encore un secret ignoré de Boileau, d'Horace et d'Aristote : les bonnes gens avaient la simplicité de ne juger des pensées que par l'expression.

M. Guizot avoue aussi que Shakespeare travaillait peu ses ouvrages : « C'est l'apparence trompeuse d'une recherche pleine d'effort qui n'est due au contraire qu'à l'absence du travail. » Mais il ajoute immédiatement : « Accoutumé par le goût de son siècle à réunir souvent les idées et les expressions par leurs relations les plus lointaines, il en contracta l'habitude de cette subtilité SAVANTE qui aperçoit tout, rapproche tout et ne fait grâce de rien. » Nouvelle phrase que je n'entends pas : je sais que le génie est inné, qu'il peut exister sans l'étude et même au sein de l'ignorance ; mais la science n'est et ne peut être que le fruit de l'étude, du travail et de la réflexion, et je ne concevrai jamais que l'absence du travail puisse produire une *subtilité savante*, ni rien de savant.

Cet article est bien long et il le serait bien davantage si j'examinais toutes les phrases dans lesquelles M. Guizot a fait de la logique romantique.

Je ne puis mieux le terminer qu'en citant le jugement que Voltaire a porté sur Shakespeare. Il ne se contente pas de le nommer un *génie barbare*, comme le dit M. Guizot : il juge l'auteur anglais avec autant de justesse que d'esprit, et si ses idées sont vraies et naturelles, ses expressions ne le sont pas moins.

« Quand je commençais à apprendre la langue anglaise, dit Voltaire, je ne pouvais comprendre comment une nation si éclairée pouvait admirer un auteur si extravagant; mais, dès que j'eus une plus grande connaissance de la langue, je m'aperçus que les Anglais avaient raison, et qu'il est impossible que toute une nation se trompe en fait de sentiment, et ait tort d'avoir du plaisir. Ils voyaient comme moi les fautes grossières de leur auteur favori, mais ils sentaient mieux que moi ses beautés, d'autant plus singulières que ce sont des éclairs qui ont brillé dans la nuit la plus profonde. Il y a cent cinquante années qu'il jouit de sa réputation. Les auteurs qui sont venus après lui ont servi à l'augmenter plutôt qu'ils ne l'ont diminuée. Le grand sens de l'auteur de Caton, et ses talens qui en ont fait un secrétaire d'État, n'ont pu le placer à côté de Shakespeare. Tel est le privilége du génie d'invention ; il se fraie une route où personne n'a marché avant lui ; il court *sans guide, sans art, sans règle;* il s'égare dans sa carrière, mais il laisse loin derrière lui tout ce qui n'est que raison et qu'exactitude. »

Admirons donc le génie de Shakespeare, rendons justice aux beautés qui fourmillent dans ses tragédies, mais gardons-nous de proposer pour modèles et pour règles de l'art les ouvrages d'un homme qui a *couru sans guide, sans art et sans règle.*

LA MÉDECINE SANS MÉDECIN,

OU MANUEL DE SANTÉ,

Par AUDIN-ROUVIÈRE, médecin-consultant, ancien professeur d'hygiène au lycée de Paris, etc.

APHORISMES ANTI-MÉDECINS,

Par F.-A. LAIGNEAU-DELANGELLERIE, médecin anti-médecin.

DE ces deux ouvrages, qui ont beaucoup d'analogie, par le titre et par le but que les auteurs se proposent, le premier est considérable par le volume, et l'autre fort léger; celui de M. Rouvière est bien écrit, et fort bien raisonné; le second brille moins par le style, il fait des emprunts fréquens à divers auteurs, et son propre fonds se réduit à trente-cinq pages; M. Rouvière n'annonce point d'aphorismes, et il nous en donne quatre-vingt-douze bien comptés; M. Laigneau n'annonce que des aphorismes, et il n'en donne pas un seul. Le titre du premier ouvrage n'est point exact; il fallait dire : La Médecine sans LE médecin, et non point *sans médecin*; car un traitement quelconque suppose nécessairement un médecin, c'est-à-dire une personne qui prétend guérir; et, quand on se traite soi-même, on est soi-même son médecin. LE *médecin* est autre chose; et, quand Rousseau a dit : « *Que la médecine vienne sans le médecin*, » il a voulu dire *sans l'homme qui a le titre de médecin*. M. Laigneau a fait une faute plus grave en annonçant des aphorismes *anti-médecins*; l'adversatif *anti* ne se réunit qu'aux adjectifs, comme on dit *anti-scorbutique*, *anti-épileptique*, etc...; ou aux mots qui signifient une chose, comme dans *antidote*, *antiphrase*, etc..... On peut bien dire d'une doctrine qu'elle est anti-philosophique, mais non pas qu'elle est anti-philosophe; ainsi, *anti* ne s'applique point aux personnes. Les mots *anti-pape* et *antipode* ne détruisent pas cette règle : dans le premier, *anti* ne signifie point qu'on ne veut point de pape, ou que l'on est contraire au chef de l'Église, mais qu'il y a eu double nomination, c'est-à-dire un pape opposé à un autre. Dans le second mot, bien qu'il paraisse désigner des personnes, *anti* n'est réellement opposé qu'à une chose, qui est *pode* ou *pied*; et, en effet, nos antipodes sont ainsi nommés parce que leurs pieds sont opposés aux nôtres. Le mot *anti-diluvien* ne prouverait rien ici; d'abord parce qu'il faut écrire anté-diluvien, quand il est question de ce qui existait avant le déluge ; et si l'on écrit *anti-diluvien*, on indique par ce mot une opinion qui combat la croyance au déluge. Après cette petite discussion philologique, occupons-nous de M. Rouvière, qui, en nous prescrivant une *médecine sans médecin*, se condamne lui-même, et semble nous dire : « Gardez-vous de me lire et de me consulter, car je suis médecin. »

Les titres singuliers de ces deux ouvrages m'avaient fait croire à une nouvelle conspiration contre la médecine, telle qu'elle est enseignée par les docteurs passés et présens. Je m'attendais au scandale qu'auraient donné deux médecins confessant publiquement la fausseté, l'impuissance et le charlatanisme de leur art. Cet éclat n'eût pas été nouveau. Gédéon Harvée, qu'il ne faut pas confondre avec son homonyme auquel on attribue la découverte de la circulation du sang, épouvanta toute la cohorte hippocratique en publiant un petit livre intitulé : *De vanitatibus, dolis et mendaciis medicorum.* J'ai cru avoir trouvé dans MM. Rouvière et Laigneau, des sectaires, des apostats de la race de Gédéon Harvée. Je ne me suis pas entièrement trompé, car pourquoi l'un voudrait-il séparer le médecin de la médecine, pourquoi l'autre se dirait-il médecin anti-médecin, s'ils ne partageaient pas l'hérésie de l'impertinent Gédéon ? Je crois néanmoins que leur véritable but était de donner à leurs ouvrages un titre capable de piquer la curiosité du public un peu fatigué de

notre énorme littérature médicale. Et, en effet,
MM. Rouvière et Laigneau, malgré leur enseigne,
sont bien de véritables marchands de drogues ; le
gros livre du premier semble n'avoir été composé
que pour vanter les vertus presque universelles du
toni-purgatif, et la légère brochure de l'autre réduit toute la thérapeutique à l'emploi des *délayans*.
Ils ne sont donc ennemis des médecins que
comme confrères, mais ils sont médecins dans
l'âme ; le premier, en nous offrant sa médecine
sans médecin, n'est pas fâché que l'on prenne le
médecin avec la médecine, pourvu que ce médecin soit M. Rouvière ; le second suivrait volontiers
ses chers *délayans*, si le malade appelait aussi le
délayeur. Ne jugeons donc pas de la drogue sur
l'étiquette ; essayons de la goûter, et si elle est
amère à la bouche, espérons, avec les bonnes
femmes, qu'elle sera *douce au cœur.*

L'ouvrage de M. Rouvière est un livre dont
l'analyse est toute faite quand on a dit qu'il est
l'apologie et le panégyrique des purgatifs : c'est
dans les humeurs qu'il voit toutes les maladies,
c'est dans l'expulsion des humeurs viciées qu'il
voit toute la thérapeutique. Il est ennemi de la
saignée, et il faut avouer qu'à cet égard ses raisonnemens ont au moins une grande apparence
de justesse. Je sens bien, d'un autre côté, ce que
Sangrado pourrait dire contre la méthode de Pur-
gon. Les saignées copieuses *tirent le mauvais sang*,
comme dit le peuple ; mais le bon passe avec le

mauvais, répond l'homme raisonnable. Les pur-
gations chassent les mauvaises humeurs, dit le
vulgaire ; mais le bon sens nous dit que le toni-
purgatif n'ayant pas une sagacité élective, il chasse
les humeurs utiles et nécessaires avec les humeurs
peccantes. Dans ce conflit il se trouvera sans doute
un docteur prudent, un éclectique, ennemi des
doctrines exclusives, et qui prendra dans toutes les
méthodes ce qu'elles ont de plus raisonnablement
applicable aux différens cas. Ce moyen terme est
excellent quand on choisit bien, mais la prudence,
dit-on, est le partage des hommes médiocres, et
qui est-ce qui veut être médiocre ? La loi de Solon
régit la médecine comme la politique; pour se faire
remarquer, il faut prendre un parti et un parti absolu. Décidons-nous donc : si nous nous rangeons
sous le drapeau rouge de la phlébotomie, saignons
jusqu'à siccité du système vasculaire ; si nous adoptons le drapeau varié des cathartiques, purgeons
jusqu'à l'entier épuisement de l'humide radical.
Nous tuerons beaucoup d'hommes ; mais les héros
font-ils autre chose, et voyez comme ils sont
fameux !

Je ne puis trop me féliciter de n'avoir point ici
l'obligation désagréable d'opposer médecin à médecin. Comme on n'en trouve jamais deux qui
soient complètement d'accord, je choquerais un
amour-propre en faisant pencher la balance, ne
fût-ce que d'une ligne, vers l'un de mes deux savans, et je les blesserais peut-être tous deux en

tenant la balance égale. Par un heureux hasard, je puis assigner le premier rang à chacun des deux auteurs. L'un délaie, et l'autre purge ; l'un est donc nécessairement le préparateur et l'autre l'exécuteur de la grande opération. Voulant nettoyer l'étable d'Augias, Hercule y introduisit d'abord le fleuve Alphée pour délayer le plus gros : voilà l'Hercule Laigneau ; puis, avec un grand sycomore qui lui servit de balai, il purgea l'étable de toutes les saburres que le temps y avait entassées : voilà l'Hercule Rouvière. Et voyez comme toutes les sciences se tiennent par la main ; mon Hercule délayeur et balayeur me fournit l'occasion de fixer un point d'archéologie : tout le monde connaît l'histoire d'Aréthuse ; cette belle nymphe était si propre que l'on pouvait dire d'elle :

Et toto nusquàm corpore menda fuit ;

après l'opération de l'étable, le bel Alphée ne devait pas être aussi agréable à l'œil et à l'odorat ; il n'est donc pas étonnant qu'Aréthuse se soit enfuite jusqu'en Sicile, pour forcer son amant à se rincer dans la mer. Je puis, en conséquence, affirmer que la fuite de la nymphe a immédiatement suivi l'opération de l'étable, et je dois à deux médecins la gloire d'avoir débrouillé cette grande question de chronologie.

Revoyant le livre de M. Rouvière, je m'aperçois de la faute que j'ai commise en supposant que ce médecin présentait son toni-purgatif comme une panacée. J'ai eu tort, et je le confesse, *palam et coram*. M. Rouvière avoue que les purgatifs sont contre-indiqués dans les *phlegmasies (inflammations)*, comme les nommaient les anciens médecins, si peu dignes d'être comparés aux nôtres. Mais me voici bien embarrassé : n'ai-je pas lu que toutes les affections sont des phlegmasies ? Il ne faut donc jamais purger. Mais n'ai-je pas lu aussi que toutes les maladies proviennent de l'acrimonie des humeurs ou de la matière morbifique des humeurs, des humeurs peccantes, etc., etc. ; il faut donc toujours purger. Ma foi! je m'y perds; je n'ai point le fil d'Ariane, et je reste à l'entrée du labyrinthe pour y voir entrer les braves qui vont combattre le Minotaure.

Ce qu'il y a de certain, selon M. Rouvière, c'est que pour prévenir la récidive de l'apoplexie, il faut prendre du toni-purgatif ; dans l'asthme, du toni-purgatif ; dans les maladies bilieuses, du toni-purgatif ; dans le catarrhe pulmonaire, le même toni ; dans les cas de clous ou furoncles, de colique et de coqueluche, toujours le toni ; les crampes (qui le croirait!) exigent le toni-purgatif ; la dentition! oui, la dentition veut que l'on fasse avaler du toni-purgatif à un pauvre enfant de quatre mois ; les évanouissemens, les écrouelles, l'engouement intestinal, l'excès d'embonpoint, les fièvres, oui, toutes les fièvres intermittentes réclament les bienfaits du toni-purgatif. J'ai suivi jusqu'ici l'ordre alphabétique ; eh bien! quand je continuerais à dérouler la liste des maladies, le toni-purgatif se trouverait à la fin de chaque article, comme l'*ora pro nobis* à chaque ligne des litanies. M. Rouvière y associe quelquefois l'*essence éthérée*, et il daigne de temps en temps admettre en concurrence les grains de santé du docteur Franck.

Après avoir exposé dans quatre cent cinquante pages, cette médecine simplifiée, M. Rouvière proclame une série d'aphorismes.

Dans le premier, le docteur nous dit que : « Aimer la vie sans craindre la mort, est la maxime du sage. » Je veux le croire ; mais un fou répondrait que plus on aime une chose, plus on craint de la perdre, et je ne sais ce que le sage répliquerait.

En voici deux autres qui paraissent incontestables, et cependant nous verrons que l'on peut les contester, tant il est difficile d'avoir quelque chose de certain en médecine : « Donnez de l'air à vos demeures : ne les encombrez pas d'habitans. Occupez même en été, des chambres à cheminée, afin que l'air y circule avec plus de force et de liberté. Préférez un appartement au midi ; que les plafonds soient élevés. » Puis, immédiatement après : « Habitez de préférence le voisinage des jardins et des bois. Les plantes, en s'emparant des gaz délétères, sont le plus utile épurateur que l'homme doive aux bienfaits de la nature. » Voilà ce que jusqu'ici tous les médecins ont recommandé, ce que l'on trouve dans tous les traités d'hygiène ; on nous apprend même que les arbres absorbent le gaz acide-carbonique, funeste à la vie, et rendent de l'oxigène, gaz éminemment vital ; ainsi, tout concourt à confirmer les préceptes de M. Rouvière ; et cependant l'expérience vient de nous rejeter dans le doute, et de donner le démenti à cette théorie si vraisemblable. On me demandera quelles sont mes autorités pour contredire la croyance commune ; les voici :

Lisez les *Recherches statistiques sur la ville de Paris*, par M. Villot, chef des bureaux de statistique du département de la Seine ; lisez surtout le rapport fait par M. le docteur Villermé, et lu à l'Académie royale de Médecine, au nom de la commission de statistique ; puis vous prononcerez si vous le pouvez. Ce rapport est fait avec tout le soin et toute l'exactitude qu'il est possible d'espérer, et fondé sur une expérience de cinq années consécutives, pendant lesquelles on a constaté la mortalité des habitans de Paris, pour chacun des douze arrondissemens. On y a tenu compte des différentes expositions, du plus ou moins grand encombrement de maisons dans un espace donné, de l'étroitesse, de la largeur et de la direction des rues, de l'entassement plus ou moins considérable d'habitans dans un même quartier, de leur pauvreté ou de leur aisance respective ; on a poussé le scrupule jusqu'à calculer combien de pieds carrés occupe chaque personne dans les différens arrondissemens, et de ce travail il est résulté :

Que ni la grandeur, ni la petitesse de l'espace,

ni le nombre des habitans, ni la direction des rues,
ni l'éloignement ou le rapprochement de la rivière,
ni l'exhaussement ou l'abaissement du sol, n'influent sur la mortalité relative dans les différens
quartiers; que la largeur des rues et les jardins
nombreux, sont loin d'avoir sur la salubrité l'heureuse influence qu'on leur suppose, puisque les
quartiers Saint-Antoine, Popincourt, du Jardin
du Roi et de l'Observatoire, sont ceux où la mortalité est la plus grande; c'est-à-dire, qu'il y meurt
annuellement un individu sur quarante-trois, tandis
que dans les quartiers Saint-Martin, des Lombards
et du Temple, il n'en meurt qu'un sur cinquante-quatre. On a reconnu enfin, ce qu'on refuserait
de croire si cela n'était pas démontré, que dans le
quartier de Montfaucon, malgré la voierie et les
clos d'écarrissage, malgré l'odeur repoussante qui
s'en exhale sans cesse, les habitans n'ont rien à
envier à ceux des quartiers réputés les plus salubres, sous le rapport de la santé et de la longévité.
Ces résultats dérangent beaucoup nos théories
d'hygiène; mais que peut-on opposer à une expérience si longue, faite avec tant de soin, et si bien
constatée sur les registres des naissances et des
décès?

Voici encore un aphorisme, c'est-à-dire une *vérité* : « Mettez une règle invariable dans les heures
de vos repas, et prenez toujours une mesure à peu
près égale d'alimens. Barthole, jusqu'à un âge très-avancé, jouit d'une santé robuste, en pesant chaque

jour ses alimens......... » Que signifie ce précepte ?
Voici son véritable sens, selon la logique : Mangez
toujours à la même heure, soit que vous ayez de
l'appétit, soit que vous n'en ayez pas, et prenez
toujours la même dose d'alimens, dût-elle être
trop forte ou trop faible relativement au besoin
que vous éprouverez tel ou tel jour. Cela est-il raisonnable ? N'est-ce pas comme si l'on disait :
« Faites en sorte que le temps ne soit jamais va-
riable, que l'atmosphère qui influe tant sur nous,
soit toujours dans le même état ; ayez toujours les
mêmes dispositions, et à la même heure, n'é-
prouvez jamais d'inquiétudes ou de tristesse qui
diminue l'appétit, ni cette santé physiologique et
cette hilarité qui rendent les besoins plus vifs. »
La nature a aussi ses aphorismes ; elle dit aux
hommes et aux animaux esclaves : « Mange quand
tu le pourras, et ce qu'on te donnera. » Elle dit
aux hommes et aux animaux libres : « Mange quand
tu as faim, et bois quand tu as soif. » Notez que
l'auteur, si exact et si ponctuel qu'il voudrait faire
peser la tranche de beefsteak ou le morceau de
turbot, comme on pèse la rhubarbe et le sel d'ep-
som, cet homme esclave de la minute, des gros et
des grains, nous dit deux pages plus loin : « Variez
vos mets, variez vos boissons, rien d'exclusif dans
les substances alimentaires. L'estomac est capricieux, il ne s'accommode pas d'une nourriture constamment uniforme. » Si l'estomac est capricieux,
puis-je lui commander la régularité ? S'il ne s'ac-

commode pas d'une nourriture uniforme, s'ac-
commodera-t-il de l'uniformité dans les heures et
dans la quantité? S'il faut varier les mets et les
boissons, pourquoi ne ferait-on pas varier l'heure
du repas selon l'appétit, et la quantité de nourriture
selon le besoin? Quant à Barthole, est-il bien
certain qu'il ait toujours pesé ses alimens avec une
justesse rigoureuse? La truffe, ou la sauce piquante,
n'a-t-elle pas quelquefois violé les lois de la balance? S'il avait de temps en temps ajouté quelques onces, est-il bien certain qu'il serait mort
plus tôt? Sanctorius pesait aussi ses alimens, mais
c'était pour connaître le produit de la transpiration
insensible, et non pas pour s'assujétir à des repas
arithmétiques. Je sais que mes idées sont contraires
aux usages de la vie civile qui veut soumettre la
nature au cadran; mais les habitudes sociales ne
sont pas des préceptes d'hygiène.

Il en est de même de ce prétendu axiome, relatif au sommeil : « La nature, en créant l'ordre
des nuits et des jours, nous a tracé le temps du
sommeil et de la veille. » L'ordre des nuits et des
jours n'est point une création, mais une conséquence mathématique de la position des corps lumineux et opaques. Il fait jour partout dans l'univers, excepté derrière les corps opaques qui ne sont
éclairés que d'un côté. Nous avons une nuit parce
que notre globe ne peut pas présenter au soleil ses
deux hémisphères à la fois; mais la nature n'a sûrement pas institué la durée de cette nuit pour

régler le sommeil des animaux. Ceux qui sont nyc-
talopes veillent pendant la nuit et dorment pendant le jour ; d'autres, vivant de proie, choisissent
la nuit pour leurs expéditions, parce que l'obscurité leur est favorable. L'homme serait bien malheureux, si l'axiome cité était rigoureusement vrai ;
nous autres Français, nous serions forcés de dormir
seize heures en décembre, et six heures seulement
en juin ; à Pétersbourg, on dormirait dix-huit ou
vingt heures dans une saison, et deux ou trois
dans une autre ; les habitans de l'équateur seraient
seuls bien partagés ; ils auraient toujours à peu
près douze heures de sommeil et autant de veille.
Comment peut-on fonder des axiomes ou des
aphorismes sur des causes finales que l'on imagine ?

Je n'ai plus rien à dire sur M. Rouvière, ni sur
son admirable toni-purgatif qui doit avoir un grand
succès, s'il guérit toutes les maladies pour lesquelles
ce médecin le conseille. J'ai tout dit aussi sur
M. Laigneau, quand j'ai parlé de ses chers délayans. Mais je terminerai par quelques considérations sur la Médecine sans le médecin.

Malgré les Tissot, malgré les Buchan, malgré
les Rouvière, malgré les Laigneau-Delangellerie,
il faut opter entre le médecin et la nature. Je ne
reconnais pas plus de médecine domestique que
de médecine de bonnes femmes. Sans le médecin,
toute la pharmacie du Codex n'est qu'un magasin
de poisons. Si vous craignez le médecin, livrez-
vous à la nature, et mettez tout votre espoir dans

la diète et la patience. Mais gardez-vous de vous prescrire des drogues ; gardez-vous de céder aux conseils des amis et des parens qui vous entourent. Ils ne manqueront pas de vous indiquer des remèdes *infaillibles ;* ils vous citeront un oncle, une tante, un petit cousin, guéris comme par miracle : chassez-les comme des empoisonneurs. Si vous croyez que les médecins se trompent malgré leurs longues études, quelle confiance pouvez-vous avoir dans des ignorans, qui ne sauront connaître, ni le caractère de votre maladie, ni le remède qui lui convient, ni le temps opportun pour l'administrer ? L'*Avis au peuple*, de Tissot, ne vous sera d'aucun secours. En vous accordant que ce médecin ne s'est jamais trompé, ni dans ses descriptions, ni dans ses prescriptions, comment reconnaîtrez-vous que telle maladie décrite est précisément celle dont vous souffrez ? Par les symptômes, allez-vous dire : mais plusieurs symptômes semblables peuvent appartenir à des maladies très-différentes ; comment apercevrez-vous les nuances quelquefois très-délicates qui les distinguent ? D'ailleurs, Tissot lui-même vous aurait prescrit d'autres remèdes s'il avait connu votre tempérament, vos habitudes, si seulement il avait pu vous voir ; et dans son *Avis au peuple*, il vous renvoie souvent au médecin, quoiqu'il ait prétendu faire de la médecine sans médecin. Je ne puis trop le répéter, craignez la médecine populaire ou domestique.

Tout le monde veut être médecin ; et tel qui

affecte de ne pas croire à la médecine, ne laisse
pas de prescrire des remèdes à tous les malades.
Vous plaignez-vous de la fièvre et de quelques douleurs? Vîte une femme veut vous faire vomir. Ce
n'est pas cela, dit une autre : il faut vingt-quatre
sangsues où vous savez. Vous vous trompez, s'écrie
une troisième : ce sont les nerfs; la fleur de tilleul
suffira. Une servante vous conseillera d'avaler une
gousse d'ail à jeun, ou de l'appliquer sur votre
poignet gauche; et si, dans cette foule, il se trouve
un soldat, il vous dira que, pour *couper les fièvres*,
il n'y a rien de mieux que de la poudre à canon
délayée dans de l'eau-de-vie. Dans ce chaos de médecine populaire, n'écoutez pas plus la duchesse
que la servante, quoique la première déraisonne
de meilleur ton. Mais appelez le médecin; ou, si
vous vous défiez des docteurs, ce qui ne m'éton-
nerait pas, ne faites aucun remède, n'avalez aucune drogue, pas même les délayans de M. Laigneau, ni le toni-purgatif de M. Rouvière : malgré
J.-J. Rousseau, j'aime mieux le médecin sans la
médecine, que la médecine sans le médecin.

VOYAGE AU HASARD;

Par Joseph PAIN.

VOILA un titre qui promet. Avec de la facilité,
de l'esprit, de la grâce, un peu de philosophie,
beaucoup de gaieté, de la sobriété, mais de la finesse dans les réflexions, l'auteur peut nous conduire partout où il voudra : nous gravirons avec
lui sur les rochers les plus arides, nous suivrons les
détours sinueux du plus petit ruisseau, nous ne
dédaignerons pas la plus humble chaumière, nous
lorgnerons en passant la jolie villageoise qui porte
son lait à la ville ; nous dirons le mot pour rire à
la jeune fille galopant sur un cheval qu'elle monte
à crû, comme un soldat romain ; nous braverons
la pluie, le vent, et l'ardeur du soleil, et, réunis
dans la mauvaise auberge qui sera pour nous un
temple tutélaire, nous boirons le vin du Vexin
français ou le cidre de Bolbec, en nous égayant sur
les accidens du voyage.

Le nectar dont je viens de parler indique assez
que M. Pain voyage en Normandie : Paris est le
point de départ, Rouen le centre, et le Hâvre le
non plus ultrà, le *finis terræ* de cette grand expédition. Mais que de choses pouvait offrir au lec-

teur cette ligne dont la longueur n'excède pas qua-
rante-cinq lieues! sans aller à beaucoup près si
loin, le sol qui nous environne fournirait matière
à de nombreux volumes ; et si , aux qualités que
j'aime à trouver dans le récit d'un voyage , l'auteur joint encore une instruction variée sans être
pesante, que de choses agréables ou profondes,
que de réflexions sérieuses ou plaisantes, que de
faits glorieux ou affligeans, terribles ou ridicules
s'offriraient à son imagination ou à sa mémoire dans
la seule banlieue de Paris! Cet humble coteau,
l'objet de nos railleries parce qu'il est habité par un
malheureux et patient quadrupède, recèle des races
d'animaux dont les espèces ont disparu , ou dont
les analogues habitent aujourd'hui la zone équa-
toriale ; à ce gravier gypseux que nous foulons avec
indifférence en allant à Saint-Cloud , sont mêlés
des témoins de ces grands cataclysmes qui ont en-
glouti les doctrinaires et les libéraux des autres
âges. Nous mangeons les belles pêches de Mon-
treuil, sans penser que les aïeux de ces beaux fruits
ont germé près du golfe Persique, et que les branches de ces arbres délicats ombrageaient les bords
du Bendemir, quand nos pères mangeaient des
glands ; la femme qui nous apporte les cerises de
Montmorency, ne demande pas si Lucullus a été
chercher ces baies de corail dans le royaume de Mitri-
date ; le paysan qui nous étourdit avec ses abricots
de plein-vent ne manquerait pas de crier : *Arme-
niaca malus!* s'il savait tout ce que vaut cette éty-

mologie ; la modeste et utile pomme de terre, le seul véritable présent que nous ait fait le Nouveau-Monde, n'obtient pas même de nous un regard fugitif; nous mettons du persil dans nos omelettes, sans songer à Rabelais qui nous l'a apporté de Rome avec la laitue romaine ; nos marchands de vin nous vendent l'auvergnat fumeux pour du Bordeaux, sans porter un seul toast à la mémoire de Probus qui a fait planter des vignes dans les Gaules, et nous croquons l'ignoble échalotte dans nos sauces piquantes, sans nous rappeler les champs d'Ascalon célébrés dans l'une des plus belles odes de Rousseau. Et si nous entrons dans la capitale, que de faits, que de folies, que de malheurs! Lisez seulement les trois *in-folio* de Sauval et les trois *in-folio* du commissaire Lamarre, et vous saurez tout ce que nos élégans négligent en faisant rouler le cabriolet dans les rues de Paris.

Voilà bien les journalistes! va dire M. Pain; ils aiment mieux parler de Lucullus que d'un auteur vivant; ils vont courir dans les champs d'Ascalon, quand je veux les conduire sous les pommiers du pays de Caux, et ils citent Lamarre et Sauval au lieu de parler de ma Paola, de mon vieillard aveugle, et du terne que j'ai gagné à Rouen.

Que M. Pain se rassure : il me reste plus d'espace qu'il n'en faut pour apprécier le *Voyage au hasard;* et si, comme je le crains, mon opinion ne satisfait pas complètement le voyageur, je l'expri-

merai toujours assez tôt, et ma digression préliminaire paraîtra moins déplacée.

Il faut avoir prodigieusement d'esprit pour écrire
tout un voyage avec de l'esprit, et je doute que personne en ait jamais assez pour emplir deux volumes ; en fait de plaisanteries, de saillies et de bons
mots, le lecteur ressemble beaucoup aux anciens
spectateurs du théâtre de Nicolet ; il veut que l'on
aille *de plus fort en plus fort.*

M. Pain a senti que des saillies parisiennes sur
les mœurs provinciales, et des bons mots sur les
habitudes des bourgeois de Rouen, ne suffiraient
point pour soutenir l'attention du lecteur et lui
faire parcourir sept cents pages, même d'un petit
format. Que telle dame de Rouen soit entourée
de quatre petits chiens bien criards qui se mêlent
sans cesse à la conversation ; que tous les membres
de la famille Desornières aient un dicton familier,
comme M. Vautour à son *c'est donc pour vous
dire* ; que l'on trouve des gascons même en Normandie ; qu'un parent avide veuille faire sa main
dans une vente après décès ; qu'un original qui se
coiffe d'un bonnet de coton, et qui tutoie tout le
monde, soit cependant un fort honnête homme ;
qu'un aubergiste soit anglomane, parce qu'il vend
fort cher un vin de France que les Anglais boivent
et paient fort bien ; que l'on fasse dans une auberge déménager un voyageur sans équipage, pour
donner son appartement à un voyageur à grand
train ; au bonnet de coton près, toutes ces choses

se verraient à Paris aussi bien qu'à Rouen, et un Rouennais qui aurait autant d'esprit que M. Pain, chose difficile sans doute, mais possible, pourrait s'égayer aux dépens des Parisiens, et trouverait peut-être à faire des observations plus originales et plus piquantes.

Mais M. Pain ne s'est pas borné à la critique ; et pour donner un corps solide à sa production un peu trop aérienne, il a fondé son Voyage au hasard sur un roman dont le plan paraît avoir été fait comme le voyage. Je suis loin de blâmer cette association d'un fond historique aux détails d'un voyage agréable. Supposons qu'une grande action dramatique se développe dans une ville de France, tandis que les personnages qui y sont intéressés, mais qui ne peuvent en être les témoins, parcourraient en voyageurs, des provinces éloignées, et recevraient du lieu de la scène des nouvelles successives qui embelliraient ou rembruniraient tour à tour les objets soumis à leurs observations ; supposons encore qu'au milieu de ces observateurs passionnés, un homme désintéressé et de sang-froid vît les choses telles qu'elles sont, et rétablît l'équilibre entre les deux extrêmes, je ne doute point qu'un pareil ouvrage n'offrît un très-grand intérêt, si l'auteur réunissait toutes les qualités dont j'ai fait l'énumération. Je voudrais bien que M. Pain nous eût donné le premier essai de ce genre ; mais M. de Lantier l'a précédé dans *les Voyageurs en Suisse*, ouvrage en trois gros volumes : c'est peut-être son plus grand défaut, mais écrit très-agréablement, rempli de choses instructives, et basé sur un roman si vraisemblable que rien n'empêche de le considérer comme une véritable histoire. Ajoutons que la Suisse offre des tableaux plus imposans que le royaume d'Yvetot, et que l'action dont M. de Lantier place le foyer à Lyon, est un peu plus vive, plus importante, plus intéressante que celle de l'aimable Paola qui mendie pour son père aveugle, qui pince admirablement de la harpe, qui chante à ravir une fort jolie romance de la composition de M. Pain, qui finit par épouser un beau soldat prussien, qui est reconnue pour noble, devient une grande dame, et qui se trouve partout comme lady Clancart célébrée par lady Morgan dans le roman de Florence Macarthy.

Ne voulant pas ravir au lecteur la surprise des aventures romanesques dont M. Pain a été le narrateur ou le héros, je me contenterai de dire que le pathétique n'a pas été négligé par l'auteur. L'une des gravures qui ornent le livre, représente une situation qui n'aurait pas été désavouée par madame Radcliff. Le chapitre auquel elle est attachée dira comment notre voyageur sauve la vie à une femme qui allait se précipiter dans la Seine, près de l'endroit où Michu, de jolie mémoire, a volontairement terminé sa carrière théâtrale et sa vie. Notre héros sensible ne borne pas son bienfait à prévenir un suicide, et à sermonner la femme désespérée; il lui sacrifie la totalité d'un terne de

17,875 fr., ni plus ni moins, qu'il vient de gagner, et l'établit buraliste à la place de madame du Hasard qui veut vendre son fonds. N'oublions pas que cette scène dramatique se passe au clair de lune, circonstance importante dans un temps où la lune joue un si grand rôle sur les grands et sur les petits théâtres. Et pour qu'on ne me reproche pas d'avoir rien dérobé à une action si généreuse, ajoutons promptement que le voyageur, ayant perdu sa bourse après avoir si glorieusement sacrifié son terne, n'a pas même de quoi payer l'aubade que les fifres et les tambours de la loterie viennent lui donner, et qu'il met sa montre en gage plutôt que de redemander une petite portion des 17,875 fr.

Après avoir exalté, comme je le devais, ce beau trait que je ne crois point romanesque, il me sera bien permis d'accorder une petite part à la critique; car, si M. Pain a le droit de se moquer des MM. Vautour et des petits chiens de Rouen, mon métier, à moi, est de médire des erreurs ou des fautes que je rencontre dans les écrits des romanciers et des voyageurs.

J'ai été étonné de trouver dans ce livre une gravure et un chapitre qui rappellent la principale situation du *Soldat magicien*. M. Pain, qui en fait l'aveu dans un *errata*, proteste qu'il ne connaissait pas cet opéra comique. Alors c'est bien pis, car cette mauvaise farce devient encore plus nulle quand elle se présente sans musique. Une autre anecdote d'un soldat en faction sur un théâtre, et

qui veut empêcher le souffleur de parler parce
qu'il n'a pas de rouge, ne méritait guère d'être
rajeunie. L'aventure nocturne qui se passe dans
un château près d'Elbéuf, est trop invraisemblable
sans être bien comique, et un membre de l'Institut
qui ne croit pas aux revenans, peut très-bien avoir
peur d'un inconnu qui entre nuitamment dans sa
chambre, et vient le surprendre dans son lit. Je
voudrais bien savoir aussi comment M. Pain étant
au Hâvre-de-Grâce, a pu voir le soleil levant
sortir du sein de la mer. On y voit souvent le soleil
couchant se plonger dans les flots; mais il faut
laisser le plaisir de voir Apollon sortir de la mer
aux peuples qui habitent les côtes orientales.

Il est temps, ce me semble, de parler de la préface. L'auteur nous y dit qu'ayant acheté de ce
dessert de carême nommé les *quatre mendians*,
il trouva le premier chapitre de son voyage sur le
sac qui renfermait ces tristes friandises; qu'alléché
par cette trouvaille, il prit du goût pour les mendians, et qu'à quelques lacunes près, les sacs lui
fournirent successivement tout son livre. L'ouvrage
sort donc de la boutique d'un épicier, et ordinairement les rivières ne retournent pas à leur source.
Si le fait est vrai, et je ne vois rien qui s'y oppose,
puisqu'une pièce de Collin-d'Harleville a eu le
même sort, et Sterne a trouvé un de ses chapitres
sur la feuille de papier qui enveloppait un morceau
de beurre; si le fait est vrai, disais-je, je reprends
toutes mes critiques, et je félicite M. Pain d'avoir

trouvé dans ses mendians une aussi jolie mendiante que Paola, un voyage écrit avec de l'esprit, de la facilité, un livre enfin qui, malgré mes observations, et indépendamment des estampes, sera lu sans ennui par tout le monde, et avec plaisir par tous les désœuvrés.

LE CENSEUR

DU DICTIONNAIRE DES GIROUETTES,

OU LES HONNÊTES GENS VENGÉS;

Par M. C. D.

Jamais Caton le Censeur, lorsqu'il gourmandait les Romains, lorsqu'il tonnait contre les vices, n'a eu la mine plus refrognée, n'a pris un ton plus solennel que M. C. D. quand il déclame contre les girouettes. Le Dictionnaire des Girouettes est une œuvre abominable : « L'inconséquence du mot et » son application à l'individu est un crime que » grossissent les circonstances et l'état malheureux » où se trouve la patrie. » Et plus loin : « Si ce » signal, donné sur ce grand nombre de Français, » influençait le monarque, ses conseils, ses mi- » nistres, les promotions à venir, combien de

» talens à écarter du trône ! » Ne semble-t-il pas
que ce livre ait mis la patrie en danger, et n'est-il
pas plaisant de supposer que le monarque, ses
ministres et ses conseils, consulteront gravement
le Dictionnaire des Girouettes pour régler les destinées de la France ?

M. C. D. a tant d'horreur pour les girouettes,
qu'après avoir accablé de son indignation les auteurs du fatal Dictionnaire, il insulte même aux
girouettes qui tournent sur nos toîts. Je vais faire
une citation qui prouvera mon impartialité, car je
transcris le morceau le mieux écrit et le plus éloquent de l'ouvrage : « Ces messieurs ont, avec la
» petite machine dont ils ont pris le nom, un rap-
» port qu'il serait inconséquent de passer sous
» silence. Polluée par l'esprit de parti, rétrécie par
» le désir du mal, ou glacée par le vent de l'igno-
» rance, leur plume ne dépose sur le papier que
» des phrases triviales, haineuses et discordantes,
» qui ne portent dans l'âme du lecteur qu'un sen-
» timent pénible et douloureux.

» De même, sitôt que les autans déchaînés
» ballotent en tous sens une girouette quelque-
» fois rouillée sur son pivot, ses frottemens de-
» viennent aigus, criards et toujours désagréables.
» Le bruit de ses tournoiemens réveille l'infortune
» que l'amour d'une noble indépendance a réduit
» à se blottir sous le comble de la maison. Le
» fracas de son mouvement continuel trouble, sur
» son grabat, le repos d'une jeune grisette que de

» barbares parens ont réduite, dans un septième
» étage, à travailler tout le jour pour se soustraire,
» à quatorze ans, soit aux tortures de la faim, soit
» aux horreurs de la prostitution. » Et voilà ce qui
fait que les girouettes devraient être muettes.

On ne m'accusera point ici d'avoir isolé une
petite phrase pour la faire paraître ridicule ; ce
serait bien là une précaution inutile. La tirade que
je viens d'extraire est de longue haleine ; je n'y ai
rien dissimulé, rien altéré, rien souligné : j'ai
laissé dans tout son lustre la plume polluée, rétrécie et glacée ; la girouette rouillée sur son pivot,
avec ses cris aigus, criards et toujours désagréables;
l'infortune réduite à se blottir, et la grisette réduite
à travailler : il y a donc *de la probité* dans mes citations, et M. C. D. doit en être touché, quoiqu'il
ne l'exige pas dans un journaliste. Je vais, avec la
même bonne foi, présenter d'autres échantillons
de son style : « Dans l'état dégénéré où nous som-
» mes, je ne trouverais point déplacé l'édit qui
» interdirait momentanément à certaines classes,
» et le mot de patrie et toute action au nom d'i-
» celle. » Le *nom d'icelle* me fait souvenir que
M. C. D. s'est qualifié de *pygmée du barreau;*
pygmée soit, il ne faut pas chicaner un homme
modeste : mais s'il existe en France un tribunal
où l'on sache plaider comme M. C. D. sait écrire,
je plains bien les juges d'icelui.

Notre censeur est très-difficile à contenter : il
veut que, même dans l'expression d'une grande

joie, on conserve cette froide modération si incompatible avec les affections vives. Très-bon royaliste, il blâme cependant les danses des Tuileries, qu'il nomme des *gambades*; il déplore l'imprudence du premier qui fut choqué de voir un œillet rouge à une boutonnière, et il s'écrie, avec son énergie habituelle : « Ce fut le signal d'un signal auquel personne ne pensait; crut-il servir le Roi? L'indiscret! l'expérience lui a prouvé le contraire. » Parle-t-il de l'ex-empereur? voyez quel vigoureux coup de pinceau il donne à son portrait : « C'était une balle que le salpêtre avait chassée du mousquet. » Pourquoi pas un boulet de canon? Voici un tableau pathétique où M. C. D. a su réunir deux grandes images, la Paix de Tilsitt, et l'Occupation de Paris par les puissances alliées : « Reine des nations européennes, riche de ses victoires, notre superbe patrie planait sur tout le globe...... Au milieu de nos trophées, dans le nuage de nos triomphes, pouvions-nous prévoir qu'un jour..... Là je m'arrête..... Des cymbales russes, un cornet de Cosaques, un tambour prusssien passent sous mes fenêtres..... C'est le beffroi de la désolation..... Je pleure. » Hélas! je pleurerais aussi; mais cette patrie qui plane comme l'île de *Laputa* dans les voyages de Gulliver, me fait rire et modère ma douleur.

Jusqu'à présent, je n'ai cité que des phrases passablement claires; mais je vais mettre la sagacité du lecteur à la torture : je lui propose un véritable logogryphe, et cependant je vais lui donner quelques éclaircissemens préliminaires : c'est une rude dissonnance que je prépare ; la sauvera qui pourra. Une dame ayant dit que, *depuis* 1790 *jusqu'aujourd'hui, il aurait fallu n'être rien*, le censeur des Girouettes craint que les auteurs du Dictionnaire ne prennent cette *saillie* pour une justification de leur entreprise, et il continue ainsi : « Rien ne serait plus de la nature d'une girouette ; » car qui ne voit sans réplique que, si ce qui a été » n'avait pas été, rien n'aurait été, veut dire que » notre révolution n'eût pas été si personne ne » l'avait faite. C'est dommage que l'on peut ré- » pondre à cela sans doute aussi sans réplique : ce » qui fut devait être, et que celui qui, dans le » tourbillon des grands événemens, a su conser- » ver un demi-sang-froid et ne faire que des er- » reurs, est un homme non-seulement fort heu- » reux, mais encore un sujet bien estimable. » Page 58.

Oh ! combien j'ai regretté de m'être brouillé avec mademoiselle Lenormand ! Elle seule pouvait éclaircir ce grimoire ; pour moi, en vain j'ai cher- ché à le comprendre, je suis resté dans les té- nèbres.

Et c'est à propos de Girouettes que M. C. D. fait tout ce galimatias ; et parce que les auteurs du Dictionnaire rapportent *les adresses des Ecoles de Droit et de Médecine*, le censeur s'effraie, et dit avec une gravité comique : « On n'a pas craint

30.

de signaler une partie de ces jeunes gens à la haine
de l'autre partie!» Ne croirait-on pas que nous
soyons menacés d'une guerre d'écoliers? Ne sait-
on pas apprécier ces *adresses* collectives qui souvent sont connues de tout le monde, excepté de
ceux qui les signent? Est-ce d'aujourd'hui que l'on
a peint les hommes comme des girouettes? L'histoire ancienne et moderne, les philosophes, les
moralistes de tous les temps, doivent nous avoir
familiarisés avec cet emblême de notre inconstance.
Boileau nous le dit dans des vers un peu mieux
tournés que la prose du censeur; et le joyeux Pi-
card nous a fait rire de nous-mêmes, dans une de
ses comédies les plus agréables. Les marionnettes
que des fils font mouvoir et les girouettes qui tournent à tout vent, sont deux expressions plaisantes
d'une même vérité.

Ce n'est pas que M. C. D. ne plaisante aussi
quelquefois, mais, par une étrange fatalité, c'est
précisément alors qu'il cesse de faire rire. En s'ef-
forçant de venger la garde nationale, qui n'a pas
besoin de son apologie, il dit avec la grâce qu'on
lui connaît : « En la voyant faire partie du Diction-
» naire, je n'ai pas perdu l'espoir d'y rencontrer
» Dieu même; car, dans le système des girouettes,
» Dieu mérite bien aussi sa petite part d'une bonne
» mercuriale.... Il est, j'ose le dire, infiniment
» plus girouette; il a tour-à-tour, et sans distinc-
» tion de parti, fait luire son soleil sur les Fran-
» çais républicains, obéissans à Buonaparte, ou

» sujets des Bourbons. » Cette saillie d'un si bon goût aurait dû faire faire au censeur une réflexion toute naturelle : c'est que la foule des noms inscrits au Dictionnaire, le grand nombre d'honnêtes gens qui s'y trouvent, et l'innocence de la plupart des *girouettes* qu'on y voit tourner, diminuent beaucoup l'importance du livre, et en efface tout l'odieux. Si les girouettes lexicographes n'avaient signalé que les variations dues à la cupidité et à l'ingratitude, leur livre serait un libelle diffamatoire ; mais ils ont écarté tout danger en déclarant que, pour être leur confrère, il suffisait d'avoir été *girouette de fait*, indépendamment de l'intention et même de la nécessité. Ainsi, bien loin de m'applaudir de n'être point compris dans ce Dictionnaire, je reproche très-sincèrement aux auteurs cette omission qui ressemble à du mépris. Il est certain que j'ai porté la cocarde tricolore, et que je l'ai quittée ; il est également vrai que j'ai écrit dans le Journal *de l'Empire* et dans celui des Débats. Je mérite donc au moins deux girouettes, et j'espère bien les avoir à la troisième édition de l'ouvrage.

La première édition du *Dictionnaire des Girouettes* a été rapidement enlevée, la seconde s'écoule, et l'on prépare sans doute la troisième. La malignité publique applaudit en secret à cette entreprise, quoique par décence on la blâme hautement. Il y a plus de naïveté que de malice dans cet empressement à connaître les *Girouettes* de la révolution. Nous avons une telle conscience de notre faiblesse, et si peu de confiance dans la fixité de notre caractère, que nous sourions au tableau de l'inconstance humaine; et notre amour-propre est satisfait quand on présente à nos regards et quand on livre à nos sarcasmes des êtres plus faibles et plus inconstans que nous. Parmi les railleurs, il en est plus d'un qui est au moins Girouette *in petto*, et qui pourrait solliciter une belle place dans ce Dictionnaire; mais il n'y est pas, cela suffit; et cette omission, souvent bien injuste, lui donne le droit de se moquer de fort honnêtes gens qui sont couchés sur la fatale liste, et qui l'ont mérité beaucoup moins.

Quoique dans cette vaste galerie il se trouve des Girouettes bien coupables qui ont tourné aux vents de l'ingratitude, de la cupidité et même de la trahison, les tribunaux ne retentissent pas de plaintes en calomnie; je n'entends pas dire que les auteurs de cette satire soient recherchés, et que l'éditeur soit poursuivi par le ministère public. Les motifs de cette tolérance sont faciles à deviner: les hommes qui ont été prôneurs, fauteurs ou complices des diverses tyrannies révolutionnaires, ceux qui se sont fait payer les injures et les éloges adressés aux mêmes personnages, se garderont bien de réclamer; ils seront même surpris très-agréablement de se trouver en si nombreuse et si bonne compagnie, et la dénomination de Girouette leur paraîtra une punition fort douce, quand ils en méritent de très-différentes. Les Girouettes innocentes ont un naturel pacifique ; les auteurs du Dictionnaire ne leur reprochent que des peccadilles, ou même n'ont rien à leur reprocher : il n'y a donc pas matière à procès.

Il s'en faut bien cependant que j'approuve les auteurs de ce Dictionnaire, et sans me mettre en fureur comme M. C. D., sans prétendre *venger les honnêtes gens*, qui ne m'ont point chargé de leur défense, je ferai quelques observations qui, pour n'être point emphatiques et déclamatoires, n'en produiront pas moins d'effet sur les personnes auxquelles elles s'adressent.

D'abord, il faut de la justesse jusque dans les jeux d'esprit, et il en faut d'autant plus qu'il y a plus de malignité. Or, puisqu'on a trouvé plaisant d'employer l'expression de Girouette pour désigner la versatilité, quel qu'en fût le motif, on devait en appliquer avec une extrême justesse, pour être à l'abri de tout reproche. Les Girouettes anonymes me paraissent au contraire s'être méprises à dessein sur le sens de ce mot, et lui avoir donné une énorme extension, pour augmenter le nombre des Girouettes victimes, et pour grossir leur volume.

Je n'ai pas besoin de prouver que les Girouettes forcées doivent être effacées du Dictionnaire ; la nécessité ne peut être un tort, et prétendre qu'on n'a pas dû céder à un torrent irrésistible, c'est dire qu'il ne faut pas obéir à l'ennemi qui prend une ville d'assaut.

On devait encore moins donner le nom ridicule
de Girouettes aux hommes dont la versatilité n'a
été qu'apparente, et qui, en continuant de servir
l'État sous les divers gouvernemens, nous ont sau-
vés de l'anarchie, le plus grand des fléaux qui puissent désoler un Empire. Je veux parler ici des magistrats qui n'ont pas cessé de rendre la justice, et
de la garde nationale, qui nous a constamment
préservés de l'incendie et du pillage. Ces hommes
ont fait preuve de courage et non d'inconstance ;
ils méritent notre reconnaissance plutôt que nos
railleries.

Il serait trop puéril de vouloir disculper sérieusement les musiciens qui ont joué *la Marseillaise*
et *vive Henri IV*; les comédiens qui ont donné
des pièces de *toutes circonstances*; les peintres qui
ont fait des portraits pour des hommes de tous les
partis ; les marchands qui ont changé leurs ensei-
gnes, et le bon M. Hédé, qui a fait du pain pour
Buonaparte après en avoir fait pour le ROI. Cette
foule de prétendues Girouettes n'est là sans doute
que pour faire nombre ou pour égayer une satire
qui serait devenue odieuse en ne signalant que les
Girouettes criminelles.

Mais que dirons-nous de ce peuple mouton qui
a tourné à tout vent et qui a tourné de bonne foi ;
qui a cru tous les gouvernemens légitimes, parce
qu'il a cru qu'il était souverain, et qu'il avait voulu
ce qu'on lui faisait recevoir par ruse ou par force?
Des hommes qui, sans motif d'intérêt, ont obéi

aux différens maîtres qu'ils croyaient avoir choisis, méritent-ils la haine d'un censeur raisonnable? Parmi ces innombrables Girouettes, on trouve
des gens de bon sens, de mœurs irréprochables ;
et l'on ne doit pas s'en étonner.

On n'a peut-être pas assez réfléchi à l'influence
que le mot *gouvernement* exerce sur les hommes
en général ; c'est un mot magique, c'est une abstraction qui se présente à notre esprit avec les
idées d'ordre, de sûreté et de bonheur social. Nous
pouvons le considérer indépendamment de sa
forme et des personnes qui gouvernent, car, quand
on nous dit : Tel pays est civilisé, nous concevons
qu'il y règne un certain ordre, avant que nous
sachions si cet ordre provient d'une monarchie
ou d'une république. L'anarchie étant à nos yeux
le plus grand des mots politiques, le mot gouvernement, pris dans un sens absolu, s'offre à notre
pensée comme un grand bien, et nous sommes
portés à le respecter, quand même ceux qui l'exercent ne seraient pas respectables. Un grand nombre de fort honnêtes gens ont donc pu obéir à plusieurs gouvernemens, et leur obéir sans crimes :
leurs diverses soumissions à ces différens pouvoirs
prouvent moins leur inconstance que le désir de
maintenir un ordre quelconque et de se préserver
de l'anarchie. Ces hommes ne sont donc pas des
Girouettes, puisqu'ils n'ont pas tourné volontairement, et qu'ils ont fait, au contraire, tous leurs
efforts pour s'attacher à un point fixe.

Il me reste à parler des fonctionnaires publics, des orateurs, des écrivains qui, dans différentes circonstances, ont loué et blâmé les mêmes choses et les mêmes personnes, de sorte que leurs discours et leurs écrits, prononcés ou publiés dans des temps différens, présentent aujourd'hui le contraste le plus étrange ou la contradiction la plus choquante. Il semble d'abord que tous ces hommes doivent être rangés sur la même ligne, et qu'ils méritent toutes les Girouettes dont les auteurs du Dictionnaire ont composé leurs armoiries. Il y aurait cependant une grande injustice à les confondre, et c'est ici que les anonymes ont commis les erreurs les plus graves, vérité qui, pour être démontrée, n'exige qu'un moment de réflexion.

Il n'y a pas d'excuse pour ceux qui, par cupidité, par ambition ou par bassesse, ont loué et blâmé *les mêmes choses;* mais louer et blâmer *les mêmes personnes* ne suppose pas toujours de la versatilité ou de la contradiction. Les historiens anciens et modernes distribuent la louange et le blâme aux mêmes personnages, et ils sont d'autant plus estimés qu'ils font cette répartition avec plus de justice. En agir ainsi à l'égard des hommes vivans, c'est devancer l'histoire, c'est montrer une impartialité d'autant plus estimable, qu'elle est plus rare parmi les contemporains. Je sais que bien des gens ne voudront pas m'entendre; toute distinction sur ce point leur paraît odieuse. Dans les temps de révolution, tout est noir ou tout est blanc : si vous reprochez un seul défaut à l'homme en faveur, si vous reconnaissez une seule vertu dans l'homme proscrit, vous êtes un ennemi public; il faut outrager ou préconiser, adorer ou exécrer. Les plus intolérans à cet égard sont précisément ceux qui ont changé le plus souvent. Les auteurs du Dictionnaire n'ont pas pris le soin de distinguer ces nuances; ils ont craint de diminuer le nombre des Girouettes, et ils ont feint de voir de la contradiction et de la versatilité dans des écrits où il n'y avait que de l'impartialité et de la justice. Un seul exemple suffira pour en faire apprécier un grand nombre.

Un homme d'esprit et de goût a exercé la critique sur les monumens qui ont orné la capitale pendant le gouvernement de Buonaparte; il a pu louer ou blâmer ces divers objets sous le rapport de l'art, mais jamais il n'a encensé celui pour qui ou par qui ces monumens avaient été élevés. Si depuis il a exprimé avec force la haine que lui inspirait Buonaparte, n'est-il pas injuste de lui opposer aujourd'hui ce qu'il écrivait autrefois? Quel rapport y a-t-il entre les éloges donnés à des objets inanimés, tels que des tableaux et des statues, et les reproches adressés au caractère de l'homme qui gouvernait? Quoi! parce que vous aurez écrit vingt pages véhémentes contre l'ambition et le despotisme de Napoléon, parce que vous vous réjouissez de sa chute, il vous sera défendu de dire que la *rue de la Paix*, percée par son ordre, est

une des plus belles de Paris ; que les fontaines multipliées dans la capitale, sont aussi agréables qu'u-
tiles ? vous serez condamné même à médire des
nouveaux ponts, de la grille des Tuileries et de la
restauration du Louvre. Cela serait fort ridicule ;
et si cette justice distributive pouvait être considérée comme une inconstance d'opinion, il faudrait renoncer à écrire l'histoire.

Les observations que je viens d'exposer en quelques pages sont délayées et présentées avec une
colère emphatique dans la brochure de M. C. D.
Pour disculper quelques Girouettes dont il se déclare le vengeur, il retrace la vie des personnages,
et plaide souvent leur cause de manière à la leur
faire perdre. Je n'ai nommé personne ; le Censeur
nomme tous ceux dont il prend la défense, et la
discussion qu'il établit fort maladroitement produit un effet tout opposé à celui qu'il espère. Quand
j'ouvre le fatal Dictionnaire, je n'y vois que des
Girouettes ; mais si l'on me force à réfléchir, j'y
verrai souvent toute autre chose.

M. C. D. n'est pas seulement un avocat maladroit et un mauvais écrivain ; il reproche aux auteurs du Dictionnaire des phrases qu'il invente et
qui ne se trouvent que dans sa brochure. Lisez,
par exemple, ces lignes qui sont les 16-21e de la
page 38 : « A les en croire, les maréchaux O.... et
» P.... ont manqué de caractère, et se sont cou-
» verts de ridicule, en passant, au mois d'avril
» 1814, sous les bannières de l'héritier légitime

» du trône. » Voilà sans doute une phrase bien coupable, et qui méritait plus qu'une réprimande; mais voyez le Dictionnaire, première et deuxième éditions; aux articles O.... et P...., ni dans aucun autre, vous ne trouverez un seul mot de ce que dit M. C. D. Ailleurs, il signale le Dictionnaire comme une délation odieuse, et dans vingt endroits il désigne les auteurs comme des hommes qui regrettent le dernier gouvernement, et à qui Buonaparte *devrait une pension.* Ce trait délicat ne m'étonne point; j'ai rencontré quelquefois de ces honnêtes gens qui disent de grossières injures pour enseigner la politesse, et qui dénoncent pour donner des leçons de tolérance.

Le mauvais exemple est contagieux; je n'ai jamais été aussi sérieux qu'en parlant des girouettes. Ah! M. C. D., je mets sur votre conscience tout l'ennui que je viens de causer à mes lecteurs; j'ai cependant, je l'avoue, quelque reproche à me faire : si je n'avais parlé que de votre style, j'aurais égayé tout le monde : j'y reviendrai pour peu que cela vous plaise. Vous vous écrierez sans doute encore : « *Le bout de l'oreille passe tellement qu'il traîne à terre.* » Ah! M. C. D., prenez garde qu'on ne marche sur les vôtres!

HISTOIRE DE SUTHAUGUSE,

OU LE POUVOIR DE L'IMAGINATION,

NOUVELLE HISTORIQUE;

Précédée d'un mot sur les Réflexions politiques de M. de Château-
briand, et suivie de couplets sur l'héroïsme de Guelon-Marc; par
M. Auguste Hus, fidèle sujet de S. M. Louis XVIII, décoré de la
fleur de lis, filleul de la feue reine de France, épouse de Louis-
le-Désiré; auteurs de différens hommages poétiques aux Bourbons,
et d'une esquisse littéraire sur madame de Staël.

Connaissez-vous M. Auguste Hus? Je ne le
crois pas. Moi-même, qui ai souvent annoncé ses
inévitables productions, je ne puis me rappeler
aucun des titres de sa gloire. N'en concluez pas
que je manque de mémoire, ou que M. Auguste
Hus n'ait pas, selon l'expression anglaise, un *considérable mérite*; mais l'heureuse obscurité qui
l'enveloppe et se dissipe par intervalles, est un
phénomène littéraire très-digne de piquer la curiosité du lecteur.

Presque tous les auteurs adressent leurs écrits
à l'immortalité; et quoiqu'à ce bureau de poste (le
plus infidèle de tous) des millions de paquets
soient mis au rebut, l'affluence y est toujours
grande, et la boîte toujours pleine. Mais M. Au-

guste Hus a trop de philosophie pour se laisser séduire par une vaine apparence; il sait que l'immortalité est une chimère, et il travaille pour le
présent. Il semble borner ses prétentions à plaire
un moment, et à se faire oublier. Par cette ruse
bien innocente, il paraît nouveau lui-même à chacune de ses nouvelles productions; il a toujours
l'air d'une jeune Muse qui offre ses prémices au
public; il donne à ses ouvrages la dimension, l'importance et l'esprit nécessaires pour surprendre
un instant le lecteur, sans jamais surcharger sa
mémoire; vingt pages et 75 centimes sont l'étendue et le prix courant du talent de M. Auguste
Hus. Semblable à ces dévots chinois qui brûlent
des morceaux de papier doré devant les images
de leurs aïeux, M. Auguste Hus lance tous les ans
dans l'éternité dix ou douze brochures qui ont l'é-
clat, la consistance et le sort des papiers de la
Chine; mais, fort heureusement, l'auteur est in-
combustible; il reparaît, comme une nouvelle co-
mète, avec une queue de nouvelles brochures,
et c'est de lui qu'on peut dire avec une exactitude
rigoureuse :

> Tous les jours je le vois,
> Et crois toujours le voir pour la première fois.

Aujourd'hui cependant le calcul de l'auteur
pourrait bien être en défaut : il a choisi un si beau
sujet, il donne tant de choses pour 75 centimes,
que nous serons forcés d'y penser très-long-temps;

souvenir qui va ravir pour toujours au beau nom d'Auguste Hus le charme piquant de la nouveauté.

J'ai été, je l'avoue, un peu fier de ma sagacité, lorsqu'au premier coup-d'œil j'ai deviné que l'étrange nom de *Suthauguse* était l'heureuse anagramme d'*Auguste Hus*. M. Auguste Hus, que, par euphonie, je me permettrai de nommer Augustus, est donc, comme César, le héros de son livre et l'historien de ses propres exploits. Il est vrai que César ne parle de lui-même qu'à la troisième personne, tandis que M. Augustus se sert toujours du *je* et du *moi* : il y a sans doute encore quelques petites différences entre César et Augustus ; mais ici la plus petite conformité est toujours très-honorable, et M. Augustus doit dorénavant renoncer à l'espoir d'être oublié de ses lecteurs.

M. Augustus a la bonté de nous apprendre qu'il est né le 10 juillet 1769, au pied des Alpes, et d'une famille distinguée dans les arts ; *noblesse qui en vaut bien une autre*, s'écrie-t-il avec un point d'exclamation ou d'admiration ; car, malheureusement, nous n'avons pas deux signes pour distinguer ces deux mouvemens oratoires. La mère de M. Hus « joignait la beauté physique à celle » de l'âme....; elle était sage jusqu'à la rudesse, » et son tendre fils, craignant sans doute que cette déclaration ne soit pas suffisante, se hâte d'ajouter que madame sa mère n'était pas *libertine*. Jamais

le respect filial ne s'est exprimé plus décemment.,
et n'a montré une plus touchante sollicitude.

« Deux grandes époques pour moi, dit noble-
» blement M. Augustus, furent celle que la lec-
» ture de J.-J. Rousseau produisit dans l'histoire
» de mes *idées*, et celle que la vue d'une jolie
» femme produisit dans l'histoire de mes sensa-
» tions. » Une lecture et une femme qui *produi-*
sent des époques! N'est-ce pas là une tournure
toute neuve? Et ces époques sont produites dans
l'histoire ; et dans quelle histoire? dans celle des
idées et des sensations de M. Augustus. Vraiment
il y a des écrivains qu'il faut disséquer pour savoir
tout ce qu'ils valent.

M. Augustus avait à peine seize ans, qu'une
« surabondance de vie lui fit sentir qu'il n'était
» pas seul sur la terre, et le poussa vers une com-
« pagne, par un attrait irrésistible, qui est une
» des grandes vues de la nature ; » enfin M. Augustus *apprit qu'il avait un cœur*, découverte qu'il
veut bien nous communiquer, et dont je m'em-
presse de faire part à toutes les sociétés savantes.

Que deviendra le cœur de notre héros? Hélas!
il sera malheureux. Mais aussi, pourquoi un philosophe s'avise-t-il d'aimer une marquise? Il répondrait à cette question d'une manière victo-
rieuse : « Cette femme embrâsait toutes les puis-
» sances de mon être. » Et puis, « l'amour est un
» vrai sans-culotte, qui ne calcule pas plus les
» distances morales que les physiques. » Un rotu-

rier qui ose aimer une femme noble « est comme
» du vin de Surène près du Champagne mous-
» seux. Mon amour, continue l'auteur, ne fut pas
» dangereux pour la noble race de ma céleste
» marquise, *dont* la fin tragique *de* son époux
» vint détruire nos amours.... métaphysiques. »

Je jure ici par Apollon et par les chastes sœurs,
que je n'ai point altéré la pureté du texte que je
viens de transcrire; la belle répétition du mot
amour, les deux génitifs *dont, de,* et les quatre
points qui forment une ingénieuse réticence, sont
de M. Augustus, et méritent de faire autorité dans
la littérature à soixante-quinze centimes.

Mais je pressens l'impatience du lecteur, dans
une situation si neuve et si intéressante. Je lui dirai donc que la céleste marquise se consola doucement, ayant cependant *l'air affligée* pendant
six mois; puis elle perdit ses attraits et sa fortune,
puis elle partit pour Naples, où elle fit une belle
action, puis on n'en parla plus.

Cependant M. Augustus vient à Paris; la fièvre
révolutionnaire y faisait ses ravages : notre héros
fut atteint de la contagion. *Je fis des imprudences,*
dit-il; noble aveu qui désarme le lecteur, et qui
dit bien des choses en peu de mots. L'amour est
un sans-culotte, a dit M. Augustus, et M. Augustus fut un amour. Mais qui pourrait lui en faire
un crime, après son acte de contrition? Si quelques censeurs sévères lui refusaient l'absolution
que je lui donne, qu'ils lisent la longue épigraphe

qui décore cette petite brochure, et ils sentiront
le reproche expirer sur leurs lèvres. Consolez-vous,
M. Augustus ; le roi vous a compris dans le pardon général. Vous savez qu'il y a grande joie en
paradis , quand un grand pécheur vient à rési-
piscence ; vous savez aussi qu'on a tué le veau
gras pour le retour de l'enfant prodigue : consolez-vous donc, et mangez du veau gras. D'ailleurs, j'aime à croire que vous n'avez pas été bien
méchant, et quand cela serait, votre aveu répare
tout. L'homme a une telle conscience de sa faiblesse, qu'il prend intérêt à ceux qui ont failli.
Les héros tragiques ne doivent pas être parfaits ;
les autres héros ne le sont pas davantage. Il semble même que de grandes fautes donnent une
certaine considération : on parle sans cesse des
hommes qui ont substitué la cocarde blanche au
bonnet rouge, et à peine s'occupe-t-on de ceux
qui ont toujours eu le bonnet blanc. Je vous le répète encore, consolez-vous ; mais n'aimez plus les
marquises, et tâchez d'écrire un peu mieux le
français.

La pénitence de M. Hus méritait bien cette digression. Je reprends maintenant *l'histoire de ses
sensations et l'histoire de ses idées.*

M. Augustus avoue ingénûment qu'on ne déraisonne jamais plus en France que quand on y
élève des temples à la raison. Il fit pendant la révolution plusieurs voyages de Paris à la ville de.... ;
voilà encore quatre points qui feront le désespoir

31.

des futurs Scaliger; et que de commentaires ne
publiera-t-on pas avant de découvrir le nom de la
ville où M. Augustus a fait des imprudences! Enfin,
notre héros se fixe à Paris, « où l'on sent mieux
» l'existence, et où l'on vit plus dans un mois que
» partout ailleurs dans un an. L'âge des amours
» commençait à passer, ajoute-t-il, j'avais tout *vu*,
» tout *connu*, tout *analysé*; » n'est-ce pas là le
veni, vidi, vici? Nouvelle conformité avec César.
« Pour faire quelque chose de nouveau je devins
» sage. » Bravo, monsieur Hus; voilà une phrase
qui vaut les 75 centimes ; vous pouvez donner le
reste pour rien.

Tel est le grand roman de Suthauguse, que je
n'ai guère abrégé dans cet extrait, car il ne remplit
que dix pages et un tiers, et les idées comme les
sentimens de M. Hus sont fort à l'aise dans cet espace.

Mais voici bien autre chose! Un *prospectus*,
sorti de l'imprimerie de Poulet, m'annonce que
M. Auguste Hus est propriétaire d'une manufac-
ture de romans. Ces romans seront allégoriques,
philosophiques et critiques; il en paraîtra chaque
mois un volume de 250 pages; toute l'Europe,
et la France surtout, passeront en revue, dans
cette galerie philosophique, littéraire et dramatique : le premier volume paraîtra le 10 mai pro-
chain, et l'on s'abonnera pour 9 francs par trois
mois. Neuf francs! Ah! ah! ce ne sont plus des
centimes : M. Auguste Hus a fait autrefois des im-

prudences, et maintenant il veut faire fortune. Qui pourrait douter de son succès? Le seul premier volume contiendra treize romans, parmi lesquels on distinguera sans doute *les faux Mollets, le Figaro politique*, *l'Avocat couleur de rose* et *le Clystère dramatique*. Mais treize romans, bon Dieu! Un volume par mois! et de la façon de M. Auguste Hus! Il avait dit cependant qu'il était devenu sage.

L'ART D'OBTENIR DES PLACES,

OU CONSEILS AUX SOLLICITEURS;

Ouvrage dédié aux Gens sans emploi.

JAMAIS livre ne fut plus utile et ne parut dans des circonstances plus heureuses. Je vais plus loin; il y avait urgence. Si mes lecteurs pouvaient embrasser d'un coup-d'œil les nombreuses cohortes de solliciteurs, coureurs de places, réclamans, fonctionnaires réformés, ou aspirans de toute espèce, ils apprécieraient l'éminent service que cet ouvrage va rendre à la société, et ils voteraient des remercîmens à l'auteur. Un calcul modéré porte à quarante mille le nombre des solliciteurs pour chaque ministère, et à mille dépêches les récla-

mations de chaque jour. Tous les demandeurs ont
raison, leurs titres sont évidens ; leurs droits incontestables, leurs requêtes ne contiennent que
l'exacte vérité ; loin de se faire valoir, ils ont tous
la modestie de dissimuler une partie de leur mérite, et d'implorer comme une grâce ce qu'ils ont
le droit de demander comme une justice ; leur
style est toujours clair, précis, concis, presque laconique ; et cependant les ministres (oserai-je le
dire) ont la dureté de tromper des milliers d'espérances, de repousser des milliers de supplians, et
(*horresco referens*) de laisser même quelquefois
sans réponse de magnifiques placets sur papier gigantesque, doré sur tranche, lustré de sandaraque,
caressé par la patte de lièvre, orné d'une écriture
alternativement *ronde, coulée* et *bâtarde*, alignée
au transparent, et dont les traits, plus purs que
ceux du burin, semblent porter un défi aux Rol-
land et aux Saint-Omer.

Est-ce donc un travail si pénible que de lire
tous les matins, avant le déjeuner, un millier de
placets correctement écrits, et de faire, avant le
dîner, un millier de réponses ? Le style ministériel
n'étant jamais diffus, cette dernière partie de la
besogne est l'affaire d'un moment. Dans quel temps
d'ailleurs les aspirans ont-ils mérité plus d'égards
et plus d'intérêt ? Interrogez-les : ils sont tous, et
ils ont toujours été pour la bonne cause ; s'ils ont
quelquefois dissimulé leurs sentimens, si quelques-
uns même en ont manifesté de contraires, ne vous

y trompez pas : ces actes de prudence leur laissaient la liberté en écartant le soupçon, et ces
braves gens conservaient toujours *in petto* l'amour
de la légitimité. D'autres, il est vrai, ont été aussi
ardens solliciteurs sous les gouvernemens illégitimes qu'ils le sont aujourd'hui ; on pourrait encore trouver chez eux les minutes des pétitions
adressées au citoyen ministre, puis à monsieur le
ministre, puis à monseigneur le ministre ; ils ont
demandé des places et en ont obtenu ; mais, à la
manière dont ils s'acquittaient de leurs fonctions,
il était aisé de voir qu'ils ne comptaient pas sur la
stabilité d'un pouvoir usurpé, et que leurs protecteurs n'étaient que leurs dupes. D'autres enfin,
ayant commerce avec les Muses, ont fait de temps
en temps de jolis vers de société pour les altesses
et les majestés temporaires ; mais ils ont eu soin de
les faire assez plats, pour qu'on ne pût douter de
leur intention, bien différens en cela du poète
Waller qui fit de meilleurs vers pour Cromwell,
que pour Charles II. Il est donc reconnu que tous
les solliciteurs *pensent bien*, qu'ils ont toujours
aussi bien pensé que bien sollicité, qu'ils ont tous
de la capacité, du zèle, du talent, et qu'ils sont
propres non-seulement aux places qu'ils demandent, mais à toutes celles qu'on voudra leur donner.
Je ne parle pas du désintéressement et de la probité, ces qualités sont si communes qu'elles ne peuvent plus être un sujet d'éloge.

Mais ce n'est pas le tout d'avoir des droits et

des titres, d'être capable, travailleur intègre et intelligent, il faut encore savoir solliciter et connaître l'art d'obtenir ces places que l'on mérite,
art profond dont un anonyme vient d'exposer la
savante théorie dans la brochure que j'annonce.
Tout solliciteur doit acheter ce livre sous peine de
n'arriver à rien ; ainsi à quarante mille aspirans
par ministère, voilà deux cent quarante mille exemplaires vendus ; j'en fais mon compliment au libraire.

L'art de solliciter suppose dans le candidat, un
grand nombre de qualités physiques et morales,
toutes plus ou moins indispensables. Le solliciteur
doit être imperméable à la pluie, insensible aux
variations de la température, et capable de rester
quatre heures de suite immobile et silencieux dans
une antichambre, où il doit figurer comme une
caryatide. Selon notre auteur, il est à désirer que
la taille et la figure préviennent en faveur de l'aspirant : ceci serait fort bon, si les suisses, les employés, les chefs de bureaux et les chefs de divisions
étaient des femmes ; mais je ne sais trop s'il serait
avantageux de se montrer mieux fait et plus beau
que celui à qui l'on demande : disons donc que,
dans ce cas, on peut être bel homme, mais pas
trop. Le nez du solliciteur est un point important
sur lequel l'auteur ne veut pas faire la plus légère
concession ; si ce nez excède une longueur modeste, il risque d'être atteint par une porte fermée
brusquement, comme il est arrivé à un pétition-

naire qui est devenu camard après trois mois de
sollicitations : la nature lui avait cependant accordé
un nez de trois pouces, et il demandait un entrepôt
de tabac. Parmi les qualités morales, la *patience*
est la plus nécessaire : et quelle patience ! Le chat
qui guette une souris, n'est qu'un emblême imparfait de l'aspirant qui guette une place. En seconde ligne, nous placerons l'*humilité.* Donner
vingt saluts sans en recevoir un seul, se courber
sans cesse devant un homme droit comme un pal,
prendre une brusquerie pour de la familiarité,
sourire même à une apostrophe incivile, voilà ce
que doit observer scrupuleusement tout bon solliciteur. Si l'on en croit le Dante, on lit sur la porte
de l'enfer : LAISSE ICI L'ESPÉRANCE ; sur la porte
des faveurs on devrait inscrire : LAISSE ICI TOUTE
FIERTÉ.

Maintenant, si nous entrons dans les menus
détails, nous apprendrons que tout solliciteur doit
savoir par cœur sa pétition, et avoir toujours avec
lui un cahier de papier *tellière* et un encrier portatif. Quelque ordre qui règne dans un ministère,
il arrive assez souvent que les placets s'y égarent ;
et pour éviter les longues et ennuyeuses recherches, on doit toujours, par prévoyance, regarder
le premier comme perdu. Il n'est pas absolument
nécessaire qu'un pétitionnaire sache parfaitement
sa langue, ni même l'orthographe ; mais il est indispensable qu'il écrive correctement les mots
monseigneur, votre excellence, monsieur le duc,

monsieur le comte, etc...... On sait qu'un grammairien a déshérité son neveu, parce que ce jeune
homme lui avait écrit : Votre très-*umble* et très-
hobéissant serviteur; ne serait-il pas cruel de perdre
une bonne place pour avoir écrit *exellence* au lieu
d'excellence , et monsieur le *conte*, pour M. le
comte ? On se moque des puristes et des pédans ;
on voit cependant qu'il est bon de savoir le français même pour solliciter et pour *faire antichambre.* La bibliothèque du solliciteur est peu volu-
mineuse , mais excellente : elle se compose de
l'*Almanach Royal*, celui de tous les livres qui
contient le plus de vérités ; du *Nobiliaire universel*,
ouvrage un peu sec, mais plein d'érudition ; du
Plan de Paris, qui doit abréger bien des courses,
et de l'*Almanach des vingt-cinq mille adresses.*
L'auteur ne désigne que ces quatre volumes, mais
j'y ajoute, *meo periculo*, un livre de postes à l'u-
sage des aspirans de province, et l'*Art de dîner
en ville*, ouvrage très-précieux depuis que les restaurateurs ont doublé les prix de la carte. Le chapitre *des jambes et des voitures* ne m'a pas paru
aussi clair et aussi bien traité que les précédens ;
j'y trouve même une espèce de redondance et une
contradiction, car on n'a pas besoin de voiture
quand on a de bonnes jambes, et, comme l'auteur
l'a fait observer lui-même, quand on sollicite pour
avoir une voiture, on n'a pas une voiture pour
solliciter. En revanche, le chapitre *du ton* est un
chef-d'œuvre : on y apprendra le secret de mo-

duler ses phrases selon les personnes auxquelles
on parle, et selon les choses qu'on leur dit. Une
affaire douteuse, habilement exposée, acquiert de
l'intérêt et presque de l'évidence. Les répliques,
les observations, les récits, ont comme la musique, leurs *adagio*, leurs *andante*, leurs *allegro* ;
l'art de passer du grave au doux, de *lourer* ses
phrases, de lier ou détacher les mots, de filer les
sons, est plus utile qu'on ne pense. On est quelquefois repoussé quand on prouve, on obtient
tout quand on persuade. Un chanteur qui sollicite
a mille fois plus de chances de succès que tout
autre homme d'un mérite égal, et six mois de solfége seraient pour l'aspirant un temps bien employé. J'ai oublié le chapitre de la toilette ; l'auteur
prétend qu'elle doit être modeste, je ne suis pas
d'accord avec lui sur ce point ; nous savons que
l'eau va toujours à la rivière, et le *dabitur habenti*
est un grand argument contre le costume modeste.

Tout ce que j'ai dit jusqu'à présent ne doit être
considéré que comme des conseils préliminaires,
ce sont les conditions préparatoires. Nous allons
entrer maintenant dans la vaste carrière des sollicitations.

J'ai parlé des qualités physiques et morales que
doit posséder tout bon solliciteur ; supposons qu'un
aspirant, après avoir médité sur le livre que j'annonce, se reconnaisse tous les avantages requis et
toutes les vertus exigibles, il va donc entrer dans
la carrière ; mais s'il est sage, il modérera son ar-

deur, et fera sur lui-même quelques épreuves sérieuses : différer pour assurer le succès, c'est gagner du temps. Notre auteur a démontré que la
patience et l'humilité étaient les conditions *sine
quibus non :* mais comment le solliciteur connaîtra-
t-il la force de son âme, s'il n'en a pas fait l'essai?
L'auteur n'a pas résolu cette difficulté, il ne l'a
pas prévue peut-être ; c'est une lacune dans son
livre, et je veux la remplir, bien ou mal. Comme
il ne s'agit pas ici d'une patience ordinaire, je conseille d'abord à l'aspirant d'aller à une séance académique lorsqu'il y sera question d'*éloges;* s'il peut
entendre un panégyrique tout entier sans éprouver
une dilatation involontaire des mâchoires ; s'il a le
courage de sourire agréablement à l'orateur, depuis l'exorde jusqu'à la péroraison, il doit déjà
concevoir de grandes espérances; s'il assiste ensuite
à une comédie de *bon ton,* et s'il y rit comme à
une pièce de Molière, sans laisser entrevoir la plus
légère impatience, la moindre distraction, il peut
se croire un homme fort ; si enfin il a le courage
d'écouter attentivement et gracieusement tout un
opera seria, sans avoir aucune communication
avec Morphée, ses épreuves sont faites, il peut aspirer à tout, et il n'est pas de ministre qui ose lui
refuser sa protection. Relativement à l'humilité,
un seul conseil suffira : qu'il recherche et qu'il lise
une très-ancienne fable intitulée *le Coq et le Li-
maçon;* il y apprendra que le premier de ces deux
compétiteurs n'a pu atteindre, en déployant ses

ailes, au même point où l'autre est parvenu par un procédé tout différent. Cette fable renferme tout ce qu'on peut dire sur ce sujet; et si l'aspirant en sent bien la moralité, il peut dès aujourd'hui se mettre en route, et frapper doucement à toutes les portes.

Que d'obstacles cependant ne lui reste-t-il pas à vaincre? En descendant du modeste fiacre, il se trouve face à face avec une sentinelle qui, d'une voix de *trombone*, lui dit : *on n'entre pas*. Consterné de cette apostrophe, à laquelle il aurait dû s'attendre, s'il va se réunir à la foule des sollici-teurs qui assiégent la porte, il est perdu. Qu'il sache donc que le terrible *on n'entre pas* n'est sans réplique que de midi à quatre heures; mais s'il se présente à l'heure où les employés arrivent à la besogne, et s'il passe avec la sécurité d'un homme qui entre chez lui, le calcul des probabilités nous démontre qu'il doit réussir. Si cependant ce moyen échoue, il lui reste une grande ressource : qu'il aille déjeuner au café voisin, qu'il y laisse son chapeau, qu'il revienne tête nue, d'un pas déli-béré, et si la sentinelle fait encore entendre son sinistre refrain, qu'il réponde sans hésiter : *Je suis de la maison*. Le voilà donc passé, mais quel faible avantage! l'infortuné tombe de Charybde en Scylla, car à peine échappé à la sentinelle, il voit une ins-cription de mauvais augure, et lit ces mots tracés en énormes caractères : PARLEZ AU SUISSE. S'il obéit, plus d'espoir. C'est ici que l'on reconnaît toute l'utilité du livre dont je fais l'éloge ; il nous apprend que dans la langue des aspirans cette inscription signifie précisément : *ne parlez pas au suisse*. Mais comment faire ? l'ordre est formel. Il faut savoir que ce suisse n'est pas toujours planté sur le seuil de sa porte. Par un temps pluvieux, brumeux ou froid, cet argus, qui n'a heureusement que deux yeux, se retranche derrière un énorme poêle, et il aime mieux laisser passer un solliciteur que d'économiser une bûche qui ne lui coûte rien. Si cependant votre affaire presse, et si le ciel vous présente une effrayante sérénité, attendez que quelque gros homme ait la simplicité de parler au suisse, et pendant le débat qui s'établit entre eux, passez légèrement et rapidement à la faveur du corps opaque. Ce conseil, direz-vous, n'est bon que pour les solliciteurs fluets ; mais il faut espérer qu'il pourra convenir au plus grand nombre, et rien ne serait plus ridicule qu'un aspirant gros et gras.

Délivré de la sentinelle et du suisse, vous arrivez à la case du *garçon de bureau;* celui-ci n'a pas la voix dure et la mine refrognée ; il est visible à toute heure, et il s'ennuie souvent de son oisiveté. Abordez-le franchement et cordialement ; feignez de croire qu'il a un grand crédit et qu'il entend parfaitement les affaires ; expliquez-lui longuement la vôtre, admirez son intelligence lors même qu'il ne vous comprendra pas ; fréquentez-le souvent, saluez-le du nom d'ami, demandez-lui des nouvelles de sa femme, de ses enfans, traitez-le enfin comme don Juan traite M. Dimanche : ces petits soins ne tarderont pas à fructifier. Le garçon de bureau est un personnage plus important qu'on ne pense ; le chef de bureau, le sous-chef, le chef de division, ont des rapports fréquens avec lui, ils le voient tous les jours, ils ne peuvent l'oublier; il leur rend à chaque instant de petits services qui établissent nécessairement entre eux un commerce d'utilité et de bienveillance ; il peut et il sait choisir le moment où ils sont accessibles : il a bien plus d'empire encore sur les employés; il n'a pas besoin, selon notre auteur, de leur dire : *pensez à moi;* on y pense quand on le voit, quand il ouvre la porte, quand il présente le petit pain modeste qu'on est convenu d'appeler déjeuner. *Son silence même est pétitionnaire, et sa présence équivaut à une réclamation.* Confiez-lui vos espérances, et n'oubliez jamais que les petits moyens ont souvent de grands résultats.

Vous ne savez peut-être pas ce que c'est qu'un huissier; notre auteur va nous l'apprendre : En arrivant dans l'anti-chambre du ministre, vous verrez un homme vêtu de noir de pied en cap, ordinairement d'assez bonne mine, et presque toujours d'un honnête embonpoint. Celui-ci ne crie point : *on n'entre pas;* mais il dit : *Son Excellence n'est pas visible ;* et comme il répète cette phrase depuis quinze ou vingt ans, il la prononce avec une pureté remarquable. Ne vous laissez pas effrayer, et sachez qu'un huissier n'est que le garçon de bureau du ministre. Les conseils donnés ci-dessus s'appliquent à ce personnage, et produiront le même effet. L'huissier guette tous les mouvemens du ministre; *il n'est jamais à plus d'un quart-d'heure de distance de la dernière action de Monseigneur;* il connaît l'heure des repas, du travail, du repos, le retour périodique de tous les besoins, et il peut habilement saisir le moment fugitif où S. Exc. est vulnérable. *Intelligenti pauca*; faites votre profit de cette leçon.

Le chapitre de *l'Employé* est un des meilleurs de l'ouvrage, et il est terminé par une anecdote très-honorable à cette classe d'hommes utiles, qui, pour un modique salaire, font un travail pénible, opiniâtre, important et toujours ignoré du public. Ce chapitre n'est pas propre à être analysé, mais il est excellent à lire.

Le chef de bureau, dont le sous-chef n'est que le double, est le juge immédiat de ce que font les commis; il peut casser leur décision, et rendre vaine leur bonne volonté pour vous; d'ailleurs, il présente ses conclusions dans une affaire: jugez par là combien la connaissance d'un tel homme est précieuse. Comme il est d'ordinaire grand travailleur et toujours occupé, n'espérez pas le fléchir par des discours; les poètes et les avocats n'ont jamais réussi près d'un chef de bureau; mais si vous êtes prudent, vous vous trouverez sur son passage sans lui dire un seul mot; et vous vous rappellerez à son souvenir par une profonde révérence, votre discrétion lui donnera de vous l'opinion la plus avantageuse. A ce moyen vous en joindrez un autre non moins efficace : vous adresserez à ce chef une lettre dont le contenu sera : *Monsieur, pensez à moi!* elle sera jetée négligemment sur le bureau, mais par la même négligence elle y restera le lendemain, le surlendemain, huit jours de suite; et ce témoin muet lui reprochera sans cesse sa dureté; lui rappellera son devoir, et pour se débarrasser de vous, il expédiera votre affaire.

Le chef de division est un *Monsieur;* il jouit de brillans honoraires, et il représente à lui seul la cinquième ou la sixième partie d'un ministre. Il a tout autre chose à faire qu'à travailler : mais les cinq ou six bureaux qui sont sous ses ordres, fourmillent d'employés qui travaillent pour lui. Quoique d'une politesse parfaite, il est le moins abordable de tous les agens ministériels. Vainement on vous donne un *numéro* à l'aide duquel vous espérez être admis à votre tour; vingt fois l'audience se termine sans que votre tour arrive, votre chiffre fût-il dans les unités. Vous criez à l'injustice, au passe-droit; vous rêvez à mille idées de corruption : erreur, folie, imprudence; vous gâtez tout. Si enfin vous parvenez à être introduit, vous n'êtes guère plus avancé. Rien de plus adroit qu'un chef de division pour éconduire un solliciteur. Il fait un pas sur vous, vous reculez d'autant; il en fait deux, vous rétrogradez encore; et cette malheureuse porte

qui s'est ouverte si difficilement pour vous laisser
entrer, se meut spontanément et comme par miracle pour vous laisser sortir. Voilà, dit l'auteur,
tout le secret des audiences. N'employez donc cette
voie qu'à la dernière extrémité; et si vous demandez maintenant quels sont les moyens qu'il faut
substituer à l'audience, consultez notre auteur, il
vous les apprendra.

A plus forte raison je ne vous détaillerai point
ce que contient le chapitre *du Ministre;* ne me
demandez pas les motifs de ma réticence. Je me
bornerai à un seul conseil, qui pourra vous être
utile jusqu'à ce que vous ayez acheté le livre. Si la
présence de Monseigneur vous imposait au point
de vous faire perdre le sens et la mémoire; si, dans
votre trouble respectueux, vous faisiez quelque
gaucherie et vous disiez quelque sottise, ne vous
désespérez point, et n'imaginez pas que vous avez
gâté votre affaire; le ministre n'a point de ressen-
timent, et dès que vous aurez disparu, Son Excellence aura tout oublié.

Je suis au bout de ma tâche, et je n'ai encore
examiné que les deux tiers de ce livre; il faut donc
me réduire à citer des chapitres sans les analy-
ser. D'ailleurs, que dirait le libraire si j'insérais
ici tout l'ouvrage? Les *laissez-passer,* les *vices
ordinaires des pétitions,* les diverses sinuosités
qu'une pétition parcourt dans le dédale des bureaux, *les femmes, les changemens de visages,
l'audace* et *l'agilité,* sont des sujets que l'auteur

traités avec sa profondeur ordinaire ; c'est à regret que je renonce au plaisir de les développer aux yeux du lecteur, et que je garde le silence sur deux jolies anecdotes relatives à l'audace et à l'agilité ; mais je ne puis me taire sur le chapitre *des Cafés.*

Il n'y a point de ministère qui n'ait son *café* attitré. C'est là que les employés viennent passer une demi-heure, en laissant leurs chapeaux près du bureau qu'ils quittent ; car un chapeau laissé au ministère compte pour un homme, et sauve celui-ci du reproche de négligence. Les chefs même ne résistent pas toujours au désir d'aller au café déjeuner à la fourchette, et ils y sont d'autant moins déplacés, que souvent ils y trouvent leur bureau tout entier. Solliciteurs, fréquentez ce lieu propice, devenez le commensal de ceux qui seront bientôt vos protecteurs. Gagnez d'abord leur bienveillance par quelques politesses, puis mêlez adroitement votre affaire à une tasse de chocolat. Un déjeuner fait naître la familiarité : ne craignez de ces messieurs ni morgue, ni air de grandeur. Peut-on conserver sa dignité lorsqu'on crie à un garçon : *Mes oreilles ! ma saucisse ! mon pied de cochon !* Maintenant, si vous ne me comprenez pas, je vous renvoie à l'auteur pour plus ample informé. Quand vous aurez suivi ponctuellement tous les conseils qu'ils vous donne, je ne vous assure point le succès de vos démarches ; mais au moins vous échouerez dans les règles, et vous n'aurez rien à vous reprocher.

32.

MOYENS

DE FORMER UN BON DOMESTIQUE;

Ouvrage où l'on traite de la manière de faire le service de l'intérieur d'une maison; avec des règles de conduite à observer pour bien remplir ses devoirs envers ses maîtres.

Par M. N.....

VIVENT les ouvrages utiles! Le vulgaire qui en profite les dédaigne; il leur préfère les futilités spirituelles, les niaiseries sentimentales, mais les colifichets se brisent, et le solide reste. Je suis si persuadé de cette vérité, que j'ai tout quitté pour annoncer l'ouvrage modeste qui va nous donner d'excellens domestiques, espèce d'hommes dont Paris surtout a grand besoin.

Beaumarchais a dit, avec son audace accoutumée, que, d'après les qualités que l'on exige dans les domestiques, peu de maîtres seraient dignes d'être valets; on verra bientôt que Figaro exagère. Notre auteur est moins exigeant; il veut seulement qu'un domestique soit fidèle, discret, vigilant, sobre, économe, attentif, respectueux, adroit, ennemi du jeu, du vin et des femmes : en vérité, c'est si peu de chose, qu'il faut avoir bien du malheur pour être mal servi.

Cette poétique de la domesticité est précédée d'une réponse à des observations critiques adressées à l'auteur *directement ou indirectement*. M. N. répond en effet si victorieusement, que ses ennemis ont dû pâlir; mais aussi où la critique allait-elle se fourrer? Que va-t-on penser des journalistes quand on saura qu'ils n'ont pas même épargné l'art de former un domestique? M. N. dit avec une noble simplicité : « J'ai écrit pour les domestiques, » et non pour les bibliothèques. » Il se trompe ; sa modestie n'empêchera pas que la bibliothèque du roi n'ait deux exemplaires de son livre ; et quant aux domestiques, ils liront, approuveront, et n'en feront ni plus ni moins.

Une belle préface, sous le titre d'introduction, expose les motifs de l'auteur, et justifie son entreprise. Il fait observer que les traités de gastronomie ont eu beaucoup de succès, et cependant on y a toujours oublié de parler du domestique qui, « *par son intelligence, son adresse, sa célérité, sa prévoyance, peut ajouter aux succulentes voluptés dont s'enivre le gourmand; par cet homme inappréciable, s'il est habile, il n'y a plus d'intervalle entre les désirs et leur objet : pendant que le maître dévore un morceau, le valet l'observe; il voit où ses regards se portent, et quels mets ils désignent: son assiette est à peine vide, qu'une assiette chargée se présente à sa fourchette infatigable; les vins qu'il préfère parmi les meilleurs sont sans cesse à sa disposition. De cette manière, son verre, son assiette et sa bouche, tout est dans la plus brillante activité.* » Cette belle tirade, qui est évidemment du genre classique, nous conduit à la conséquence que, si le domestique est déjà si précieux sous le seul rapport de la gourmandise, combien n'est-il pas admirable, lorsque, dans le cours de cet ouvrage, on le voit battre les habits, cirer les bottes, et balayer avec un balai sec ; car, comme l'observe M. N. avec sa sagacité ordinaire, un balai mouillé fixe la poussière sur le parquet, ce qui n'est pas du meilleur ton.

Quarante-sept chapitres apprennent aux domestiques les devoirs qu'ils ont à remplir et les vertus qu'ils doivent avoir ; mais l'auteur ne dit pas un mot des qualités que l'on a droit d'exiger dans les maîtres. Si on lui reproche cette omission, il répond : « C'est ce que je n'ai pas voulu : je n'ai pas besoin de dire mes motifs à ceux qui sont raisonnables ; ils les sentiront de reste. » J'ai grand peur qu'il n'y ait un peu de malice dans cette réticence ; M. N. veut-il dire que tant de vertus ne conviennent qu'aux petites gens, et cela ne me rappelle-t-il pas la phrase de Beaumarchais ?

J'allais aussi demander à l'auteur pourquoi il ne parle que des domestiques mâles ; mais je me suis souvenu qu'il interdit au domestique le babil et la curiosité ; dès lors mon observation devient inutile.

Quelques remarques sur des passages pris au hasard achèveront de donner une idée du livre et de l'auteur. M. N. blâme fort judicieusement les domestiques qui, en faisant l'appartement, *jettent les meubles les uns contre les autres.* J'ose ajouter qu'il ne faut pas non plus jeter les meubles par la fenêtre; cette proposition est aussi vraie que l'autre, et M. N. ne vise qu'à être vrai. Il veut que le valet dont les mains ne sont pas propres mette des gants; cela est bien; mais je crois que les gants ne tarderont pas à être aussi sales que les mains, et ce précepte n'a pas toute la clarté désirable. Quand un maître porte de la poudre, il ne faut pas, dit-il, imprégner la vergette de celle qui couvre le collet, pour la répandre ensuite sur toutes les parties de l'habit. Ceci est beaucoup plus clair, et il n'y a pas un journaliste qui ne pense comme l'auteur, tant la vérité a d'empire même sur ces méchans critiques! Le service du cabinet est encore plus délicat que celui de la chambre; mais c'est à la table surtout que brillent les qualités d'un excellent domestique : *par exemple,* dit l'auteur, *il ne laissera jamais manquer de vin.* Deux pages plus bas, il rappelle cet utile précepte en faisant observer que *rien n'est plus désobligeant que de manger sans boire*; certes, Grégoire ne le contredira pas. Si parmi les convives il s'en trouve quelqu'un de plaisant, les domestiques se garderont bien de rire; ils ne s'appuieront point sur le dos de la chaise de leur maître; il leur est expressément défendu de cracher, de se moucher; et M. N. s'écrie : « A-t-on jamais imaginé rien de plus indécent qu'un

domestique, quand on est à table, par exemple,
qui fait le cor de chasse avec son nez? Cette sortie
est vigoureuse; cependant j'y trouve une légère in-
exactitude. M. N. prétend que le nez d'un domestique fait le cor de chasse; je crois, moi, qu'il fait
la trompette : je prévois que les avis seront partagés, et il n'y a qu'un jury de musiciens qui puisse
terminer le différend.

Il y a peu de livres écrits avec autant d'ordre et
de méthode que celui-ci, car M. N. parle du café
immédiatement après le dîner. Quelque bon qu'ait
été ce dîner, il ne satisfait pas les gourmands, si
le café est mauvais. « *Le café*, dit l'auteur, *en est le
dernier acte, celui sur lequel repose le souvenir des
convives. Nous avions un bon dîner, dit-on, mais
le café ne valait pas le diable.* » Le dernier membre
de phrase n'est pas aussi classique que le reste,
mais il est naturel; et à l'instant même je me suis
surpris à dire : Cela ne vaut pas le diable, en pen-
sant à toute autre chose qu'à du café.

Après le matériel du service, viennent les observations morales : c'est là que notre auteur triomphe. Il est rigoureux, mais il est juste. L'article
Fidélite est traité *ex professo.* M. N. ne parle pas
de cette fidélité *qui fait qu'on ne vole pas;* il ne
peut pas soupçonner cette bassesse dans le domestique qu'il imagine, mais il tonne contre toutes ces
petites infidélités que notre morale relâchée nomme
des espiégleries. Il blâme d'abord cette espèce de
compensation que les domestiques savent établir,

sous prétexte que leurs gages sont trop faibles, et
les cadeaux que les valets reçoivent des fournis-
seurs; il leur ordonne de ménager le bois et le
charbon, précepte qui devient de jour en jour plus
utile : il leur défend de prendre le vin à la cave,
et surtout d'aller souffler au nez du maître les fu-
mées du vin qu'ils lui ont dérobé; descendant enfin jusqu'aux plus petits détails, il leur interdit
même les restes d'un dessert, comme pâtisseries,
sucreries ou liqueurs. Je crains que M. N. n'exige
trop, et que sa rigueur ne soit aux yeux des domestiques un prétexte pour ne rien accorder.

Le chapitre de la *Discrétion* est d'une grande
profondeur : les valets, selon lui, ne doivent jamais écouter ce qui ne leur est pas personnelle-
ment adressé; lors même qu'on n'a pas assez de
défiance pour les faire sortir ils doivent bien prendre garde de ne rien entendre. *Prendre garde de
ne rien entendre* est une tournure dont l'originalité
n'échappera pas à la sagacité de mes lecteurs. Le
domestique n'apercevra point les ridicules de ses
maîtres, s'ils en ont, encore moins leurs défauts;
s'ils en ont est d'une grande délicatesse ; et, pour
finir par où j'aurais dû commencer, le valet n'entendra que ce qu'on lui dit, ne verra que ce qu'on
lui montre, *pour tout le reste il n'a point d'yeux,
il n'a point d'oreilles.*

Jusqu'ici j'ai marché sur des fleurs; mais j'arrive enfin à un sentier rocailleux que M. N. n'a
pas assez adouci. Après avoir exigé une discrétion

égale à celle d'un sourd et d'un aveugle, l'auteur conçoit un scrupule, et se demande si le domestique est encore obligé d'être discret lorsqu'il s'agit de la maîtresse de la maison, et quand le secret laisse en souffrance l'intérêt (il aurait dû dire l'honneur) de son maître, M. N. avoue que le cas est embarrassant, et il fait la remarque très-fine que la révélation peut humilier celui même à qui elle est faite. Il hésite quelques momens sur le parti à prendre, puis il décide enfin que le domestique, dans ce pas glissant, doit tout confier à un ami sage qui avertira le maître, et lui fera doucement avaler la pilule. Cette dernière expression n'est pas de M. N., ce que je fais observer afin qu'on ne la lui reproche pas, si, comme je le crains, elle n'était pas de très-bon goût.

Il m'en coûte de le déclarer, le palliatif de l'auteur est insuffisant; car supposons que la dame soit infidèle, et que le domestique ait vu, de ses propres yeux vu, ce qu'on appelle vu, j'avoue que la supposition est impertinente. Je sais qu'il y a très-peu de femmes infidèles, aujourd'hui moins que jamais; car voyez comme elles sont sévères à la comédie, et comme elles se courroucent contre la moindre plaisanterie un peu trop gaie. Mais quelque rare que soit l'infidélité conjugale, on conviendra qu'elle est possible; et si, par hasard, le domestique, voulant tout confier à un ami, s'adressait justement à l'ami qui.... l'idée seule me fait frémir: C'est un cas que M. N. n'a point prévu;

c'est une difficulté qu'il doit résoudre dans une troisième édition.

, J'attends sa décision sur un point aussi important, et alors j'achèverai l'analyse de son livre.

DE LA DOMESTICITÉ DES PEUPLES

ANCIENS ET MODERNES,

Par M. Grégoire, ancien évêque de Blois, etc., etc.

J'ai parlé précédemment d'un livre fort modeste, intitulé : *Moyens de former un bon domestique ;* à peine j'avais livré mon article à l'impression, je reçus le traité *De la Domesticité*, par M. Grégoire. Je fus d'abord embarrassé de la concurrence; je craignais de fatiguer mes lecteurs, qui, sans doute aiment beaucoup la variété, et j'allais m'écrier : *Non bis in idem,* quand je m'aperçus que jamais deux ouvrages écrits sur le même sujet, n'ont été plus différens que celui de M. N. et celui de l'ancien évêque. Le parallèle suivant, que je garantis exact, fera mieux sentir cette différence, et me justifiera du reproche d'introduire tant de valets sur le théâtre de la critique.

L'auteur du premier ouvrage ne s'est désigné que par l'initiale de son nom, et a caché ses qua-

lités ; l'auteur de celui-ci présente un nom célèbre
et un titre respectable. M. N. a déclaré qu'il écrivait pour les domestiques, et non pour les bibliothèques ; M. Grégoire n'écrit vraisemblablement
que pour les bibliothèques, car aucun domestique
ne comprendra son ouvrage, à moins qu'un nouvel
Esope ou un nouvel Epictète n'endosse la livrée
ou la veste du jockei. M. N. ne dit point qu'il ait
fait de grandes recherches, et ne vante point l'u-
tilité de son livre, qui est cependant d'une grande
utilité pratique ; M. Grégoire n'estime que les ouvrages utiles, il n'écrit que pour être utile lui-même,
il tonne dans sa préface contre le public, qui attache plus d'importance à une chanson qu'à un livre
instructif, et cependant il ne sera d'aucune utilité
pour les pauvres domestiques ; car, je le répète,
ils ne l'entendront point. M. N. n'a parlé que des
domestiques mâles ; M. Grégoire parle également
des deux sexes, et passe en revue la domesticité
universelle, depuis les esclaves des Phéniciens jusqu'aux servantes du Canada. M. N., si sévère sur
les défauts des domestiques, n'ose rien dire sur
les défauts des maîtres ; M. Grégoire n'a point de
ces lâches complaisances : il gourmande le vice
partout où il le trouve ; il l'attaque jusque dans les
palais et sur les trônes, et il écrit un chapitre entier
sur la corruption des maîtres, qui cause ou augmente celle des domestiques. M. N. descend jusqu'aux plus petits détails du ménage ; il donne des
préceptes clairs et un peu naïfs sur toutes les parties

du service ; M. Grégoire dit dans sa préface : « *Il a fallu descendre à des détails* TELLEMENT IGNOBLES, *que la plume me serait tombée de la main si je n'avais senti que le but justifie l'entreprise.* » Mais, dans son livre, il est question des Hébreux, des Égyptiens, des Babyloniens, des Grecs, des Romains, des Français, des Anglais, des Allemands, des Russes, des Suédois, des Italiens, des..... etc., etc., et pas un mot du service; ses domestiques de tous les temps et de toutes les nations, n'y rincent pas un verre, n'y donnent pas une assiette. M. N. ne cite aucun savant, aucun littérateur ; M. Grégoire cite plus d'ouvrages et plus d'auteurs, en deux cents pages, que je n'en ai lu dans toute ma vie, et j'ai toujours aimé la lecture. M. N. enfin écrit des instructions pour les domestiques, et M. Grégoire écrit l'histoire de la domesticité.

Si maintenant nous voulions comparer le mérite de ces deux traités si différens dans leur ressemblance, sous le rapport du talent, le choix serait bientôt fait : il y a une énorme distance entre M. Grégoire et M. N. ; mais sous le rapport de l'utilité, tant recommandée par l'ancien évêque, la question devient plus embarrassante ; et comme M. Grégoire me récuserait sans doute, je me récuse d'avance ; je m'abstiens de prononcer, et je vais forcer mes lecteurs à prononcer eux-mêmes, en mettant sous leurs yeux les titres des deux prétendans.

Pour donner à la discussion un tour plus animé, mettons en scène deux domestiques qui se présentent pour servir. Le maître leur demande s'ils ont quelque instruction ; l'un d'eux s'avance d'un air modeste, et dit d'un ton timide : « J'ai lu, et j'ai » appris par cœur le livre de M. N. Je sais qu'il » faudra me lever de bon matin, ranger, balayer, » nettoyer, frotter, remettre les choses en place, » battre les habits, cirer les souliers et les bottes ; » faire le feu, en retirant d'abord les charbons de » la veille, que je mettrai à part ; relever la cendre » qui est contre la plaque, afin de pouvoir placer » franchement la bûche du fond, poser ensuite les » autres morceaux de bois sur lesquels je mettrai » les charbons de la veille, et d'autres charbons » enflammés, si les premiers sont éteints ; ensuite » préparer tout pour la barbe, et disposer toutes » les pièces de l'habillement dans l'ordre où mon- » sieur voudra les prendre. A table je ne laisserai » jamais manquer de vin, je ne m'appuierai pas » sur votre dos, et je ne rirai point quand vous » direz quelque chose de drôle. J'ai appris aussi » dans ce livre à être fidèle, attentif et discret ; » vous pouvez avoir autant de défauts et de ridi- » cules qu'il vous plaira, M. N. m'a dit que je ne » devais pas les apercevoir ; j'aurai soin de ne rien » entendre de ce qu'on dira, de ne rien voir de ce » qu'on fera ; je ne tromperai pas sur les achats » que je ferai, je ne recevrai point de cadeaux des » marchands, et je ne demanderai pas le *pour*

» *boire* aux amis qui viendront dîner chez monsieur,
» car M. N. dit que cela aurait un air de gueuserie
» qui ne convient pas à un bon domestique. »

Après ce discours, qui est tout-à-fait dans le
style de M. N., le second domestique se présente :
« Je n'ai point lu, dit-il, le livre dont parle mon
» camarade, mais je connais celui de M. Grégoire,
» ancien évêque de Blois. J'ai appris à distinguer
» les esclaves de l'antiquité, les serfs du moyen âge,
» et les domestiques d'aujourd'hui ; je sais qu'il y
» avait des ilotes à Sparte, des périocques, des
» clarotes et des mnoïtes en Crète ; des mariandi-
» niens à Héraclée du Pont ; des corynophores à
» Sycione ; des callicyres à Syracuse ; des pénestes
» en Thessalie ; des thètes et des pélates à Athènes.
» Je connais les *aldii* des Lombards, les *lazzi* des
» Saxons, mot auquel on a substitué la dénomi-
» tion des slaves qui, en différentes langues, se
» nomment sklaw, slaef, esclave, esclavo, escravo,
» schiavo ; je ne confonds point les *predial-ser-*
» *vants* avec les *personal-servants*, ni une *ancilla*
» avec une *famula ;* je puis nommer les *servi* d'I-
» talie, les *criades* d'Espagne, les *theracos* et les
» *theracas* de Sardaigne, les *ditichi* et les *djé-*
» *voshes* de Raguse : je sais que les servantes des
» États-Unis ne veulent s'engager que pour huit
» jours, et stipulent dans le marché qu'elles pour-
» ront voir le bon ami. M. Grégoire ne m'a pas seu-
» lement appris l'histoire, il m'a donné le goût
» pour la littérature. Il m'est impossible de me rap-

» peler tous les gens d'esprit qu'il cite, car il en a
» plus lu qu'il ne tombe de feuilles en automne
» dans la forêt de Saint-Germain; mais je me sou-
» viens très-bien de Théodoret, de Pollux, de
» Polen, de Gottlieb-Fischer, de Grutter, de Vink,
» de Potter, de Rhodiginus, de Runkenius, de
» Popina, de Pignorius, de Pottgiesser, de Boxhorn
» et de Beschovingen, dont les noms sont plus fa-
» ciles à retenir. »

Mes lecteurs ont entendu parler les deux domestiques conformément aux instructions de leurs
auteurs; je les laisse choisir selon leur goût, me
contentant de leur faire observer qu'il n'est ici
question que du but et de l'utilité des deux ouvrages; car M. Grégoire revient souvent sur cette
utilité qui est à ses yeux le premier, j'ai presque
dit le seul mérite d'un livre.

Je sais très-bien que l'ancien évêque de Blois
ne doit pas, ne peut pas écrire comme M. N.; je
sais qu'un homme très-instruit, résiste difficilement
au désir de montrer son érudition dans toute son
étendue; je sais aussi que l'histoire de la domesticité
exigeait d'autres recherches qu'un Manuel des Domestiques; mais, en lisant son livre, j'ai dû suivre
la direction qu'il me donnait lui-même dans sa
préface. Il y déplore la dépravation des domestiques; il veut, dit-il, examiner quelles en sont les
causes, *quels en seraient les remèdes :* si une cure
radicale est impossible, ajoute-t-il, *n'est-il aucun
moyen d'atténuer le mal ?* Il parle ensuite *des dé-*

tails ignobles, auxquels il lui a fallu descendre, et le seul but d'utilité a soutenu son courage. D'après cette annonce, quel lecteur ne se serait attendu à trouver dans l'ouvrage quelques préceptes, quelques instructions adressées aux domestiques même? N'était-on pas en droit de les exiger d'après les promesses de la préface, et surtout quand on a vu que le huitième chapitre a pour titre : *Instructions des domestiques et d'autres classes indigentes de la société?* Et cependant ce chapitre, comme les précédens et le dernier, ne contient que des notices sur des ouvrages, des projets, ou des établissemens qui concernent les domestiques. Sous le rapport de l'utilité, le livre modeste de M. N. est donc encore préférable. M. Grégoire qui le cite, dit qu'*il laisse désirer quelque chose de meilleur.* Je le crois aisément; mais ce meilleur, de qui devais-je l'attendre, si ce n'est d'un ancien évêque, d'un écrivain aussi instruit, d'un homme enfin qui a surmonté tous les dégoûts pour remédier à l'état déplorable de la domesticité, et dont la seule ambition est celle d'être utile ?

On se tromperait étrangement, si, de tout ce que je viens de dire, on inférait que je n'ai nulle estime pour le livre de M. Grégoire. Sous le rapport de la littérature et de l'érudition, il intéresse le lecteur, et même il l'étonne par l'immensité des recherches, par les faits curieux qui s'y trouvent rapprochés, que l'auteur a recueillis dans les écrits anciens et modernes, et dans presque toutes les langues mortes ou vivantes. Il faut que M. Grégoire ait médité cet ouvrage depuis bien long-temps, et que, dans toutes ses lectures, il ait journellement extrait ce qui pouvait lui convenir ; car on ne conçoit pas comment tant d'auteurs, tant de passages, tant de faits différens ont pu concourir à former un livre sur la domesticité, avec laquelle ces écrits pris dans tous les idiomes paraissent n'avoir aucun rapport. L'instruction que l'on y puise n'est point commune, et malgré la sécheresse apparente du sujet, l'auteur y a répandu une variété et un intérêt auxquels on était loin de s'attendre. On regrette, en le finissant, qu'un traité aussi savant, et qui a coûté tant de peines, ne soit d'aucune utilité directe, et soit même inintelligible pour l'espèce d'hommes qui y joue le principal rôle. M. Grégoire y parle, à la vérité, de ce que l'on a projeté en différens temps pour améliorer le sort et la conduite des domestiques; mais il ne prescrit, il ne propose rien lui-même, et il s'en excuse sur l'insouciance et la frivolité des Français, *peuple volage, sans caractère, que des écrivains étrangers appellent un peuple de papillons.*

J'ai dit que cet ouvrage, très-recommandable d'ailleurs sous le rapport de l'érudition, n'avait pas le mérite d'être utile à la classe d'hommes dont l'auteur écrit l'histoire, dont il veut améliorer les mœurs et prévenir la dépravation totale. En exposant le contenu des chapitres, je justifierai mon opinion.

Le Ier traite de l'origine et de l'état de l'esclavage chez tous les peuples de l'antiquité, de la servitude dans le moyen âge et de la domesticité dans les temps modernes. Cette partie de l'ouvrage est parfaite; la précision, la concision, la clarté et la vaste érudition qui la distinguent, font de ce chapitre un traité presque complet, qui cependant ne peut être lu avec intérêt que par des personnes déjà instruites, et ne sera d'aucune utilité aux maîtres ni aux domestiques dans leurs rapports mutuels.

Le IIe présente l'état de la domesticité dans presque tous les pays civilisés; et, quoique les grands écrivains de l'antiquité n'y soient pas mis à contribution comme dans le Ier, il n'a pas coûté moins de recherches, et il est peut-être plus curieux encore, en ce qu'il repose sur des bases plus certaines. Il a, comme le précédent, le défaut d'utilité pratique; car, exposer la bonne ou mauvaise fortune des domestiques siciliens, sardes, espagnols et dalmates, ce n'est point changer le sort et le caractère des domestiques français.

Les IIIe et IVe sont un recueil de notices sur une foule d'ouvrages concernant la domesticité. L'auteur les juge laconiquement, sans en développer le contenu, et semble seulement avoir voulu prouver qu'il les connaît tous; en un mot, c'est une petite bibliographie fort exacte, mais qui ne nous donnera pas un bon domestique de plus, quoique l'auteur y ait débuté par dire : « Si la rai- » son présidait toujours aux jugemens des hommes,

33.

» l'utile serait la règle d'après laquelle ils réparti-
» raient l'estime. ».

Dans le Ve et dans le VIe, M. Grégoire fait un tableau assez vif de la dépravation des domestiques, et ne leur donne aucun précepte pour la faire cesser ; il fait voir combien il importe à la société d'épurer les mœurs de cette classe d'hommes, mais il ne propose ni règle, ni méthode, ni catéchisme. Il cite, à son ordinaire, divers auteurs, et promène le lecteur dans diverses contrées ; il raconte quelques anecdotes courtes, et finit par déplorer la dépravation des maîtres, qui cause et augmente la corruption des domestiques.

Le VIIe rapporte plusieurs lois sur la domesticité ; mais l'auteur en donne très-succinctement la substance : il nous ramène encore aux temps anciens, puis nous fait voyager chez les Prussiens, chez les Anglais, à la république de Saint-Marin, etc., sans rien dire du service.

Au VIIIe enfin, on croit trouver des *instructions* annoncées dans le titre ; l'espoir du lecteur est encore trompé. M. Grégoire y prouve, à la vérité, qu'il sait beaucoup de choses ; il cite le prince de Ligne, miss Hannah Moore, Lancaster, Hanway, madame Barbe Martin, etc.... Il parle de l'école de Fribourg en Brisgau, des *Sunday Schools* d'Angleterre, du *Petit Saint-Chaumont* de Paris, et de beaucoup d'autres établissemens fondés ou projetés en faveur des domestiques ; mais il ne donne aucune instruction lui-même, et semble étaler toutes ses connaissances pour nous faire mieux sentir ce qu'il aurait pu faire et ce qu'il n'a pas fait.

Le IXe et dernier est une continuation du même sujet ; toujours des citations : c'est la maison de refuge du cardinal Le Camus, un projet de l'*auteur laquais*, un projet de Chamousset, la société des ouvriers de la pompe à feu, des amis de l'humanité, des garçons de chantier de l'île Louviers, celles de Montauban, de Toulouse, de Bruxelles, de la Silésie, de Naples, de la Suède, etc.... ; et tout cela en quelques mots, et fort inutilement pour l'instruction technique et morale des domestiques. Cependant, au feuillet antépénultième, on trouve un projet d'association *pour l'encouragement des domestiques ;* mais il n'y est question que de leur sort pendant et après le temps de la domesticité, sans préceptes sur leur conduite, sans conseils pour le service ; et encore ce projet est-il une conception anglaise que M. Grégoire voudrait naturaliser en France.

On voit par ce court exposé combien le savant ouvrage de l'ancien évêque contraste avec le livre modeste et utile de M. N., qui prend tout le service pièce à pièce, descend aux plus humbles détails, attache une instruction à tous les meubles, à tous les coins de l'appartement. Mais il y a moyen de tout concilier ; j'invite les amateurs à se procurer les deux ouvrages à la fois : ils posséderont alors la théorie et la pratique, la partie didactique et la partie technique ; ils déposeront celle-ci dans l'an-

tichambre; et l'autre, après avoir instruit les maîtres
sur ce qu'il leur importe peu de savoir, ira se placer dans la bibliothèque, parmi tant de bons ouvrages qui pourtant ne sont bons à rien.

J'ai tardé jusqu'ici à parler de la préface, parce
que l'auteur s'y jette dans des détails absolument
étrangers au sujet qu'il traite, et s'y permet de
graves inculpations qui n'ont aucun rapport, même
éloigné, avec son livre; voulant signaler ce défaut,
qui est un tort dans un homme d'un pareil caractère, j'ai dû commencer par faire connaître l'ouvrage, afin que le lecteur puisse juger si ce que je
vais citer y est nécessaire, utile, ou même suppor-
table. Comme j'accuse à mon tour, je dois prendre
mes précautions; je ne me contenterai donc pas
de citer de mémoire, mais je transcrirai textuellement cet étonnant paragraphe. Après avoir gémi
sur le déplorable état de la domesticité et sur l'insouciance du public, M. Grégoire, sans préparation, sans transition, écrit les lignes suivantes:

« Des gazettes françaises, plus remarquables sous
» l'ancien gouvernement par ce qu'elles taisaient
» que par ce qu'elles disaient, et habituées de
» longue main à flagorner, à mentir, ont conservé
» à peu près le même caractère. Voyez de quelles
» inepties elles alimentent la curiosité : des anec-
» dotes de théâtre, des débuts d'actrices, des in-
» trigues de cour ou de société, des modes nouvelles,
» des illuminations, des fêtes, des complimens,
» des adresses, et quelles adresses! etc. etc. (*Les et*

» *cœtera* sont de M. Grégoire.) Un *Te Deum* le
» matin, ou d'autres cérémonies respectables, ont
» presque toujours le soir pour pendant quelque
» comédie à laquelle assistent les mêmes person-
» nages. Comme toutes ces annonces sont instruc-
» tives, propres surtout à hâter les progrès de
» l'esprit humain et le bonheur de la nation!

  » Les chaires chrétiennes ont retenti pendant
» dix ans d'éloges périodiques, surtout aux anni-
» versaires de la naissance et du couronnement de
» Napoléon; sous le même clergé, voilà qu'elles
» retentissent contre lui d'imprécations et d'ana-
» thèmes. Des journalistes chantaient sans relâche
» son apothéose, et le verbe *daigner*, conjugué
» dans toutes ses parties, attestait journellement
» la bassesse de ceux qui, dès le lendemain de sa
» chute, ont contre lui multiplié les philippiques.
» Étendez cette observation à divers corps cons-
» titués, à cette multitude de Protées qui, toujours
» prêts à changer de livrées, d'opinions et de lan-
» gage, surnagent à toutes les révolutions, et sont
» assurés, dans tous les régimes, d'obtenir la fa-
» veur réelle ou apparente...., et le mépris; et
» dites-nous si quelquefois on n'est pas tenté de
» rougir d'être homme? »

  En supposant fidèle ce tableau tracé par
M. Grégoire, à quel propos se trouve-t-il dans la
préface d'un pareil ouvrage? Quelle analogie existe-
t-il entre les prédicateurs, les journalistes et des
recherches sur la domesticité? Serait-ce par une

misérable allusion, qu'ayant à parler des domestiques, il a voulu prouver que les corps constitués,
les prédicateurs et les journalistes ne sont que des
valets? Il faut même dire tous les hommes, excepté
M. Grégoire, puisqu'il est tenté de rougir d'être
homme.

Je me permettrai de lui répondre, pour les journalistes, que plusieurs d'entre eux sont fort éloignés de la bassesse qu'il leur suppose; que les
articles de gazettes étaient dictés et commandés
par le gouvernement, tandis que les journalistes
ne publiaient que des articles littéraires; que, parmi
ces journalistes, il en est qui, n'ayant jamais flatté
le chef de l'ancien gouvernement, ne peuvent encourir le reproche de contradiction et de versatilité sur ce qu'ils écrivent aujourd'hui; qu'il en est
d'autres qui, n'ayant jamais écrit un seul vers, une
seule ligne de prose à la louange de Napoléon, ne
se croient point obligés de l'outrager dans sa disgrâce, par cela même qu'ils ne l'ont point encensé
dans sa puissance. Je répondrai enfin que tous ces
journalistes, ou presque tous, détestent sincèrement la révolution, ses auteurs, ses fauteurs, ses
approbateurs, fussent-ils princes, gentilshommes,
évêques ou prêtres.

A l'égard des prédicateurs, je ferai observer que
M. Grégoire les traite avec moins de justice encore
et de charité que les journalistes : pour ceux-ci du
moins il écrit *des*, ce qui ne les englobe pas tous
dans la proscription; mais pour les autres il dit

les, ce qui les condamne tous sans exception. LES *chaires chrétiennes ont retenti..., et voilà qu'*ELLES *retentissent, etc.....* Le reproche est général, et il s'adresse à tous les prédicateurs. Mais que dirait M. Grégoire, si un journaliste, imitant son exemple, et généralisant les inculpations odieuses, s'avisait d'écrire que LES prêtres ont partagé les principes révolutionnaires, qu'ILS ont donné le signal de désobéissance à l'autorité légitime, qu'ILS se sont placés dans les rangs des ennemis du trône, que LES évêques même ont aidé à détruire notre antique monarchie. Certainement, l'ancien évêque de Blois serait justement indigné d'un pareil langage : parlez des prêtres révolutionnaires, dirait-il, et il aurait bien raison ; car rien n'est plus injuste, rien n'est plus odieux que de diffamer une classe entière pour les fautes de quelques individus.

Relativement aux divers *corps constitués* qui paraissent si lâches aux yeux de M. Grégoire, il me serait facile de prouver que plusieurs de leurs membres, bien loin de montrer de la bassesse, se sont signalés par une résistance courageuse, et se sont exposés à de plus grands dangers que n'en a couru l'ancien évêque de Blois. Il a donc été également injuste envers ces corps, en les inculpant en masse. Mais supposons (ce qui est évidemment faux), supposons qu'il ne se soit point trompé, un homme aussi instruit que M. Grégoire devrait-il s'en étonner? Ne sait-il pas que, dans tous les temps et chez tous les peuples, la puissance et la

faveur ont fait fumer l'encens de la flatterie? La
flatterie est née le jour même où chez les hommes
on vit expirer l'égalité primitive : il y a des flatteurs
partout où il n'y a plus de sauvages. Ces Romains,
qu'on nous a présentés comme des modèles, nous
valaient bien à cet égard. Le sénat romain n'ac-
corda-t-il pas à César un droit que je n'ose spé-
cifier ici? N'a-t-il pas décrété qu'Auguste était
au-dessus des lois? Les descendans des Scipion et
des Camille n'ont-ils pas été les valets de Séjan
jusqu'au jour de sa chute, où ils voulurent le dé-
chirer de leurs propres mains? Ce même corps
n'eut-il pas l'inconcevable lâcheté de décréter que
quand Tibère viendrait au sénat, ou fouillerait les
sénateurs pour s'assurer qu'ils n'avaient point de
poignards cachés sous leurs robes? L'un d'entre
eux n'affirma-t-il pas, par serment, qu'il avait vu
l'âme d'Auguste monter au ciel? Que d'exemples
ne citerais-je point si l'espace ne me manquait pas,
et si je n'avais pas assez démontré que les reproches
de M. Grégoire sont très-injustes, qu'ils seraient
inutiles quand même ils seraient justes, et qu'ils
sont très-déplacés dans cet ouvrage quand même
ils seraient utiles! Il faut donc espérer qu'il fera
disparaître ce paragraphe indiscret d'un ouvrage
estimable à bien des égards, et qu'il me pardon-
nera des réflexions qu'il a provoquées lui-même,
quand il s'en est permis de plus dures et de plus
gratuites.

L'USAGE DU MONDE,

OU LA POLITESSE, LE TON ET LES MANIÈRES
DE LA BONNE COMPAGNIE;

Contenant les règles nécessaires pour se présenter avantageusement en société et s'y faire honneur ; à l'usage de la jeunesse et des personnes des deux sexes de toute condition.

CE titre seul pourrait être le sujet d'un commentaire fort étendu : il apprend d'abord que l'ouvrage contient les règles *nécessaires* pour se présenter avantageusement en société ; c'est un ordre de l'acheter et de le lire, car il n'y a pas à hésiter sur ce qui est nécessaire : on voit ensuite que ce livre se nomme *l'Usage* du monde à l'*usage* de la jeunesse, ce qui veut dire sans doute que tout jeune homme qui veut avoir de l'*usage*, doit faire usage de cet *usage*, car l'auteur n'a sûrement pas fait ce pléonasme par inadvertance. Le titre nous indique enfin que cette poétique du bon ton est d'un usage fort étendu, car elle est *à l'usage de la jeunesse et des personnes des deux sexes de toute condition ;* or, il n'est personne, je pense, qui ne soit d'un sexe ou d'une condition quelconque : ainsi ce beau livre peut s'appeler l'*Usage du monde, à l'usage de tout le monde.*

Je suppose mes lecteurs trop polis et trop bien-élevés pour n'avoir pas lu *la Civilité puérile et honnête*, qui est le manuel de l'adolescence, et qui est imprimée en caractères semi-gothiques, comme pour indiquer l'ancienneté des excellens préceptes que ce petit livre renferme. Nos bons aïeux connaissaient donc aussi la civilité, et ils avaient leurs *belles manières* et leur *bon ton*. J'avoue que leurs usages, à cet égard, nous paraîtraient un peu surannés : le temps a apporté bien du changement dans la grave science du bon ton et du cérémonial. Il fallait qu'un écrivain, profondément versé dans cette matière, entreprît la réforme de l'ancienne *Civilité puérile et honnête* : c'est ce qu'a fait l'auteur du nouvel ouvrage. Il a d'abord retranché le mot *puérile* qui se trouvait dans le titre, et qui ne convenait plus à un livre destiné à toutes les personnes de toute condition ; mais dans le texte, il a conservé le *puéril* sous une acception plus moderne, car il n'a omis aucune des pratiques les plus minutieuses de la politesse. Il semble s'être dit, en composant ce chef-d'œuvre : Ce n'est pas le tout d'être puéril, il faut encore être honnête.

Pour prouver à mes lecteurs que cet ouvrage est bien plus grave et bien plus utile que la *Civilité puérile et honnête*, je vais transcrire quelques-unes des observations importantes et neuves dont fourmille ce livre précieux.

Dans des notes savantes l'auteur nous apprend que les Français étaient beaucoup plus polis autre-

fois, et qu'ils poussaient le rigorisme de la civilité
jusqu'à ne pas se permettre de se couvrir devant
le portrait d'une personne de qualité, ni de s'asseoir
le dos tourné à ce portrait. Il ajoute que les dames
qui entraient chez la reine, ne manquaient pas de
faire une belle révérence au lit de cette princesse,
quand même la reine n'était ni dans ce lit ni dans
la chambre. Parmi les préceptes que nous donne
ce formaliste sur l'usage des saluts, il nous recommande surtout de ne jamais dire à une personne
de distinction : *Couvrez-vous, Monsieur; soyez
couvert; mais il faut prendre une circonlocution
honnête* telle que celle-ci : *Voulez-vous m'en
croire? laissons là les cérémonies : couvrons-nous.*

Le chapitre qui traite de l'*emploi des mots*, n'est
pas moins instructif : il nous défend de joindre le
mot *Monsieur ou Madame* à un autre mot qui
puisse faire équivoque, et il confirme la leçon par
ces deux exemples bien choisis ; il ne faut pas dire :
*Ce livre est relié en veau, Monsieur; c'est là une
belle jument, Madame.*

Voici un excellent conseil donné aux hommes
mariés ; lorsqu'un mari parle de sa femme, il doit
bien se garder de dire : *Ma poule, ma petite
femme;* il faut dire : *Ma femme,* tout uniment.
Cette recommandation est suivie d'une autre plus
importante : *Un mari ne doit jamais faire de petites caresses à sa femme dans une société choisie,
et ce serait le comble de l'indécence de lui en
faire de grandes.*

Je regrette bien sincèrement que l'auteur n'ait pas tracé ici une ligne de démarcation, et n'ait pas daigné nous indiquer la nuance qui sépare les grandes et les petites caresses ; cette distinction était nécessaire dans un ouvrage à *l'usage de la jeunesse ;* car, sur ce point, les jeunes gens sont fort sujets à se tromper. C'est vraiment une lacune dans ce livre précieux. En revanche, l'article des bienséances n'en offre pas ; tous les cas y sont prévus, et les préceptes y ont surtout le piquant de la nouveauté. Nous y apprenons que dans une société de bon ton, il ne faut pas *chantonner, siffler, tambouriner des doigts et des pieds,* car *ce sont de mauvaises habitudes ;* il n'est pas non plus du bel usage *de se jeter sur un lit, surtout sur celui d'une dame, de s'y étendre, et de faire ainsi la conversation ;* enfin, quand on se trouve *dans une compagnie de dames, ou même dans toute compagnie honnête, la décence ne permet pas de quitter son habit, d'ôter sa perruque, de se couper les ongles ou de les nettoyer, ni de se mettre en pantoufles et en robe de chambre.* On croit ici que l'auteur a épuisé la matière ; mais quelques pages plus loin, il semble se reprocher d'avoir oublié quelque chose ; car il vous dit que quand on est chez une personne de marqué, *il serait fort indécent de se fouiller dans le nez, et de se gratter quelque part.* Voici encore une de ces petites négligences qui donnent prise à la critique : *se gratter quelque part*, est une expression trop vague, et le *quelque part* venant

après le *nez*, a tout l'air d'une mauvaise plaisanterie : ceci me prouve qu'il n'y a rien de parfait en
ce monde, et que le meilleur livre a toujours quelques défauts. Je terminerai mes citations sur les
bienséances, par l'avis que l'auteur donne aux
dames de bon ton, *de ne pas relever leurs jupes
auprès du feu, comme le font trop de femmes.*

Le chapitre des visites est plein de recherches
curieuses : on y voit que quand on se promène
avec une *personne supérieure*, dans une chambre
où il y a un lit, *la place du lit marque le dessus,*
et si la disposition de la chambre s'oppose à cet
ordre, *il faut se régler sur la porte.* Une observation non moins importante, c'est que, *quand on
est assis près du feu, en bonne compagnie, il ne
faut pas cracher sur le feu, ni contre la cheminée,*
ni faire du bruit avec la pelle et les pincettes : ceci
est bon à savoir ; mais la promenade dans la
chambre où il y a un lit, me paraît encore plus piquante.

L'auteur ne s'est pas contenté de donner des
préceptes de politesse ; il les a, pour ainsi dire,
mis en action dans un joli dialogue qu'il établit
entre une jeune personne et un jeune homme.
Cette scène est pleine d'esprit et de goût, comme
on peut s'en convaincre par l'échantillon suivant.
Le jeune homme arrive quand la demoiselle, qui a
tous les talens, est occupée à peindre une tempête
(circonstance fort commune et fort bien choisie) ;
il lui dit : « C'est une tempête ou un port de mer ; »

et la demoiselle répond avec le même esprit : « C'est
» une tempête à la vue du port. » Alors le jeune
homme s'écrie : « Voilà qui est très-beau! Ces va-
» gues sont fort bien touchées, fort tendres; » et
à ces vagues tendres, il ajoute un compliment digne
de figurer dans la comédie des Femmes savantes :
« Quoi! mademoiselle, avoir vous-même tant de
» douceur, et peindre avec tant de vérité un élé-
» ment si furieux! » Je recommande cette scène
aux jeunes auteurs dramatiques; ils croiront lire
une comédie du bon ton.

Il n'est aucune circonstance de la vie, aucune
situation qui ne soit considérée dans cet excellent
livre : il apprend comment il faut se conduire chez
soi et chez les autres, avec les inférieurs, les égaux,
et les supérieurs, à l'église ou au bal, à table ou au
jeu, à la ville ou en voyage; et tous les temps et
tous les lieux fournissent à l'auteur des observations
fines et judicieuses, comme on l'a vu par celles que
j'ai rapportées. Elles sont en si grand nombre, et
toutes si heureuses, que j'éprouve sans cesse l'embarras du choix. Je crois cependant que je montre-
rai du goût et du discernement dans la citation
suivante : C'est une incivilité de se peigner devant
» la personne que l'on considère; il n'est *même*
» pas honnête de se peigner dans une cuisine, par-
» ce qu'il peut voler des cheveux dans les plats. »
Mes lecteurs ont sans doute remarqué la délicatesse du mot *même* que j'ai cru devoir souligner;
et j'espère que dorénavant ils ne feront pas de leur

cuisine leur cabinet de toilette. Il est de ces choses auxquelles on ne penserait jamais, si des gens d'esprit ne prenaient la peine de nous avertir. Par exemple, qui de nous aurait deviné que, quand on se trouve à un dîner de bonne compagnie, *il ne faut pas manger goulûment*, râcler *les plats ou les assiettes*, avaler de gros morceaux qui fassent *des poches aux joues en mangeant, ronger les os ou les casser pour avoir la moelle*, ni salir sa serviette, *comme un torchon de cuisine*, ni enfin *se lécher les doigts ?* N'est-il pas aussi fort important de savoir qu'il ne faut pas, en buvant, faire du bruit avec son gosier, et pousser un grand soupir après avoir bu, se curer les dents avec le couteau ou la fourchette, et prendre ce qui est dans les plats pour en emplir ses poches? Telles sont cependant les neuves et utiles leçons contenues dans cette nouvelle *Civilité*, qui, quoiqu'adressée aux personnes des deux sexes, de tout âge et de toute condition, n'en est pas moins puérile et honnête.

MANUEL DE L'HOMME DE BON TON,

ou

CÉRÉMONIAL DE LA BONNE SOCIÉTÉ,

Comprenant des notions sur la manière de faire les honneurs d'une table, sur l'art de dépécer, et terminé par un choix de jolis jeux de société et de rondes à danser, avec les airs notés.

LA préface de cet ouvrage contient un passage éminemment philosophique : « L'éducation des grands et du peuple, y dit le savant auteur, a plus de ressemblance *qu'on l'imagine* communément. Les hommes du peuple végètent dans l'ignorance, faute de moyens de s'instruire, et bien des grands par mépris pour les sciences. Ceux-ci ont même, sur les premiers, la ridicule prétention de vouloir passer pour des gens instruits, sur la parole d'un pédagogue menteur et effronté, et leur société n'en est encore que plus insupportable. » La conclusion de ce paragraphe est qu'il ne faut chercher la politesse que dans la classe moyenne, car l'auteur qui a sans doute vécu en société avec les grands et avec les prolétaires, puisqu'il les compare avec tant de sagacité ; l'auteur qui a fréquenté les palais et les Porcherons, y a vu également des gens qui

se mettent le doigt dans le nez ou ailleurs, et qui
défont leurs culottes; il a sans doute aussi comparé
l'ignorance des ducs et des pairs et celle des co-
chers de fiacre, et il l'a trouvée du même poids;
je n'ai donc rien à lui objecter, moi qui ne vais, ni
aux Tuileries, ni à la Courtille, si ce n'est que le
style du professeur en bon ton me paraît se rapprocher beaucoup plus de celui des carrefours que
de celui des palais, ce qui indique un peu de partialité en faveur de la Courtille.

Après des considérations générales sur l'extérieur de l'homme de bon ton, et sur les avantages
que les jeunes gens *retirent* de la société des femmes,
notre pédagogue, qui n'est ni menteur, ni effronté
comme ceux des grands, nous introduit dans les
salons, et nous initie aux mystères des visites. Le
maître du logis ne manquera pas d'offrir des fau-
teuils à tout le monde: les dames les accepteront
sans cérémonie; mais vous, lecteur, homme de
bon ton, vous ne devez prendre qu'une chaise,
si le maître de la maison n'a qu'une chaise pour
lui-même. Cette modestie me plaît beaucoup, mais
le précepte me jette dans un cruel embarras. Vraisemblablement, le maître sera debout pour recevoir la société qu'on lui annonce. Comment
devinera-t-on si antérieurement il était sur une
chaise ou sur un fauteuil? et si, par hasard, j'apprenais qu'il était couché sur un canapé, je n'aurais
donc rien de mieux à faire que d'aller m'y étendre?
La question est assez épineuse pour que l'auteur

34.

nous en donne la solution dans une seconde édition, qui a peut-être paru avant la première. Quand vous serez sur la chaise ou sur le fauteuil, gardez-vous bien de vous renverser en arrière, de badiner avec vos gants ou avec les breloques de votre montre ; et surtout ne faites pas craquer vos doigts. Voilà une phrase qui paraît fort claire, et cependant j'y trouve une lacune. L'auteur ne veut pas que ses disciples ressemblent à ces grands si insupportables, ni à ces prolétaires si grossiers ; or, je doute que les grands fassent craquer leurs doigts et se renversent sur leurs chaises, et je doute également que les successeurs des Ramponeau et les habitués de la Courtille badinent avec leurs gants et avec les breloques de leur montre.

Le passage qui suit est beaucoup plus sérieux. Si vous avez reçu une dame, la politesse ordonne que vous lui donniez la main pour descendre les degrés ; si elle a une voiture, vous devez l'aider à y monter, et rester sur la porte extérieure jusqu'à ce qu'elle soit partie. Ce précepte est fort ancien et il n'en est que meilleur ; mais l'auteur a oublié de dire que ce cérémonial est souvent de rigueur à l'égard d'un homme, quand cet homme est d'un rang très-élevé. On va bientôt sentir de quelle importance est l'omission dont je me plains. Quand le comte d'Avaux fut nommé plénipotentiaire au Congrès de Munster, pour la paix de Westphalie, les affaires commençaient à prendre une bonne tournure, lorsqu'une visite reçue d'une manière

incorrecte vint tout déranger, et prolongea la guerre
de plus de six mois. M. Contarini, ambassadeur
de Venise, étant venu faire sa visite officielle au
comte d'Avaux, ne fut reconduit par l'ambassadeur
de France, que jusqu'à l'escalier, sans que le comte
descendît une seule marche. Le fier Vénitien fut si
indigné de ce manque d'égards, qu'il prit immédiatement la poste, et alla porter sa plainte à son
gouvernement. Venise, quoique déchue, était encore superbe alors, et elle déclara qu'elle ne ren-
verrait son ambassadeur au Congrès, que quand
on aurait réglé les honneurs qui lui étaient dus. La
France était lasse de la guerre ; et après de grandes
négociations, pendant lesquelles on tuait bien des
hommes et l'on brûlait bien des villages, la régente
ordonna au comte d'Avaux de satisfaire pleinement
la pointilleuse vanité de M. Contarini. Celui-ci re-
vint triomphant, fit sa visite au comte, qui le re-
conduisit jusque sur le seuil de la porte cochère,
y resta jusqu'à ce que le Vénitien fût monté
dans sa voiture, et le salua profondément quand
la voiture eut tourné, et quand M. Contarini eut
rendu le salut, car tous ces mouvemens étaient
stipulés dans l'*ultimatum* de Venise. Et dites
maintenant qu'une visite est peu de chose ! J'espère que l'auteur du Manuel fera son profit de
cette anecdote.

   Le chapitre de la conversation est de la plus haute
importance, car c'est par la conversation que
l'homme devient sociable; aussi l'illustre anonyme

a-t-il réservé ses plus vives couleurs pour cette partie de son tableau. Ses conseils sont d'abord négatifs: il dit fort judicieusement qu'il ne faut pas se curer les dents *avec une plume*, fredonner un air, bailler *tout haut*, ni siffler, s'étendre dans un fauteuil ou sur un canapé, battre du tambour avec les doigts sur quelque meuble, soupirer *tout haut*, affecter des frissonnemens, tirer des papiers de sa poche et les lire. Il y a deux observations à faire sur ce brillant paragraphe. J'y vois que l'instituteur, en défendant de bâiller et de soupirer *tout haut*, nous permet de bâiller et soupirer tout bas; sans cette tolérance, j'aurais plaint le jeune homme qui se trouverait dans un cercle, placé entre un ennuyeux discoureur et une jolie femme. J'admire ensuite l'adresse avec laquelle l'auteur a rangé les diverses matières dans les chapitres qui leur conviennent; on sent, en effet, qu'il serait très-difficile de soutenir la conversation en fredonnant un air, en bâillant ou en se curant les dents *avec une plume*. Je ne suis pas moins satisfait des détails qui suivent: « Ne prenez point votre auditeur *par le bouton*, ne lui mettez pas le doigt dans l'estomac, ne réveillez pas son attention à coups de coude. » Cette phrase me rappelle qu'un grand homme prenait son auditeur non-seulement par *le bouton*, mais souvent par l'oreille. Cela nous prouve qu'il ne faut pas toujours imiter les grands hommes. Le conseil de ne pas réveiller l'attention à coups de coude est très-délicat, et celui de ne pas mettre le doigt dans l'estomac de l'auditeur est éminemment salutaire ; mais l'auteur aurait dû nous dire si par *auditeur*, il entend également une personne des deux sexes. Les principes positifs de notre législateur sont clairs et précis : ils offrent surtout cet avantage, qu'il est très-facile de s'y conformer. Quand il dit, par exemple : Rendez votre auditoire attentif par le choix du sujet et de la grâce de l'élocution ; quand il nous ordonne d'exprimer nos idées avec clarté et élégance, de n'employer que les termes les plus purs et de les placer à propos ; quand il nous exhorte enfin à parler avec esprit, il faudrait être né bien indocile pour vouloir lui désobéir ; mais quand il ajoute qu'il ne faut pas montrer de l'érudition, ni clouer de l'esprit à chaque phrase, il aurait pu tout aussi bien dire : Parlez comme j'écris ; car, sur ce point, il est irréprochable.

Du salon, l'instituteur nous conduit au banquet : c'est ici qu'autrefois on vous prescrivait de ne pas lécher les plats et les assiettes ; mais, par un raffinement de délicatesse, on vous conseille aujourd'hui de ne pas faire de bruit avec la bouche, de ne pas sucer les os, et de ne pas verser le bouillon ou la sauce des assiettes dans la cuiller. L'homme de goût qui saura comparer les deux rédactions, sera étonné du chemin que l'esprit humain a fait en douze ans. Je saute à pieds joints par-dessus *les bals*, parce que la danse n'est pas ce que j'aime, et j'évite les chapitres qui traitent du cérémonial du duel et des enterremens. Je ne puis cependant m'abstenir de faire remarquer la sagacité avec laquelle l'auteur a placé les enterremens après le duel; mais je m'arrêterai plus long-temps sur l'*art de découper et de servir les viandes.* Cette poétique de gastronomie est précédée de deux gravures où l'on admire un carré de veau, un aloyau, une tête de veau, une poularde, un levraut, un turbot et une truite : ce repas, composé de gras et de maigre, se nommait autrefois chère de commissaire ; mais ce ne serait aujourd'hui qu'un simple déjeuner, la marche continuelle du genre humain lui ayant encore plus ouvert l'appétit que l'esprit. Je ne puis qu'effleurer un si vaste sujet, et je me borne à quelques observations importantes : apprenez, gens qui ne vous mettez à table que pour manger, sans vous inquiéter de vos convives, apprenez qu'un quartier de chevreau se coupe *selon les mêmes principes* qu'un quartier d'agneau ; qu'il y a trois manières de découper une dinde rôtie, et que la troisième est toute nouvelle ; mais je ne vous l'apprendrai pas, parce que je veux que l'écuyer tranchant vende son livre ; apprenez que le dindonneau se découpe comme la dinde, avec cette différence notable qu'on ne serre jamais les cuisses pour un dindonneau ; sachez que l'oie doit être servie sur le dos, que la morelle exige des soins particuliers, et offre plus de difficultés que l'oie ou le canard ; si vous ignorez ou si vous négligez mille précautions délicates, vous risquez, dit l'auteur, *de déshonorer la morelle au lieu de la découper.* Les pigeons d'une grosseur raisonnable, se coupent en quatre; ceux qui ne sont pas raisonnables, en deux portions seulement. Ce paragraphe me rappelle encore une anecdote : Un fermier, obligé par son bail de fournir tous les ans un cochon, outre le loyer de la ferme, avait soin de choisir toujours l'animal le plus maigre. On lui intente un procès, et jugement intervient par lequel le fermier est condamné à livrer chaque année un cochon raisonnable. Cela était très-difficile autrefois, mais la perfectibilité s'étendant sur tout ce qui respire, les cochons raisonnables sont beaucoup plus communs aujourd'hui. Je n'ai pas tout dit sur les pigeons : quand ils ne peuvent se diviser qu'en deux parts, il faut toujours les couper transversalement, de manière à ce que les deux ailes se trouvent dans l'une, et les deux cuisses dans l'autre ; alors la première portion se nomme *le chérubin*, et la seconde *la culotte*. Malheureusement le mot *culotte* n'entre plus dans le vocabulaire du bon ton, ni dans celui de la mode. Il est bien étonnant que le savant auteur n'ait pas fait cette réflexion; comment a-t-il pu laisser un mot de mauvais ton dans le Manuel de l'homme de bon ton ? Pour le tirer d'embarras, je lui conseille d'imiter la délicatesse anglaise, qui nomme la culotte *le petit vêtement*. Je ne parcourrai pas la longue série des cailles, des bécasses et bécassines, des grives, des ortolans et des becfigues : c'est au lecteur à rechercher lui-même quels sont les oiseaux

délicats qu'il faut servir tout entiers, quels sont
ceux qu'il faut couper dans le sens des parallèles ou
dans le sens des méridiens, et de tous les poissons
dignes d'être dévorés par nos Apicius, je ne citerai
que le turbot, pour dire qu'on ne peut le servir
*qu'avec une truelle de vermeil, ou tout au moins
d'argent bien affilée.* Ainsi, vous autres gourmands
vulgaires, qui n'avez à votre disposition que l'humble
cuiller d'argent, gardez-vous de présenter un
turbot sur votre table. Je voudrais savoir cependant si le fameux turbot de Domitien a été servi à
la truelle?

L'auteur, arrivé aux compotes et aux fromages,
paraissait n'avoir plus rien à nous dire : il nous
avait appris à faire ou à recevoir des visites, à
nous tenir avec grâce sur une chaise ou sur un
fauteuil, à parler et à danser avec élégance ; à nous
battre avec décence, à nous faire enterrer correctement, puis nous avait ressuscités pour nous
enseigner à découper les viandes et les manger
selon les vrais principes. Un esprit borné croirait
que sa tâche était finie ; mais que faire de la soirée
quand on reste dans un salon? Il faut amuser tout
le monde, et l'auteur a senti que, pour atteindre
ce but, il n'est rien de mieux que les jeux de société. Soixante pages sont consacrées à cet article
important des bienséances ; et n'allez pas croire
qu'il nous reproduise les jeux insipides de nos
grand-pères, ou ceux des provinciaux si arriérés
dans la science du bon ton. Fidèle à son système

qui repousse également les gentilshommes et les
goujats, il laisse aux grands seigneurs ou aux petits
artisans l'ignoble colin-maillard, le grossier pied-
de-bœuf, le puéril corbillon, la lourde main-
chaude et d'autres jeux pleins de niaiserie, tels que
monsieur le curé, la boîte d'amourette, le petit-
bonhomme vit encore, le jardin de ma tante, la
pincette, la sellette, le furet, le sifflet et pigeon-
vole; les nobles jeux de notre Aristote sont dignes
d'un peuple régénéré, et constatent le progrès des
lumières; ce sont : les élémens, les trois règnes
de la nature, l'avocat, jeu où l'on parle beaucoup;
les métamorphoses, l'amphigouri, tout empreint
de l'esprit du siècle; les complimens, où l'on apprend à mentir du meilleur ton; les fleurs, jeu où
les dames sont les fleurs, et où les hommes jouent
le joli rôle d'insecte; le concert d'amateurs où
l'on n'est jamais d'accord; les rimes sans poésie,
jeu qui s'est introduit jusque dans nos sociétés littéraires; la mer agitée, très-propre à rendre les
jeunes gens dociles, et sauve qui peut, le plus
naturel de tous.

Après les jeux viennent les *pénitences*, qui sont
presque toujours des baisers, parmi lesquels *le
baiser à la capucine* et *le baiser à la religieuse*
me semblent les plus dignes de notre civilisation.
Ainsi, lecteur, quand vous aurez perdu l'habitude
de vous curer les dents avec une plume en bonne
compagnie, quand vous ne mettrez plus le doigt
dans l'estomac de la personne qui vous écoute,

quand vous saurez tuer votre ami en duel et l'enterrer avec grâce, quand vous saurez manier la
truelle de vermeil pour servir le turbot, distribuer
avec discernement le chérubin ou la culotte, et
donner un baiser à la capucine, vous serez un
homme accompli.

TABLE DES MATIÈRES

CONTENUES DANS CE VOLUME.

BEAUX-ARTS.

OUVRAGES DIVERS.

FIN DE LA TABLE DES MATIÈRES.